WERNER ARN

Das Kind aus dem ICE-Zug

novum pro

Dieses Buch ist auch als
e-book
erhältlich.

www.novumverlag.com

Bibliografische Information
der Deutschen Nationalbibliothek:

Die Deutsche Nationalbibliothek
verzeichnet diese Publikation in
der Deutschen Nationalbibliografie.
Detaillierte bibliografische Daten
sind im Internet über
http://www.d-nb.de abrufbar.

Gedruckt in der Europäischen Union
auf umweltfreundlichem, chlor- und
säurefrei gebleichtem Papier.

© 2023 novum Verlag

ISBN 978-3-99146-332-0
Lektorat: Birgit Himmüller
Umschlagfoto:
Aleksandar Ilic | Dreamstime.com
Umschlaggestaltung, Layout & Satz:
novum Verlag

www.novumverlag.com

Der ICE-Zug steht schon bereit, als Beat Käser am Bahnhof eintrifft. Halb neun, die Pendler sind schon weg und der Ausflugsverkehr beginnt erst. Einen guten Sitzplatz zu finden, ist heute kein Problem, viele Abteile sind leer und man kann sich den Platz aussuchen.

Er macht sich auf eine gemütliche Fahrt. Entspannt fährt er Richtung Ilanz, nimmt eine Tageszeitung zur Hand, liest uninteressiert die Schlagzeilen. «Wäre es mit dem Auto nicht besser», denkt er, als er gedankenabwesend die großen Buchstaben überfliegt. Mit dem Auto ist es immer ein Stress, man kommt, wenn es gut geht, müde und nervös nach zwei Stunden am Bestimmungsort an, und bis man sich ein wenig erholt hat, vergeht noch eine Stunde, dann erst kann man sich auf die Arbeit konzentrieren.

Viel angenehmer ist es mit dem Zug, man kann sich noch auf dieses oder jenes vorbereiten, Skizzen für eine Problemlösung erstellen, so manches gibt es zu studieren. Samstags wird Beat seinen Wohnsitz sowieso an seinen Arbeitsort verlegen, somit hat sich das Problem mit Zug oder Auto gelöst. Seine Frau war nicht gerade in Begeisterungsstürme ausgebrochen, wollte zuerst gar nicht mitkommen, aber mit der Zeit hat sie eingesehen, dass eine Wochenendbeziehung nach der fünfjährigen Ehe nicht das Beste ist.

Seit er den Auftrag für eine Überbauung mit 50 Wohnungen bekommen hat, ist er finanziell abgesichert. Den Wettbewerb hat er ganz knapp vor einem Einheimischen gewonnen, nur weil der Bauherr Probleme mit Dorfbewohnern hatte, bekam Beat den Auftrag. Der Bauherr ist ein Kapitalist aus Zürich, der auf die Einheimischen nicht gut zu sprechen ist. «Nur Knebel zwischen die Beine werfen, alles verhindern, wo es nur geht, dazu kleinlich, eigensinnig und stur», pflegt er immer wieder zu sagen. Ein Dorf mit 11'000 Einwohnern, nicht weit von Ilanz entfernt. Ein wunderbarer Flecken Erde, mit schöner Aussicht auf Berge und Vorterrain. Dort darf er die Überbauung mit 50 Wohneinheiten erstellen, so beglücken ihn die Gedanken.

Die Sitze beidseitig des Ganges sind beim Einsteigen leer gewesen. Beat will die Zeitung eigentlich weglegen, aber ein Artikel interessiert ihn doch noch. Er handelt davon, wie eine Frau nach langer Kinderlosigkeit wie durch ein Wunder doch noch Kinder bekommen hat. Da er und seine Frau dieses Problem auch kennen, fesselt ihn der Artikel doch noch, er achtet nicht auf das Geschehen um sich herum. Als er zur Entspannung den Kopf hebt, sitzt eine Frau auf der Nebenbank, die hinter Kragen und Kopftuch nicht zu erkennen ist, neben ihr eine große Tragtasche, die sie krampfhaft festhält, die Beine eng übereinandergeschlagen, den Kopf gesenkt. Er hatte sie gar nicht bemerkt, als sie Platz nahm. Ohne sie weiter zu beachten, liest er weiter. Kurz bevor sich der Zug in Bewegung setzt, ist die Frau verschwunden, aber die Tragtasche ist immer noch da. «Die wird aufs WC gegangen sein und kommt bald zurück. Was geht mich die Tasche an?», sagt er genervt zu sich. Aber immer wieder schaut er, sie lässt ihm einfach keine Ruhe, von lesen war schon lange keine Rede mehr. Nach zehn Minuten ist die Frau immer noch nicht zurück. Dann hört er ein leises Wimmern. Als das Wimmern immer stärker wird, denkt er sich: «Mir egal, ich will sehen, was in der Tasche ist, mir wird schon etwas einfallen, wenn die Frau unverhofft auftaucht.» Schnell geht er hin, öffnet den Reißverschluss ganz langsam, und was sieht er? Da ist ein Kind, ein Neugeborenes, höchstens eine Woche alt. Er setzt sich neben die Tragtasche, hält sie fest, dass sie nicht hinunterfällt. «Was soll ich machen?»

Wie auf Kommando kommen Gedanken. «Ich bin 31, meine Frau 29, und schon lange wünschen wir uns ein Kind, was haben wir schon Geld ausgegeben, beim Arzt, bei der Kindervermittlung, überall, und keine Hoffnung auf ein Kind, gerade vor zwei Tagen haben wir wieder eine Absage bekommen –

und jetzt dieses Kind hier, vielleicht wurde es ausgesetzt. Eine höhere Kraft, die uns auf diesem Weg ein Kind geschenkt hat. Wahrscheinlich wird die Frau bald kommen, der das Kind gehört. Aber etwas muss ich unternehmen, sonst werde ich noch angezeigt wegen Kindesentführung, gut, ich gehe den Weg, den man gehen muss in so einem Fall.»

Beat sucht den Zugbegleiter, der ist ungefähr fünf Wagen weiter in Richtung der Lokomotive. «Eine Frau hat mich gefragt, ob ich nicht schnell zu ihrem Kind schauen würde, bis sie zurückkommt. Da ich an der nächsten Station aussteigen muss, kann ich das Kind nicht länger beaufsichtigen», sagt er dem Zugbegleiter. Beat nennt das Alter des Kindes nicht, würden sie die Mutter ausrufen? «Ich weiß den Namen der Mutter nicht. Fünf Wagen zurück, da warte ich auf euch, oder die Mutter.» Beat ist schon wieder an seinem Platz, als die Durchsage kommt: «Kind sucht Mutter, da Aufsichtsperson aussteigen muss.»

Kurz bevor der Zug in Pfäffikon hält, kommt der Kondi. Beat hat die Zeitung aufgeschlagen, über die Tasche gelegt, das Kind hat sich unterdessen wieder beruhigt. Er tut so, als ob er läse. «Alles in Ordnung mit dem Kind?», fragt jemand. Beat antwortet: «Ja, ja» und hebt den Kopf ruckartig, als ob er sich erschrocken hätte.

«Die Mutter ist gekommen, hat sich entschuldigt und das Kind mitgenommen, sie habe eine Bekannte getroffen, da sie ihr Kind in guten Händen wusste, einen Schwatz gemacht und ganz vergessen, dass der Zug bald hält.»

«Gut, dann ist ja alles in Ordnung. Was da nicht alles verloren geht, glauben Sie gar nicht, Beinprothese, Gebiss, teure Fotokamera.»

Beat will gar nicht hören, was alles verloren geht, wenn der nur verschwindet, bevor sich das Kind bemerkbar macht. «Ich wünsche Ihnen einen schönen Tag», sagt der Zugbegleiter und verlässt das Abteil, Beat fällt ein Zentner Stein vom Herzen, als er weg ist.

Als der Zug endlich hält, steigt er aus und ruft seine Frau an. «Du musst sofort mit dem Auto nach Pfäffikon kommen, ich habe ein Kind gefunden, frag nicht, was, wie und warum, komm einfach.» Beat schreitet aufgeregt mit der Tasche hin und her, dann öffnet er sie wieder ein wenig, schaut, ob alles in Ordnung ist. Nach einer Weile fängt das Kleine an, unruhig zu werden. «Nur nicht schreien», hofft er, setzt sich auf eine Bank, hält die Tasche ein wenig geöffnet auf dem Knie, wippt dazu und unterhält, sich so gut er es kann, mit dem Kind. Etwa eine Stunde später erscheint, zur Erleichterung von Beat, Elisabeth.

Sofort geht er ihr entgegen. «Gehen wir zum Kofferraum, dort ist es etwas bequemer.» Er breitet eine Decke aus, die er immer im Kofferraum hat, dann öffnet er die Tasche. Elisabeth staunt nicht schlecht, als sie das Kind sieht. Sie nimmt es ganz vorsichtig aus der Tasche und legt es behutsam auf die Decke. Das Kind ist sehr gut gewickelt, die Person wusste, wie man das macht. Die Windel ist aber voll, also muss sie gewechselt werden. «Wir haben aber nichts, keine Windeln, kein Puder, keinen Schoppen, rein gar nichts», sagt Elisabeth.

Elisabeth geht in den nächsten Laden und besorgt das Nötigste. Sie erklärt der Verkäuferin, sie habe zu Hause alles in einer Tragtasche im Wohnzimmer parat gemacht, jetzt stehe es immer noch dort. «Können Sie mir bitte alles, was man braucht, einpacken, auch eine Schoppenflasche und einen Thermokrug mit warmem Wasser.»

Es ist ein Mädchen, stellen sie beim Trocknen fest. «Oh watsch», bemerkt Beat, als er die Kleine bewundert, «das ist ein Ausländerkind.» «Egal», meint Elisabeth, «auch Ausländerkinder brauchen Eltern.» Als es ohne Probleme getrunken hat, ist es wieder ruhig. «Und jetzt, wie weiter?», fragt Beat. «Es gibt zwei Möglichkeiten: Wir legen sie in die Babyklappe oder wir behalten sie.»

«Behalten», sagt Elisabeth mit überzeugender Stimme, «das ist jetzt unser Kind.»

«Wie willst du das unseren Verwandten und Bekannten mitteilen?», fragt Beat.

«Wir fahren gleich ins Graubünden, dort weiß kein Mensch, dass wir kein Kind haben, und in Zürich sagen wir einfach, dass die Adoption erfolgreich war.»

«Das könnte klappen», meint Beat, «also ab ins Graubünden, die Wohnung ist bezugsbereit, den Schlüssel habe ich. Nur nicht möbliert, die Möbel kommen erst in 14 Tagen, aber ein Zimmer können wir sicher bewohnbar machen.»

Elisabeth setzt sich auf den Rücksitz, hält die Kleine im Arm, lächelt sie an, als hätte sie sie geboren. Ihre Augen strahlen das Mädchen voller Bewunderung an und sie denkt: «Jetzt haben wir ein Kind. Ein eigenes Kind.»

«Hast du dir schon überlegt, wie sie heißen soll?», platzt Beat in ihre Gedanken. «Hat noch Zeit, morgen werden wir einen Namen für sie aussuchen.»

«Weißt du eigentlich, dass das schon längst registriert sein sollte?»

«Du wirst dir schon etwas einfallen lassen, dass wir unser Kind legal bekommen haben», erwidert Elisabeth mit Überzeugung.

Am anderen Tag wird als Erstes das Zimmer nach dem Geschmack von Elisabeth eingerichtet. Sie kann alles nach ihren Gefühlen und Empfindungen gestalten. Keine Verwandten oder guten Freunde wollen ihr etwas andrehen, das sie nicht mehr brauchen können und das doch so gut ins Kinderzimmer passen würde.

Der Name, ja, der Name ist ein Problem. Trotz Internet haben sie Mühe, einen Namen zu finden. Nach langer Diskussion kann man sich auf «Lea» einigen.

Ans Zurückgeben oder daran, das Mädchen in die Babyklappe zu legen, denken sie nicht mehr. «Das ist eine Fügung des Schicksals, also haben wir ein Recht darauf, es zu behalten.» Einen Aufruf, dass ein Kind vermisst wird, haben sie nie gesehen oder gehört, das Kind wurde ausgesetzt und sie haben es gefunden, also gehört das kleine Wunder ihnen. So diskutieren sie miteinander. Von der Hautfarbe her muss es ein Türkenkind sein oder aus dem Nahen Osten kommen.

Aber etwas ist ihnen von Anfang an bewusst: Jemandem müssen sie die Wahrheit sagen, denn das Kind muss eine Identität und einen Pass haben.

***

Zwei Tage später, das Wetter zeigt sich von der schönsten Seite. Elisabeth legt Lea, nachdem sie ihr das schönste Kleid angezogen hat, in den neuen Kinderwagen, spaziert selbstbewusst, mit gemächlichen Schritten auf einer Nebenstraße. Die beiden sind kaum fünf Minuten unterwegs, als sie sieht, dass noch andere Mütter die gleichen Gedanken gehabt haben. Sie steuert ihren Wagen direkt gegen ein Gespann, das ihnen entgegenkommt. Elisabeth grüßt freundlich, hält ihren Wagen, als sie auf gleicher Höhe ist, an, um ihr Gegenüber in ein Gespräch zu verwickeln. Annette, so heißt die Frau, ist nicht abgeneigt, ein wenig zu plaudern. So macht Elisabeth Bekanntschaft mit einer Frau, die die gleichen Probleme und Interessen hat. Als sie voneinander wissen, wie die Kinder heißen, das Alter und so manches, was beide interessiert, fragt Elisabeth, wo der nächste Arzt und die Säuglingsberatung seien. Annette gibt bereitwillig Auskunft. «Ich möchte dich zu Kaffee und Kuchen einladen, aber wir sind noch nicht fertig eingerichtet», bedauert Elisabeth. «Komm doch mit deinem Mann heute Abend zu uns, wenn mein Mann auch zu Hause ist», entgegnet Annette, «nimm die Kleine mit, die kann bei Björn schlafen, dann können wir auf ein ‹Du› anstoßen.» «Wir kommen sehr gerne», sagt Elisabeth.

Der Zufall will es, dass der Mann der Kinderwagenbekanntschaft Rechtsanwalt ist. Nach langem Überlegen entschließen sich Käsers dazu, den Anwalt in ihr Geheimnis einzuweihen. Am Morgen ruft Beat Annette an. «Ich habe am Freitag Geburtstag und möchte Sie zum Essen in den Hirschen einladen.» Elisabeth weiß, das Kind muss so schnell wie möglich registriert werden.

Zum Essen ein guter Wein, nicht wenig, anschließend ein Kaffee, Schnaps, zwei, drei Appenzeller, bis alle einen kleinen Schwips haben. Sie brauchen keine Angst zu haben wegen des Fahrens, da alle zu Fuß gekommen sind. Diskutiert wird vor allem über die große Überbauung. Es ist ein lustiger Abend, unter anderem fragt Beat, ob er auch Leuten, die in Not sind, helfen kann, indem man, ohne anderen einen Schaden zuzufügen, das Gesetz umgeht. «Wie meinst du das?», fragt Kaspar, so heißt der Mann von Annette. Unter anderem will Beat wissen, ob Kaspar auch schon Kindern auf illegale Weise den Schweizerpass vermittelt hat. Beat hat das Gefühl, Kaspar werde gleich nüchtern, er starrt Beat an, als käme er von einem anderen Stern. «Das geht nicht, das ist strafbar, ist euer Kind etwa illegal hier, habt ihr einen Krampf gedreht?», wollte Kaspar wissen. «Nein, nein, alles in bester Ordnung, ich wollte es nur wissen.»

«Dann bin ich beruhigt.»

«Ich habe einen Bekannten, der möchte ein Kind adoptieren, aber das kostet eine Unmenge Geld hier in der Schweiz, was er nicht besitzt, da hat er mit dem Gedanken gespielt, eines im Ausland zu kaufen und dann mit gültigen Papieren in die Schweiz zu bringen.»

«Da gibt es natürlich immer Mittel und Wege für solche Spielchen, aber da biete ich nicht Hand, ich weiß, dass es italienische oder Tessiner Anwälte gibt, die das schon gemacht haben.»

«Könntest du mir eine Adresse angeben?»

«Ja, könnte ich, wenn ich wollte, aber zuerst möchte ich die Familie kennenlernen.»

«Nein, das geht nicht, gib mir die Adresse vom Anwalt oder wir vergessen das Ganze.»

Auf einmal kommt Beat der Gedanke ans Internet. Käsers verabschieden sich eine halbe Stunde später.

Beat öffnet noch am selben Abend das Internet und sucht nach einem Anwalt. Etwa zwei Seiten voller Anwälte findet er im Tessin. «Aber welcher ist der richtige, bei einem Stand auf Italienisch und Deutsch, ich helfe Ihnen auch bei einem Ausländerkind, einen Schweizerpass zu besorgen, das ist mein Anwalt», brummt er vor sich hin.

Auf dem schnellsten Weg fährt er am nächsten Tag ins Tessin, ohne die schöne Aussicht zu genießen, dafür mit einem mulmigen Gefühl im Bauch. Nach einer Stunde Fahrt steht er dank Fahrthilfe im Büro des Anwalts. «Sind Sie angemeldet?», fragt eine ziemlich unfreundliche Empfangsdame auf Italienisch. Beat tut so, als hätte er nichts verstanden, dann probiert sie es auf Deutsch. «Nein», erwidert er, «gut, dann können Sie wieder nach Hause», sagt sie in schlechtem Deutsch. Ohne weitere Erklärungen abzuwarten, setzt er sich auf einen Stuhl, der eigentlich für Wartende reserviert ist, und tut so, als hätte er nichts verstanden. «Bitte gehen Sie, mein Chef hat Termine, heute den ganzen Tag», sagt sie auf Englisch. Beat erwidert sehr energisch auf Mundart: «Ich will den Chef sprechen, ich habe drei Stunden Autofahrt hinter mir und habe nicht im Sinn, ohne eine Antwort wieder nach Hause zu fahren.» Er merkt, dass die Dame nur Bahnhof verstanden hat, als sie ihn mit offenem Mund anschaut. Beat sagte das sehr verärgert und bleibt einfach sitzen, die Dame gibt das Unterfangen auf, ihn loszuwerden. Ohne ihn zu beachten, gehen Leute an ihm vorbei, treten an den Schalter, verschwinden in einem Zimmer, kommen nach kurzer oder langer Zeit wieder heraus. Beat wartet einfach, weiß nicht, worauf und auf wen.

Nach einer Stunde kommt ein älterer Herr in Krawatte, gut angezogen, dazu ein sicheres Auftreten, eine Mappe unter dem Arm, ein fester Gang, mit einem scharfen Blick. «Das muss der Anwalt sein, den ich suche», geht es Beat durch den Kopf, er steht auf und stellt sich einfach vor ihn hin, versperrt ihm den Weg. «Sind Sie Herr Salvadore, der Anwalt?»

«Nein, der bin ich nicht, ich bin sein Vater.» Er spricht ganz gut Deutsch. «Haben Sie ein Problem?», fragt er unfreundlich, fast verärgert.

Beat erklärt ihm den Sachverhalt, dass die Sekretärin ihn einfach nicht angemeldet habe, er habe einfach hier gewartet. «Worauf?», will der Anwalt wissen. «Ich weiß nicht, wahrscheinlich auf Sie», entgegnet Beat spontan. «In zehn Minuten lasse ich Sie rufen, das muss eine interessante Sache sein, wenn Sie einfach warten», sagt der Anwalt und verschwindet im Nebenzimmer.

«Ich bin Salvadore Sen und war auch Anwalt, jetzt bin ich im Ruhestand, aber manchmal übernehme ich noch Fälle, die nicht allzu aufwendig sind, also erzählen Sie, los, wo drückt der Schuh.»

«Ich weiß nicht so recht», gibt Beat zu bedenken. «Ich bin Anwalt und bin vereidigt, bin zum Schweigen verpflichtet», probiert er, ihn zu beruhigen.

Beat erzählt ihm die Geschichte vom gefundenen Kind und dass Käsers es einfach behalten möchten.

Er hört geduldig zu. «Ja, das ist eine schwierige Sache, das geht schon unter Strafe, was sie hier gemacht haben.»

«Weiß ich selber», murmelt Beat.

Er verlässt den Raum, nachdem er die Adresse aufgeschrieben hat, und kehrt kurz darauf wieder zurück. «Das ist eine heikle Aufgabe, das kann bis zwei Jahre Gefängnis geben, für Sie und mich, aber ich habe schnell nachgeschaut, den Fall übernehme ich, ein solcher Fall in meinem Alter, da ist bestimmt etwas Spannung drinnen, das kostet Sie 10'000 Schweizer Franken. Aber erst, wenn sie das Kind ihr Eigen nennen dürfen. An diesem Fall ist Fleisch am Knochen, vielleicht ein paar schlaflose Nächte, in meinem Alter tut das gut, macht dazu Spaß. Wissen Sie, Rauschgiftsüchtige, Scheidungen, Zigarettenschmuggel, vielleicht noch kleinere Betrüger, von denen hatte ich Hunderte. Aber einem Kind durch einen Pass zum Glück zu verhelfen, das hatte ich noch nie. Ein Pass, ein Dokument, ein Blatt Papier, das es braucht fürs Leben, ja, das werde ich machen. Dann hat das Kind eine glückliche Jugend, rechtschaffene Eltern, deren größter Wunsch in Erfüllung geht.»

***

Der Anwalt empfiehlt Beat, in Lugano für sich und seine Frau ein Hotelzimmer zu buchen. «Ich habe eine Idee, wie es klappen könnte. In ein bis zwei Tagen haben Sie ein eigenes Kind mit gültigen Papieren.»

Nachdem er in einem guten Hotel Zimmer für drei Personen reserviert hat, macht Beat einen kleinen Spaziergang durch das schöne Städtchen Lugano, er hat gute Laune, könnte die halbe Welt umarmen. Bei jedem Laden mit Babykleidern verweilt er eine Weile, stellt sich vor, wie seine Tochter in bestimmten Kleidern wohl aussieht, aber seine Frau macht das bestimmt viel besser. Beat freut sich jetzt schon, wenn er legal, erhobenen Hauptes, mit dem Kinderwagen durch das

Dorf spazieren kann. «Unsere Lea geben wir nicht mehr her, koste es, was es wolle.»

Nach dem Essen will sich Beat noch einen Drink in der Hotelbar genehmigen, um seine Freude zu begießen. Es sind wenig Gäste im Lokal, so kann er sich ungestört mit der Bedienung unterhalten.

Er wird sehr aufgeregt, als das Handy klingelt und er sieht, dass es der Anwalt ist. «Ich habe die Lösung gefunden, so sollte es gehen, Details folgen später. Kommen Sie morgen um neun Uhr in meine Kanzlei, dann werde ich Sie aufklären.»

Beat bestellt noch einen Whisky, dann noch einen, bis er einen kleinen Schwips hat, damit er gut schlafen kann, denn er ist so aufgeregt, kann das Glück kaum fassen.

Er ist in Gedanken versunken, malt sich das Glück mit seinem Kind aus, als ein besoffener Gast schwankend das Lokal betritt. «Ach, der schon wieder», meint die Bedienung, mehr zu sich. «Was willst?», fragt sie auf Italienisch. «Ein Whiskysoda», lallt er. «Geh heim zu deiner Familie, deinen Kindern und deiner Frau, die auf dich warten, anstatt dich hier vollzusaufen.» Zuerst wird er zornig, beleidigt die Bedienung, dann beruhigt er sich, bestellt noch einmal dasselbe, wird immer stiller, auf einmal fängt er an zu weinen, er hat das heulende Elend bekommen.

Die Serviertochter erklärt Beat, dass der Mann fünf Kinder hat und seine Frau ihn mit anderen Männern betrügt, am Abend ist er meistens betrunken, aber zur Arbeit geht er alle Tage.

Dann kommt ein etwa zwölf Jahre alter Knabe ins Restaurant gerannt und redet auf den betrunkenen Mann ein, der erschrickt sehr und Beat hat das Gefühl, dass der Mann auf der Stelle nüchtern geworden ist. Augenblicklich verlässt er das Lokal, ohne zu zahlen. «Das war sein Junge, seine Frau ist von einem Auto angefahren worden und ist verletzt», erklärt ein Gast, der inzwischen neben Beat Platz genommen hat und Italienisch versteht. «Ich werde die Konsumation von dem Herrn, der eben gegangen ist, übernehmen», erklärt Beat spontan, «Warum eigentlich», geht es ihm durch den Kopf, «Morgen wird er wieder saufen, probieren, seinen Kummer im Alkohol zu ertränken.» Mit aufgewühlten Gedanken verlässt er das Lokal, dann legt er sich schlafen.

«In acht Stunden geht mein größter Wunsch in Erfüllung, ich werde ein Kind mein Eigen nennen dürfen, sollte eigentlich sehr glücklich und zufrieden sein. Eine mir unbekannte Familie hat Probleme. Warum beschäftigt mich das, was geht mich das Ganze an. Die ist selbst schuld, warum war sie ihm nicht treu, warum säuft er und kommt seinen Pflichten nicht nach, die Kinder», meldet sich das Gewissen, «sind die auch selbst schuld? Weiß ich nicht, jetzt wird geschlafen, ich will vergessen, was ich mit diesem Mann erlebt habe.»

Aber irgendwie kann Beat die Freude nicht genießen. «Noch ein Whisky von der Zimmerbar, vielleicht kann ich mit Alkohol auch meine Bedenken wegspülen. Nicht zu viel, heute muss ich noch meinen Kopf beisammen haben. Wenn meine Frau morgen mit dem Kind kommt, darf ich nicht betrunken sein.»

Beat ist sehr aufgeregt, als er am nächsten Morgen das Büro des Anwalts betritt, um Details zur Geburt zu klären. «Das Ganze ist illegal und wird mit Gefängnis bestraft, wenn es rauskommt, ich habe mich über Sie schlaugemacht. Es wurde kein Kind in der Schweiz in letzter Zeit als vermisst gemeldet, so werde ich Ihren Ausführungen glauben. Ihre finanzielle Lage ist gut bis sehr gut, keine Straftaten eingetragen, verheiratet sind Sie auch, Ihr Leumund ist in Ordnung, somit werde ich es wagen, Ihr Kind zu legalisieren. Ich kenne einen Arzt, der kostet auch 10'000 Schweizer Franken. Mit ihm zusammen werden wir eine Geburtsurkunde ausstellen», erklärt der Anwalt. «Ihre Frau muss in seine private Klinik kommen, sollte um halb zwölf in dieser Nacht, mit einem dicken Bauch und verschleiertem Gesicht notfallmäßig beim Arzt am Hintereingang läuten, dort kommt eine Krankenschwester und öffnet die Tür, begleitet sie zum Arzt, der wird besorgt sein, dass ein Zimmer für Kunden, die nicht erkannt werden wollen, zur Verfügung steht. Die Schwester wird dann mit der Bemerkung, die Frau wolle nicht erkannt werden, weggewiesen. Noch was: Ihre Frau muss so verhüllt sein, dass man sie später nicht erkennen kann. Sie gehen dann so schnell wie möglich hin und holen Ihr Kind, das im Keller in einer Tragtasche im Auto in der Zwischenzeit hoffentlich geschlafen hat. Drei Tage muss Ihre Frau im Spital bleiben, damit alles echt aussieht. Das Personal ist darüber aufgeklärt, dass es immer Leute gibt, die beim Entbinden nicht erkannt werden wollen, das Essen bringt der Arzt immer persönlich, die Türe muss immer von innen geschlossen werden. Nach drei Tagen können Sie nach Hause, dann hat sie es selbst geboren, es ist legal und Sie haben Ihr Kind.»

Zuerst will der Arzt das Kind sehen, ein paar Untersuchungen machen. «Hoppla», sagt er, als er das Kind vor sich hat, «eine Ausländerin, aus dem Nahen Osten, das wird ab und zu Aufklärungen nach sich ziehen, am besten geben Sie einen Seitensprung an. Außer einem Muttermal bei der Brust ist alles in Ordnung, das Kind ist kerngesund.»

Nach drei Tagen verlässt Familie Käser die Klinik, geht noch eine Nacht ins Hotel, sie wollen sich recht verwöhnen lassen und das Kind richtig genießen, nur sie drei.

Endlich im Hotel, nehmen sie das Kind in die Arme, drücken es an sich, spielen mit ihm, legen sich zu ihm ins Bett und streicheln es. «Jetzt haben wir ein Kind, unser eigenes Kind.» Dann nehmen sie sich in die Arme und tanzen ohne Musik, sie flüstert ihm in die Ohren: «Unser Kind», er schreit fast, «unser Kind», sie sind beide so glücklich, schauen sich immer wieder an, «jetzt haben wir, was wir schon lange wollten, ein eigenes Kind», sie waren beide so glücklich, wie es nur richtige Eltern sein können.

Als das Kind nach etwa einer Stunde eingeschlafen ist, entschließen sie sich dazu, in der Bar einen Drink zu nehmen und ihr Elternglück zu feiern. Es spielt jemand Piano, die Stimmung ist friedlich und entspannt. Als Beat Elisabeth zum Tanz auffordert, willigt sie ohne zu zögern ein. Sie tanzen eng umschlungen und sind sehr, sehr glücklich, bis ein Mann in einer Tanzpause die Bar betritt. Er ist total besoffen, es ist der mit den fünf Kindern. «Ein Bier», lallt er, dann nimmt er Elisabeth am

Ärmel, schaut Beat an und sagt: «Ich möchte einmal mit deiner Frau tanzen.»

«Du bist ja betrunken, geh nach Hause zu deiner Familie», sagt Beat mit strenger Stimme, sehr bestimmt. «Ich bin nicht besoffen und der Rest geht dich nichts an», widerspricht der Mann in sehr gutem Deutsch. «Was macht deine Frau, geht es ihr besser nach dem Unfall?»

«Ja, natürlich, aber warum?»

«Weißt du, ich habe damals deine Zeche bezahlt.»

«Du warst das! Meiner Frau geht es gut, sie hat einen Arm im Gips, überall Schürfungen, nicht der Rede wert.»

«Deine Kinder, was machen sie?»

«Weiß ich doch nicht, denen geht es auch gut, die sind sehr intelligent, können selber auf sich schauen, die brauchen keinen Aufpasser mehr. Den Jüngsten versorgt meine 14-jährige Tochter, die soll auch etwas machen und meiner Frau helfen, die muss keine Aufgaben machen, die kann einfach alles, auch die anderen sind so intelligent, dass der Älteste eine Klasse auslassen konnte. Der wird einmal Bundesrat, der interessiert sich jetzt schon für Politik. Noch eine Stange», rief er der Bedienung zu. «In meinem Geschäft, wo ich arbeite, bin ich Vorgesetzter von 50 Leuten, da kann mir niemand etwas vormachen. Ich bin erst seit drei Monaten in dieser Firma, aber was ich schon für neue Ideen verwirklicht habe. Heute zum Beispiel: Dank meiner Initiative waren wir schon um vier Uhr mit der Arbeit fertig, für die Zeit, die bis um sechs vorgesehen war, die anderen putzen noch, aber ich bin nach Hause gegangen und habe ausgestempelt, es hat keinen Wert, dass man einfach nur die Zeit vergeudet und der Firma schadet. Noch eine Stange.»

Beat will mit seiner Frau wieder tanzen gehen, als es hinter seinem Rücken kracht. Als er sich umdreht, sieht Beat den Mann am Boden. «Ich rufe die Polizei», meint die Bedienung, «nein lass das, ich bringe ihn nach Hause, gib mir die Adresse, mit der Fahrthilfe finde ich sein Heim schon, es ist nur fünf Minuten von hier entfernt, meine Frau und ich werden ihn zu Hause abliefern. Ich war auch schon froh, dass mich Fremde nach Hause brachten.»

Die 13-jährige Tochter öffnet die Tür. «Du weißt doch ganz genau, dass dich unsere Mutter jetzt nötig hätte, und du bist wieder besoffen.»

«Ich bin nicht besoffen, nur müde. Wir hatten heute sehr viel Arbeit.»

«Kommen Sie rein, trinken Sie noch einen Kaffee Schnaps mit mir, zum Dank.»

«Sie gehen besser ins Bett.»

«Gut, mache ich. Nach dem Kaffee.»

«Nein, wir müssen gehen, unsere Kleine schläft im Hotelzimmer, wir wollen sie nicht zu lange alleine lassen.»

Käsers sind schon draußen, da hören sie ein Gebrüll: «Was habt ihr den ganzen Abend gemacht, anstatt zu lernen und die Wohnung aufzuräumen habt ihr ferngesehen und Computerspiele gespielt! Ich will euch schon lernen!», schreit er, schreitet in Richtung des Computers, stolpert und stürzt, bevor er das Ziel erreicht. Dann rappelt er sich wieder auf. «Den Fernseher schmeiße ich noch zum Fenster raus», droht er. In der Not rennt die Tochter vor die Tür. «Bitte, bitte, kommen Sie rein, dann beruhigt er sich schnell.»

Elisabeth bittet Beat, hierzubleiben. «Ich gehe ins Hotelzimmer zum Kind.» Beat geht mit dem Mädchen ins Haus zurück, Paul ist gerade beim Fernseher und will ihn anheben. «Sind Sie schon wieder aufgestanden, ausgeschlafen?», fragt Beat scheinheilig. «Ich habe mein Taschenmesser verloren, wollte sehen, ob es irgendwo liegt», probiert er, sein Zurückkommen zu rechtfertigen.

«Warten Sie, ich helfe Ihnen suchen.» Paul lässt den Fernseher stehen. Als er sich bücken will, fällt er etwas unsanft auf die Knie. «Hier ist es nicht», stellt er nach kurzem Suchen fest. «Da, da», Beat bückt sich und hält kurz darauf ein Taschenmesser in der Hand.

«Jetzt trinken Sie einen Kaffee mit mir und einen Schnaps dazu.» Beat willigt widerwillig ein. Beim Kaffeetrinken ist Paul der Engel in Person, lieb und zuvorkommend. «Mutter, stell dem Gast noch ein Gebäck auf», fordert er seine Frau auf, die in der

Zwischenzeit den Raum betreten hat. Beat lehnt ohne Erfolg ab. Auf einmal geht ein Kindergeschrei los. Der Kleinste ist erwacht. Paul holt ihn schwankend aus dem Bett. Wie der Vater mit ihm umgeht, man könnte wirklich meinen, er sei ein Engel.

Kurze Zeit später legt er den Kleinen auf den Boden, der fängt sofort an zu kriechen, kommt auf Beat zu, zieht sich am Hosenbein in die Höhe, bis er steht. «Sehen Sie, jetzt ist er erst elf Monate alt, kann schon bald allein gehen, wissen Sie, wir haben alles so intelligente Kinder.» Die Frau probiert zu relativieren, aber er behauptet einfach, seine Kinder seien die besten. Beat nimmt den Kleinen auf den Arm, er fremdelt gar nicht, seine Mutter gibt ihm einen Brotrauft und er hält sich still.

Dann fängt Paul an: «Wenn die Kinder so gut und so intelligent sind, muss man mehrere machen, wir wollen sicher noch eins, gell Mutter, wir wollen nicht aufhören, bis wir neun oder zehn haben.» Die Frau meint: «Fünf sind genug.»

«Nein, nein, es gibt genug dumme und einfältige Eltern, die sollte man kastrieren oder unfruchtbar machen, Sex können sie ja haben, aber keine Kinder sollten sie zeugen dürfen, ich bin ja kein Unmensch und mag ihnen eine Freude gönnen.»

Nach zirka einer Stunde geht Paul ins Bett und Beat will ins Hotel. «Ich hätte noch eine Bitte: Könntet ihr nicht morgens vorbeikommen, bevor ihr die Heimreise antretet, dann ist mein Mann auf der Arbeit.»

Beat schläft unruhig in dieser Nacht, muss immer an die Familie denken. Fünf Kinder, alle gesund, ziemlich sicher auch intelligent und anständig. Die Familie stammt aus der Deutschschweiz. Paul erzählte Beat, wie es im ergangen war: «Ich kam als Metzger in die italienische Schweiz, dann eröffnete ich mit meiner Frau eine kleine Metzgerei. Am Anfang mieden mich die Einheimischen, da ich aber sehr gute Würste machte, bekam ich auf einmal Kundschaft. Ich konnte mich über Wasser halten, es ging mir immer besser, bis eine Großmetzgerei ins Städtchen kam, gegen die konnte ich nicht konkurrieren. Die Leute blieben wieder aus. Eines Tages kam der Geschäftsführer von diesem Geschäft, machte mir ein sehr gutes Angebot, das ich fast annehmen musste. Als dann meine Frau auch noch drängte, ich solle doch diese Arbeit annehmen, habe ich wider Willen mein Geschäft aufgegeben und mich als Vorarbeiter einstellen lassen. Die hatten nur Angst vor der Konkurrenz, darum wollten sie mich übernehmen.»

Am anderen Tag machen Käsers noch schnell einen Abschiedsbesuch bei der Familie Baumgartner, so heißen die Bekannten. Doris, die Mutter, Paul, der Vater, Karin, 13, Jan, 12, Risto, 5, Leila, 3, Scheol, 11 Monate, alle der Reihe nach.

«Nur schnell auf Wiedersehen sagen», denkt Beat. Nach dem Klopfen kommt die Mutter mit Scheol auf dem Arm vor die Türe und bietet Käsers an, einen Kaffee mit ihr zu trinken. Elisabeth merkt sofort, dass Scheol die Windel voll hat. «Soll ich ihn trocknen legen?»

«Gerne, wenn es Ihnen nichts ausmacht. Ich kann fast nicht, mit meinem gebrochenen Arm, das macht immer Karin, wenn sie von der Schule kommt.» Die drei älteren Kinder sind in der Schule, nur Leila und Scheol sind zu Hause.

Beim Kaffee fängt die Frau an zu erzählen. «Die Metzgerei ist anfangs gut gelaufen, wir hatten unser Auskommen, aber mein Mann wollte den Tessinern zeigen, wie man's macht, das kam nicht gut an. Wir hatten immer weniger Kunden, am Schluss konnten wir froh sein, dass er in der Großmetzgerei arbeiten konnte, aber seither hat er schon viermal gewechselt. Immer will er den Geschäftsführern zeigen, wie man es machen sollte. Das kommt nie gut. Dazu trinkt er manchmal schon am Morgen ein oder zwei Bier, den Führerausweis hat er auch schon zweimal abgegeben, dabei könnten wir das Geld gut gebrauchen. Wenn mein Vater uns nicht ab und zu Geld geben würde, wären wir schon lange Konkurs gegangen. Mein Mann ist ein herzensguter Mensch, er hilft allen und überall. Hat einer kein Bett, kein Geld, kann er bei uns schlafen. Muss man irgendwo für die Partei Plakate aufmachen oder Unterschriften sammeln, macht es mein Mann, meistens hat er dann gleichwohl keine Zeit, dann ist er frustriert und depressiv, dann säuft er wieder. Er kann nie sagen: «Ich weiß nicht.» Er sagt immer etwas, meistens ist es falsch. Gestern Abend hat ihm einer der Saufkollegen im Restaurant gesagt: «Meine Frau schaut immer nur fern.» Darauf hat er ihm geantwortet: «Meine macht die Haushaltung, spielt mit den Kleinen und die Älteren machen Hausaufgaben.» Als er dann sah, dass wir halt auch fernschauten, wollte er den Fernseher zum Fenster rauswerfen. Gottlob sind Sie noch gekommen. Wenn mein Mann nicht so gut zu mir und den Kindern wäre, hätte ich ihn schon lange verlassen. Im Dorf wird erzählt, ich hätte mehrere Liebhaber. Zwei, drei Kollegen kommen hie und da zum Kaffeetrinken, helfen mir oder meinem Mann, aber ich hatte noch nie ein Verhältnis mit einem Anderen. Ist er nüchtern, ist er der beste Liebhaber, den man sich vorstellen kann.

Sie plaudern noch eine Weile miteinander. Nebenbei erwähnt sie, dass man Scheol nicht mehr trocknen müsste, wenn er nur ein wenig älter wäre. «Er muss immer im Dreck sein, bis Karin nach Hause kommt. Kinder gibt es keine mehr, ich ließ mich unterbinden, ohne dass mein Mann etwas davon wusste.» Elisabeth schaut Beat mit einem fragenden Blick an, er nickt nur. «Wenn es Ihnen nichts ausmacht, nehmen wir Scheol in die Ferien, bis Ihr Arm wieder gut ist», meint sie, «Leila kann auch gleich mitkommen.» Doris sagt erst nichts, dann: «Das würden Sie tun? Ich gebe die beiden Kinder nicht gern her, aber ich kann mich fast nicht auf den Beinen halten. Sie wissen gar nicht, was für eine Freude Sie mir machen. Ein wenig ausruhen, nur ein, zwei Wochen. Ich muss das natürlich noch mit meinem Mann besprechen, aber ich weiß, wenn ich einen Wunsch habe, schlägt er mir den nicht aus.» Nach einem kurzen Zögern macht sie die Kleider für beide parat. «Die laden wir jetzt in Ihr Auto, geht irgendwo essen, das werde ich bezahlen.»

«Das kommt gar nicht infrage», protestiert Beat. Doris drückt Elisabeth 100 Schweizer Franken in die Hand. «Geht jetzt essen, dann kläre ich meinen Mann beim Mittagstisch auf und lasse ihn am Schluss im Glauben, dass er bestimmt hat, dass die beiden in die Ferien können und er mir die Erholung gönnt.» Die Tränen fließen ergiebig, als die Kinder ins Auto steigen und Abschied nehmen.

So kommt es, dass Doris und Beat mit einem eigenen Kind und zwei Ferienkindern nach Hause kommen.

***

«Die neue Wohnung ist noch nicht fertig eingerichtet, drei Kinder auf einen Schlag, wird das meine Frau schaffen? Jetzt ist sie nur glücklich, dass sie ein eigenes Kind hat. Die zwei anderen hat sie aus Dankbarkeit oder Mitleid in die Ferien genommen», denkt Beat.

Er ist wegen der Arbeit ins Wallis gekommen, er ist Architekt und hat ein Projekt übernommen, mit 50 Wohnungen, mit einem Auftragsvolumen von 25'000'000 Schweizer Franken und einer Arbeitszeit von vier bis fünf Jahren. Beat freut sich auf die Herausforderung. Die Bagger und die Baumaschinen sind schon aufgefahren, haben begonnen mit dem Aushub. Morgen muss er als Erstes die Baustelle begutachten, er war fast eine Woche weg, ohne einmal den Baufortschritt zu begutachten, da kann schon das eine oder andere schiefgelaufen sein. Natürlich hat er alle Tage angerufen, um die größten Probleme zu besprechen. Beat ging von Zürich aus während zwei Monaten alle Wochen einmal am Tag auf die Baustelle, um Abklärungen zu treffen, Details zu besprechen und die Arbeitsvergabe zu organisieren.

Jetzt sind die Vorarbeiten so weit fortgeschritten, dass mit der ersten Etappe von vier Blöcken mit je 24 Wohnungen begonnen werden kann, eine anstrengende Zeit, bis es einmal gut läuft.

Somit ist Beat keine große Hilfe für seine Frau bei der Pflege der Kinder. «Die wird das schon schaffen, dazu geht es nur 14 Tage bei Leila und etwa einen Monat bei Scheol, bis sie wieder zurück ins Tessin gehen», denkt er. Auch für Elisabeth ist es eine Herausforderung. Nicht lange überlegen, einfach machen, was das Gefühl sagt, ein Schritt nach dem anderen, irgendwie kommt es immer gut. Als Beat sie bei der Hinfahrt auf das Problem mit der großen Familie und den drei Kindern anspricht, sagt sie nur: «Ich weiß nicht, wie ich das schaffen soll, aber was will ich mich jetzt schon über das aufregen, was erst in einer Stunde beginnt.» So ist Elisabeth, warum sollte man sich sorgen und sich aufregen. Erstens kommt es anders und zweitens als man denkt, das ist ihr Leitfaden fürs ganze Leben.

Erst als sie die Kinder nach dem Essen ins Bett bringen wollen, merkt Beat, dass ein Bett fehlt. «Gut, wir schlafen auf dem Boden, in den Schlafsäcken, die beiden Ferienkinder schlafen in unseren Betten», bestimmt Elisabeth. Beat ist natürlich einverstanden. Eine Stunde ein Geheul, weil die Kinder Heimweh haben und nach Hause wollen. Dann legt sich Elisabeth einfach in die Mitte und singt ein Schlaflied, während sich Beat um Lea kümmert. Als beide Ferienkinder schlafen, kommt Elisabeth zu Beat und Lea ins Schlafzimmer. Sie spielen noch eine Weile mit dem zwei Wochen alten Kind, das jetzt zur Familie Käser gehört. «Bis wir das wirklich begriffen haben, geht es sicher noch ein, zwei Monate», denkt Beat, «meine Frau ist einfach glücklich.»

Als Beat morgens in der Früh das provisorische Baubüro betritt, das aus einem alten Wohnwagen besteht, den er als Erstes eingerichtet hat, wird ihm klar: «Ich muss als Nächstes eine feste Bleibe suchen. Aber jetzt geht es hier weiter.» Er fängt an, den Tagesablauf zu planen.

Schon fünf nach sieben der erste Anruf, die erste Panne. Der Baggerführer hat eine Leitung, die vor etlichen Jahren nicht nach Plan verlegt wurde, zerrissen. 20 Familien haben keinen Strom. «Das gibt Ärger», denkt Beat, «und das nach den Ferien, gut bin ich da, somit kann ich die nötigen Schritte einleiten.» Er orientiert sofort die zuständigen Instanzen und schaut dann selbst auf der Baustelle nach dem Rechten. Die erste Verzögerung von zwei Tagen. «Wenn das die einzige ist, geht es ja noch», geht es ihm durch den Kopf.

Bis die ersten Fachleute zur Reparatur kommen, vergeht eine Stunde. Dann diskutiert Beat mit dem Vorarbeiter der Reparaturfirma darüber, wie lange es geht, bis sie weitermachen können und die Leute wieder Strom haben. Während der Abklärungen kommt ein Land Rover angebraust. Ein gut angezogener Herr steigt aus, man kann ihm von Weitem ansehen, dass er wütend ist. «Was fällt Ihnen ein, den Strom einfach abzustellen?», schreit er die Anwesenden an. «Entschuldigen Sie», spricht Beat ganz ruhig. «Guten Tag, wer sind Sie? Die Ursache sehen Sie selbst, Sie müssen sicher fünf Stunden warten, bis ein Provisorium eingerichtet ist.»

«Das geht nicht», schreit er zurück. «Wissen Sie was, flicken Sie doch das Kabel, dann geht es vielleicht schneller», schreit Beat zurück. Sie diskutieren laut und deutlich noch fünf Minuten miteinander, dann macht Beat den Vorschlag: «Kommen Sie, wir gehen zusammen einen Kaffee trinken, besprechen das Problem dort, in aller Ruhe.» Nach einem kurzen Zögern willigt der andere ein. Es stellt sich heraus, dass er auch Architekt ist und diesen Auftrag gerne gehabt hätte. Aber der Bauer, der das Land verkaufte, stellte die Bedingung, dass er auf keinen Fall die Architektur bekommen sollte. «Er ging sogar mit dem Quadratmeterpreis fünf Franken runter, wenn die Planung einer aus Zürich oder Bern macht, nur keiner von den Bergen. Jetzt hatte ich ein Projekt in der Nachbargemeinde, um zwölf ist der letzte Einreichetermin, jetzt das. Ich bin noch nicht ganz fertig, jetzt geht dieser Auftrag auch noch verloren.» «Höhere Gewalt», entgegnet Beat, «denken Sie nicht, dass sie das verstehen und Ihnen einen Aufschub gewähren?»

«Wenn alle Stricke reissen, können Sie bei mir arbeiten, wenn Sie möchten. Ich brauche sowieso zwei Mitarbeiter für dieses große Objekt.» Beat offeriert ihm ein gutes Gehalt. Nach kurzem Zögern willigt er ein, sollte der andere Auftrag in die Brüche gehen. Dann machen sie noch am selben Vormittag einen Vertrag, jeder kann zurücktreten, wenn er möchte.

So kommt es, dass Beat nun einen guten Mitarbeiter hat, der die Behörden kennt und den Umgangston mit der einheimischen Bevölkerung versteht.

«Wissen Sie mir ein Büro? Dass ich den Wohnwagen verlassen kann, das ist auf die Dauer keine Lösung.» «Sie können Ihr Büro bei mir einrichten, ich habe noch drei freie Räume. Einer reicht mir. Wenn ich ein wenig aufräume, kann ich Ihnen zwei abtreten. Ideal für ein Architekturbüro, eigentlich habe ich das für mich vorgesehen. Separater Eingang, fünf Parkplätze, die Miete beträgt 700 Franken.»

Dank einem zerrissenen Kabel haben sich andere Probleme gelöst.

Morgen erwartet Beat den Bauherrn, ein eleganter, selbstbewusster Mensch, nicht besonders sympathisch, behandelt die Leute, als seien sie Dreck, wenn möglich muss man ihm recht geben und es dann so machen, wie er es als richtig anschaut. So kommt man mit ihm klar. Der Mann hat sehr viel Geld, das macht ihn erträglich. Beat wird seinen Mitarbeiter nicht erwähnen, er möchte nicht unnötige Diskussionen vom Zaun brechen. Der Bauherr wird ihm eh schon Vorwürfe machen wegen des zerrissenen Kabels.

Am anderen Tag schon um halb sieben in der Früh klingelt Beats Handy. «Was ist schon wieder?», sagt er mit einer eher verärgerten Stimme. Er hat auf dem Display gesehen, dass es der Polier ist, der schon gestern den Schaden gemeldet hat. «Es liegt eine tote Frau in der Baugrube.»

«Was, eine tote Frau?», fragt Beat nach, als könnte er nicht glauben, was er eben gehört hat. «Ja, ja, eine Tote», wiederholt der Polier, «die Polizei haben wir schon angerufen.»

«Gut, ich komme auch gleich vorbei.»

Die Frau ist zwischen 20 und 30 Jahre alt, eine schöne Frau aus dem arabischen Raum, sie blutet ein wenig am Kopf, aber nicht schlimm. Ob das die Todesursache ist, sieht man nicht. Das Loch der Baugrube ist schon etwa acht Meter tief, bei einem Sturz könnte man sich schon tödlich verletzen.

«Jetzt haben wir vor vier Tagen mit dem Aushub vor Ort angefangen und schon so viele Probleme. Ich hoffe, dass sich das bald ändern wird. Elisabeth geht es auch nicht so ring mit den drei Kindern. Ich wäre froh, wenn ich ihr unter die Arme greifen könnte, aber das ist jetzt überhaupt nicht möglich», denkt Beat.

Die Polizei ist schon auf dem Gelände, als er auf der Baustelle ankommt. Beat stellt sich vor, dann werden ihm Fragen gestellt. Er muss die Frau anschauen, erklären, ob er sie kennt, wahrscheinlich ist es eine Ausländerin. «Hat sie Suizid begangen?», fragt Beat. «Das wissen wir noch nicht. Dem Aussehen nach könnte sie vom Nahen Osten kommen», erklärt der Fahnder Beat.

Die Verzögerung dauert etwa drei Stunden.

«Ein Unglück kommt selten allein», denkt Beat, als er in der Ferne einen Sportwagen, in dem zwei Personen sitzen, heranbrausen sieht. «Das könnte der Bauherr mit seiner Freundin sein, muss das gerade jetzt sein?»

Beat geht ihm entgegen und als er sieht, dass er das Auto mitten auf der Straße stehen gelassen hat, grüßt er ihn freundlich. Nach einem motzigen Gruss seitens des Bauherrn geht dieser weiter, um den Baufortschritt zu begutachten. «Seid ihr noch nicht weiter?», stellt er mit einem miesen Unterton fest, nachdem er in die Baugrube geschaut hat.

Beat will ihm erklären, warum und wieso. «Kommen Sie in den Sternen zu einem Kaffee, dort können wir diskutieren», klemmt er das Gespräch ab.

Beat folgt ihm etwas später mit seinem Auto. In den letzten Tagen hatte er schon etliche Probleme auf der Baustelle. Hoffentlich wird sich das bald ändern. Auch zu Hause gibt es nichts zu lachen, die Frau läuft auch am Limit mit den drei Kindern und wäre froh, wenn er ihr unter die Arme greifen könnte, aber das ist jetzt überhaupt nicht möglich.

Als Beat etwas später im Sternen eintrifft, führt ihn die Wirtin ins Sali. Eine attraktive junge Frau, sicher 20 Jahre jünger als er, sitzt neben dem Bauherrn. Als Beat Platz genommen hat, fängt der Bauherr an: «Zwei Wochen im Rückstand, nichts ist im Termin.» Beat versucht die Verzögerung zu erklären: «Schon vor Baubeginn hatten wir ein Problem mit einem Bauern, der uns die Durchfahrt für die schweren Maschinen nicht erlauben wollte, da es eine Privatstraße ist, konnte er uns das verweigern. Der Bauer wollte Geld, am Schluss haben wir ihm 5'000 Franken bezahlt, sodass er keine Schwierigkeiten mehr macht. Das hat eine Verzögerung von einer Woche gegeben. Dann ein Kabelriss, das war auch wieder ein Tag. Heute noch die tote Frau.»

«Geht mich alles nichts an, Sie haben einen Terminplan und der muss eingehalten werden, sonst wird das Honorar gekürzt», entgegnet er verständnislos, er war ziemlich hart und abweisend.

Als die Schönheit für einen Moment den Raum verlässt, fragt der Bauherr: «Was sagen Sie zu meiner neuen Eroberung? Die liebt mich wirklich, eine Wucht, ich bin wirklich stolz auf meine Birgit.» Beat zählt alle Vorteile auf, die er sehen kann. Birgit redet nicht viel, so hat er sich kein richtiges Bild von ihr machen können. Sie besprechen noch das weitere Vorgehen beim Bau, dann legt der Bauherr Beat noch nahe, dass er noch einen Arbeiter oder zwei einstellen sollte, aber bitte keinen aus der Region. Beat bejaht und denkt: «Das ist meine Sache, mein Angestellter kann auch von zu Hause aus arbeiten, Detailpläne, Abänderungen, Bauprogramme kann er zu Hause machen.»

Nach einer Stunde ist die Sitzung beendet und Beat kann das Lokal verlassen. Er ist sehr froh, eigentlich beschäftigt ihn die Tote von der Baustelle viel mehr. Als er gegenüber dem Bauherrn die Tote erwähnte, meinte der nur: «Das geht mich nichts an, Sie würden sich besser mit dem Bau beschäftigen als mit einer uns unbekannten Toten.»

∗∗∗

Zu Hause geht es ziemlich chaotisch zu und her. Elisabeth ist wirklich überfordert mit den drei Kindern, oftmals ist das Essen nicht parat, nirgends ist aufgeräumt, beim Essen schreit sie Leila an, die hat immer noch Heimweh und will nicht essen, was auf den Tisch kommt. Lea können sie erst verwöhnen und genießen, wenn die anderen schlafen, aber das kosten sie aus, jeden kleinen Fortschritt nehmen sie wahr, zum Fernsehen haben sie schon gar keine Zeit mehr, die Kleine ist ihnen viel wichtiger. Schlaf ist auch Mangelware, kaum schläft Lea, kommt bestimmt wieder eins von den anderen Kindern. Auch das schlechte Wetter, das jetzt schon drei Tage anhält, macht ihnen zu schaffen.

Nach einer Woche entscheidet sich Beat dazu, einen Tag freizunehmen und mit den Kindern in den Wald zu gehen, um mit ihnen zu spielen, sodass sich Elisabeth ein wenig erholen kann. Es ist ein herrlicher Tag, alle vier genießen es, aber erst jetzt erkennt Beat, wie anstrengend die drei Kinder sind. Nach reiflicher Überlegung entschließt sich Beat dazu, Leila ab und zu mitzunehmen oder sie im Büro beim Arbeitskollegen abzugeben. Dort schaut Irene Wagner nach ihr. Robert Wagner, der Angestellte, ist nicht verheiratet, seine Schwester wohnt mit ihrem Freund im selben Haus, dafür kocht sie und macht den Haushalt für alle. Sie arbeitet zu 50 % auf der Gemeinde. «Vielleicht schaut sie nach Leila, bis sich meine Frau ein wenig erholt hat», denkt Beat. «Kein Problem», meint sie, «lass Leila hier, ich werde mich mit ihr abgeben, wenn ich arbeite, nehme ich sie einfach mit, dort kann sie spielen und zeichnen.» Leila klammert sich aber fest an Beat, weint, «ich will nicht hierbleiben», trotz Versprechungen aller Art. «Wir probieren es ein andermal, dann werde ich eine Zeit lang mit ihr spielen, bis sie sich akklimatisiert hat. Dieses Mal nehme ich sie mit auf den Bau», sagt Beat.

«Wirst halt im Auto warten müssen.»

«Ja, ich bleibe im Auto.»

«Gut, aber es geht eine Stunde. Ich habe verschiedene Besprechungen.»

Als Beat mit dem Polier in einer Diskussion ist, schreit ein Arbeiter: «He, halt an, halt an!»

Da hält niemand an. Als Beat besser hinschaut, merkt er, dass es sein Auto ist, das da eine Spritztour ohne Lenker macht. Nach 50 Metern landet das Auto im Straßengraben, wahrscheinlich war die Handbremse nicht angezogen. «Ich Esel», flucht er über sich, «ich zieh' doch sonst die Handbremse immer an, ja natürlich, habe ich doch das Mädchen im Auto gelassen.» Auf einmal ist ihm das alles egal, «hoffentlich ist ihr nichts passiert», denkt er und läuft mit schnellen Schritten zum Auto. Zuerst hat er noch geflucht wegen des Autos, jetzt hat er nur noch einen Gedanken: «Hoffentlich ist dem Kind nichts passiert.» Die Kleine ist ihm schon richtig ans Herz gewachsen.

Sie liegt neben dem Vordersitz auf dem Autoboden, regt sich aber nicht. «Ist sie bewusstlos, oder nein, nein, ich darf gar nicht daran denken, was sonst? Sie lebt.» Sie hebt den Kopf. «Wo bin ich, was ist passiert?», fragt sie. Beat erklärt ihr alles, nimmt sie einfach in den Arm, ist so froh, dass ihr nichts passiert ist.

«Das Auto, was soll's, den Blechschaden kann man flicken und überhaupt ist es gar nicht schlimm. Die Schuld liegt ja beim Fahrer, warum habe ich nicht einen Stein unters Rad gelegt», macht er sich Vorwürfe, im Sinn hatte er es noch, aber er war sehr in Eile und zu bequem.

Das Auto wird mit einer Baumaschine aus dem Graben gezogen, man kann es sogar noch fahren, stellt Beat erleichtert fest. «Eingedrückt und zerbeult, muss in die Werkstatt», meint der Baumaschinenführer, «machen wir gleich, gehe in die nächste Karosserie», sagt Beat mehr zu sich als zur Kleinen. Die will bei Beat vorne sitzen, dann legt sie den Kopf an seine Schulter, noch nicht ganz vom Schock erholt, sie will einfach nicht auf den Rücksitz und sich anschnallen. Beat ist das auch recht, man kann doch nicht so hart sein mit so einem lieben Kind. Er fährt einhändig und drückt das Kind fest an sich, «bin ich froh, dass nichts Schlimmeres passiert ist. Wenn das Auto 30 Meter weiter bis zur Kurve gefahren wäre, hätte kein Graben es aufgehalten und es wäre 200 Meter in die Tiefe gestürzt. Hier hat ein Schutzengel das Lenkrad in der Hand gehabt.»

Als er nach etwa zehn Fahrminuten von der Hauptstraße nach links in die Autowerkstatt einbiegen will, schießt ein Motorrad mit überhöhter Geschwindigkeit heran. Dessen Fahrer muss ein wenig ausweichen, damit es keine Kollision gibt. Bei diesem Manöver streift er einen Gartenzaun, fliegt über eine Mauer und landet im Garten. Beat hält an, spurtet zur Unglücksstelle. Da kommt auch schon der Besitzer des Gartens. «Sie müssen den Notfall rufen», schreit ihm Beat entgegen, als er sieht, dass der Motorradfahrer im Garten liegt, ohne sich zu bewegen. Er legt ihm seine Jacke unter den Kopf, macht die Seitenlagerung, wie er es gelernt hat, dann geht er in sein Auto zurück, um der Kleinen zu erklären: «Du bleibst hier, ich gehe zu dem Mann und warte, bis die Ambulanz kommt. Bleib bitte im Auto, warte, bis ich wiederkomme», fleht er Leila an. «Ich mache ganz bestimmt nichts mehr am Auto, warte ganz brav», verspricht sie. Die Frau vom Besitzer bringt dann eine Decke und ein Kissen, «nein, wir lassen ihn jetzt so liegen, wenn wir nicht wissen, was er hat», sagt Beat. Nach kurzer Zeit, die ihm wie eine Ewigkeit vorkommt, erscheinen Ambulanz und Polizei. Nachdem Beat den Unfallhergang der Polizei geschildert hat und es sich herausgestellt hat, dass der Motorradfahrer nicht in Lebensgefahr ist, kann Beat endlich die Werkstatt aufsuchen.

Als er das Leihauto für eine Woche in Empfang nimmt, sagt er: «Zahlt ja alles die Versicherung, warum soll ich mich also aufregen. Komm Leila, jetzt gehen wir nach Hause und schauen, was unsere Lieben machen, hoffentlich ist zu Hause alles in Ordnung.»

Als Beat die Tür öffnet, empfängt ihn Elisabeth mit den Worten: «Kannst du Scheol anschauen, er ist mir heute die Treppe runtergefallen, nur zwei Tritte, er hat eine kleine Beule am Kopf, Schürfungen am Arm und Rücken.» Es stellt sich als harmlos heraus. «Was fehlt Lea? Warum?»

Beat erzählt ihr die ganze Geschichte vom Tag, was sich alles bei ihm abgespielt hatte. «Nein, Lea ist gesund, der fehlt nichts, sie ist eher ruhig, hat fast nie geweint, keine Probleme heute mit unserer Tochter.»

Endlich schlafen alle, jetzt können sie ihre Ruhe genießen. «War es nicht ein Fehler, beide Kinder in die Ferien zu nehmen?», fragt Beat seine Frau. «Ich habe auch schon überlegt, ob wir nicht etwas übereilt gehandelt haben. Noch etwas anderes macht mir zu schaffen: Jetzt sind die beiden erst eine Woche hier und sind mir schon fest ans Herz gewachsen. Leila ist nicht unbedingt ein folgsames Kind, ist oftmals frech, manchmal fast nicht zu bändigen, aber dann schaut sie einen so lieb an, dass man ihr verzeiht, dann kann sie so anschmiegsam sein, dabei hat man das Gefühl, sie sei ein Engel. Auch Scheol ist manchmal ein Zwänge, aber wie er mit Lea umgeht! Oftmals legt er sich neben sie auf den Boden und streichelt sie ganz lieb. Das sind ganz nette Kinder, einfach normale, dem Alter entsprechende, aufgeweckte. Das Zurückgeben wird uns schwerfallen, ich habe mich fast schon damit abgefunden, dass wir unter Dauerstress sind, aber einem schönen Stress. Viele schöne Momente hatten wir schon. Die Mutter der Kleinen ruft fast jeden Tag an und fragt, wie es ihren Lieblingen geht.»

Am nächsten Tag hat Lea ganz heiße Wangen. «Jetzt wird die auch noch krank. Sofort zum Kinderarzt.» Natürlich wollen beide gehen, Beat ruft den Mitarbeiter an und fragt ihn, ob er nicht seine Schwester zu ihnen abkommandieren könnte, zum Kinderhüten. «Kein Problem, die kommt gleich.»

Im Spital, in das ihr Arzt sie gleich eingewiesen hat, stellt man eine Entzündung im Magen fest. Lea muss etwas nicht vertragen haben, «das stimmt, ich habe ein anderes Produkt beim Schoppen genommen, gehen wir halt wieder zum Altbewährten zurück», meint Elisabeth.

Die Kleine muss mindestens zwei Tage im Spital bleiben, bis wirklich alles in Ortung ist, ordnet der Arzt an. Zwei Tage ohne Lea kann Elisabeth fast nicht verkraften. Sie geht zweimal am Tag ins Spital, küsst Lea, nimmt sie in die Arme, spielt mit ihr ein bis zwei Stunden. Als sie das Kind nach Hause holen wollen, will der Professor alleine mit Elisabeth sprechen, ohne Beat.

«Das Kind haben sie selbst geboren?», will der Professor wissen. Elisabeth kommt ins Stottern. «Wie meinen Sie?»

«Hier steht, Sie haben am 15. letzten Monat das Kind zur Welt gebracht.»

«Ja, jetzt ist sie drei Wochen alt? Ist etwas nicht in Ordnung?»

«Das Kind muss mindestens einen Vater aus einem arabischen Land haben.» Elisabeth weiß nicht, was sie sagen soll. «Sie sind verheiratet! Seit wann?»

«Seit fünf Jahren.»

«Weiß Ihr Mann, dass er nicht der Vater des Kindes ist?»

«Ja, der ist darüber orientiert.»

«Liebt er das Kind?»

«So sehr wie ich.»

«Dann ist es ja gut. Es wurde eine tote Frau in einer Baugrube gefunden, bei der Obduktion wurde festgestellt, dass sie vor etwa einem Monat ein Kind geboren hat. Das Kind wurde nie gefunden, die Frau war Türkin und Muslimin. Sie lebte in Basel. War alleine, hatte keinen bekannten Mann, die Ermittlungen haben ergeben, dass eine Muslimin ein Kind im Spital geboren hat und dann bei Nacht und Nebel mit dem Kind abgehauen ist. Die Angehörigen sind bekannt, wussten aber nicht, dass sie schwanger war, so belogen sie uns.»

«Wurde sie ermordet?»

«Das weiß bis jetzt niemand, die Verwandten wollen auch nicht so recht rausrücken mit der Sprache, sie hatten keinen Kontakt zu ihr. Ein Loch im Kopf und starke Schürfungen, ob das vom Sturz oder von einer Fremdeinwirkung ist, konnte noch nicht festgestellt werden, der Blutverlust war sehr groß.»

«Wie kam sie in die Baugrube?»

«Das wissen wir auch noch nicht, das ist Sache der Ermittlung.»

«Wieso erzählen Sie mir das alles?»

«Mir kam ein Verdacht», meint der Arzt. Elisabeth behält die Beherrschung. «Jetzt haben Sie das Gefühl, ich hätte dieses Kind gestohlen.»

«Nein, es war nur ein blöder Gedanke, Sie haben bestimmt eine Geburtsurkunde, dass Sie das Kind geboren haben.»

«Ja, ich war im Tessin, es kam vierzehn Tage zu früh», erwidert Elisabeth etwas hässig. «Oder wollen Sie mich untersuchen?»

«Nein, nein, alles gut. Aber doch noch eine kleine Frage, warum wurde das Kind im Tessin geboren und nicht hier oder in Zürich?»

«Wir wollten ein paar Tage Urlaub machen, bevor der Stress mit dem Kinderhüten beginnt.»

«Dann ist ja alles in Ordnung.»

Den ersten Test haben sie überstanden, aber wenn es noch mehrere solche Vermutungen oder Unterstellungen gibt, könnte es schon sein, dass Käsers einmal einen Fehler machen. Aber sie haben schriftliche Beweise, dass Elisabeth das Kind geboren hat.

Die Kinder sind jetzt schon seit zwei Wochen bei der Familie Käser. In einer Woche muss Leila wieder ins Tessin zu ihren Eltern, die vermissen die Kinder sehr. Bei Scheol wäre die Mutter froh, wenn er noch eine Weile bleiben könnte, bis ihr Arm geheilt ist. Es fällt ihnen sehr schwer, Leila wieder zurückzubringen und sie abzugeben. Auch der Mitarbeiter und seine Schwester sind traurig darüber, dass die Kleine wieder ins Tessin muss. Leila hat sich richtig eingelebt, manchmal war sie bei Käsers, manchmal bei dem Mitarbeiter, aber alle mochten sie gern, trotz ihres Wesens, das nicht immer ganz einfach war.

***

Der gestürzte Motorradfahrer geht Beat nicht aus dem Kopf, er entschließt sich dazu, ihn im Spital zu besuchen. Aschwanden hat ein Einzelzimmer, 526, sagte man ihm an der Rezeption. Nach dem Anklopfen tritt Beat etwas gehemmt ins Zimmer. Im Bett liegt ein Mann mit einem eingegipsten Bein, am Arm und Kopf Schürfungen. «Wer sind Sie?», fragt der Mann sehr unhöflich, bevor sich Beat vorstellen kann. Beat hat Blumen bei sich. Als er ihm erklärt hat, wer er ist und warum er hier ist, fängt der Verletzte an zu toben: «Dass Sie sich getrauen, mich im Spital zu besuchen, da sie mich eventuell zum Krüppel gefahren haben, Sie sind dieser unfähige Autofahrer, wo hatten sie die Augen, als sie abbiegen wollten?» «Entschuldigung, ich sah Sie nicht im Rückspiegel, dann waren Sie schon an mir vorbei, Sie müssen viel zu schnell gefahren sein.»

«Jetzt wollen sie mir noch Vorwürfe machen, dass ich nicht Töff fahren kann», hänselt er ziemlich unfreundlich.

«Wir lassen das Gericht entscheiden, wer der Schuldige und wer der Unschuldige ist, wollen wir nicht vernünftig miteinander reden?», sagt Beat und hält ihm die Blumen entgegen. «Sie bringen mir Blumen, den Frauen bringt man Blumen, den Männern Wein oder Schnaps», will er ihn belehren. Jetzt platzt Beat der Kragen. «Sie sind ein aufgeblasener Affe, ein verwöhntes Herrensöhnchen!», schreit er ihn an, schmeißt ihm die Blumen ins Gesicht und will gehen. «Warten Sie, bitte bleiben Sie, ich war sicher ungerecht zu Ihnen, ich möchte mich mit Ihnen unterhalten, wenn Sie mir zuhören könnten. Gefesselt ans Bett, keine guten Gedanken, dann Vorwürfe vom Vater, das gibt eine frustrierte Stimmung, die Sie jetzt ausbaden mussten, noch einmal Entschuldigung.»

«Schon gut», sagt Beat. Irgendwie tut ihm der Junge leid. «Wie geht es Ihnen, was hatte der Sturz für Folgen?», will er wissen. «Das Bein ist ganz zersplittert, es ist nicht ganz sicher, ob es wieder hundertprozentig in Ordnung kommt. Oftmals habe ich Rückenschmerzen, entweder kommt es vom Rücken oder den Nieren, der Urin ist nicht immer gut, der Arm noch gebrochen, sonst soweit gut. Die Schmerzen sind auszuhalten, dadurch besteht die Gefahr, dass man sich zu viel bewegt, dann kommen die Schmerzen mit aller Heftigkeit zurück.»

Nach einer kurzweiligen Unterhaltung von etwa einer halben Stunde will Beat sich verabschieden, da geht die Zimmertür auf und eine attraktive, etwa 25 Jahre alte Frau tritt ins Zimmer. «Meine Freundin Schahin», stellt er sie Beat vor. Nachdem sie sich geküsst haben, will Beat gehen. «Nein, bleiben Sie, das mit der Versicherung müssen wir noch zu Ende besprechen. Schahin, du hast doch gesagt, dass du erst morgen wiederkommen kannst, jetzt habe ich den Versicherungsexperten aufgeboten, wir haben sicher noch eine Stunde», sagt er und schaut Beat vielsagend an. «Dazu habe ich Kopfschmerzen, sodass ich kein guter Unterhalter bin, komme doch bitte morgen wieder», drängt er Schahin zum Aufbruch. Nach etwa fünf Minuten verabschieden sie sich. Als sie fort ist, meint er: «In zehn Minuten kommt Susan, auch eine Freundin, ich habe im Moment drei, eine fürs Bett, eine für den Ausgang und eine, zu der ich gehe, wenn die anderen keine Zeit haben. Natürlich gehe ich mit allen ins Bett, aber mit Susan kann man die besten Spielchen treiben, die sieht nicht so gut aus, aber im Bett befriedigt sie mich am besten. Bin ich froh, dass Sie mitgespielt haben, danke schön.»

Dann verabschiedet sich Beat. «Bitte kommen Sie mich wieder besuchen, mit Ihnen kann ich mich so gut unterhalten, die Schuld vom Unfall nehme ich auf mich, mein Vater hat ja viel Geld, der wird schon bezahlen, was die Versicherung nicht übernimmt.»

«Mir muss niemand etwas bezahlen, Sie haben mir keinen Schaden zugefügt.» Als Beat die Türe öffnet, um zu gehen, kommt wieder eine junge Frau. «Das ist Susan», klärt der Mann noch schnell auf. «So leid sieht die aber auch nicht aus», denkt Beat.

Auf dem Heimweg entschließt sich Beat dazu, noch eine Cafeteria aufzusuchen und das Neuste in einer Zeitung zu lesen.

Da sieht er das Unfallmotorrad von Aschwanden, daneben Aschwanden lächelnd im Spitalbett, auf dem Titelblatt, im Untertitel steht: «Dem Tod von der Schippe gesprungen.»

Ein kleiner Umweg, um dieses Wrack von der Nähe anzusehen, ist noch drin. Als er auf den Platz einbiegt, sieht er, dass es mehrere Motorrad-Wracks gibt. «Welches könnte Aschwandens sein?», rätselt er. Bei einem kaputten Motorrad steht eine Frau und hält die Lenkstange in der Hand. Beat geht auf sie zu, um zu fragen, ob sie eine Ahnung hat, welches Motorrad das von Aschwanden sein könnte. Da sieht er, dass sie weint. «Kann ich was helfen oder haben sie einen geliebten Menschen verloren?»

Erst jetzt sieht er, dass es Schahin ist, die vor einer Stunde bei Aschwanden gewesen ist. «Ja, einen geliebten Menschen habe ich verloren», sagt sie unter Tränen. Als sie sich ein wenig erholt hat, fragt Beat: «Ich suche auch ein ähnliches Ding wie das, das vor Ihnen liegt. Aschwanden hieß der Besitzer, vielleicht wissen Sie per Zufall, welches es ist?»

«Das war Aschwandens Motorrad, das hier liegt.»

«Ja, aber der lebt noch.»

«Für mich ist er tot.»

«Aber warum verlässt du ihn jetzt, ausgerechnet jetzt, wo er im Spital ist?»

«Ich war doch mit Ihnen im Spital, da hat er mir erklärt, dass Sie von der Versicherung seien und ich euch alleinlassen soll. Anschließend machte ich einen Stadtbummel, habe mich ein wenig umgeschaut, da sah ich in einem Schaufenster genau den gleichen Töff in Miniaturgröße. Kurz entschlossen kaufte ich ihn, ging gleich ins Spital, um ihn ihm zu schenken. Da sah ich, als ich eintrat, meinen ehemaligen Freund, in eindeutiger Situation mit einer anderen, ohne ein Wort verließ ich das Zimmer, mein Miniaturtöff bekommt einen Ehrenplatz in meiner Wohnung.»

«Noch einmal wollte ich das Motorradwrack ansehen», fährt sie fort, «um vom geliebten Motorrad Abschied zu nehmen. Viele, viele Kilometer haben wir mit dieser Maschine gemacht. Ich als Beifahrerin, er als Pilot, es war schön in dieser Zeit. Jetzt nehme ich Abschied von beiden, ich hatte mich verliebt in das Fahrzeug, mehr als in ihn, die Maschine hat uns immer ans Ziel gebracht, hat mich reiten lassen, was ich alles gesehen und erlebt habe, über viele Pässe hat sie uns getragen, und als Dankbarkeit habe ich sie geputzt, gewaschen und poliert. Es war eine schöne Zeit, die jetzt vorüber ist. Der Töff, mein Liebling, ist tot, und Alä will ich nicht mehr, der hat mich sowieso nie richtig geliebt. Habe ich ihn geliebt? Ich weiß nicht. Immer wollte ich, dass der Töff glänzt und zum Anschauen schön ist. Wie unsere Kameraden uns bewundert haben, das sauber geputzte Fahrzeug, wie ich Komplimente bekommen habe wegen meiner Schönheit, wie sie Alä beneideten um sein Gespann. Mit Alä habe ich geschlafen, hatte Sex mit ihm, was sicher schön war, aber nicht das Gelbe vom Ei. Geliebt hatte ich den Töff und die Fahrten, wenn der Wind so durch das offene Haar fegte, das war einfach wunderbar, alles vorüber und vorbei», schwärmt sie von vergangenen Zeiten, dann weint sie Tränen der Erleichterung.

Beat spielt noch eine halbe Stunde den Psychiater, hört zu. Sie weint, lacht, erzählt Beat von schönen und lustigen Erlebnissen. Als sie sich trennen, hat sie sich ein wenig erholt, ist sehr dankbar dafür, dass er zugehört hat.

***

Die Kinder sind jetzt seit vier Wochen bei Käsers und ihr Sonnenschein ist fünf Wochen alt, die beiden müssen ins Tessin zurück, es fällt Käsers schwer, sich von diesen beiden Luftibussen zu trennen, aber einmal kommt der Tag, die Kinder gehören ja nicht ihnen, aber der Kleine ist ihnen richtig ans Herz gewachsen. Auch Leila hat ihre ganze Sympathie, es wird ihnen schwerfallen, sich von ihren Lieblingen zu trennen.

Der Sonntag ist gekommen, an dem sie mit den beiden ins Tessin fahren. Gespannt sind sie, wie sich die beiden verhalten, wenn sie ihre Eltern nach so langer Zeit wiedersehen. Am Anfang fragten sie immer nach der Mutter, hatten Heimweh, weniger nach dem Vater, aber in der letzten Zeit haben sie ihre Eltern fast vergessen, nur ab und zu hat die Ältere gefragt: «Was machen eigentlich meine Eltern?»

Die Wagners erwarten sie, haben einen feinen Mittagstisch parat. Paul ist auch da, hat die Sonntagskleider angezogen, aber er ist schon wieder ein wenig angetrunken, fängt an zu prahlen, wie er das Mittagessen gekocht hat, wie er mit den Kindern gespielt hat, dass er der Mutter viel Schonung verordnet hat, dass er die Kinder beaufsichtigt hat. «Setz dich», befiehlt er Beat, dann holt er eine Flasche Weißwein. «Jetzt stoßen wir auf die Rückkehr der Kinder an, die Mutter kann den Arm schon wieder ganz gut gebrauchen, jetzt ist es kein Problem, zwei Kinder mehr zu versorgen. Es wäre natürlich kein Problem gewesen, wenn die beiden Kinder noch hier gewesen wären, ich hätte einfach mehr geholfen, aber weil ihr die Kinder unbedingt haben wolltet, waren wir so großzügig und haben euch eine Freude gemacht, den Kindern hat es auch nichts geschadet, einmal ein Tapetenwechsel, jetzt wissen sie, wie es ist, an einem anderen Ort zu leben.»

Als er einmal zwischendurch aufs WC geht, kommt Doris zu uns. «Ich bin so dankbar, dass ihr mir die Kinder abgenommen habt, wisst ihr, mein Mann prahlt gerne damit, was er für ein Held ist, aber alles, was er machen muss in der Haushaltung, ist ihm zuwider und zu viel. Er hat die Kartoffeln geschält, den Rest habe ich gemacht.»

«Das haben wir schon gedacht.»

«Er ist ja sonst ein guter Mann, schlägt uns nicht, geht alle Tage arbeiten, wenn nur das Saufen und das Angeben nicht wären. Eine Frage: Hat nicht jeder seine Schwächen und Stärken? Am Abend, wenn wir zusammen im Bett liegen, er mich in die Arme nimmt, nicht zu stark nach Alkohol riecht, habe ich alles vergessen. Dann schmiege ich mich ganz fest an ihn und schlafe ein. Ich bin schon oft am Morgen in seinen Armen erwacht, bitte vergebt ihm, wenn er manchmal nicht die richtigen Worte findet», fleht sie Käsers an.

«Hallo, ist das Essen fertig», tönt es beim Eintreten, «kann ich die Kinder rufen?»

«Nein, es geht noch eine halbe Stunde, ruf Jan, der soll den Tisch decken, auch Karin soll kommen, mir noch ein wenig helfen», befiehlt die Gastgeberin. Gibt das ein Fluchen und Aufbegehren, als sie helfen müssen, wie bei allen Familien. Aber als sie einmal an der Arbeit sind, helfen sie ohne Probleme, kaum ist eine halbe Stunde vorbei, ist das Essen fertig und sie können anfangen. Es ist richtig gemütlich, der Mann hält sich mit dem Angeben im Zaum. Sie können sich gut unterhalten, wie eben ein richtiges Gespräch sein sollte. Wenn man Paul besser kennt, ist er gar nicht so übel.

Als die Kinder fertig mit dem Essen sind, verlassen sie den Familientisch, gehen nach draußen, um sich zu vergnügen. Lea soll natürlich auch mit, alle wollen sie haben, ein wenig mit ihr spielen, Elisabeth überlässt Lea abwechslungsweise allen einmal. Lea hat richtig Spaß mit den Kindern. Nach einer gewissen Zeit will Elisabeth die Kleine ins Bett legen, da fragt Doris, ob sie sie auch auf den Arm nehmen dürfe. Als sie die Kleine so in den Armen hält, so ein Kind ist schon herzig und liebevoll, da fängt sie an zu weinen. «Was ist los?», fragt Elisabeth ganz erschrocken. «Ich bin auch wieder in Erwartung.»

«Das ist doch gut!»

«Ja, aber eigentlich hätte ich mit fünf genug, dazu geht es mir auch nicht so gut, bin immer müde, niedergeschlagen, fast depressiv.»

«Komm mit.»

Sie gehen ins Schlafzimmer, dort setzen sie sich auf das Bett, dann fängt Doris an: «Ich habe geglaubt, ich sei unterbunden, jetzt ist etwas schiefgelaufen, ich wurde wieder schwanger. Die Ärzte empfahlen mir, es wegzumachen, mein Mann will es aber behalten, jetzt weiß ich nicht, was ich machen soll, irgendwie muss etwas nicht stimmen.»

«Warum?», fragte Elisabeth konkret. «Die Ärzte meinten, es ist nichts, aber zwischen den Zeilen habe ich herausgehört, dass etwas nicht in Ordnung ist. Als ich direkt fragte, meinte einer, nein, nein, Sie haben ja schon fünf Kinder, auch das kommt gut. Es hat mich nicht beruhigt, habe einfach das Gefühl, ich sollte es wegmachen, ich kämpfe mit mir. Etwas stimmt einfach nicht.» Sie fängt wieder an zu weinen, Elisabeth nimmt sie in die Arme. «Mein Mann will unbedingt, dass ich es behalte, aber wenn ich sage, ich werde es wegmachen, ist er traurig, sauft ein, zwei Tage. Aber er versteht mich.»

Als sie zum Esstisch zurückkehren, sieht ihr Mann, dass sie geweint hat. «Hast du es Elisabeth gesagt?»

«Ja, ich habe es ihr gesagt.»

«Wir werden das Kind behalten. Gott hat meine Frau wieder schwanger werden lassen, dass ein guter Bürger mehr die Erde bewirtschaftet.»

«Aber deine Frau hat ein ungutes Gefühl, dass etwas mit dem Kind nicht stimmt.»

«Papperlapapp, da ist alles in Ordnung. Aber wenn sie unbedingt das Kind wegmachen möchte, werde ich ihr nicht im Weg stehen, ich liebe meine Frau, auch wenn sie das Kind wegmacht», sagt er in einem nichtssagenden Ton, Elisabeth glaubt sogar, dass er es ernst meint.

Als die Familie Käser gegen Abend Abschied nimmt, geht es Doris bedeutend besser. Sie treten den Heimweg mit einem unguten Gefühl an. Erstens ist es still, so ohne Kindergeplapper, fast traurig, aber eben, die Kinder gehören nicht ihnen, die gehören zu den Eltern, die haben sich riesig gefreut, als sie wieder zu Hause waren. Elisabeth war fast ein wenig eifersüchtig auf die Eltern, aber als die Kinder dann Abschied von ihnen nahmen, haben sie geweint. Sie wären auf der einen Seiten gerne mit den Käsers gegangen, andererseits haben sie die Eltern auch gerne.

«Jetzt können wir Lea erst richtig genießen, wenn wir nur noch sie zu versorgen haben», sagt Beat in die Stille. «Ja jetzt wird sie richtig verwöhnt, ab und zu werde ich Annette, die Frau des Rechtsanwalts besuchen, um Kinderprobleme zu diskutieren.»

***

Der Bau kommt gut voran, es treten keine größeren Schwierigkeiten mehr auf. Die Anstellung von Robert Wagner hat sich als richtig erwiesen, ist ein guter Mann, zuverlässig, brauchbar, hat einen guten Sinn für Details, auf dem Bau kompetent, klar. Er kann alleine Entscheidungen treffen, die gut sind. Die Handwerker schätzen in sehr und vertrauen ihm.

Nur der Bauer macht Ärger, der das Land verkauft hat. Nur eine Straße trennt den Bauplatz und das Kulturland voneinander. Wenn ein Auto mit nur zwei Rädern zum Parkieren auf seinem Land steht und der Bauer es sieht, kommt er und macht eine Szene, geschweige denn, wenn eine Maschine schnell auf seiner Wiese steht. Dann erscheint er mit seinem Hund, einem Berner Senn, der ist sehr aggressiv, gehorcht dem Meister aufs Wort.

Als Beat genug von der ewigen Meckerei hat, geht er zum Bauern nach Hause, will mit ihm ein Abkommen treffen. Er offeriert ihm für die Bauphase 1'000 Franken, 500 Franken jetzt und 500 nach Abschluss der Bauarbeiten, für eventuellen Landschaden. Er schaut nach dem Hund, als er auf dem Vorplatz des Bauernhauses parkiert. Nirgends ein Hund. Dann steigt er aus dem Auto, klingelt an der Haustür. Schon kommt der Hund ohne zu bellen angerast, fletscht die Zähne, bleibt aber einen Meter hinter ihm stehen. Er darf keinen Schritt machen, sonst macht der Hund zwei auf ihn zu. So bleibt Beat wie angewurzelt stehen, hofft, dass bald jemand kommt.

«Was willst?»

Da steht ein groß gewachsener, gut gebauter Mann in der Haustür. «Könnten Sie nicht den Hund zurückrufen?», fragt Beat ängstlich, denn unbekannte Hunde sind ihm nicht geheuer. «Das könnte ich schon, übrigens, der macht niemandem etwas, wenn ich es ihm nicht befehle.»

«Das ist ein kleiner Trost für mich, ich habe Angst und fertig», sagt Beat ganz leise, mit bebender Stimme. «Gero, geh und leg dich hin», sagt der Mann, und ohne Beat noch eines Blickes zu würdigen, verschwindet er.

Beat macht dem Bauern den Vorschlag, den er so schön zurechtgelegt hat. «Es geht mir nicht ums Geld», erwidert er, «ich habe einen guten Preis für das Land bekommen, brauche kein Geld, aber das Land dort gehört nicht zur Baustelle, also will ich kein Auto, keine Bagger oder andere Baumaschinen auf meinem Land, macht selber Parkplätze. Übrigens war das auch eine Bedingung beim Verkauf des Landes, dass niemand bei mir parkieren darf, ihr keine Bierflaschen oder sonstigen Abfall auf mein Land schmeißt, den Nächsten, der seinen Schwanz gegen mein Haus richtet und in mein Land seicht, werde ich anzeigen.» Beat probiert, ihn noch umzustimmen, doch ein wenig Verständnis zu zeigen für die Bauphase. Er lässt Beat reden. Nach einer gewissen Zeit meint er trocken: «Verschwinde, sonst werde ich den Hund rufen.» Damit ist die Diskussion schnell beendet.

Frustriert geht Beat zurück und organisiert, dass Parkplätze gemacht werden, dort wo bei der zweiten Bauetappe Einfamilienhäuser stehen werden.

Am nächsten Tag stellt der Bauer einen Elektrozaun hin, um Kühe weiden zu lassen. Beat wird das Gefühl nicht los, dass es eine Schikane vom Bauern ist. Er macht die Unternehmer auf diese Bedingungen aufmerksam, sie versprechen, das zu akzeptieren.

«Dieser ungehobelte Bauer hat ein sehr schönes Mädchen, das er aber nicht besonders lieb behandelt», meint ein italienischer Gastarbeiter. «Warum?» will Beat wissen. «Beim Zaunstellen konnte sie ihm nichts recht machen, er schrie sie an, einmal hatte ich das Gefühl, dass er sie schlagen wollte, wahrscheinlich hat er es sich anders überlegt, da wir zugesehen haben.»

Am Abend geht Beat noch auf ein Bier in den Bären und will bei den Einheimischen über den Bauern Erkundigungen einziehen. Er stellt sich bei den Gästen vor, gibt den Grund an, warum er etwas über den Bauern wissen will, ein Mann ist sehr gesprächig.

«Der Großmattbauer ist einzigartig. Ist ein Anlass, eine Gemeindeversammlung oder ein Musikfest, kommt die Frau in der Tracht, er in einem sehr schönen Anzug. Ein schönes Paar vor den Leuten, aber was sich hinter der Fassade verbirgt, weiß niemand so genau. Das Mädchen wollte Agronomie studieren, aber der Bauer war dagegen. Weil der Bauernhof eine Existenz ist, müssen alle mitarbeiten, Frau, Tochter, da die Familie den ganzen Hof allein bewirtschaftet, ist es sehr anstrengend für alle, wird auf die Dauer nicht gehen. Ich habe gedacht, er wird einen Knecht anstellen, weil er das Land verkauft hat, aber bis jetzt machen sie alles selbst. Dieser Mann ist sehr streng mit sich, mit seiner Frau, auch mit dem Kind, er hat nur ein Mädchen, das ist 18 Jahre alt, arbeitet zu Hause, wie eine Magd, nur wegen der Mutter. Dieser Bauer soll seine Frau und das Kind schlagen, aber so genau weiß es niemand. Wenn er an einem Anlass oder an einer Gemeindeversammlung teilnimmt, ist er immer sehr nett und gesprächig, auch seine Frau ist umgänglich und zuvorkommend. Er ist reich geworden, denn er hat für das Land sehr viel Geld bekommen. Dieser Mann hat sehr viel Glück, dass gerade dieses Stück Land in die Bauzone genommen wurde. Später wollte der Gemeinderat eine Asylantenfamilie in sein Stöckli einquartieren, der Asylant sollte auf dem Bauernhof helfen, hier kommen keinen fremden Leuten in mein Stöckli, hat er die Gemeindevertreter abblitzen lassen», so erzählt es der Einheimische Beat.

«Eigentlich geht mich diese Familie gar nichts an», denkt Beat, «aber wenn man so nah miteinander arbeiten muss, ist es ein gewisser Vorteil, wenn man die Verhältnisse ein wenig kennt.»

***

Schon sieben Monate sind vergangen, seit Käsers die Kinder zurückgebracht haben. Lea ist schon acht Monate alt, ein richtiger Wildfang, stur sein und schreien kann sie, wenn ihr etwas nicht passt. Elisabeth meint, sie sei ein wenig verwöhnt, aber das ist schon recht so. Sie lieben sie und sind stolz auf ihren Schatz, man sieht ihr aber immer besser an, dass sie keine Schweizerin ist. Die Tote von der Baugrube war eine Türkin, der Gedanke an sie und ihr Kind geht Beat nicht aus dem Kopf. «War es die Mutter des Kindes? Die ist jetzt tot, wurde sie ermordet oder ist sie an Folgen der Geburt gestorben? Das Kind war gut versorgt, gut gewickelt? Können wir etwas dafür, sind wir verantwortlich? Nein, nein, ich habe ein sauberes Gewissen, ich konnte nichts ändern», geht es Beat durch den Kopf.

Elisabeth telefoniert alle Wochen ein-, zweimal mit Doris, es geht ihr nicht besonders gut, das Kind im Bauch wächst zwar normal, aber sie hat immer das Gefühl, es stimme etwas nicht. Trotz Beruhigung von den Ärzten, noch sechs Wochen bis zur Geburt, es ist so ausgemacht, dass die beiden Kinder eine Woche vor der Geburt wieder zu Käsers kommen.

Jetzt noch zwei Wochen bis zur Geburt. Fünf Minuten später klingelt das Telefon. «Ist das Telepathie oder was sonst», denkt Elisabeth, als sie realisiert, dass Doris am Telefon ist. «Ich habe jetzt den Arzt angerufen, mein Mann hat den Fahrausweis abgeben müssen wegen Trunkenheit am Steuer, es geht mir nicht besonders gut, ich habe die ersten Wehen und schon viel Blut verloren, ich hätte eine Bitte, könntest du nicht für zwei Wochen zu den Kindern kommen, bis in 14 Tagen jemand von der Gemeinde kommt und mir im Haushalt hilft, natürlich gegen Bezahlung. Ich glaube, wir werden sterben, ich und die Kleine», sagt Doris in einem weinerlichen, aber klaren Ton. Elisabeth will sie beruhigen. Als die Türklingel bei Baumgartners läutet, sagt Doris: «Der Arzt kommt, ich muss aufhören, bitte, bitte, schaust, dass die Kinder in guten Händen sind, das Wichtigste ist, dass sie zusammenbleiben können. Auch mein Mann braucht Hilfe, er ist oft auch noch ein Kind, ich werde im Himmel schauen, dass es dir und allen gut geht.» «So weit ist es noch nicht», will Elisabeth sagen, aber Doris hat schon aufgehängt.

Elisabeth packt das Nötigste, informiert ihren Mann, setzt Lea in den Kindersessel, fährt mit einem unguten Gefühl gegen das Tessin.

«Unsere Mutter ist im Spital, der Vater ist bei ihr, sie haben sie mit dem Krankenauto abgeholt», schreit Jan Elisabeth entgegen, als er sie kommen sieht. «Wie geht es ihr jetzt, was hat der Doktor gesagt, wir haben noch nichts gehört, wissen nichts. Komm, gehen wir rein, ich werde jetzt zwei Wochen bei euch bleiben und nach dem Rechten sehen, jetzt ist ein Uhr, habt ihr schon gegessen?»

«Nein.»

«Gut. Jan, hole zehn Bratwürste im Laden, etwas Salat und Teigwaren, du, Karin, hilfst beim Rüsten und Tischdecken,

zeigst mir, wo das Küchenmaterial ist, Jan wird am Schluss abwaschen, das Geschirr wegräumen, Leila schaut ein wenig nach
Scheol und Lea», so organisiert Elisabeth.

«Jetzt werde ich 14 Tage das Kommando haben, wenn jemand
nicht gehorcht, muss ich auch Strafe geben, die Strafe könnt ihr
selber festlegen. Nach dem Essen aufschreiben. Karin, du zeigst
mir mein Zimmer. Die drei Buben müssen vorübergehend in einem Zimmer schlafen und mir Jans Zimmer überlassen.»

Das läuft alles wunderbar, um drei Uhr haben sie gegessen.
«Jetzt werde ich im Spital anrufen und fragen, wie es geht.»

«Gut», schreien alle durcheinander, «ich will einen Bruder,
nein, ein Mädchen.» Als Elisabeth sie beruhigt hat, nimmt sie
das Handy, geht in ihr Zimmer, um alleine zu sein. Nach dem
Anruf ruft Elisabeth alle Kinder zusammen. «Der Mutter geht
es gar nicht gut, euer Brüderlein ist bei der Geburt gestorben,
die Mutter ist auch in einem kritischen Zustand und wird wahrscheinlich auch sterben, hat mir der Arzt gesagt, jetzt müsst ihr
sehr tapfer sein.» Totenstille. «Wird sie sterben?»

«Sie lebt noch, solange sie lebt, besteht Hoffnung», probiert
sie zu trösten.

Eine halbe Stunde später klingelt das Telefon. Karin ist als
Erste am Hörer. «Vater, du, wie geht es Mami?» Stille. Dann fällt
der Hörer zu Boden und sie fängt an zu weinen. Elisabeth nimmt
den Hörer und fragt: «Ist sie gestorben?»

«Ja», spricht Paul sehr gefasst, «ich nehme ein Taxi, dann
komme ich nach Hause.»

Die älteren Kinder verschwinden in ihrem Zimmer, die jüngeren nimmt Elisabeth in die Arme, alle weinen, auch Elisabeth
weiß keinen Rat.

Dann fängt auch noch Lea an zu schreien, die ist bis jetzt im
Zimmer gewesen und hat geschlafen. Elisabeth holt sie, setzt sie
auf den Boden, legt sich zu ihr, weil die beiden Kleinen auch schon
dort sind, auch ihr ist zum Heulen. Bald darauf kommt Paul nach
Hause, er ist nüchtern, so klar im Kopf, wie Elisabeth ihn noch
selten gesehen hat. Er geht zu jedem Kind, streichelt ihnen über
das Haar, spricht ein paar tröstende Worte und weint mit ihnen.

Elisabeth macht einen Kaffee. Zu ihrem Erstaunen nimmt er keinen Schnaps dazu. «Ich muss nüchtern bleiben.» Dann fängt er an, die Beerdigung zu organisieren.

Noch vier Tage bis zur Urnenbeisetzung. In diesen vier Tagen hat Elisabeth alle Mühe, etwas Ruhe in die Trauer zu bringen. Die Kinder weinen viel, zwischendurch sind sie auch wieder gefasst. Immer ist jetzt etwas los, einmal kommt der Pfarrer, probiert zu trösten. Die Gemeindebehörde ist auch schon am zweiten Tag da, Nachbarn und Verwandte geben gute und weniger gute Ratschläge, Elisabeth muss immer etwas zu Essen parat haben, das will Paul so haben. Die von der Gemeinde sind aber sehr aufgeschlossen, machen einfach ihre Pflicht, geben Elisabeth den Rat, wenn sie irgendwelche Hilfe brauche, solle sie sich bei ihnen melden.

Paul trinkt in dieser Zeit sehr wenig, ist immer nüchtern, manchmal sagt er: «Jetzt muss ich einen Schnaps haben, sonst bekomme ich Kopfschmerzen.» Die Kinder helfen sehr gut, ohne zu murren. Elisabeth hat ihren Mann angerufen und erklärt, dass sie eine Woche länger bleibe. «Wenn sie mich brauchen, werde probieren, den Alltag zu organisieren, wenn Paul nicht trinkt, könnte die Familie es mit einer Haushaltshilfe schaffen.

Den Kindern werden neue Kleider gekauft, für fünf Kinder neue Kleider, das ist eine rechte Stange Geld. «Wie hat diese Mutter das nur gemacht, dass sie immer noch etwas auf die Seite legen konnte, einen Notfallbatzen sollte man immer haben», sagt sie bei Gelegenheit. Paul hat doch auch sehr viel Geld versoffen, es gibt Frauen, die können mehr als Brot essen.

Der Tag der Beerdigung kommt. Um 14 Uhr ist sie angesetzt worden. Beat kommt auch, er ist schon um acht Uhr in der Früh hier, nimmt Lea und verschwindet mit ihr ins Restaurant, um etwas zu trinken. Er will sie ein wenig genießen. «Du hast genug mit der Familie zu tun.» Elisabeth ist froh um eine kleine Entlastung. Die Kinder helfen, wo sie nur können, auch Paul lässt sich gut anstellen, der ist ja so froh, dass ihm jemand zur Seite steht.

Die Verwandten kommen, um zu kondolieren. Nachbarn und Bekannte vom Dorf gehen direkt in die Kirche. Die Kirche ist besetzt, es können nicht alle sitzen. Der Pfarrer hält einen sehr schönen Abschiedsgottesdienst, Paul hält den Kleinsten auf dem Arm, es ist ein idyllisches Bild, der Vater mit den fünf Kindern, alle sehen gut aus, wenn bloss die Angelegenheit nicht so traurig wäre.

Anschließend werden die Verwandten und die, die von weit her kamen, zu einem kleinen Imbiss im Grotto eingeladen. 25 Gäste kommen zum Essen. Es gibt Leute, die es gut meinen und wissen, was zu tun ist. Die meistgestellte Frage ist: «Was geht jetzt mit den Kindern?»

Die Antwort von Elisabeth und Paul: «Das werden wir schon regeln oder wollen Sie nach den Kindern schauen oder können sie zu euch kommen.» Schon ist die Diskussion beendet oder es kommen hundert Ausreden.

Mit dem Pfarrer wird ausgemacht, dass diese und die nächsten Wochen nicht über die Kinder verhandelt wird. Dann setzen sich die Kirchgemeinde, der Pfarrer und die Gemeindebehörde zusammen und diskutieren, wie es weitergehen soll.

Was Elisabeth aber beim Imbiss Sorgen macht: Paul hat ein Glas Wein ums andere getrunken, beim nach Hause gehen ist er betrunken, dann fängt er an zu lallen: «Die Familie bleibt zusammen, das schaffe ich mit links, Gott hat mir mein Liebstes genommen, der will mich nur prüfen, der Herr hat's gegeben, der Herr hat's genommen, gelobt sei der Name des Herren. Ich wäre froh, wenn du noch eine Woche bleiben könntest, dann habe ich alles im Griff», stottert er.

«Wenn du wieder säufst, nehmen sie dir die Kinder weg, dann kommen sie in ein Waisenhaus, hat mir ein Gemeindevertreter erklärt.»

«Hier bestimme ich, was mit der Familie passiert, die können mir am Arsch lecken, Gott will, dass ich allein die Kinder großziehe, der sieht, dass ich fähig bin, er hat mir dich geschickt, dass du mir am Anfang helfen sollst. Aber jetzt bin ich so gut erstarkt, dass ich dieser Aufgabe gewachsen bin.»

«Ja, das bist du, aber nur, wenn nüchtern bist, das habe ich festgestellt, heute bist du besoffen, so kannst du keine richtigen Entscheidungen treffen.»

«Ich habe ein wenig zu viel getrunken, aber besoffen bin ich nicht», behauptet er, «und überhaupt, jetzt gehe ich ins Bett, das war ein anstrengender Tag für mich.» Er steht auf, dann verschwindet er im Schlafzimmer.

Es ist abgemacht, dass Beat bis Sonntag bleibt. Elisabeth ist so froh, dass er sie ein wenig unterstützt.

***

Drei Tage sind vergangen seit der Beerdigung, Elisabeth und Beat haben mit der Kleinen einen Ausflug in die Tessiner Berge unternommen, das Wetter war traumhaft schön, die Familie konnte ganz gut einen Tag allein sein.

Am Abend, als sich Käsers dem Haus der Baumgartners nähern, meint Elisabeth: «Das ist jetzt ruhig, niemand ist draußen, das Wetter ist doch schön warm, merkwürdig. Ein fremdes Auto steht vor der Türe, kennst du das?»

«Noch nie gesehen.» Als Elisabeth die Türe zum Haus öffnen will, ist von innen abgeschlossen. «Was zum Kuckuck ist hier los, die sind drinnen, ich hör' doch was und jetzt weint doch der Kleine.» Elisabeth klingelt Sturm und nach etwa drei Minuten kommt Jan, der Älteste, und öffnet die Tür, aber nur einen Spalt. «Was soll das?», fragt Elisabeth. «Wir kommen allein zurecht, wir brauchen euch nicht mehr, jetzt sollt ihr gehen, hat mein Vater gesagt.»

«So, warum jetzt auf einmal?», fragt Elisabeth verwundert. «Jetzt ist genug», meint Beat, gibt Elisabeth beim Vorbeigehen Lea, öffnet mit Wucht die Tür, bevor Jan verriegeln kann. Im Flur kommen ihm ein unbekannter Mann und dahinter Paul entgegen. «Ich bitte Sie im Namen von Paul, dieses Haus sofort zu verlassen.»

«Paul, was will dieser Mann, ist das dein Wunsch? Dass wir gehen?»

«Ja, das ist mein Wunsch.»

«Gut, wir holen unsere Kleider, möchten dann allen noch auf Wiedersehen sagen, anschließend gehen wir.»

«Die Kleider könnt ihr holen, aber die Kinder dürft ihr nicht mehr sehen.»

«Gut, dann hole ich jetzt die Kleider, dann gehen wir zur Polizei.»

«Ich kann in meinem Haus machen, was ich will», begehrt Paul auf. «Klar, das kannst du, aber ich habe das Gefühl, die Kinder sind in Gefahr, und somit ist es meine Pflicht, die Polizei zu informieren.»

«Lass ihn doch den Kindern auf Wiedersehen sagen», meint der fremde Mann, «sind ja alle in der Stube versammelt, dann sehen sie, dass es allen gut geht.»

Als sie hineinkommen, sind alle Kinder in der Stube und sitzen um den Tisch, alle oben nackt, bis auf Karin, die hat in Eile ein T-Shirt angezogen. «Worum geht es hier?», fragt Elisabeth ganz erstaunt. Da sieht sie erst, dass in einer Ecke noch eine Frau mit Scheol auf den Armen sitzt.

«Wir sind von Gott gesandt, um dieser Familie beizustehen, den Weg zu ebnen, dass sie in den Himmel kommen. Dazu müssen alle noch getauft werden.»

«Ach so», sagt Beat, «getauft werden», wiederholt er. «Eine Sekte seid ihr und jetzt wird getauft, die sind alle getauft, da muss man nicht mehr taufen.»

«Das war nichts mit zwei nassen Fingern auf der Stirn. Als Erstes werde ich Ihnen einen Liter Wasser über den Kopf giessen, das ist aber erst die Vortaufe. Wenn Sie in unsere Gemeinschaft aufgenommen werden wollen, müssen Sie in einen Fluss und unter Wasser gehen, das hat schon Johannes der Täufer gemacht. Erst dann ist man bereit für das Himmelreich. Sie können natürlich auch mitmachen, wir können auch Sie taufen und aus den Klauen des Teufels holen.»

«Dann kommt man in den Himmel?», fragt Beat interessiert. «Sie müssen natürlich nach den Gesetzen des Herrn leben.»

«Klingt interessant, ich suche schon lange eine innere Befriedigung.» Elisabeth erkennt ihren Mann nicht mehr, «was will der, bis jetzt hatte er nichts mit Sekte und Gott am Hut, jetzt das», denkt sie. «Entschuldigung», sagt Beat, «ich muss schnell nach draußen, mit meiner Frau über die neue Situation sprechen.»

«Spinnst du, willst du hier mitmachen, hast du den Verstand verloren?», hadert Elisabeth, als sie draußen sind. «Wir werden abserviert und müssen nach Hause, wenn wir nicht mitmachen, das ist eine Sekte der allerübelsten Art. Du hast ein Versprechen an Doris gegeben, das werden wir halten, aber mit Gewalt können wir nichts ausrichten. Wir müssen tun, als ob.»

«So gut heucheln kann ich nicht», entgegnet Elisabeth.

«Gut, das ist gar nicht schlecht, es erscheint glaubwürdiger, wenn du dich ein wenig sträubst.»

«Ich konnte meine Frau nicht dazu bewegen, auch mitzumachen», klärt Beat die Anwesenden auf. «Aber ich bin bereit für eine Vortaufe, Sie haben mich überzeugt, denn in fünf oder sechs Stunden eine ganze Familie zu überzeugen, braucht eine Kraft, die kein Mensch einfach so hat, da muss eine größere Macht im Spiel sein. Das ist kein Spiel, das ist auch keine größere Macht. Das ist Gott, vertreten durch Jesus Christus.»

Jetzt steht der fremde Mann auf. ‹Petrus› nennt er sich. «Ich werde jetzt ein Gebet sprechen, dann werde ich zur Taufe übergehen, aber diese Frau», sagt er und zeigt auf Elisabeth, «soll den Raum verlassen, sie wird es einmal schwer bereuen, dass sie nicht zum Glauben des ewigen Lebens gewechselt hat. Das Kind soll hierbleiben, das werden wir gleich in den richtigen Glauben aufnehmen.» Bei dieser Argumentation wird Elisabeth richtig wütend, reisst das Kind Beat aus den Armen und geht mit der Kleinen in ihr Zimmer.

Auch Beat muss den Oberkörper freimachen, dann spricht Petrus ein Gebet von drei bis vier Minuten, nimmt einen Krug Wasser, segnet ihn und giesst jedem Anwesenden einen Gutsch über die Haare, sodass sie triefend nass sind. Der Kleine schreit fürchterlich, Paul probiert ihn zu beruhigen, was ihm mit der Zeit auch gelingt. Nach einer Prozedur von 15 Minuten werden die Kinder zum Spielen entlassen, nicht ohne ihnen verschiedene Bücher zum Studieren zu geben, dazu die Aufgaben bis nächsten Sonntag: Einen Teil auswendig lernen. Beat und

Paul müssen noch warten. «Wissen Sie», fängt Petrus an, «der Teufel treibt überall sein Unwesen, da muss man höllisch aufpassen, dass man ihm nicht auf den Leim geht. Immer wieder tappt man in eine Sündenfalle, aber wenn man Gottes Geboten gehorcht, vergibt er einem, der Teufel hat keine Macht mehr. Für Anfänger haben wir hier ein Buch, es ist Gottes Wort, hier wurde die Bibel auf einfache Art, für alle verständlich, übersetzt. Das Buch ist von unserer Gemeinschaft verfasst worden. Wenn man nach diesem Buch lebt, hat der Teufel keine Chance und das Paradies ist uns sehr sicher. An diesem Buch wurde seit 180 Jahren geschrieben, verschiedene Heilige, solche, denen der Engel erschienen ist, haben die Bibel ergänzt, vereinfacht und dann dem Teufel die Macht genommen.»

«Was soll das Buch kosten?», fragt Beat. «Fast nichts, wenn man bedenkt, wie viel Freude und Wohlbefinden es einem schenkt.»

«Ich interessiere mich für so ein Wunderbuch.»

«Ein Gelehrter hat den Preis auf einen Monatslohn festgelegt, es ist ja nicht richtig, wenn einer 10'000 Schweizer Franken verdient und dasselbe bezahlen muss wie ein anderer, der nur 5'000 Franken verdient. Für dieses billige Angebot darf es aber nicht weitergereicht werden. Nur denen, die es erwerben und selbst lesen, bringt es Befriedigung. Das Geld, das wir bekommen, wird für Arme, die bei unserer Gemeinschaft mitmachen, verwendet.»

«Hoppla», denkt Beat, «die wissen, wo das Geld zu holen ist. Wie viele Seiten hat das Buch?»

«1120.»

«Ich würde mich sehr für ein Exemplar interessieren, das kostet mich satte 15'000 Franken», sagt Beat so nebenbei, ohne Emotion.

«Was passiert jetzt mit der Familie?»

«Das haben wir, bevor du gekommen bist, schon besprochen. Paul wird Hanni, sobald die Trauerzeit abgelaufen ist, heiraten.»

«Wer ist Hanni?», fragt Beat. Petrus schaut in die Ecke, wo die Frau sitzt. Diese reifere Dame soll die zukünftige Frau von Paul werden.

Jetzt meldet sich Paul seit langem wieder: «Ich glaube, Gott hat mir diese Leute geschickt. Als mich meine Frau verlassen hatte, war ich traurig und hoffnungslos, jetzt hat mir Petrus den Weg aus der Sackgasse gezeigt. Ich werde Hanni heiraten, dann gehen wir zu ihnen in die Gemeinschaft, die betreiben eine Fabrik. Dort werde ich mit den Kindern wohnen. Die Gemeinschaft wird für uns sorgen, alles, was wir brauchen, bekommen wir dort, wir brauchen kein Geld, ich muss nur ein wenig in der Fabrik mitarbeiten.» «Ja, das finde ich sehr gut», erwiderte Beat.

«Sie sind Architekt», mischt sich Petrus dazwischen. «Wir haben einen größeren Umbau beim Hauptgebäude in Planung. Da unsere Gemeinde immer größer wird, könnte es noch weitere Wohnungen geben, Architekten können wir sehr gut gebrauchen.

So weit ist es aber noch nicht. Zuerst machen Sie noch den Auftrag fertig, den Sie begonnen haben. Nur ein Problem besteht wegen Ihrer Frau und des Kindes.»

«Die werde ich selbstverständlich verlassen, mit Ungläubigen will ich nichts mehr zu tun haben», fällt ihm Beat ins Wort. «Gut, das wollte ich Ihnen vorschlagen. Unser oberster Hirte duldet keine Ungläubigen in der Gemeinschaft, das Kind, Lea, gehört dazu, das muss sie hierlassen», sagte Petrus. «Hanni ist eine sehr gute Mutter, ob ein Kind oder drei Kinder spielt für sie keine Rolle, meine Frau wird das nie hergeben. Um das werden wir kämpfen, und zwar mit allen Mitteln. Natürlich mit einem guten Anwalt, dann hat Ihre Frau keine Chance, das Kind zu behalten.»

Als die Dunkelheit den Abend ankündigt, geht Beat zu Elisabeth. «Los, du musst gleich jetzt nach Hause, nimm Lea mit. Pass auf, dass sie nicht weint, dann geh zur Hintertür raus, nimm das Auto und verschwinde, aber gleich.» Beat hilft dabei, die Kleine anzuziehen, drückt sie, als alles fertig ist, an sich, und Lea lächelt ihn an, als wollte sie sagen: «Das kommt schon gut.» Dann gibt Beat Elisabeth einen Kuss, mit den Worten: «Lebe wohl und komme gut nach Hause.»

Als Beat hört, dass das Auto von Elisabeth den Parkplatz verlassen hat, geht er wieder zurück. «Elisabeth will nach Hause, sie kommt noch allen auf Wiedersehen sagen. Ich werde bleiben und mich in ihre Glaubensgemeinschaft einleben», denkt er. Als sie nach fünf Minuten nicht wieder aufgetaucht ist, geht Beat nachschauen. Dann kommt er zurück, «das verdammte Biest hat mich reingelegt, die ist mit dem Kind abgehauen», Beat spielt Wut und Enttäuschung vor, als wäre er ein Schauspieler.

Petrus hat seine Bedenken. «Vielleicht ist das ein abgekartetes Spiel mit Beat und Elisabeth. Vielleicht glaubst du mir nicht, dass Elisabeth abgehauen ist. Gib mir ein großes Glaubensbuch und ich werde 50'000 Schweizer Franken als Geschenk überweisen. Ihr wisst, dass ich einen Großauftrag habe, diese Summe ist ein Pappenstiel für mich, natürlich habe ich noch eine kleine Bedingung, ich nehme das Buch nur aus der Hand eures obersten Hirten, hier Buch, hier Scheck.»

«Ich werde das mit unserem Hirten besprechen.»

Petrus und seine Begleiterin verlassen am nächsten Tag die Familie, nicht ohne allen, die lesen können, ein Buch mit 20 Seiten zu geben und zu befehlen, dass sie in vier Tagen, wenn sie wiederkommen, einen Teil auswendig wissen müssen.

Kaum sind die beiden fort, sucht Beat die Gemeindeverwaltung auf, schildert ihnen, was gestern passiert ist, und bittet zugleich, eine Person für die Betreuung der Kleinen zu organisieren. Alles wird sofort erledigt.

Als Beat von der Aussprache der Gemeinde zurückkommt, ist Paul verschwunden. Leila spielt mit Puppen und Scheol schläft. «Papa ist schnell etwas holen gegangen», erklärt Leila.

Paul kommt erst gegen Abend nach Hause, total betrunken. Die Gemeindeschwester sieht, dass es so nicht lange geht. «Wie lange werden Sie noch hierbleiben?»

«Höchstens bis Samstag.»

«Jetzt ist Montag, also vier Tage, bis dann muss eine Lösung her», erklärt die Schwester. «Wenn Sie natürlich in diese Gemeinschaft gehen, sind wir die Sorgen los.»

«Klar, das Beste für die Gemeinde», protestiert Beat.

«Wir haben uns schlaugemacht. Diese Gemeinschaft wird gut geführt, ist unter Kontrolle der dortigen Gemeinde, die Schule wird alle Jahre einmal kontrolliert, ein wenig Gottesglauben hat noch niemandem geschadet. Man hört nichts Schlechtes, es machen Prominente mit, ehemalige Politiker, Wirtschaftsbosse, also wenn die gehen wollen, lassen wir sie ziehen.»

Jetzt weiß Beat: Es muss schon ein Wunder geschehen, wenn er ihnen helfen soll. «Was geht mich eigentlich das Ganze an?», denkt er. Beat ruft seine Frau an und will ihr alles erklären. «Ich habe mich natürlich auch schlaugemacht, ich möchte dir jetzt nicht alles erzählen, was ich weiß. Aber das Versprechen, das wir Doris gegeben haben, können wir nicht halten mit dem Rückzieher. Warte jetzt bis nächsten Samstag, dann geschieht vielleicht etwas, das uns weiterhilft.»

Am Mittwoch, als Paul wieder besoffen nach Hause kommt, ruft Beat Petrus an und sagt, er solle sofort vorbeikommen, Paul sei in einem schlechten Zustand. «Paul soll beten und Gott danken, dass er in 14 Tagen mit der ganzen Familie zu uns kommen kann. Was fehlt ihm?»

«Er hat zu viel Alkohol getrunken.»

«Sag ihm, das Trinken soll er lassen. Bei uns wird nicht getrunken, nicht geraucht, im Monat nur einmal Sex. Ich glaube, es ist besser, wenn ich selbst nach dem Rechten sehe. Nun zu Ihnen, wie geht es? Haben Sie mit Ihrer Frau gesprochen?»

«Ja, die will sich aber nicht scheiden lassen.»

«In zwei Stunden sind wir bei Ihnen. Hanni kommt auch mit, dann nehmen wir Paul mit, ein Zimmer haben wir, bis der Rest der Familie kommen kann.»

Als Petrus nach etwa zwei Stunden eintrifft, sitzt Paul am Tisch und weint aus Trauer und Verzweiflung.

Petrus stellt sich vor ihn hin. «Du solltest besser beten als saufen. Ab sofort ist das Saufen nicht mehr erlaubt, da gibt es keinen Tropfen mehr, du kommst mit uns, die Kinder werden in 14 Tagen folgen, wenn mit der Gemeinde alles geklärt ist.»

Paul weint nur, hat das heulende Elend. «Ja, das wird das Beste sein», lallt er. «Und Sie, sind Sie mit Ihrer Frau im Reinen?»

«Nein, sie will mich nicht freigeben, in unsere Gemeinschaft will sie nicht eintreten, aber das größte Problem ist, sie will alle Monate 8'000 Schweizer Franken.»

«Dieses Luder», lässt sich Petrus aus der Ruhe bringen. «Das ist kein Luder», begehrt Paul in klarer Stimme auf, «diese Frau ist in Ordnung.»

«Das bringen wir mit unserem Anwalt schon hin», erwidert Petrus.

Am anderen Morgen steht jemand von der Fürsorge vor der Tür. «Wir haben beschlossen», erläuterte der Mann, «Petrus, das Wechseln wird erst auf das neue Schuljahr möglich, das ist in drei Monaten.»

«Bis Sonntag nehmen wir an, dass Sie die Familie noch betreuen, ab Montag sind drei Frauen abwechslungsweise hier, werden der Familie beistehen, bis eine Lösung gefunden wird.»

«Das geht nicht, wir müssen sofort wieder zurück und nehmen Paul mit.»

«Nein, der gehört zur Familie, geht erst, wenn die Kinder gehen.»

Beat hat sich zurückgehalten. «Ich bleibe noch hier bis Samstag», erklärt er dem Gemeindevertreter, «wenn Hanni bleiben könnte, sollte es gehen.»

Es wird beschlossen, dass Hanni und Beat bis Montag bleiben. Das wird mit Petrus und den Behörden so abgemacht.

«Da wäre noch eine Kleinigkeit zu klären, wegen des Buches, das du bestellt hast», meint Petrus. «Natürlich», fällt ihm Beat ins Wort, «das Geld über 50'000 werde ich bei mir haben.»

«Unser oberster Hirte hat mich gebeten, dich am kommenden Mittwoch in unser Gebetshaus einzuladen.» Nach kurzer Bedenkzeit willigt Beat ein.

In einem großen und schönen Raum, mit Kunstgegenständen ausgestattet. Der ganze Raum ist hell, mit verschiedenen Farben versehen, alles passt, man sieht, auf Liebe zum Detail wurde hier viel Wert gelegt.

Sofort wird er von einer jungen Dame an einen antiken Tisch, um den etwa zehn Stühle stehen, geführt, und sie sagt ihm, er solle Platz nehmen. Es werden ihm verschiedene alkoholfreie Getränke angeboten. Etwa nach zehn Minuten kommt er, der oberste Hirte. Etwa 50 Jahre alt, hager, aber schneidig und dynamisch, schreitet er auf Beat zu, gibt ihm die Hand zur Begrüßung, setzt sich Beat gegenüber. «Sehr schön, dass Sie bei unserer Gemeinschaft mitmachen wollen. Petrus hat mir nur Gutes über Sie erzählt.» Dann erklärt er die Bedingungen, vor allem den Nutzen, den man hat, wenn man hier mitmacht und das ewige Leben erreichen kann. Außerdem zählt er ein paar prominente Leute auf, die bei ihnen das große Lebensglück gefunden haben. Ein paar kennt Beat auch, da wundert er sich, dass die dabei sind.

«Haben Sie das Buch, ich will mich so schnell wie möglich einlesen, dass ich euren Glauben leben und verbreiten kann?», fragt Beat. «Ja, ein kleines Problem haben wir, leider sind alle Bücher unter den Leuten verteilt, jetzt ist nur noch das mit dem goldenen Umschlag vorhanden, das dürfen wir nicht unter 100'000 Franken abgeben.»

«Das würden Sie mir überlassen?», heuchelt Beat, «aber der Scheck ist nur auf 50'000 ausgestellt.»

«Geben Sie mir den Scheck, den Rest können Sie später überweisen.»

«Nein», sagt Beat, «hier 100'000 und hier das Buch, es muss die volle Kraft auf mich übertragen, wenn ich es lese. Am Montag, wenn ich nach Hause gehe, werde ich Ihnen den Scheck von 100'000 bringen und Sie geben mir das Buch.»

«Übrigens, die Mädchen, die Sie gesehen haben, werden Engel hier auf der Erde. Sie müssen unbefleckt zu mir kommen, dann werden sie von mir mit ihrem Einverständnis gereinigt, nur mir und dem Herrn dürfen sie dienen, eine Probezeit von fünf Jahren, diese harte Prüfung werden nicht alle schaffen. Alle, die über 16 Jahre sind, werden, wenn sie möchten, zum Engel vorbereitet.»

Als Beat am anderen Tag zurückkommt, ist die Stimmung zum Kotzen. Kaum ist er aus dem Haus, fängt Hanni an zu befehlen, nach dem Essen müssen die Kinder lernen, anschließend eine Stunde im Buch lesen, dann eine halbe Stunde auswendig lernen. Am zweiten Tag fangen die größeren Kinder an, zu rebellieren, Paul kommt schon am Mittag besoffen nach Hause, das kann Hanni natürlich nicht akzeptieren. Sie wird immer aggressiver zu Paul und zu den Kindern. Beat probiert zu schlichten, aber natürlich nur halbherzig. Am Samstag kommt es zur Explosion, als sie Leila schlägt und Scheol eine halbe Stunde schreien lässt. Und als der Älteste mit seinen Kollegen fischen gehen will und Paul wieder besoffen nach Hause kommt, schmeißt sie Paul eine Tasse mit heißem Wasser an den Kopf und schreit: «Eine so teuflische Familie kommt nie ins Himmelreich.» Dann läuft sie in der ganzen Wut in Beats Zimmer, er ist gerade an einem komplizierten Detail für den Bau. Sie schmeißt sich ihm an den Hals und fängt an, ihn mit Küssen zu überhäufen. «Nein, nein, ich bin noch verheiratet», probiert er, sich aus der peinlichen Situation zu retten. «Nicht mehr lange, dann werde ich dich heiraten, Paul ist sowieso nicht mein Typ, dann werden wir die Gemeinschaft verlassen und ein neues Leben anfangen», probiert sie, ihn umzustimmen. Beat nimmt ihre Hände, drückt sie weg, steht auf und sagt: «Verlassen Sie so schnell wie möglich das Zimmer.» Dass Paul in der Türe steht und alles mit angesehen hat, hat sie nicht gemerkt. Paul meint ganz ruhig, aber mit fester Stimme: «Bitte gehen Sie, es soll sich niemand mehr von Ihrer Sekte hier blicken lassen.» Nun sieht er Beat an. «Wenn du dort weitermachen willst, musst du auch gleich gehen.» «Nein, ich bleibe hier, ich bin nur beigetreten, um zu sehen, was diese Glaubensgemeinschaft eigentlich will. Mit meiner Frau habe ich von Anfang an alles besprochen, alle Tage haben wir miteinander telefoniert.»

***

Als Beat am Montag wieder zu Hause ankommt, fühlt er sich wie im Himmel. Er nimmt die Kleine auf den Arm, spielt eine Weile mit ihr. Sie ist aufgestellt, hat eine solche Freude, als sie Papi sieht, Elisabeth muss zweimal zum Essen rufen.

Die Behörde im Tessin ist nicht besonders begeistert über die neue Situation. Das wäre eine gute Gelegenheit gewesen, die Familie loszuwerden, ohne großen Aufwand und ohne das Gesicht zu verlieren.

Bevor Beat nach Hause fuhr, wurde abgemacht, dass die drei Frauen von der Gemeinde bis zu den Sommerferien abwechselnd den Haushalt führen, bis dann muss eine andere Lösung gefunden werden.

Paul geht wieder arbeiten, mehr oder weniger kommt er am Abend nüchtern nach Hause. Elisabeth telefoniert fast alle Tage mit einem von den Kindern, gibt ihnen Ratschläge, hört sich ihre Probleme an. Elisabeth hat ihnen so viel Vertrauen geschenkt, dass sie ihr oft ihre intimsten Erlebnisse erzählen oder ihr Herz ausschütten.

Es geht gegen die Sommerferien, als Karin am Telefon weint. «Was ist passiert?», will Elisabeth wissen. «Nach den Sommerferien müssen wir in ein Heim, Vater hat nur noch gesoffen und ein Lehrer hat Jan erwischt, wie er mit einer am Waldsaum schmuste.»

«Ist es Barbara, seine Freundin?»

«Ja.»

«Von der hat er mir erzählt, natürlich ist er erst zwölf, aber das ist doch nicht Schlimmes. Ich werde mich mit der Schulbehörde im Tessin in Verbindung setzen.»

Am Abend, als Beat nach Hause kommt, bringt Elisabeth das Thema auf den Tisch. «Die werden die Familie zerreissen», meint Beat. «Wir haben Doris ein Versprechen gegeben, das werden wir einhalten», entscheidet Elisabeth. «Nein, nein, die können wir nicht nehmen, das ist eine zu große Verantwortung für dich und mich, es muss eine andere Lösung geben. Wart ab, bis jetzt sind uns viele Wünsche in Erfüllung gegangen. Mein nächster Wunsch ist, dass die Familie so lange wie möglich zusammenbleibt.»

Elisabeth fragt bei der Gemeindeverwaltung nach, ob keine Vierzimmerwohnung frei sei oder leer stehe. «Nein, nicht, dass uns etwas bekannt ist. Beim Bauern, der das Bauland verkauft hat, ist ein Stöckli frei, aber der gibt das nicht her», ist der Gemeindeschreiber überzeugt. «Ich habe schon von Wundern gehört.»

«Dort kannst du dir die Zähne ausbeissen.»

«Wir werden ja sehen.»

Elisabeth überlegt, wie sie vorgehen soll. Sie weiß von ihrem Mann, was für ein sturer Bock er sein kann und wie es ihm ergangen ist. Entweder muss man seine Stärken oder seine Schwächen kennen. Elisabeth fragt Nachbarn und Bekannte, ob nicht irgendwo ein toter Hund begraben ist. Die, die ihn näher kennen, betonen seine Sturheit und Unnachgiebigkeit.

Wie so oft, wenn man etwas will, bekommt man es auch. Beat will gerade den Parkplatz mit seinem Auto verlassen, als der unsympathische Hund vom Bauern neben ihm vorbeisaust und dann einen Arbeiter auf der Baustelle anspringt. Der Besitzer des Hundes ruft ihn zurück, was aber nichts nützt. Beat steigt aus dem Auto, nimmt einen Stock, der nebenan am Boden liegt, probiert den Hund zu verjagen, das gelingt aber erst, als der Arbeiter am Boden liegt und ein paar Bisswunden hat, aus denen er blutet. Dann verlässt der Hund das Opfer und geht zu seinem Besitzer zurück. Der befiehlt ihm, Platz zu machen, was er sofort befolgt. Er lässt den Hund am Platz liegen, geht zum Verwundeten, der vor Schmerzen wimmert. Beat ruft den Arzt an. Als der Bauer das sieht, kommt er auf Beat zu und bittet ihn, auch gleich die Polizei zu verständigen. Dann erklärt der Bauer, er wisse gar nicht, was in den Hund gefahren sei, das habe er noch nie gemacht, zwei Tage sei der Hund nicht zu Hause gewesen, bis jetzt sei er nur aggressiv geworden, wenn er den Befehl gegeben habe, oder in der Nähe des Hauses, um sein Grundstück zu verteidigen. Der Hund habe vor der Tür geschlafen, auf einmal sei er aufgestanden und davongerannt. «Ich wollte ihn zurückrufen, er hat einfach nicht gehorcht, ich muss ihn wahrscheinlich jetzt erschießen, aber zuerst muss ich wissen, warum er das gemacht hat.»

«Ich werde mich ein wenig umhören, vielleicht gibt es einen Hinweis und ich finde den Grund heraus», bietet Beat seine Hilfe an.

Die Polizei will den Hund gleich erschießen. «Kommt gar nicht infrage», protestiert Beat, «dieser Hund ist sehr folgsam, tut sonst niemandem etwas, da spreche ich aus Erfahrung.»

«Aber jetzt hat er einen Bauarbeiter angefallen, 500 Meter von zu Hause weg.»

Mit dem Versprechen, dass der Hund vorläufig angebunden bleibt und von einem Arzt innerhalb von 14 Tagen untersucht wird, geben sie ihm eine Frist von 30 Tagen. Beat horcht sich bei den anderen Bauarbeitern ein wenig um, vielleicht gibt es eine Erklärung für das Verhalten des Hundes.

Nach zwei Tagen spricht der Spengler Beat an. «Als ich das erste Mal auf der Baustelle war, hörte ich, als ich Wasser holen wollte, ein Wimmern. Ich öffnete die Tür, da sah ich einen Hund, ganz kurz angebunden. In diesem Augenblick kam ein Arbeiter vom Maurer, ein Italiener. «Ist das dein Hund?», wollte ich wissen, «Der gehört niemandem, den werde ich heute Nacht schlachten, bist zum Essen eingeladen, wenn du den Mund hältst. Ich drohte ihm, die Polizei anzurufen, wenn er ihn nicht sofort freiließe. «Spezialität von meinem Dorf in Italien, sehr gut zum Essen.»

«Lass ihn frei.» Das tat er dann auch widerwillig und unter Protest. «Wie hast du ihn gefangen?», wollte ich noch wissen, «da habe ich meine Tricks, und die verrate ich nicht», meinte er.

Beat erzählt alles dem Bauern und der Polizei. Widerwillig gibt der Arbeiter alles zu. Er bekommt eine saftige Busse, einen Eintrag ins Strafregister, und der Hund kann wieder seine gewohnte Freiheit genießen.

«Der Bauer ist dir doch etwas schuldig», meint Elisabeth nach dem Vorfall, «du musst ihn aufsuchen, ihm die Situation von der Familie erklären, dann fragen nach der Wohnung.»

Der Bauer schreit Beat an: «Was fällt dir ein, wegen einer solcher Lappalie mit dem Hund lasse ich mein schönes Haus nicht ruinieren, ich will meine Ruhe haben, mir nicht durch Kindergeschrei meinen Lebensabend verderben», fertigt er Beat ab.

Elisabeth ist wütend, als ihr Mann die Begegnung schildert. Sie nimmt das Auto und fährt voller Wut zum Bauern. Ohne auf den Hund zu achten, der zähneknirschend auf sie zukommt. «Du machst mir nichts», besänftigt sie den Hund, «vor dir habe ich keine Angst.»

Der Bauer ist erstaunt über den Mut der Frau. «Was wollen Sie?»

«Sie haben ein leeres Haus, viel Umschwung und ich kenne eine Familie, fünf Kinder ohne Mutter, nur ein Vater. Die finden keine Wohnung, jetzt will die Behörde die Familie auseinanderreissen, oder die Kinder kommen in ein Heim. Haben Sie kein Herz, ein wenig Verständnis für andere Leute in Not?»

«Was gehen mich fremde Leute an, ich will meinen Frieden haben in meinen alten Tagen, und jetzt machen Sie, dass Sie mein Haus verlassen, sonst sage ich's dem Hund», braust der Bauer auf. Elisabeth schaut den Bauern mit stechendem Blick an. «Ich komme wieder, denn ich habe der Mutter und den Kindern versprochen, bevor sie gestorben ist, dass die Kinder in kein Heim kommen und nicht auseinandergerissen werden. Hier ist der ideale Platz für diese Familie.»

«Dieser sture Bauer», denkt sie, als sie das Haus verlässt, «ich muss mir etwas einfallen lassen, vielleicht geschieht ein Wunder. Wo hat der Bauer seinen wunden Punkt? Geld hat er genug, eine Familie hat er auch, was ihm aber fehlt, ist ein Nachfolger. Er hat zwar eine Tochter, aber das ist keine echte zukünftige Verwalterin von einem großen Bauernhof. Ich kann doch keinen Nachfolger finden. Beat muss im Dorf Leute ausfragen, vielleicht ist irgendwo eine alte Rechnung offen.»

Schon am Abend geht Beat ins Restaurant und bringt das Interesse an, einen Jass zu klopfen. Aber an diesem Abend fehlen die Jasskollegen. Er setzt sich an den runden Tisch, diskutiert mit den Einheimischen über Gott und die Welt und bringt das Gespräch unter anderem auf den reichen Bauern. «Der hat auch seine Sorgen, trotz viel Geld», erzählt ein Tischnachbar.

«Warum?»

«In seinen jungen Jahren hatte er einer ein unheiliges Kind gemacht, die Mutter des Kindes liebte er sehr, aber diese Frau war ein Lebemensch, nahm es mit der Treue nie so genau. Aber auch der Großmattbauer war ein lustiger Kerl, hatte Kraft wie ein Stier und Mut dazu. Bei Lumpereien und Streichen war er immer der Erste. Wenn dieses Paar zusammen im Ausgang war, war der Teufel los, da wurde gesungen, getanzt, auch vor einer Schlägerei scheute er sich nicht, es kam, wie's kommen musste, sie wurde schwanger. Aber seinem Vater war die zukünftige Schwiegertochter nicht willkommen. Er zahlte dem Mädchen viel Geld, wenn sie das Kind wegmachen ließe und dann verschwinde. «Ich zahle dir noch 10'000 extra, wenn du mit mir schläfst.» «Wenn du schon so viel Geld locker machst, werde ich dir deine Wünsche erfüllen», sagte sie. Das Mädchen hatte einen behinderten Bruder, der sehr viel Hilfe benötigte. «Wenn ich schon nicht willkommen bin auf dem Bauernhof und Bäuerin nicht mein Traumberuf ist», ging sie auf den Vorschlag ein.

Es war an einem Samstagabend, als sie mit seinem Vater das Schäferstündchen vereinbart hatte. Der Sohn saß im Restaurant und wartete auf seine Geliebte. Als sie nicht kam, soff er sich einen an. Er ging um 23 Uhr nach Hause, und als er auf sein Haus zufuhr, sah er im Licht des Autos ein Mädchen, das seinen Vater vor der Haustür intensiv küsste. Er sah sofort, dass es seine Geliebte war, wurde jähzornig, schlug seinen Vater so sehr zusammen, dass der ins Spital musste, und seine Geliebte jagte er zum Teufel. Der Vater hat sich von diesem Zwischenfall nie mehr erholt, ist etwa ein Jahr später gestorben. Das Mädchen ist dann in die Stadt gezogen, ließ aber das Kind nicht wegmachen, der Knabe, den sie geboren hatte, hat sie zur Adoption freigegeben. Später habe ich vernommen, dass sie als Prostituierte arbeitet.»

«Sie hatte einen Sohn?», fragte Beat nach. «Ja, der muss ungefähr um die 19 sein, der Bauer machte einmal Nachforschungen, aber die Behörden gaben keine Auskunft. Es gehe ihm gut und der Adoptivvater sei ein wohlhabender Mann in einer großen Stadt. Später heiratete der Großmattbauer ein sehr schönes, aber eher scheues Mädchen aus einem anderen Dorf. Er zog sich zurück, wurde einsam und hart. Sein Handwerk als Bauer konnte er, machte die Arbeit recht und gut.»

Als Beat den Heimweg antritt, weiß er die Geschichte vom Bauern, aber wie er ihn dazu bewegen soll, sein Stöckli für die Familie freizugeben, weiß er noch nicht.

***

In den nächsten Tagen muss die Entscheidung fallen und noch immer hat Elisabeth keine geeignete Wohnung für die Familie Baumgartner. Aber die Hoffnung, dass sich noch etwas ergibt, hat sie noch nicht aufgegeben. Das Stöckli geht ihr einfach nicht aus dem Sinn.

Eines Tages, sie ist mit dem Kinderwagen unterwegs, denkt sie: «Ich könnte das Stöckli doch einmal von der Nähe anschauen.» Als Elisabeth sich dem Stöckli von hinten auf einem Feldweg nähert, sieht sie eine Frau auf der Bank sitzen, mit einer Katze auf dem Arm, die Sonne am Geniessen. Elisabeth entschließt sich dazu, einfach mit ihr ein Gespräch zu beginnen, vielleicht ist es ja die Bäuerin. Zuerst gibt die Frau nur widerwillig Antwort. «Geh und lass mich in Ruhe.» Elisabeth gibt aber nicht auf, spricht einfach weiter. Die Frau, die wirklich die Bäuerin ist, hat kein Interesse an einem Gespräch. Beim Reden fängt auf einmal Lea an zu weinen, Elisabeth nimmt sie auf den Arm, um sie zu beruhigen, und fragt: «Haben Sie auch Kinder?» Zuerst sagt die Bäuerin nichts, dann kullern ihr Tränen über die Backen, kalte Tränen, das Wasser läuft einfach so runter. «Das wollte ich nicht», entschuldigt sich Elisabeth. «Lassen Sie nur. Ja, ja, drei, das Erste, es war ein Knabe, ist bei der Geburt gestorben, dann kam die Tochter, Sara, die jetzt auf dem Hof arbeitet, als nächster Klaus, der ist mit drei Jahren in der Jauchegrube ertrunken.» Beim Erzählen weint sie weiter, Elisabeth setzt sich zu ihr, streicht ihr über die Hände, um sie zu trösten, als ihr etwas um die Beine streicht. Es ist die graue Katze, die die Bäuerin zuvor auf dem Arm gehabt hat. Lea will sie unbedingt streicheln. Elisabeth setzt das Kind auf den Boden und so spielen beide miteinander. Die Bäuerin fängt immer stärker an zu weinen, es schüttelt sie, sie weint einfach, dann fängt sie an zu erzählen. «Mein Mann liebte mich nie, die große Liebe war eine andere, aber ich hoffte, dass es sich mit der Zeit ergibt, es war eine Ehre, von diesem gutaussehenden Mann geheiratet zu werden, ich war auf alle Fälle stolz, dass er mich zu seiner Geliebten auswählte. Nach dem Verlust der beiden Buben wurde er immer kälter und abweisender, indirekt gab er mir die Schuld für den Tod der Buben, ich habe schon oft mit dem Gedanken gespielt, alles hinzuschmeißen und davonzulaufen oder aus dem Leben zu scheiden, was mich weniger Mut kosten würde.»

Elisabeth fängt dann auch von ihrem Leben an zu erzählen. Nach einer Weile erzählt sie Evelin, so heißt die Bäuerin, den Grund, warum sie hier ist. Vor allem spricht sie von der Familie aus dem Tessin und den fünf Kindern, davon, dass sie jetzt auseinandergerissen werden, wenn sie nicht in den nächsten 14 Tagen einen Wohnraum bekommt. «Das ist sehr, sehr schwierig. Ein Vater, der säuft, fünf Kinder, das jüngste erst 18 Monate.»

In einer Gesprächspause meint Evelin: «Dieser Speicher ist noch frei. Für eine solche Familie wäre der gerade recht, das habe ich mir schon lange gedacht, aber mein Mann will einfach nicht einlenken.»

«Ja, das kann ich mir vorstellen, aber dieses Problem werde ich lösen, das ist meine Aufgabe, diesmal werde ich den Kopf durchsetzen», verspricht Evelin überzeugt.

«In einer Woche hast du deine Wohnung.» Auf einmal nimmt sie Lea auf den Arm. «Komm, wir gehen Kühe schauen, dann kannst du auch noch mit den Kaninchen spielen.» Als Elisabeth sich verabschiedet, hat sie das Gefühl, dass aus einer ängstlichen Person eine selbstsichere Frau geworden ist und dass es klappen könnte.

Eine Woche später klingelt die Türglocke. Vor der Tür steht Evelin. «Es hat geklappt, ihr könnt einziehen, wann ihr wollt», sagt sie, bevor Elisabeth sie recht begrüßen kann. Elisabeth bittet sie, einen Kaffee mit ihr zu trinken, was sie sehr gerne annimmt.

«Wie hast du das geschafft?»

«Zuerst habe ich meinem Mann erklärt, dass ich ausziehen werde, wenn er diese Familie nicht aufnimmt. Er hat nur gelacht, «dann geh, ich habe schnell wieder jemanden, der mir hilft, auf dich bin ich nicht angewiesen.» Am nächsten Tag packte ich meine Koffer, bei einem Verwandten im Nachbardorf konnte ich vorübergehend einziehen. Als meine Tochter vernahm, dass ich ausziehen wolle, sagte sie spontan, «ich komme mit, das tägliche Gebrüll und das Nörgeln verleidet mir, es wird immer schlimmer, seit er Land verkauft hat, hat er das Gefühl, dass wir reich seien, es ist bald nicht mehr auszuhalten.»

Ein kleiner Zufall kam uns auch noch zu Hilfe. Er war beim Melken, als das Taxi vorfuhr, um uns abzuholen, aber irgendwie hatte ich das Gefühl, ich müsse ihm noch auf Wiedersehen sagen und ging gegen den Stall. Als er mich sah, fing er an zu brüllen: «Was willst du noch hier, verschwinde, komm mir nie mehr unter die Augen, wer gehen will, soll gehen.» Bei diesem Gebrüll ist eine Kuh erschrocken, hat ausgeschlagen, ihm in den Brustkasten getreten. Er hat vor Schmerzen geschrien, ist zusammengebrochen und ist mit schmerzverzerrtem Gesicht am Boden gelegen. Wir haben ihn ins Taxi geladen und ins nächste Spital gebracht, wo sie einen Leberriss feststellten und zwei Rippen in der Lunge. Wenn wir ihn nicht gleich ins Spital gebracht hätten, wäre er gestorben. Ich bin bei ihm im Spital geblieben, meine Tochter hat zu Hause nach dem Rechten gesehen. Als ich ihn so hilflos im Bett liegen sah, dachte ich: «Den werde ihn nicht verlassen, auch wenn er das Stöckli nicht hergibt.» Am anderen Tag, als er wieder bei Verstand war, meinte er: «Wenn du bei mir bleibst, werde ich das Stöckli dieser Familie zur Verfügung stellen.»

«Nein, ich gehöre zu dir, auch wenn du das Stöckli nicht aus der Hand geben willst, ich bleibe auf alle Fälle bei dir», sagte ich. Später meinte er: «Ich glaube, das ist ein Zeichen des Himmels, sage dieser Frau, die Familie könne einziehen, wann sie wolle.»

Elisabeth fällt Evelin um den Hals, ist so dankbar, dass diese Familie zusammenbleiben kann. Die Behörden sind nicht begeistert vom Zuzug dieser Familie, das gibt nur Kosten und Ärger mit den Kindern. Aber machen können sie nichts. Der Gemeindepräsident will Elisabeth den Beistand geben.

Die Familie freut sich, dass sie zusammenbleiben können, nur Jan muss seine Freundin verlassen, der ist nicht besonders begeistert.

Der Umzug ist geglückt, alle geben sich Mühe, um keine Konfrontation zu provozieren. Der Bauer ist nicht besonders glücklich bei diesem Rummel um sein Haus, er weicht den Leuten, wenn möglich aus. Wenn die Begegnung nicht zu vermeiden ist, macht er kein freundliches Gesicht, gibt nur mürrisch Antwort. Nur Leila, die Dreijährige, hat keinen Respekt, läuft ihm nach, wenn sie ihn sieht, plaudert mit dem Bauern, der hört gar nicht hin, was ihr recht ist, sie erzählt einfach immer weiter, ohne auf eine Antwort zu warten. Zwischendurch schickt er das Mädchen nach Hause, «ich gehe, aber ich komme wieder», sagt sie dann jeweils. Auch der Hund macht ihr keine Angst, überhaupt scheint diesem die Familie Freude zu machen.

Paul fängt beim Baumeister, der die Häuser baut, als Handlanger an, was ihm nicht besonders behagt, aber «jetzt wird gearbeitet und nicht gesoffen, sonst kannst du es gleich sein lassen», droht ihm Beat.

Die beiden Kleinen müssen am Tag in eine Krippe, ab und zu kommt eine ältere Frau, die von der Gemeinde bestimmt wurde, um nach dem Rechten zu sehen, damit alles aufgeräumt wird und um mit den Kindern zu lernen. Solange Paul nicht trinkt, geht es wunderbar. Der erste Monat ist ohne größere Probleme verstrichen. Die mittleren Zwei sind viel beim Bauern oder bei der Tochter, helfen bald das, bald jenes, wenn sie schulfrei haben.

Die Tochter des Bauern hat sehr große Freude an den Kindern. Einmal, als Scheol, der Kleine, unverhofft mitten in der Nacht krank wird und Paul sich nicht mehr zu helfen weiß, schickt er Jan, um die Bäuerin nach Rat zu fragen. «Ich komme selber, schaue, was zu machen ist», meint sie und macht Essigsocken gegen das Fieber und was man alles so macht. Am anderen Tag fährt sie mit ihm zum Arzt. Von da an schaut Evelin regelmäßig vorbei, kocht im Stöckli bei der Familie und schaut nach dem Rechten. Die Frau von der Gemeinde braucht man in Zukunft nicht mehr. Auch der Bauer und seine Tochter müssen im Stöckli essen. Nur sonntags kocht sie zu Hause, da will sie auch kein Kind sehen, da widmet sie sich hauptsächlich ihrem Mann. Es pendelt sich so gut ein, dass es eine große Familie ist, sogar der Bauer hat auf einmal Freude an den Kindern. Als bei einer Kuh Komplikationen beim Kalben auftauchen, fragt er Paul, ob er nicht helfen könne. Natürlich hilft er. Als alles vorüber ist, trinken sie auf dem Stallbänkli noch ein Bier und plaudern noch eine ganze Weile miteinander.

Eine Geschäftsfrau vom Dorf, die im Gemeinderat ist, will nicht, dass Elisabeth den Beistand für die Familie bekommt. «Das muss eine Einheimische sein, die die örtlichen Begebenheiten kennt, der man vertrauen kann. Ich werde mich für das Amt zur Verfügung stellen, dann werde ich mich für das Wohl der Familie einsetzen. Was der Frau gar nicht passt, ist, dass es ein so teures Haus sein muss. «Der Großmattbauer muss runter mit dem Preis, sonst schauen wir nach etwas anderem», macht sie den Vorschlag bei einer Gemeinderatssitzung. Ein Mitglied meint: «Du kannst es mit dem Großmattbauer versuchen», und lächelt auf den Stockzähnen.

«Du kommst mir gerade recht», schreit der Bauer sie an, «nimm die Familie und suche etwas Billigeres, ich wollte sie nicht, ich war immer dagegen, meine Alte hat das durchgesetzt, jetzt habe ich ja gesagt, somit werden sie bleiben. Wenn du natürlich eine billigere Wohnung findest, sage ich nicht nein», poltert er. Sie sucht überall, findet aber nichts Geeignetes. Entweder ist es teurer oder die Vermieter wollen nicht eine so große Familie.

«Ich komme euch alle Wochen einmal besuchen, für ein, zwei Stunden, und mache mit euch Aufgaben.»

«Aber die Frau des Bauern macht doch schon Aufgaben mit uns», sagt Risto, «mit den Rechnungen, die sie nicht lösen kann, gehen wir zur Tochter, die kommt drauf.»

«Die sind nicht ausgebildet, somit kann sie das nicht.»

«Doch, die kann das.»

«Ich bin euer Beistand, somit habe ich Verantwortung für euch, da gibt es keine Widerrede. Wo ist euer Vater?»

«Am Arbeiten, aber jetzt ist sechs Uhr vorbei, somit ist Feierabend auf dem Bau.»

«Der wird noch auf ein Bier sein», meint Karin.

«Das geht natürlich nicht, bei einer so großen Familie muss der Vater nach der Arbeit nach Hause.»

Ein ganzer Tag auf dem Bau arbeiten ist anstrengend, dann für ein Bier eine halbe Stunde ins Restaurant, das hat unsere Mutter auch erlaubt, somit haben wir nichts dagegen, wenn er es auch hier macht.»

«Das geht nicht, das werde ich ihm schon austreiben, das Saufen muss aufhören.»

«Wir haben einen lieben Vater, auf den lassen wir nichts kommen, und wenn er auch einmal etwas zu viel säuft, ist das nicht so schlimm, er ist mit uns immer sehr, sehr lieb», entgegnet Jan.

«Ja, man sieht es, er lässt euch einfach allein und säuft in der Beiz herum.»

Dem Großmattbauer ist das Auto schon längst aufgefallen, er weiß auch, wem es gehört. «Jetzt muss ich doch schauen, was diese Dame von der Familie will», sagt er zu sich selbst. Ohne lange anzuklopfen, betritt er die Küche, wo die ganze Familie versammelt ist. Dann schaut er die Frau an. «Wenn du schon die Aufsicht über diese Familie hast, musst du öfter herkommen und schauen, ob alles in Ordnung ist, mit den Großen Schulaufgaben machen, sonst hast du hier nichts verloren. Diese Familie ist wunderbar, die Kinder sind nett und aufgestellt, Paul trinkt manchmal etwas zu viel, aber er ist ein sehr, sehr anständiger Mensch. Jetzt will ich wissen, was nicht in Ordnung ist, dann werde ich schauen, dass es so wird, wie es sein soll. Dann verschwinde und komm, von der Woche an zweimal, um mit den Größeren Aufgaben zu machen, mit den Kleinen macht das meine Frau, die kann das so gut wie du.»

«Ich lasse mir von dir nichts befehlen.»

«Gut, dann schauen wir nach einer Person, die das kann, aber die Gemeinde wird das bezahlen.»

«Nein, ich werde kommen.»

«Gut, dann haben wir uns verstanden. Ich bin trotzdem nicht glücklich», meint der Bauer, «wäre es nicht besser, wenn Elisabeth die Vormundschaft übernähme, die kennt die Familie aus dem Effeff. Dazu hat sie selbst noch ein Kind, die kann mit den Problemen gut umgehen.»

«Ich glaube auch bald, dass dies das Beste ist für alle Seiten», lässt sich die Frau plötzlich umstimmen, «ab nächstem Monat wird Elisabeth hier nach dem Rechten sehen, wenn sie möchte.»

***

Drei Jahre sind vergangen, seit die Familie beim Bauern eingezogen ist. Elisabeth gab nicht lange Unterricht, sie war froh, wenn die Bäuerin und die Tochter das übernahmen, die beiden machen das sehr gut, besonders Mathematik haben sie im Griff. Dazu hat Elisabeth fast keine Zeit. Sie möchte möglichst viel Zeit mit Lea verbringen, sie ist so herzig und aufgestellt, dass man sie einfach gernhaben muss. Dann gibt es noch ein Ärgernis: Wenn die Kinder der Baumgartners Kleider brauchen oder sonst was, kommt jemand von der Schulbehörde zum Einkaufen mit, Elisabeth darf nicht dabei sein. Dann kaufen sie immer nur das Nötigste, die Gemeinde kann einfach nicht alle Wünsche erfüllen. Paul steckt fast seinen ganzen Zahltag in die Familie. Aber der säuft und verprasst sein Geld im Restaurant, wird von einzelnen Gemeindemitgliedern behauptet. Als der Bauer das hört, platzt ihm der Kragen. «Natürlich trinkt er ab und zu was, aber er ist ein treu sorgender Vater, jeder hat seine Fehler, aber das versteht ihr ja nicht. Die Kinder brauchen neue Kleider und Schuhe, und zwar nach ihrem Geschmack, nach ihren Wünschen, nicht nach den Vorstellungen der Gemeinde. Spielsachen, Handy, Computer und sogenannte Luxusartikel hat ihnen Paul gekauft, erzähle das an der nächsten Gemeinderatssitzung. Karin und Jan möchten Internetzugang, sonst gehe ich an andere Instanzen.»

«Das ist sicher nicht das Nötigste», meint die Frau von der Gemeinde. «Doch, doch, die Jungen brauchen das heutzutage.

Noch etwas, die Kinder möchten in Zukunft die Kleider selbst kaufen. 100 Franken mehr Zins muss ich auch haben.» Die Frau wird rot vor Wut. «Das auch noch. Stell einen Antrag an den Gemeinderat, oder wollt ihr wieder eine andere Wohnung suchen, wie vor zwei Jahren?»

Die 100 Franken mehr gibt er den Kindern oder Paul für Extras. Lea wird bald drei Jahre alt, ist ein schönes kleines Mädchen, wird auch immer schön angezogen, Käsers sind stolz auf ihre schwarzhaarige kleine Prinzessin.

Die ersten Wohnungen sind fertig, etliche sind schon bezogen, ein Drittel von der Bauphase ist abgeschlossen, im Großen und Ganzen läuft es gut, sie können mit dem zweiten Drittel beginnen. Das Architekturbüro haben sie vergrößert, sie sind in der Zwischenzeit sechs Angestellte und ein Lehrling. Oft bauen sie noch Häuser für neue Kunden, machen Planungen und Gestaltungen, ein gut gehendes Geschäft haben Käsers und Wagners aufgebaut.

Eines Tages, als Beat nach Hause kommt, fällt ihm Elisabeth um den Hals. «Du, ich erwarte ein Kind, ich war beim Arzt, der hat meine Vermutung bestätigt.» Sie tanzt und jubelt, Beat will sie beruhigen und ermahnt sie, ruhig zu sein, damit nichts passiert in der Schwangerschaft. «Jetzt bekommen wir selbst ein Kind», jubelt sie immer wieder. Ihr Mann will sie behüten und verwöhnen, kommt früher von der Arbeit nach Hause, macht Einkäufe, die er vorher nie gemacht hat. Sie muss abwehren. «Nein, nein», muss sie ihn mehrmals bremsen, «schwanger sein ist keine Krankheit, alle Frauen, die ein Kind auf die Welt brachten, haben das durchgemacht, somit werde ich das auch durchstehen, wenn keine Komplikationen auftreten.» Alles läuft in den ersten Monaten gut, das Kind wächst, wie es soll, Elisabeth hat oft das Gefühl, es sei nur ein Traum. Wenn nur dieses Verlangen nach Süßigkeiten nicht so stark wäre. Sogar der Arzt hat ihr geraten, ein wenig aufzupassen. Sie nimmt überdurchschnittlich zu, aber auch sonst hat sie einen gesunden Appetit, den sie fast gar nicht in den Griff bekommt, immer hat sie ein Hungergefühl.

Lea merkt, dass etwas anders ist und sie nicht mehr überall im Mittelpunkt ist. Sie wird immer frecher, nichts ist gut genug, manchmal muss alles fein, exakt und perfekt sein, dann ist sie eine richtige Drecksau. Gehorchen ist nicht ihre Stärke, sie macht Sachen, die sie früher nie gemacht hat, nur um Elisabeth zu ärgern. Fast, als würde sie spüren, dass etwas im Umbruch ist. Elisabeth gibt sich richtig Mühe mit der Kleinen, verwöhnt sie noch mehr, manchmal ist sie lieb, anhänglich und folgsam. Beat gibt sich auch alle Mühe, nimmt Lea, wenn es irgendwie geht, mit auf den Bau.

Mit Annette Buri, die sie am Anfang kennenlernte, hat sie den Kontakt wieder vermehrt aufgenommen, besucht sie fast alle Tage. Sie hat ihr zweites Kind vor fünf Wochen geboren.

Mit ihr kann Elisabeth ihre Sorgen und ihre Ängste diskutieren, das ist eine Person, die weiß, wovon sie spricht, sie kann Elisabeth so manchen Tipp geben. Die beiden Familien besuchen einander wieder öfters.

Kaspar, der Rechtsanwalt, erzählt Beat: «Die Frau, die man in der Grube gefunden hat, war eine Türkin und wurde ermordet, haben die Gerichtsmediziner herausgefunden. Mehr als drei Jahre ist es nun her und sie haben immer noch keine Spur vom Mörder, auch das Kind wurde nie gefunden. Die tote Frau muss mindestens einmal entbunden haben, aber das Kind ist wie vom Erdboden verschwunden.»

«Warum erzählst du mir das alles?», will Beat wissen. «Dein Kind sieht auch nicht aus, als komme es vom Emmental.»

«Du meinst Lea?»

«Ja, ja, sie sieht nicht nach einer Schweizerin aus.»

«Das stimmt, aber dieses Kind hat meine Frau geboren. Nur weil es anders aussieht, sollte es von einem anderen Land sein? Ich kann dir die Geburtsurkunde zeigen. Aha, jetzt hast du gedacht, das könnte das Kind sein, jetzt musst du mir erklären, wie ich zu dem Kind gekommen bin.»

«Du hast mich doch gefragt, als du neu eingezogen bist, wie man aus einem illegalen Kind ein legales machen kann.»

«Ja, ja, aber das war ein Kollege von mir, der auch Kinder möchte. Da seine Frau keine bekommen konnte, wollte er eines adoptieren. Als er in Rumänien in den Ferien war, hat er sich in ein kleines Kind verliebt, das zur Adoption freigegeben wurde, aber der Aufwand war so groß und du musst reich sein, wenn du ein Kind adoptieren möchtest, auch ein Kind aus dem Ausland ist nicht gratis zu haben. Da dachte er, eine illegale Adoption wäre vielleicht etwas, aber die ganze Angelegenheit wurde ihm zu heiß, er ließ es bleiben, Elisabeth ist schwanger, vielleicht zerstreut das dein Misstrauen.»

Elisabeth wächst der ganze Stress über den Kopf. Die Kleine, die nicht gehorcht, der Mann, der immer nur arbeitet. Lea wird immer unausstehlicher. Elisabeth wird immer dicker, es ist nicht nur ihr Baby, das zur Fülle führt, auch überflüssiger Speck macht sie nicht unbedingt schöner, mit der Ausrede, «wenn das Baby einmal da ist, werde ich schon wieder schlanker», beruhigt sie sich.

Beat geht die ganze Meckerei langsam auf die Nerven. Er kommt immer später nach Hause, dann wird er zusammengeschissen, nichts kann er recht machen, anstatt nach Hause geht er in die Beiz oder zu Annette und klagt ihr sein Leid. Auch im Bett läuft nichts mehr, «einmal werde ich ins Puff gehen, wenn das so weitergeht», klagt er Annette. Die hört nur zu und probiert, ihn zu trösten. «Auch mein Mann kam oftmals spät nach Hause, auch bei uns läuft nicht mehr allzu viel», meint sie.

Beat hat das dumpfe Gefühl, wenn er noch mehr zu Annett ginge, würde er eines Tages untreu.

Ein anstrengender Tag ist vorbei, er sehnt sich nach seinem Zuhause und danach, ein wenig Ruhe zu haben, er ist schon lange nicht mehr bei Annette gewesen, eigentlich will er auch gar nicht mehr allein zu ihr. «Nur nach Hause», denkt er. Als er die Tür der Wohnung öffnet, hört er schon ein Gezänk von Elisabeth mit Lea, die fängt auf einmal an zu weinen. «Was soll das?», fragt er gereizt. «Sie hat die Blumenvase umgekippt, mitsamt den schönen Blumen drinnen.»

«Ach, das ist doch nicht so schlimm.»

«Du kommst auch immer später nach Hause. Ich muss immer alles alleine machen, niemand hilft mir und überhaupt, du kommst nur noch zum Fressen heim, ich bin dir völlig egal.»

Er geht zu ihr, will sie in die Arme nehmen und trösten. Sie schubst ihn mit einem Ruck weg, sodass er fast über Lea fällt. «Jetzt habe ich aber genug.» Er nimmt seine Jacke und verlässt die Wohnung.

Er flüchtet zu Annette, um bei ihr Trost zu suchen, was sie sehr erfreut. «Mein Mann ist für eine Woche nach Bern, aus Studienzwecken, ich habe mich fast ein wenig einsam gefühlt.»

«Jetzt bin ich ja da.» Sie holt zwei Gläser, dann versorgt sie noch die Kinder, nach zehn Minuten nimmt sie sich Zeit für Beat. Holt den Whisky, den sie immer nur zu besonderen Anlässen trinkt. «Was ist? Was hast du zu feiern, dass du mein Lieblingsgetränk aufstellst?»

«Ich fühle mich allein, da freut es mich, dass mein bester Kollege auf Besuch kommt, das wollen wir feiern.» Sie schenkt zwei Gläser bis auf den Strich ein. Dann erzählen sie sich ihre Probleme, Annette schenkt immer wieder ein, bevor die Gläser leer sind. Sie prosten sich immer zu, bei einer Gesprächspause schauen sie sich tief und lange in die Augen, dann steht Annette auf, setzt sich neben Beat auf die Couch, er legt seine Hände wie zufällig auf ihre Oberschenkel, wie von selbst suchen die Lippen das Gegenüber. Dann spüren beide das Verlangen, weil bei beiden das Liebesleben in letzter Zeit zu kurz gekommen ist. Sie lassen sich gehen, geben sich nur noch dem Gefühl der Wollust hin.

Als sie wieder angezogen sind, fragt sie: «Hast du ein schlechtes Gewissen?»

«Ja, ein wenig schon, das Ganze war aber für mich so schön, ich habe so ein entspanntes Wohlbefinden, als hätte ich in meinem Beruf ein großes Problem, das mir Kopfzerbrechen bereitete, gelöst. Du hast eine ganz andere Art, mit der Sexualität umzugehen, als was ich bis jetzt erlebt habe.»

«Auch du warst für mich etwas ganz Besonderes», entgegnet Anett, «aber etwas musst du wissen: Das war etwas Einmaliges, das werden wir vorläufig nicht wiederholen, ich möchte meine Ehe nicht aufs Spiel setzen.»

«Ich bin froh, dass du das sagst, ich werde meiner Frau besser in ihrer aufreibenden Zeit behilflich sein und hoffe, dass es wieder angenehmer wird, wenn das Kind da ist.

Lea wird immer schlimmer, ein richtiger Trotzkopf, viele Spielsachen macht sie mit Fleiss kaputt, bis auf eine Puppe, die sie nie aus der Hand gibt. Mit anderen Kindern hat sie ein Problem, wenn die nicht genau machen, was sie sagt, gibt es Krach, dann geht sie zur Mutter und jammert: «Mit mir will niemand spielen.» Essen tut sie nur noch, was ihr schmeckt, kann ganz gut einen vollen Teller mit Fleiss auf den Boden kippen.

Als Elisabeth es nicht mehr aushält, suchen sie Hilfe bei einer Fachperson. Eifersucht auf das werdende Kind, überreizt, nicht mehr im Mittelpunkt stehen, Angst. «Das wird sich legen, wenn das Kind geboren ist, drei, vier Wochen in die Ferien gehen», macht die Therapeutin einen Vorschlag.

Elisabeth will das nicht. «Die bekommen wir schon wieder in den Griff.» Noch mehr wird das Kind jetzt verwöhnt. Beat und Elisabeth erfüllen ihr jeden Wunsch.

Es wird aber nicht besser, eher schlechter. Bei einem Einkaufsbummel in einem Supermarkt bestellt sie Spaghetti Bolognese. Als sie serviert werden, mahnt Elisabeth: «Lea, gib acht, dass du nicht den schönen Rock verschmierst.» Daraufhin leert Lea absichtlich, so hat Elisabeth das Gefühl, den ganzen Teller über ihr neues, nicht ganz billiges Kleid. Beat wird sehr böse, steht auf und gibt ihr einen Klaps auf den Hintern. Lea fängt an zu schreien, als würde sie misshandelt. Etliche Gäste schicken böse Blicke, andere sagen: «Den sollte man anzeigen und ihm das arme Kind wegnehmen.»

«Ich werde die Polizei rufen», mischt sich eine andere ein, nur die Wirtin bringt Lappen und ein Gefäss, um aufzuwaschen. Beat wird immer aggressiver, er nimmt die Kleine an der Hand und geht zu der Frau. «Hier, Sie können sie haben, ich wünsche Ihnen viel Vergnügen.» Die Kleine legt sich auf den Boden und schreit wie am Spiess, niemand kann sie beruhigen. Es gibt einen richtigen Menschenauflauf. Beat will sie gerade unter den Arm nehmen und den Supermarkt verlassen, als eine Frau aus dem Gewühl auftaucht. Elisabeth hat das Gefühl, ein Engel persönlich sei ihr erschienen. Es ist die Bäuerin. Sie sah sofort die peinliche Situation, sie kennt das Problem. Beat hält das schreiende Kind immer noch auf dem Arm.

Die Bäuerin richtet sich an die Leute: «Dieses Ehepaar ist eine fürsorgliche Familie, aber dieses Kind terrorisiert sie im Moment, sodass man schon die Nerven verlieren kann, ich kenne dieses Verhältnis sehr gut, die geben sich alle Mühe mit dem Kind, aber jetzt ist sie ein kleiner Teufel.»

Als die vier im Auto sind, die Bäuerin hat sie begleitet, Lea hat das Schreien in der Zwischenzeit aufgegeben, sagt die Bäuerin: «Ich werde sie heute Abend abholen, dann bleibt sie mindestens 14 Tage bei mir.» Beat und Elisabeth haben die Nase voll, wissen nicht mehr, wo rein, wo raus, und sind ihr sehr dankbar für diesen Vorschlag.

Am Abend um halb acht steht die Bäuerin mit der Tochter vor der Tür, um Lea abzuholen.

«Kommt in die Küche, ich möchte mit euch reden», fordert Elisabeth die beiden auf. «Ich habe mir überlegt, ich gebe sie nicht gerne weg, wir probieren etwas ganz anderes, ich werde sie nicht mehr verwöhnen, lasse sie machen, was sie will, aber lasse mich nicht terrorisieren. Einmal rufen zum Essen, nur das, was gekocht ist, kommt auf den Tisch, will sie ohne Jacke nach draußen, sagen wir nichts, ich möchte das noch probieren.»

Nach etwa einer halben Stunde kommt die Kleine: «Muss ich jetzt mit?»

«Kannst selber sagen, ob du willst oder nicht.» Lea ist ganz baff. «Ich gehe nicht, ich gehe nicht», schreit sie und geht in ihr Zimmer. Niemand sagt etwas, alle lassen sie. Später, als die beiden gegangen sind, fragt Elisabeth sie: «Willst du was essen oder ins Bett?»

Lea sagt einfach nichts, Elisabeth geht vor den Fernseher und lässt sie gewähren.

Lea probiert alles, um Elisabeth zu ärgern. Es hilft nichts, Elisabeth und Beat machen, was sie müssen, es wird nie gedroht oder geschrien. Einmal geht sie barfuß und halbnackt in der Nacht die Sterne anschauen. «Schließe die Tür», schreit Beat ihr nach. Zehn Minuten später kommt sie hereingesprungen, total verfroren und schlotternd, wirft sich Elisabeth an den Hals und fängt an zu weinen. Elisabeth drückt sie fest an sich, als ob sie sie nicht mehr loslassen wolle. «Liebst du mich noch?», will Lea wissen. «Wir lieben dich beide, Papi und ich, wir lieben dich sogar sehr fest.»

Von da an geht es sehr gut mit Lea. Es wird abgemacht, dass Lea zum Bauern geht, wenn das Kind kommt. Als Elisabeth sie fragte, ob sie zum Bauer gehe, wenn sie ins Spital muss, erwidert Lea: «Sicher nicht.» Niemand widerspricht ihr.

«Ich gehe jetzt ins Spital», sagt Elisabeth, als es so weit ist, «Papi bringt mich. Gehst du zum Bauern oder willst du warten?»

«Ich gehe zum Bauern, bis du mit meinem Bruder oder meiner Schwester zurückkommst.»

Am anderen Tag wird der kleine Swen geboren. 3200 g schwer und 48 cm groß ist er, nicht ein Riese, aber gesund. «Lea beim Bauern? Das wird Problem geben», denken alle.

Auf dem Hof angekommen, begrüßt sie zuerst den Bauern. «Ich darf bei euch bleiben, bis ich einen Bruder oder eine Schwester habe», sagt sie. Dann begrüßt sie noch die anderen, gibt ihnen die Hand, wie sie es gelernt hat. Vom ersten Tag an gefällt es ihr, viel Abwechslung, das liebt Lea. Jede unausgefüllte Minute ist sie beim Bauern, den hat sie richtig ins Herz geschlossen. Am Abend will sie etwas spielen, aber der Bauer muss mitmachen. Nach drei Wochen kann sie wieder nach Hause, sie hat sehr viel gelernt, ist sehr umgänglich, aber ein Engel ist sie noch nicht.

Lea hat große Freude an ihrem kleinen Bruder. Sie will immer helfen beim Tragen. Manchmal gibt Elisabeth ihr den Kleinen in die Arme, aber nur, wenn sie Zeit zum Aufpassen hat.

Annette ist viel bei Elisabeth. Sie können sich gut über die Kinder unterhalten, Probleme austauschen, über Sorgen und Nöte von Frauen mit kleinen Kindern diskutieren. Einmal, als sie beim Kaffee sind, kommt Beat dazu. Als Elisabeth Kaffee für Beat macht, meint Annette: «Ich muss dich wieder einmal allein sehen.»

«Auch ich habe den Wunsch, wir werden telefonieren.»

«Was wollt ihr? Miteinander telefonieren?», fragt Elisabeth, als sie nur noch die letzten Worte hört. «Wir haben ein Liebesverhältnis miteinander», meint Beat, alle lachen, somit hat sich die Situation bereinigt, die Wahrheit glaubt ja sowieso niemand.

Als Elisabeth den Kleinen wickelt und sie allein im Zimmer sind, einigen sich Beat und Annette darauf, in einem Stundenhotel 30 Minuten von zu Hause ihr Schäferstündchen abzuhalten.

Zwei Wochen später ist es so weit. Es ist wieder ein wunderbares Erlebnis. «Ich fühle mich schon als schlechter Mensch, deine Frau schaut nach den Kleinen und ich gebe mich einem Vergnügen hin, dazu liebe ich dich gar nicht, nur der Sex ist das, was mich reizt, ich würde dich nie heiraten, auch wenn ich allein wäre.»

«Mir geht es genauso, ich könnte mir nicht vorstellen, mit dir zusammenzuleben. Aber zum sexuellen Vergnügen bin ich immer bereit, ich könnte mit dir alle Tage.»

«Mir geht es genauso.»

***

Seit vier Jahren sind sie jetzt am Bauen. Die zweite Etappe ist auch bald fertig, alles hat sich eingependelt, aus den zwei Jahren, die im Vertrag stehen, sind vier geworden, aber es immer noch nicht fertig, es kamen noch Zusatzbauten dazu. Der Bauherr konnte noch Land dazukaufen, das lag aber in einer gefährdeten Zone. Natürlich wurde der Zonenplan so geändert, dass er dem Reglement entsprach. Nun können 26 Wohnungen mehr gebaut werden. Seit über 100 Jahren ist nie mehr eine Lawine gekommen, es wurden Ausflüchte gesucht, da der Gemeindepräsident auf der Seite des Bauherren steht und der Besitzer des Grundstückes im Gemeinderat ist, war es kein Problem, das Landstück einzuzonen und eine Baubewilligung zu bekommen.

Beat und Elisabeth sind gut integriert, haben sich an die Umgebung gewönnt, möchten, wenn das Auskommen stimmt, hierbleiben.

Den Leuten in der Großmatt geht es soweit gut. Die Bäuerin schaut wie eine Mutter nach der Familie, Paul trinkt wieder hie und da ein Glas zu viel, geht aber alle Tage arbeiten, ist zuverlässig, bringt aber keine Leistung, wenn er betrunken ist. Wenn der Baumeister nicht ab und zu ein Auge zugetan hätte, wäre er schon lange nicht mehr dort. Jan hat eine Lehre als Metzger begonnen, es gefällt ihm sehr gut, er ist in der Schule und auf dem Betrieb ein guter Lehrling.

Paul war ja Metzger von Beruf. Manchmal gibt es Notschlachtungen, hier fühlt er sich in seinem Element: Die Tiere töten, wenn der Tierarzt keine Hoffnung auf Genesung sieht und das Tier als esstauglich befunden hat, das Tier zerlegen und für Essportionen zurechtmachen, das macht er gerne. Der Großmattbauer und Paul haben eine gewisse Sympathie füreinander, das Schlachten macht Paul Spaß und er macht es sehr gut, das schätzt der Großmattbauer. Es war schon vorgekommen, dass Paul beim Nachbarn ein Rind schlachten musste, da es sonst verendet wäre.

Karin hat auch schon das zweite Jahr als Coiffeuse im Nachbardorf angefangen. Sie ist ein schlankes, bildhübsches Mädchen geworden. Die Burschen laufen ihr nach wie läufige Hunde, aber sie macht sich nichts aus Männern und will vorläufig noch die Jugend genießen.

In der letzten Zeit geht es der Bäuerin nicht so gut, sie hat keine Kraft, immer ist sie müde, hat keinen Appetit, nach langem Hin und Her geht sie zum Arzt. Leider ist die Prognose nicht besonders gut. Für die ganze Familie ist es ein großer Schock: Brustkrebs. Dann gehen die Therapien los, Chemo und Bestrahlung.

Nach der ganzen Prozedur ist es wieder besser und alle hoffen, dass sie die Krankheit besiegt hat. Später wieder ein Rückschlag, das Ganze wieder von vorne. Lea leidet sehr unter der Krankheit der Bäuerin. Während der Zeit, als sie bei ihr in den

Ferien war, hatten sich die beiden ins Herz geschlossen. Wenn immer möglich, ist sie bei ihr auf dem Bauernhof. Lea hat die Eigenschaft, Leute, die sie liebt, oder von denen sie sich Vorteile verspricht, um den Finger zu wickeln. Die Bäuerin liebt sie von ganzem Herzen.

Ein halbes Jahr später, an einem schönen Frühlingsmorgen, stirbt sie im Alter von 59 Jahren im Spital. Ihre Tochter und ihr Mann sind am Sterbebett, begleiten sie in den Tod. Lea ist sehr lange sehr traurig, will einfach nicht begreifen, dass ein so lieber Mensch sterben musste.

Am Tag der Beerdigung, die Kirche ist bis auf den letzten Platz gefüllt, die Leute sind noch auf dem Friedhof, stehen vor dem Grab und hören dem Pfarrer andächtig zu, kommt ein Motorrad angebraust, das nicht unbedingt den Lärmvorschriften des Straßenverkehrsamts entspricht. Es knattert und macht einen Höllenlärm. In der Nähe des Friedhofs parkiert der Fahrer sein Fahrzeug. Die ganze Trauergemeinde wird empfindlich gestört. Der Pfarrer muss das Gebet für einen kurzen Moment unterbrechen, da es dem Motorradfahrer nicht pressiert, sein Gefährt abzustellen. Im Gegenteil, er gibt noch zwei, dreimal Gas, bis er es endgültig abstellt.

Anschließend an die Trauerfeier gehen die Verwandten und die Auswärtigen noch zu einem kleinen Imbiss ins Restaurant. Wer sitzt an einem Tisch in der Ecke? Der lästige Motorradfahrer, er scherzt mit der Bedienung.

Beat kann es nicht lassen und setzt sich für einen Moment zum ihm. Er will ihm Anstand erklären. «He, du bist doch der, den ich angefahren habe, du bist Alä», redet er ihn an.

«Ja, der bin ich.»

Beat staunt nicht schlecht, als er Alä erkennt. «Was machst du hier?»

«Mein Vater hat hier eine große Baustelle, macht irgendwie 50 bis 100 Wohnungen, weißt du, wo die sind?»

«Heisst dein Vater Aschwanden?»

«Ja, kennst du ihn?»

«Ich baue die Häuser, ich bin Architekt.»

Beat fragt ihn aus, was er so mache und wie es mit den Freundinnen stehe. «Als mich Schahin verließ, fiel ich in ein Loch. Momentan bin ich solo, habe genug von Frauen.»

«Noch was, das mit dem Motorengeheul beim Friedhof war sehr störend.» Alä entschuldigt sich: «Leider habe ich erst spät erkannt, dass ich auf dem Friedhofsparkplatz parkiert hatte.»

«He Beat, komme endlich essen, wir warten schon», kommt Karin, um ihn an den Tisch zu holen. Er steht auf und will Alä verlassen. «He Beat, kannst du mir die Dame nicht vorstellen?»

«Eine gute Bekannte von mir.»

«Ist das ein schönes Mädchen, mit diesen rehbraunen Augen und dem lieben Blick», sagt er zu Beat, als Karin gegangen ist. «Ja, das ist wahr, aber zum Spielen ist sie mir zu schade. Bitte lass die Hände weg von ihr.»

«Wer sagt denn, dass ich mit ihr spielen will? Gib mir die Adresse.»

«Die gebe ich dir, von der Baustelle, aber von Karin sicher nicht.»

Als die Trauergemeinde aufgelöst ist und alle den Heimweg antreten, kommt Karin zu Beat. «Was war das für ein Mann, mit dem du gesprochen hast?»

«Das war ein flüchtiger Bekannter, ein großer Mädchenheld, lass die Finger von ihm.»

«Ich habe mich in ihn verliebt.»

«Wie? Du hast dich in ihn nach so kurzer Zeit verliebt?»

«Später bin ich noch schnell durch die Gaststube, um zu sehen, ob er noch hier war. Er hat mich angesprochen und gefragt, ob ich ihm nicht die Adresse gebe, da er ein so schönes Mädchen noch nie gesehen hätte und er mich unbedingt wiedersehen möchte. Da ich ihn auch sehr sympathisch fand, habe ich sie ihm gegeben.»

«Nanu, auch du musst deine Enttäuschung erleben, aber wenn du Probleme hast, komm zu mir.»

***

Bald wird die letzte Etappe der Überbauung beginnen, das sind noch einmal zehn Einheiten, sicher noch zwei Jahre Arbeit. Alle haben sich aneinander gewöhnt, der Architekt, den Beat am Anfang angestellt hat, ist voll integriert und macht den Bauführer.

Seine Schwester Bauführer, die einmal das Kind gehütet hat, arbeitet auf der Gemeinde, bei der Bauverwaltung, als Sekretärin. Einmal muss Beat einen Situationsplan haben, als der Bauherr, also Herr Aschwanden, gerade im Baubüro ist. «Ich gehe ihn holen.»

«Nein, nein, das eilt nicht.»

«So, aber für mich eilt es», erwidert er bestimmt. Überhaupt ist Aschwanden in der letzten Zeit sehr oft auf dem Bau, nicht um zu meckern, sondern einfach, weil er sich interessiert. Vor allem ist Beat aufgefallen, dass er ohne seine Freundin erscheint. «Meine Freundin war nicht die richtige, einmal habe ich sie erwischt, wie sie mit meinem Sohn im Auto schmuste, dann habe ich ihr den Laufpass gegeben», erzählt er Beat. «Weißt du, mit wem meine Schwester am Samstag im Ausgang war?»

«Mit Herrn Aschwanden.»

«Ja, warum weißt du das?»

«Ich habe Augen im Kopf.»

«Was schnüffelt der junge Herr eigentlich immer bei den fast fertiggestellten Wohnungen umher?», fragt der Bauführer. «Ich glaube, er hat ein Zimmer im Restaurant genommen. Dieser junge Herr ist der Sohn von Aschwanden und vermietet die Wohnungen seines Vaters. Er hat kürzlich die Lehre als Immobilienhändler abgeschlossen», klärt ihn Beat auf.

Seit die Bäuerin tot ist, übernimmt die Tochter des Bauern die Aufsicht über die Familie. Vor allem die Kleinen brauchen noch Hilfe bei den Schulaufgaben, hauptsächlich macht sie den Haushalt und schaut nach den Kleinen. Da bleibt keine Zeit für Feld- und Stallarbeiten.

An einem Freitag kommt Paul stockbesoffen zum Großmattbauer in den Stall. «Ab sofort werde ich dir helfen, du brauchst einen Knecht, der möchte ich sein, da deine Frau tot ist und deine Tochter nach meinen Kindern schaut, muss dich jemand unterstützen und dir helfen.»

«Die Idee finde ich gut, habe auch schon daran gedacht. Kündige, dann werde ich dich anstellen, das Saufen lassen wir dann sein.»

Er weiß, dass Paul sich Mut angesoffen hat.

***

Die Zeit ist gekommen, dass Lea in den kleinen Kindergarten muss. Das geht natürlich nicht reibungslos. «Ich will nicht von zu Hause weg, ihr wollt mich nur weggeben, damit ihr mit Swen schöne Sachen machen könnt und ich kann nicht dabei sein.» Wie ist dieses Mädchen eifersüchtig, das ist schon krankhaft, aber was sein muss, muss sein. Nach vier Wochen haben sich die Anfangsschwierigkeiten gelegt. Wenn Lea und Swen allein sind, gibt es selten Streit, Lea ist eine liebe und fürsorgliche Schwester, die Swen nichts zukommen ließe.

«Hallo», ruft Lea der Mutter zu, «morgen machen wir Fotos im Kindergarten, ich muss mich schön anziehen, hat die Lehrerin uns gesagt. Klassenfotos, und dann noch von jedem Einzelnen.»

Am anderen Tag, beim Mittagessen, sagt sie: «Dieser Mann, der uns fotografiert hat, hat mich gefragt, ob ich hier geboren sei und Schweizer Eltern habe. Dann hat er Fotos von allen Seiten von mir gemacht.»

Am Abend steht ein fremder Mann vor der Tür. «Er hat einen türkischen Einschlag», fällt es Beat auf, als er öffnet. «Lea, ist das ihre Tochter?»

«Ja, warum, ist etwas nicht in Ordnung?»

«Darf ich reinkommen, mir ist etwas aufgefallen.»

«Was ist ihnen aufgefallen?»

«Lea hat uns erzählt, dass Sie von ihr viel mehr Fotos gemacht haben als von den anderen Kindern», mischt sich Elisabeth ein. «Ja, das ist wahr, ist Lea Ihr Kind?»

«Ja, klar.»

«Haben Sie es geboren?», fragt der Mann und schaut dabei Elisabeth an. «Ja, klar.»

«Ich will Sie jetzt aufklären. Vor ungefähr fünf Jahren habe ich eine türkische Hochzeit fotografiert, da war ein Mädchen, zwischen 18 und 20 Jahre alt, unter den Gästen, ich hatte das Gefühl, dass sie ein Kind erwartet, der Bauch war schon etwas rund, aber kein Mann war bei ihr, sie wurde fast verstoßen. Weil mir dieses Mädchen auffiel, habe ich sie alleine fotografiert, was fast zu einer Tragödie geworden wäre. Dieses Foto habe ich der Familie aber nie überreicht, habe es zu Hause aufbewahrt und jetzt mit Leas Foto verglichen. Eure Lea hat eine gewisse Ähnlichkeit mit dieser Frau.»

«Und die Frau, hat sie das Kind geboren?», will Beat wissen. «Das weiß ich nicht. Die Frau war von Uster, das habe ich sie noch gefragt, weil sie mir fast ein wenig leid tat. Sie war beim Gespräch aber sehr kurz angebunden, wollte gar nicht sprechen.»

«Wissen Sie, was mit der Frau passiert ist?»

«Nein, ich hatte mich, als ich das Foto der Familie brachte, nach der Frau erkundigt. Niemand wollte etwas wissen, die sei weggezogen, wahrscheinlich zu einem Schweizer, aber ich hatte das Gefühl, das seien Ausreden. Jetzt werde ich euch ein Foto zeigen von der Hochzeit und dieser Frau.»

«Ja, die hat eine gewisse Ähnlichkeit. Was es für Zufälle gibt, im Vertrauen, unsere Tochter hat einen türkischen Vater, wie das Leben halt so spielt.» Beat erschrickt, als er realisiert, was er gerade gesagt hat. «Ich muss jetzt einfach hoffen, dass das unter uns bleibt. Jetzt haben Sie gedacht, das sei die Tochter dieser Frau.»

«Nein, nein», will sich der Fotograf herausreden, «ich dachte nur, da ich später gelesen habe, dass eine türkische Frau tot gefunden wurde, die vorher ein Kind geboren hatte, es könnte diese Frau sein, aber das Foto in der Zeitung war so schlecht, dass ich sie nicht erkannt habe.»

«Es gibt natürlich viele Leute, die eine gewisse Ähnlichkeit haben, ich werde auch immer mit einem anderen, und der ist

Tierarzt, verwechselt», meinte Beat, «oder möchten Sie eine DNA-Analyse machen? Der Vater bin ich nicht, das stimmt.»

«Nein, nein, das Kind haben Sie ja geboren, somit ist ja alles in Ordnung, alles andere geht mich nichts an.»

Elisabeth macht dem Fotografen noch einen Kaffee. «Noch etwas muss ich Ihnen sagen. Vor etwa 14 Tagen kam ein Mann von der damaligen Hochzeitsgesellschaft zu mir und wollte ein Foto von dieser Frau. Er wusste, dass ich extra Bilder von ihr geschossen hatte, ich habe ihm eines gegeben. Als ich ihn fragte, wofür er es wolle, sagte er, ‹um ein Fotoalbum zu komplettieren›, was ich nicht glaubte.»

Als sie noch am Diskutieren sind, kommt Swen und weint herzzerreissend: «Lea hat mich umgestoßen.» Elisabeth nimmt ihn auf den Arm, um ihn zu trösten, da geht die Tür wieder auf und Lea erscheint. «Swen hat mir Sand in die Augen geschmissen, da habe ich ihn gestoßen, das ist wahr, der wird wieder gestreichelt und gehätschelt und mir sagt man, ich sei ja schon ein großes Mädchen, soll nicht wegen jeder Kleinigkeit weinen.»

«Du musst nicht lügen, wir trösten dich auch, wenn du Probleme hast.»

«Aber nicht so richtig wie Swen.» Weg ist sie. «Dieses Mädchen ist eifersüchtig, das können Sie sich gar nicht vorstellen.»

«Aber das sind zwei ganz verschiedene Typen», sagt der Fotograf. «Das stimmt, wenn die Zwei aber alleine sind, dann ist Lea sehr gut zu Swen, lässt gar nichts auf ihn zukommen, macht Geschenke für ihn, verteidigt ihn gegen alles, was ihm passieren könnte, manchmal fast zu fest.»

Als der Fotograf die Familie Käser nach einer Stunde verlassen will, braust ein Motorrad daher, Alä Aschwanden, und Karin sitzt hinten auf der 1000er-Honda. «Ich wollte nur schnell reinschauen, was ihr macht, wie es euch geht», posaunt Karin vom Sozius herunter. «Hallo Fotograf, mach doch ein Bild von uns, Elisabeth und Beat sollen auch kommen, das war unser Schulfotograf, den kenne ich schon, Lea und Swen haben sicher auch noch Platz.» Alle machen ohne zu murren mit. Beim anschließenden Kaffee erzählt Karin, dass sie über beide Ohren verliebt ist und so glücklich und zufrieden wie noch nie in ihrem Leben. «Aber du weißt, dass du nicht die Erste bist bei Alä?», gibt Beat zu bedenken. «Natürlich weiß ich das, er hatte schon viele Mädchen, aber jetzt bin ich die Einzige.» Er nimmt sie in den Arm und küsst sie liebevoll auf den Mund. Es wird gekichert und geschwätzt und vom Unfall erzählt. «Das hatte doch alles einen Sinn, sonst hätte ich Karin nie kennengelernt.»

«Warum habt ihr den Fotografen bestellt? Wolltet ihr etwas fürs Fotoalbum machen?»

«Nein.» Elisabeth erzählt, warum der Fotograf hier ist.

«Sie haben keine Ahnung», fragt Alä, «wo die Frau jetzt ist?»

«Einmal habe ich in einer Zeitung von einer toten Frau gelesen, die hier irgendwie in einer Baugrube gefunden wurde, aber ob das diese war, weiß ich nicht.»

«In welchem Jahr war das, als die Hochzeit war?», bohrt Alä weiter. «Ungefähr vor fünf Jahren.»

«Nicht ungefähr, genau will ich's wissen.»

«Warum ist das so wichtig für dich?»

«Am Arbeitsplatz, vor ungefähr sechs Jahren, hatte ich in einem Büro in Zürich gearbeitet und der Büroreiniger war ein Jugoslawe, der hatte eine Türkin als Freundin, die hat ihm ab und zu geholfen, natürlich ohne Bewilligung. Aber er behandelte sie wie Dreck, dabei war es eine sehr schöne und sympathische Frau. Einmal, als ich Überstunden machte, habe ich gesehen, wie er sie geschlagen hat, ich ging dazwischen. «Hast du auch ein Auge auf meine Freundin?», schrie er mich an, «Ich glaube, das ist eine Hure, überall werden ihr Komplimente gemacht, wird sie angestarrt, trotz ihres langen Rocks und Kopftuch. Aber der will ich schon lernen, mir zu gehorchen. Bevor du gekommen bist, ist ein Herr mit einer Krawatte durchgegangen, hat sich mit meiner Freundin unterhalten, das war nicht das erste Mal, die treffen sich bestimmt irgendwo, wenn ich arbeite», schrie er mich an. Dann fing die Freundin an zu weinen. «Das stimmt gar nicht, gestern Abend ließ mich mein Vater nicht fortgehen, da hat mein Freund gesagt, ich sei mit dem Herrn von vorher ausgegangen, was natürlich nicht stimmt.

Meine Eltern dürfen nicht wissen, dass ich einen Freund habe, darum ist alles so kompliziert», klärte das Mädchen mich auf. Sie tat mir richtig leid.

Von da an habe ich sie nie mehr gesehen. Eines Nachts habe ich wieder Überstunden gemacht und dabei absichtlich beim Verlassen des Büros seinen Wassereimer, der zum Reinigen der Treppe war, umgestoßen. Danach habe ich mich entschuldigt, so nebenbei habe ich gefragt: «Hilft Ihre Freundin nicht mehr?» Da fing er wie ein kleines Kind an zu weinen, zwischen den Tränen erzählte er mir: «Sie war schwanger und wir wollten heiraten, ich weiß, dass ich ein eifersüchtiger Idiot bin, aber ich habe sie halt so sehr geliebt. Als sie nicht mehr kam, ging ich zu ihr nach Hause, da kam der Vater des Mädchens und als ich ihn aufgeklärt hatte, fing er an zu toben: ‹Die war einem Mann unserer Wahl versprochen, da kamst du und machtest sie schwanger, ich werde dich, wenn du nicht verschwindest, erschießen, das Mädchen musste die Schweiz verlassen, dann in die Türkei, das Kind musste sie wegmachen.› Von da an habe ich nichts mehr von ihr gehört.»

«Lea soll dem Mädchen gleichen, das du beim Putzen gesehen hast?», fragt Beat Alä. «Als ich eure Tochter zum ersten Mal gesehen habe, kam sie mir irgendwie bekannt vor, aber ich wusste nicht, warum.»

«In der Zeitung war ein Foto von einer toten Frau, die hatte Ähnlichkeit mit der Frau vom Hochzeitsfest.» «Tot, sagst du, ist sie?»

«Weiß nicht genau, nach der Zeitung könnte es sein.»

«Bei uns wurde bei Baubeginn eine tote Frau in einer Baugrube gefunden, später stellte man fest, dass sie ermordet worden war, aber ob das die ist, nach der Sie suchen, weiß ich nicht. Und Sie reden von Zürich, hier sind wir im Graubünden, das müsste ein großer Zufall sein, wenn das diese Frau gewesen wäre.»

Alä fragt den Fotografen immer mehr aus. «Hast du kein Foto?»

«Doch, hier habe ich eines.»

«Ich meine von der Hochzeitsgesellschaft, mindestens die Adresse der Hochzeit, die du damals fotografiert hast.»

«Das sind fünf Jahre oder mehr. Ich werde im Archiv nachschauen, vielleicht finde ich etwas, aber vor fünf Jahren? Ich weiß nicht, aber schauen kann man ja.» Alä wird merkwürdig ruhig und geht mit Karin so schnell wie möglich nach Hause. Beat ist froh, als der Besuch weg ist.

«Ich habe fast Blut geschwitzt», meint Elisabeth. «Wir haben ja eine Geburtsurkunde, also gehört das Kind uns, und ob die Tote wirklich die Mutter war, wissen wir nicht.»

***

Schon lange hat Beat sich gewundert, dass der Bauführer nicht verheiratet ist und er selten eine Freundin bei ihm sieht. Das geht ihn eigentlich nichts an, aber wundern tut es ihn schon, er sieht gut aus, hat einen guten Charakter, ist zuverlässig, angenehm. Man sieht halt nicht hinter die Fassade eines Menschen.

Beat möchte eigentlich eine geschäftliche Partnerschaft mit ihm eingehen, aber er möchte warten, bis Robert in einer festen Beziehung ist.

Kurz nach dem Gespräch mit Elisabeth wundert er sich, als er an einem Samstagabend nach einem Theaterbesuch das Auto des Bauführers vor einem Dancing stehen sieht. Kurzerhand beschließen sie, auch in das Lokal zu gehen. Das ist bis auf den letzten Platz besetzt, aber zum Stehen an der Bar ist noch Platz für zwei. Nach einer kurzen Zeit sehen sie Robert in einer Ecke, wie er sich mit einem sehr jungen Mädchen ziemlich intensiv unterhält, zwischendurch wird wieder geküsst und geschmust.

Kurz darauf verlässt er mit dem Mädchen das Lokal, ohne Elisabeth und Beat gesehen zu haben. «Dieser verdammte Saubock ist schon wieder mit einem jungen Mädchen verschwunden», erzählt die Barmaid einem Mann, der neben Beat steht. «Entschuldigung, kann ich Sie was fragen?»

«Wenn Sie die Antwort nicht scheuen, fragen Sie», erwidert der Herr neben Beat. «Ist dieser Mann oft hier?»

«Ja, im Monat schon etwa zwei- bis viermal, dann nimmt er sich ein Mädchen vor, sehr jung muss es sein. Bezahlt die Konsumation und verschwindet mit ihr, besucht sie noch ein-, zweimal, spielt den reichen und verliebten Mann, geht mit ihr ins Bett, lässt sie dann sitzen. Die Mädchen sind dann meistens frustriert, am Boden zerstört. Was er macht, ist nicht verboten, die Mädchen sind selbst schuld, sie werden auch gewarnt, aber sie glauben es nicht, meinen, ihnen könne das nicht passieren», gibt der Herr bereitwillig Auskunft.

Kurz nach diesem Abend, Beat hat Robert nicht gesagt, dass er ihn im Dancing gesehen hat, sagt Robert zu Beat einmal beim Pausenkaffee: «Du, ich habe eine Freundin, wir wollen uns am Karfreitag verloben, bist auch mit deiner Frau eingeladen.»

«Das ist aber überraschend für mich, von wo ist sie und kennst du sie schon lange?»

«Ungefähr drei Monate.»

«Warst du immer mit ihr zusammen?»

«Nein, nicht zusammen, aber nächsten Monat wollen wir hier eine Wohnung mieten.»

«Warst du immer treu?»

«Nein, natürlich nicht, ich bin ja noch nicht verheiratet, aber jetzt will ich meine Junggesellenleben aufgeben, heiraten, Kinder haben.»

«Ja, das Alter hast du ja.»

Karfreitag kommt, Beat ist sehr gespannt: Ist sie schon 18 oder muss sie noch die Unterschrift der Eltern haben? Umso größer ist die Überraschung, als Beat eine reife Frau sieht, etwa gleich alt wie er, sympathisch, vollschlank, aber schön zum Ansehen, es scheint, dass beide verliebt ineinander sind. Nach ein paar Worten weiß Elisabeth, dass diese Frau nicht dumm oder naiv ist. Sie ist Sekretärin in einem Anwaltsbüro, ist auch politisch beschlagen.

Beat kann einfach nicht verstehen, dass dieser Mann, der immer mit jungen Mädchen ging, auf einmal eine so reife und selbstsichere Frau hat.

Einmal, als sie beim Spazierengehen den beiden auf der Straße begegnen, wundert sich Beat, dass Renate, so heißt die Freundin, einen Rollkragenpullover anhat. Es ist T-Shirt-Wetter, beide sehen eher nach einer durchzechten Nacht aus als nach einem Liebespärchen. «Bist du krank?», will Beat wissen. «Nein, nur ein wenig übernächtigt.»

Zwei Monate später kommt überraschend, mitten in der Nacht, Renate halb angezogen und ganz verstört zu Käsers. Als nach kurzer Erholung die ersten Tränen getrocknet sind, fängt sie an zu erzählen. «Robert hat mich geschlagen und gequält, auf eine bestialische Art, dass ich es nicht mehr ertragen konnte. Ich hatte Angst, dass er mich umbringen will.»

«Habt ihr Krach gehabt? Oder was ist vorgefallen?»

«Überhaupt nichts.» Nach einem kurzen Zögern fängt sie an, von ihrem Sexleben zu erzählen. «Wir haben da unsere Sexspielchen, die mir auch gefallen, bei denen ich gerne mitmache, die sind nicht immer harmlos, aber dieses Mal ist er übergeschnappt, hatte sich gar nicht mehr unter Kontrolle. Jetzt gehe ich von ihm fort. Kann ich ein paar Tage hierbleiben, bis ich etwas Passendes gefunden habe?»

«Im Gästezimmer ist noch ein Bett frei, da kannst du bleiben.»

«Ich werde natürlich nicht mehr in dieser Stadt bleiben, ich möchte ihn auch gar nicht mehr sehen, werde in Zürich oder Sankt Gallen eine neue Stelle suchen, gehe fort von hier.»

Irgendwie hat Elisabeth immer das Gefühl, dass jemand ums Haus schleicht oder das ganze Haus beobachtet wird. Etwa 200 Meter von der Wohnung entfernt ist eine kleine Anhöhe, dort sieht Beat etwas später einen Mann, der mit dem Feldstecher ihr Haus beobachtet. «Ich werde die Polizei benachrichtigen.» Das ist nicht das erste Mal, dass er jemanden gesehen hat. Aber erkannt hat er niemanden. «Wenn er wiederkommt, werde ich mich von hinten anschleichen, vielleicht kenne ich ihn.» Kaum hat er das gesagt, sieht er ihn wieder. Renate ist gerade nach Hause gekommen und nimmt ein Sonnenbad auf dem Balkon. Beat machte einen kleinen Umweg. Ohne dass der Feldstechermann ihn kommen sah, steht er hinter ihm. Das ist ja Robert, der Hilfsarchitekt!

«He, was machst du hier?», fragt Beat. Zuerst kann er kein Wort sagen. «Ich war spazieren und habe mich hier ein wenig ausgeruht», probiert er, sich herauszureden. «Du schleichst schon lange um unser Haus, ich wollte schon die Polizei anrufen. Also sage die Wahrheit, was machst du hier?»

«Ich bin so sehr verliebt in Renate, habe mich sehr an sie gewöhnt, ich kann nicht mehr leben ohne sie.» «Warum hast du sie geschlagen und gequält?»

«Das sind Spiele, die ihr nicht versteht. Aber Renate hat sie auch geliebt, wir hatten zusammen ein sehr schönes Sexleben, jetzt ist sie mir davongelaufen, ich wollte wirklich nicht so grob sein, aber die Fantasie ist mit mir durchgegangen.»

«Komm, sprich dich mit Renate aus, dann könnt ihr euch versöhnen oder trennen, ich habe auch das Gefühl, dass Renate ein wenig leidet.»

«Ich kann doch nicht, die verachtet mich, ich schäme mich auch ein wenig.»

«Komm jetzt, das musst du in Ordnung bringen.» Widerwillig folgt er Beat. «Nein, ich gehe, vielleicht sehe ich sie sonst einmal.» Er will gerade gehen, da öffnet von innen Elisabeth die Tür. «Robert! Komm doch rein, trink einen Kaffee mit uns, Renate kommt sicher bald, dann könnt ihr euch aussprechen. Warum hast du sie geschlagen?», will Elisabeth wissen. «Das gehörte zu unserem Ritual, damals war ich so in Fahrt, dass ich mich nicht mehr gespürt habe.»

«Ich rufe Renate, sie ist am Sonnenbaden.»

«Renate hat mir so viel gegeben, vorher zog es mich zu den jungen Mädchen, ich musste aufpassen, dass sie nicht minderjährig waren. Dann lernte ich Renate kennen, von da an ging mir das junge Gemüse auf den Wecker. Wahrscheinlich habe ich bei Renate das Ganze übertrieben.»

Als sie durch die Tür kommt und Robert sieht, will sie ohne Gruss umkehren. «Halt, halt», befiehlt Elisabeth, «zuerst wird gesprochen, dabei ein Kaffee getrunken, anschließend kannst dich verabschieden.» Elisabeth und Beat verlassen die Küche und setzen sich vor den Fernseher.

Eine Stunde später erklärt Renate: «Wir haben uns entschieden, noch einmal über die ganze Sache zu reden. Am Samstag gehen wir zusammen essen, dann sehen wir weiter.»

Am Montag holt sie ihre Kleider, nachdem sie den Samstagabend bei ihm verbracht hat. «Ich ziehe wieder bei ihm ein, gut, dass ich noch nicht gekündigt habe, vielleicht bleibe ich noch. Wir probieren's noch einmal miteinander, es war schon ab und zu ganz toll, denn ich liebe solche Spiele auch, etwas, das mir ganz besonders Spaß macht, ist es, mich nackt auf öffentlichen Plätzen zu zeigen, mich vor allen Leuten zu präsentieren, aber nur, wenn Robert dabei ist, da werde ich ganz verrückt. Da wir beide das Gefühl haben, wir seien nicht ganz normal, werden wir einen Psychologen aufsuchen, bevor wir im Kittchen landen, denn etwas ist schon nicht ganz normal.»

**

Die Schäferstündchen mit Annette Buri werden immer noch praktiziert. Es sind immer schöne Stunden, die beide nicht missen möchten, trotz schlechtem Gewissen. «Aber diese Idylle könnte bald zu Ende sein», sagt Annette, «wenn mein Mann Gemeindepräsident wird, können wir das Risiko nicht mehr auf uns nehmen. Als Gemeindepräsident wollen sie ihn vorschlagen, er wird sich der Herausforderung stellen, denn er hat sich schon immer für Politik interessiert. Ich wollte es ihm ausreden und sagte: ‹Dann bist du noch weniger zu Hause.› Aber er widersprach mir: ‹Nein, nein, das geht schon neben der Arbeit, das meiste kann ich im Büro erledigen, das ist der Vorteil, wenn man selbstständig ist, kann man die Arbeit einteilen, wie man möchte. Übrigens, ich bin noch nicht gewählt›, sagte er.»

Annette weiß: «Jetzt müssen Beat und ich noch besser aufpassen, denn als Frau vom Gemeindepräsidenten muss man repräsentieren, man kennt mich überall. Das Risiko können wir nicht eingehen, wegen eines bisschen Sex unseren Ruf aufs Spiel zu setzen.»

«Ein bisschen Sex», wiederholt Beat, «tolles Zusammensein, mit Sex, die Stunden habe ich genossen, nicht nur wegen der Liebesspiele, nein, auch wegen der Gespräche, vorher und nachher, aber heiraten würde ich dich nie, du bist mir zu pedantisch und kleinlich.» Noch einmal beschließen sie, einen Nachmittag miteinander zu verbringen und dann endgültig aufzuhören.

Sie machen das wie immer, sie suchen einen Grund, in die Stadt zu gehen, parkieren die Autos auf einem öffentlichen Parkplatz, nehmen dann ein Taxi, fahren zu ihrer Abmachung. Aber irgendwie will es dieses Mal nicht so recht klappen. Bei Beat taucht ein Bauherr 30 Minuten vor der Verabredung auf, mit dem sollte man sich Zeit lassen, der hat Zeit. Beat erfindet eine gute Ausrede, sodass er es dann doch noch schafft, pünktlich zu sein.

Bei Annette kommt der Mann plötzlich 15 Minuten vor dem abgemachten Termin nach Hause. «Was willst du hier, um diese Zeit?», fragt sie ein wenig gehässig. «He, he, man könnte fast meinen, du hättest ein Rendezvous mit einem Mann.»

«Nein, das nicht», lügt sie, «aber jeden Augenblick kommt das Kindermädchen, denn ich will in die Stadt.»

«Das ist eine gute Idee», erwidert Kaspar. «Ich möchte mit dir einen kleinen Ausflug machen, denn nächste Woche fängt der Wahlkampf an, dann habe ich für dich privat fast keine Zeit, bis ich gewählt bin oder auch nicht, dann machen wir eine Woche oder zwei Ferien, nur wir zwei, ganz allein. Die Kinder können wir dann zu meiner Mutter geben.»

«Kaspar, das ist alles sehr gut, aber heute Nachmittag habe ich mit Heidi, einer Kollegin von meinem Studium abgemacht, da können wir keine Männer brauchen, da wird über Schulschätze diskutiert, über vergangene Zeiten, das ist sicher nicht interessant für dich.»

«Schade, das wäre ein schöner Nachmittag geworden, nur wir beide in der Stadt, aber nach der Wahl werden wir gewiss wieder einen Termin finden.»

Annette denkt: «Das wäre nicht das erste Mal gewesen, dass ich oder Beat einen Termin nicht einhalten konnten, aber heute ist unser Abschied, den möchte ich wirklich nicht auslassen. Trotz schlechtem Gewissen werde ich diesen Nachmittag nicht hinschmeißen.»

Im Hotel nehmen sie immer dasselbe Zimmer. Das ist offen, der Schlüssel steckt, Beat hat das schon einen Tag vorher bestellt und auch bezahlt, damit sie nicht an die Rezeption muss, man kann ja nie wissen. Sie ist froh, dass sie schon vor Beat im Zimmer ist. Sie ist auch etwas zu früh. Dann gehen ihr ungute Gedanken durch den Kopf. «Ist das richtig, ist das Risiko nicht zu groß, das wir hier eingehen, bis jetzt hat es ja immer geklappt, warum nicht, warum dieses letzte Mal nicht, die Vorzeichen sind aber so schlecht, dass ich abblasen sollte.» Fort mit den schlechten Gedanken, sich auf Beat freuen, es gelingt ihr auch einigermaßen. Nachdem sie geduscht und sich nackt bewundert hat, freut sie sich nur auf das Kommende.

Eine Viertelstunde zu spät kommt Beat, sieht auch nicht so glücklich aus, sie macht ihm keine Vorwürfe, will ihn zur Begrüßung auf den Mund küssen. Beat wehrt ab. «Du musst entschuldigen, ich hätte besser abgesagt.»

«Ich auch», erwidert sie, «aber jetzt, wenn wir schon hier sind, wollen wir alles, was gewesen ist, vergessen und uns der Liebe widmen.»

«Aber vorher möchte ich dir noch erzählen, was passiert ist.» Er legt sich angezogen auf das Doppelbett, Annette legt sich nackt daneben, sagt aber nichts, obwohl sie genervt ist.

«Als ich vorhin aus dem Taxi stieg und gegen den Hoteleingang schritt, legte mir jemand die Hand auf die Schulter: ‹Hallo Beat, was machst du hier, und warum bist du mit dem Taxi gekommen?›

‹Dasselbe könnte ich dich auch fragen›, erwiderte ich so kühl wie möglich, um Zeit zu schinden und eine Ausrede zu suchen. ‹Erstens bin ich mit meinem Auto hier, zweitens ist ein deutsches Ehepaar hier, das eine Wohnung mieten oder kaufen möchte, da sie dieses Lokal gekannt hatten, machten wir hier ab. Aber jetzt zu dir, was machst du hier, soviel ich weiß, ist das ein Stundenhotel. Hast du hier eine Geliebte?›, sagte er und lachte auf den Stockzähnen.

‹Natürlich habe ich eine Geliebte, denn die Wahrheit glaubt sowieso niemand›, pokerte ich bewusst. ‹Nein, sage, was machst du hier.›

‹Ich hatte Pech mit dem Auto, habe hier auch einen Termin mit einem Lieferanten von Spezialküchen, brachte das Auto in eine Werkstatt, nahm dann das Taxi.›

‹Komm, wir gehen auf ein Bier, bis unsere Verabredungen kommen›, meinte Alä. ‹Ich hoffe nicht, dass du mit einer Freundin abgemacht hast?›, fragte ich, ‹denn du weißt, was du zu tun hast, Karin ist unter meiner Obhut.›

‹Nein, nein, ich bin sehr verliebt in Karin, möchte keine andere mehr, ich hatte genug Frauen in meinem Leben, möchte heiraten. Da hat keine andere mehr Platz.›

Ich schämte mich, anderen Vorwürfe machen, die man selbst nicht halten kann. Kaum hatten wir Platz genommen, kam auch schon das deutsche Ehepaar. Mir fiel ein mächtiger Stein vom Herzen, dass sich das Problem so einfach gelöst hatte. Alä war in seinem Element, ich glaube, es ist seine Berufung, Wohnungen an den Mann zu bringen. Er stellte gekonnt dem Ehepaar mich als Architekt vor, spielte den geborenen Verkäufer.»

Es ist kein schöner Abschiedsnachmittag, beide sind nicht bei der Sache. «Hoffentlich kommt das gut», meint Annette beim Abschiednehmen. Es war kein Feuer, keine Fantasie und nichts mehr vorhanden, beide waren froh, als das Spiel zu Ende war. Vielleicht ist es gut, dass alles daneben ging, der Abschied ist so besser zu verkraften.

***

Nach einem harten Wahlkampf findet die Wahl statt. Es ist fast nur eine Formsache, mit zwei Drittel der Stimmen wird Kaspar zum Gemeindepräsidenten gewählt. Später wird ein riesiges Fest gefeiert, zu dem die ganze Bevölkerung eingeladen ist. Der gewählte Gemeindepräsident zahlt die Getränke. Reden werden gehalten, Küsschen werden verteilt. Für seine politischen Gegner hat er kein gutes Wort übrig. Unter anderem sagt er: «Diese verschlafene Gegend müssen wir touristisch attraktiv machen, mit Bergbahnen, Skiliften, Schlittenweg, Skipisten im Winter. Ein Hallenbad, Tennisplatz, eventuell eine Golfanlage im Sommer. Ihr lieben Leute, ihr könnt euch glücklich schätzen, dass ihr mich zum Gemeindepräsidenten gewählt habt. Ich verspreche euch, dass es uns in zwei, drei Jahren besser geht. Die Steuern müssen runter, sodass wir reiche Einwohner bekommen. Unser Herr Aschwanden, der wusste, wo man Geld verdienen kann, sonst hätte er bestimmt nicht hier eine so große Überbauung realisiert. Somit können wir alle profitieren. Das Bauland wird steigen. Unsere Detailhändler bekommen mehr für ihre Ware, unsere Handwerker sind vollbeschäftigt, denn die Reichen wollen Geld ausgeben, sodass sie zu Hause damit angeben können, was das Zeug alles kostet in der Schweiz.»

So spricht er in der Antrittsrede, er wird bejubelt und verehrt, seine Frau Annette präsentiert sich sehr gut, es ist überhaupt ein schönes Paar, der Gemeindepräsident und seine Frau.

«Ein Teufelskerl, da haben wir eine gute Wahl getroffen», verehrt ihn das Volk, es gibt aber auch kritische Stimmen. Vor allem Beat und der Großmattbauer können dem Gehabe nichts Positives abringen.

Bei der ersten Gemeinderatssitzung meint der frisch gewählte Gemeindepräsident: «Ich habe das Baureglement studiert, jetzt möchte ich wissen, ob bei sämtlichen Bauten der Grenzabstand und die Höhe eingehalten sind, darum muss noch diese Woche alles nachkontrolliert werden, denn ich will mir später nicht sagen lassen, der Gemeindepräsident habe nicht richtig geschaut.» Einer vom Gemeinderat protestiert: «Das ist doch alles überprüft worden.»

«Das ist mir egal, es muss nachgemessen werden, wenn alles in Ordnung ist, muss niemand Angst haben.»

Beat staunt nicht schlecht, als bald darauf Männer von der Baukommission anfangen nachzumessen. Er ruft den Gemeindepräsidenten an und fragt, was das soll. «Vertrauen ist gut, Kontrolle ist besser.»

«Hör mal, spinnst du? Pfeife die Leute zurück, das bringt nichts als Ärger.»

«Wenn alles in Ordnung ist, musst du ja nichts befürchten», kontert Buri. «So kannst du doch nicht vorgehen.»

«Kann ich, wie du siehst. Ich heiße Buri, in Zukunft auch für dich.» Beat legt voller Wut auf. «Dieser Arsch kann mich mal. Der will mir eins auswischen, weil ich so großen Erfolg habe, überall angesehen bin. Seit die Familie Baumgartner hier ist, hat er eine Wut auf mich.»

Die Nachmessungen ergeben kleine Fehler. Es wurde an einem Ort der Grenzabstand nicht ganz genau eingehalten, an einem anderen Ort war die Mauer 5 cm gegen Nachbars Land. Ein Block war 50 cm zu hoch, den sollten sie herunternehmen. Eine Gartenmauer wird versetzt. Der zu hohe Block kann mit einer Abgeltung erledigt werden, damit ist der Block immer noch zu hoch, aber es geht mit einer Ausnahmebewilligung. Jetzt merkt Beat, dass es ihm nur ums Ansehen geht, von jetzt an verkehren Beat und Kaspar nur noch schriftlich miteinander. Das Haus, das zu nahe an der Grenze steht, sollte abgeändert werden, mit dem Näherbaurecht des Nachbarn kann auch dieses Problem gelöst werden. Wie sich ein Mensch verändern kann, wenn er auf einmal Macht bekommt. Gut, dass der Bauherr auf Beats Seite steht, das macht sicher auch etwas aus.

In der Zwischenzeit will Kaspar auch die Familie Baumgartner aus dem Dorf treiben und sie vom Großmattbauer wegnehmen.

Es ist ein verregneter Nachmittag, als der Gemeindepräsident beim Hof des Großmattbauers auftaucht. «Ich möchte mit dir was besprechen.»

«Komm in die Stube, setz dich.» Der Bauer setzt sich gegenüber, sodass er ihm in die Augen schauen kann. «Was hast du auf dem Herzen?»

«Wir haben im Gemeinderat über dein Stöckli diskutiert, möchten dir ein Vorschlag machen. Mache eine schöne Ferienwohnung, um die Bewilligung zum Umbau brauchst du dir keine Sorgen machen, schreibst sie im Internet aus, kannst das Doppelte oder Dreifache einnehmen.»

«Was ist mit Baumgartners?», will der Bauer wissen. «Denen kündigst du, wir haben schon eine Wohnung für die Familie.»

«Jetzt will ich dir was sagen», sagt der Bauer und schaut Kaspar in die Augen. «Ja, wir können einander duzen, ich bin Kaspar.» Der Großmattbauer geht nicht auf das Angebot ein, duzt ihn aber weiter.

«Das neu Eingezonte, das du vor drei Wochen auf einer außerordentlichen Gemeindeversammlung von der Gemeinde absegnen ließest, dagegen werde ich Einspruch erheben. Das liegt im Einzugsgebiet Steinwand, schon die vorige Etappe ist gefährdet, aber dieses Gebiet ist voll im Lawinenkegel.»

«Schon mehr als 40 Jahre ist keine mehr gekommen», wendet Kaspar ein, «und in der Zwischenzeit wurden noch Verbauungen gemacht.»

«Als ich ein kleiner Bub war, ist die letzte gekommen, das ist etwa 60 Jahre her, die Verbauungen schützen diese Lawine nicht. Ich bitte dich in aller Form, mach das rückgängig und kläre die Gemeinde auf, aber das wirst du nicht können, was hast vom Sebiloch Franz bekommen, dass du dieses Stück Land einzonst, ich werde bis nach Bern gehen, um die Überbauung zu verhindern.»

«Das kannst du, wir haben den Segen vom Kanton und der gilt.»

«Und wegen der Familie Baumgartner, die bleibt natürlich hier, die hat mir so viel gegeben, seitdem hat mein Leben wieder einen Sinn. Meine Frau, Gott hab sie selig, machte mir das größte Geschenk, als sie mich zwang, die Familie aufzunehmen. Und von jetzt an siezen wir uns wieder. Ich lege keinen Wert darauf, mit solchen Leuten per Du zu sein.»

«Aber Herr Großmattbauer, lassen Sie doch mit sich reden, auf ein paar Tausend komm es mir nicht an, wenn Sie die Familie rausschmeißen, nichts unternehmen wegen des Einzonens. Wir haben schon eine Familie gefunden, wo sie wohnen können. Da die Gemeinde für die Familie bezahlt, kann sie auch sagen, wie viel man bezahlt und wo sie wohnen sollen, Sie sind schon ein wenig teuer mit der Miete.» Der Großmattbauer steht ganz langsam auf. «Ich bin bald siebzig, aber dich schmeiß' ich noch eigenhändig zur Tür raus, die paar Tausender, die du mir bezahlen willst, gibst du dieser Familie, fünf sollten es schon sein, sonst zeige ich dich an wegen Bestechung. Ich habe unser Gespräch aufgenommen», sagt er und blickt zum

Schrank. Dort ist ein Mikrofon, das direkt auf den Tisch gerichtet ist, an dem die beiden sitzen. «Du falscher Hund, du!» Der Großmattbauer hält den Finger auf den Mund. «Das Gerät läuft immer noch. Wenn du das Geld bringst, gebe ich dir das Tonband, dann komm niemals wieder, sonst fehlt dir ein Bein an den geschielten Hosen, denn der Hund macht, was ich sage. Manchmal hat er noch Fleisch zwischen den Zähnen, die Familie bleibt, das kannst du dem Gemeinderat mitteilen, ein wenig mehr Zins muss ich aber schon haben, du hast selber gesagt, die Wohnung sei zu billig.» Mit Wut im Bauch verlässt der Gemeindepräsident das Haus, der Hund steht ganz nah bei ihm, dabei knurrt er ihn an.

«Gut, dass mir dieser Einfall gekommen ist. Einer der Buben hat gestern mit dem Mikrofon und dem Tonband gespielt. Als ich ihn aufforderte, alles zu versorgen, hat er es auf den Schrank gelegt, «morgen hole ich's.» Zuerst habe ich mich geärgert, ließ aber die Schelte bleiben, das Tonband war natürlich nicht eingeschaltet, die Hauptsache ist, dass es der Gemeindepräsident glaubt.»

Ein paar Tage später fährt ein kleiner Lieferwagen mit Berner Nummer beim frisch eingezonten Land vor. Dann wird abgesteckt und ausgemessen, es werden Skizzen gemacht. «Was soll das?», fragt eine vorbeigehende Person. «Hier wird für die Großüberbauung provisorisch abgesteckt, es soll das größte Hallen- und Freibad für die ganze Region entstehen, mit Hotel und Einkaufszentrum.»

«Warum kommen Sie aus Bern?», fragt er weiter. «Mein Chef ist ein Kollege vom Gemeindepräsidenten, hat ein großes Bauunternehmen und möchte die Baumeisterarbeiten übernehmen.»

Das Ganze war rechts vom Eingang des Dorfes geplant. Als Beat das vernimmt, wundert er sich. Es ist nie eine Ausschreibung oder sonst eine Information über den Landkauf veröffentlicht worden, soweit er weiß. «Macht unser Gemeindepräsident wieder etwas Illegales, aber dem werde ich den Kuchen versalzen, diesmal kommt er nicht so einfach davon. Die nächste Gemeindeversammlung steht vor der Tür, diese muss ich auch besuchen und wissen, worum es geht.»

«Liebe Mitbürgerinnen und Mitbürger», beginnt er seine Rede, «wir haben im Sinn, das größte Hallenbad der Region zu bauen, mit Hotel und Einkaufszentrum. Daneben im Winter eine große Eisbahn, Sie haben sicher alle die Profile gesehen, das ist nur zur Orientierung, die richtigen Profile kommen später, ja, ein mächtiger Bau. Kosten tut er 15'000'000 Franken. Gut, die Gemeinde kann das nicht allein bewältigen, das weiß ich schon. Das Beste an der Sache ist, dass die Steuern nicht ansteigen, sondern runtergehen. Ich habe einen Investor, der 5'000'000 in die Gemeindekasse zahlt, er hat eine kleine Bedingung, er will am Gegenhang eine Villa aufstellen, auf dem Land von Keiser Godi. Godi ist einverstanden, die Gemeinde muss das Land nur noch einzonen, ich nehme an, das ist nur eine Formsache. Den Rest der Schulden übernimmt die Bank, die ist bereit, 7'000'000 für eventuelle Bauüberschreitungen zur Verfügung zu stellen.»

«Das Land gehört ja nicht der Gemeinde, ist das im Preis inbegriffen oder kommt das noch zusätzlich?», fragt einer aus der Versammlung. «Das Land, das ist fast wie ein Wunder», beginnt der Gemeindepräsident zu strahlen. «Das Land wird vom Bauern gegen eine jährliche Entschädigung für zehn Jahre zur Verfügung gestellt, dann muss die Gemeinde das Land für 2'000'000 Franken kaufen, das ist ein Glücksfall. Ich bitte Sie, dem Planungsprojekt von 1'200'000 zuzustimmen, den Vorentwurf habe ich aus meinem Sack beglichen, denn das gibt eine gute Sache, ich bin überzeugt, dass wir in fünf Jahren nur noch die halben Steuern bezahlen müssen.»

Der Kredit wird trotz Bedenken aus der Bevölkerung gutgeheißen, so nebenbei wird das Land vom Investor noch eingezont. Jetzt noch die Baubewilligung abwarten, dann kann mit dem Bauen begonnen werden.

Der Großmattbauer kann die Baubewilligung für die Überbauung verzögern, aber verhindern kann er sie nicht, hofft, dass sie nie ausgestellt wird. Einmal sagt der Großmattbauer: «Ich habe nichts gegen Bauen, aber dort ist es wirklich zu gefährlich, wenn die Lawine kommt, ist alles bodeneben.»

***

Die Überbauung der 50 Wohnungen ist bald fertig. Beat hat vor zwei Jahren mit seinem Geschäftspartner eine AG gegründet und seine Tätigkeit in der Region ausgeweitet, macht da einen Anbau, dort ein Haus. Auch die Schulhäuser mussten umgebaut werden, die Kinder wurden zahlreicher. Beat wurde der Auftrag mit seinem Team erteilt, trotz Einwänden des Gemeindepräsidenten.

Durch das Hallenbad und die Bergbahnen, die zum Teil realisiert wurden, ist die Bautätigkeit in der Region verstärkt worden, somit ist genug Arbeit vorhanden.

Sechs Jahre ist es her, seit der neue Gemeindepräsident gewählt wurde. Es hat sich was getan in der Region, es ist sicher nicht alles schlecht, was für den Fortschritt erstellt wurde. Das Hallenbad ist zu groß, die Schulden wurden über 2'000'000 Franken überschritten. Die Zinsen konnte man bis jetzt bezahlen, aber wenn die Steuerzahler nur ein wenig zurückgehen, reicht das Geld nicht mehr.

Lea ist elf Jahre alt, man sieht ihr schon jetzt an, dass sie ein sehr schönes Mädchen wird. Sie geht oft zum Großmattbauer, um mit den Kindern zu spielen, nimmt auch ab und zu Swen mit, den sie ganz besonders liebt, auch wenn sie schon sehr eifersüchtig ist, in der Schule oder auch in der Freizeit verteidigt sie ihn besser als sich selbst. «Heute gehen wir ein wenig in die Berge und schauen uns die neuen Bergbahnen an», macht sie beim Großmattbauer den Vorschlag. Auch der mag Lea sehr gern, seit sie auf dem Hof in den Ferien gewesen ist. «Allein lasse ich euch nicht gehen», meldet er seine Bedenken an, «und ich habe keine Zeit.»

«Es ist ja nicht weit bis zum ersten neuen Mast», drängt Lea, «Swen, Leila und Scheol kommen auch mit.»

«Gut, aber in spätestens zwei Stunden seid ihr wieder hier.»

«Versprochen», sagt Lea. Wenn sie etwas verspricht, hält sie es, das weiß der Großmattbauer.

Kaum bei den Masten angekommen, finden sie nichts so Spannendes. Sie halten sich höchstens zehn Minuten dort auf, dann entschließen sie sich dazu, weiterzugehen. «Hier ist ein Loch», stellt Scheol fest, «hier auch», wundert sich Swen. «Ein Bau von einem Fuchs», klärt Leila sie auf, «ob er bewohnt ist, ja sicher, hier sind noch Federn von einem Huhn.» Vor lauter Schauen und Diskutieren vergessen sie die Zeit. «Die Zeit ist bald um», meint Lea, «wir müssen nach Hause.»

«Hier durch, nein, hier durch.» Spätestens jetzt wissen sie, dass sie sich verirrt haben. Zu allem Unglück verrenkt sich Leila noch den Fuß, kann fast nicht gehen. «Was machen wir jetzt?», fragt Lea, die sehr ängstlich ist. «Jetzt schleppen wir uns zur nächsten Straße, schreien dann um Hilfe.»

«Und wenn uns niemand findet», gibt Leila zu bedenken, «und es wird Nacht?»

«Die finden uns, nicht weit von hier muss ein Wanderweg sein, wir probieren bis dahin zu kommen.» Statt eines Wanderwegs kommt ein Abhang. Lea fängt an, zu weinen. «Nicht weinen, um Hilfe schreien, vielleicht hört uns jemand. Ich hole Hilfe», sagt Swen. «Wo willst du Hilfe holen? Wir bleiben alle zusammen», bestimmt Leila, «und schreien weiter um Hilfe.» Auf einmal hören sie Geräusche im Unterholz. «Wer schreit denn da um Hilfe?», tönt es von fern aus dem Wald. Es ist der Förster. «Wir haben uns verirrt, dazu hat sich Leila den Fuß verknackst.» Der Förster schaut zuerst das Bein an. «Gebrochen ist nichts, wahrscheinlich nur verstaucht. Kannst du gehen? Ich werde dich stützen, wo wollt ihr überhaupt hin?»

«Zum Großmattbauer!»

«Zum Großmattbauer? Das ist doch der mit der schönen Tochter, ich glaube, sie heißt Sara.»

«Ja, die», ergänzt Lea. «Da müssen wir über eine Stunde marschieren, mit dem Bein zwei Stunden. Ich rufe den Hindi an, wenn ich Empfang habe, vom Hof soll uns jemand abholen. Etwa 20 Minuten müssen wir aber trotzdem gehen, dann kommen wir zu einer Straße.»

Auf dem Hof machen sich alle Sorgen, weil man sonst auf Leas Versprechen zählen kann. Die Tochter will gerade losmarschieren, um sie zu suchen, als das Telefon klingelt. «Ich komme, ich weiß, wo ihr seid, bei der unteren Egg. Ich hole euch so schnell wie möglich», sagt Sara. Den Kindern fällt ein Stein vom Herzen, als sie im Auto sitzen. Es ist zwar ein bisschen eng, denn es sind zu viele Leute für das kleine Auto. Der Förster muss aber unbedingt auch noch rein. «Für eine so kurze Strecke geht das», meint Sara, «der Retter der Kinder muss mit uns einen Kaffee trinken.» Wieder zurück auf dem Hof geht Lea direkt zum Großmattbauern. «Ich möchte mich entschuldigen, aber wir haben uns verirrt.»

«Macht doch nichts, ich bin froh, dass ihr alle gesund hier seid, der verknackste Fuß heilt von selbst.»

Der Förster wird zum Kaffee eingeladen, was er sehr gern annimmt. Es entsteht eine rege Diskussion. Bis Lea merkt, dass der Förster Sara immer heimlich anschaut. Sie beobachtet die Hände des Försters, sieht, dass er keinen Ring trägt. «Gell, die Sara ist eine schöne Frau? Das hast du schon im Wald gesagt.» Der Förster wird rot, Sara schaut verlegen zu Boden. «Ja, eine sehr schöne Frau.»

«Also, heirate sie doch, sie hat keinen Freund und ist noch ledig.»

«Das geht nicht so schnell, ich weiß ja gar nicht, ob mich Sara auch schön findet.» Für einen kurzen Moment wird es sehr still. «Wenn ihr ein Liebespaar werdet, hat unser Ausflug doch noch Sinn gemacht», stellt Lea fest. «Jetzt reicht's aber», begehrt Sara auf, «schäme dich, das geht dich gar nichts an.» «Ich habe euch beide angeschaut und gesehen, dass ihr einander heimlich begutachtet.»

«Sara! Was dieses Mädchen sagt, stimmt von meiner Seite, ich möchte dich zu einem Kaffee an einem Ort einladen, wo wir nicht von einer lieben Göre beobachtet werden.» Der Förster steht auf. «Aber jetzt möchte ich gehen, ich komme gern zum Kaffee, wenn wir uns in aller Ruhe unterhalten können.» Zum Großmattbauern sagt Lea: «Man muss doch aus dem Schlimmsten immer das Beste machen. Das war doch eine Fügung vom Himmel, dass wir uns verlaufen haben und der Förster uns gefunden hat.»

«Vielleicht hast du recht», entgegnet der Großmattbauer.

Lea ist auch sonst ein außergewöhnliches Kind. Da kommt ein Anruf vom Lehrer. «Ich werde Lea in die Hilfsschule versetzen, jetzt hat sie nur 2 und 3 in Mathe und Deutsch.» Einen Monat später in denselben Fächern 5,5 und 5,8, es heißt, das Kind hätte die Fähigkeit, in eine höhere Schule zu gehen. «Auch in den anderen Fächern, sogar beim Turnen, ist sie manchmal die Beste und dann wieder bei den Schlechtesten. Wenn man sie darauf anspricht, sagt sie, sie wolle nicht in eine höhere Schule, auch nicht in die Kleinklassen, ihr sei es hier wohl.»

Einmal nimmt Elisabeth Lea mit zum Einkaufen, dann sieht sie auf einmal Björn, das ist der Junge vom Gemeindepräsidenten. Sie rast durch die Leute, man sieht ihr an, dass sie Freude hat. Sie legt ihm die Hände um den Hals, gibt ihm einen langen Kuss auf den Mund. «Ich habe es mir überlegt, ich möchte dich als Freund.» Das ist ihm peinlich. Die Mutter ruft dazwischen: «Was fällt dir ein, meinen Sohn zu küssen?» Die Leute stehen still, sofort gibt es eine kleine Ansammlung. Nach dem zweiten Kuss sagt Lea: «Björn hat mich in der Schule gefragt, ob ich seine Freundin werden wolle. Da hatte ich noch einen anderen. Aber Björn ist sicher der Richtige.» Da begehrt Björn auf: «Das stimmt gar nicht, ich habe dich nicht gefragt.» «Ich weiß schon», erwidert Lea, «du kannst es nicht zugeben wegen deiner Mutter, du bist ein wenig feige, aber ich liebe dich, basta.»

Elisabeth kommt dazwischen, nimmt Lea in den Arm. «Mach kein Aufsehen, das könnt ihr in der Schule weiter besprechen.» Annette will sich auch noch einmischen. «Lass das, wir gehen besser etwas trinken, erzählen uns von den alten Zeiten, anstatt uns wegen so eines Kinderkrams zu ärgern.»

Beim Verlassen des Ladens denkt Elisabeth: «Mit dieser Frau stimmt etwas nicht, die sieht so komisch aus, vielleicht erzählt sie mir, wo der Schuh drückt.» Kaum im Restaurant sagt Annette: «Ich will nicht, dass unsere Kinder miteinander gehen.»

«Lass doch die, das sind Schulschätze, die wir auch gehabt haben, aber lassen wir die Kinder, beschäftigen wir uns besser mit uns. Ich will einen Kaffee, und du?»

«Ich will ein Glas Rotwein.»

«Du trinkst schon am Morgen Wein?»

«Ja, warum nicht, ein Glas am Tag macht nichts.»

«Mami, nein, nicht schon am Morgen», sagt Björn, als er das sieht. «Schweig, du hast deine Freundin und ich meinen Wein.»

«Hast du Probleme?»

«Ja, habe ich.»

«Geht etwas kaufen, wir möchten alleine sein», fordert Elisabeth die Kinder auf. «Probleme in der Ehe, mein Mann wurde Gemeindepräsident, wie du weißt, da gab es ein Apéro, dort war eine Einladung, immer mit einem Glas Sekt oder Weißwein, irgendwie brauche ich das heute. Mein Mann nimmt sich auch keine Zeit mehr für mich, er braucht mich nur noch zum Präsentieren, wir haben eine Putzfrau, ein Kindermädchen, wir haben alles. Vielleicht hat er sogar eine Freundin, mir soll das recht sein, ich will es gar nicht mehr wissen, er soll mir meinen Alkohol lassen, ich lasse ihm seine Freundin. Sicher ist es nicht, dass er eine Freundin hat, nein, aber ich bin für ihn Luft.»

«Es gab eine Zeit, da hatte mein Mann irgendwo eine Freundin, das habe ich schon gemerkt», ergänzt Elisabeth, «aber ich habe so getan, als merke ich nichts, ich glaube, das hat sich von selbst erledigt.»

«Noch was, Björn hat ein Foto von Lea in seinem Zimmer, als mein Mann das sah, wurde er böse, sagte: «Lass die Hände von diesem Mädchen, das ist kein Umgang für dich», vernichtete das Foto, aber schon am andern Tag hing ein anderes von ihr an der Wand, unter dem Klassenfoto. Das ist doch reine Schulschwärmerei, das sollte man nicht so ernst nehmen.»

Als die Kinder vom Einkauf zurückkommen, verabschieden sie sich und vereinbaren, sich alle 14 Tage irgendwo zu treffen.

Auf dem Heimweg erklärt Lea ihrer Mutter: «Björn ist ein netter Kerl, sein Vater will nicht, dass wir uns wie ein Liebespaar verhalten, das reizt mich aber so sehr, dass ich mit ihm gehe, bis das Musikfest vorbei ist, das in drei Wochen ansteht, dann werde ich mich mit ihm sehen lassen, sodass sein Vater sich grün und blau ärgert. Später will ich mit Richi gehen, sein Vater hat viel Geld, ist nicht geizig, macht mir immer schöne Geschenke.»

«Sag mal, kannst du die Knaben einfach so auslesen?»

«Ja, das kann ich, alle wollen mit mir gehen.»

«Du nutzt das aus.»

«Ja klar, ich liebe das, dass ich die Jungs beherrschen kann. Nur Zarli will ich nicht, das ist zwar der Schönste und auch der Stärkste, auch sehr schlau, aber der hat einmal Swen in der Schule geschlagen, das kann ich einfach nicht ausstehen, wenn Swen etwas passiert, den habe ich gekratzt und ihm in die Beine getreten, wenn die anderen Jungs mir nicht zu Hilfe gekommen wären, hätte ich auf die Schnauze gekriegt, aber seither will er Frieden machen und möchte auch mit mir gehen. Er hat mir schon Spickzettel durch eine Freundin geben lassen, ich habe zurückgeschrieben: ‹Noch einmal und ich gebe ihn dem Lehrer›, seither habe ich Ruhe. Mit dem gehe ich nie, niemand tut meinem Bruder etwas zuleide.»

«Aber dein Bruder ist nicht immer sehr lieb mit dir, warum beschützt du ihn so sehr?»

«Er ist mein Bruder, für den gebe ich mein Leben.»

***

Alle Jahre wird ein Musikfest mit den Nachbargemeinden abgehalten, immer abwechslungsweise in einem anderen Dorf oder einer anderen Stadt. Dieses Jahr ist ihr Dorf an der Reihe.

Die Vorbereitungen für das große Musikfest laufen auf vollen Touren. Es haben sich 15 Vereine mit durchschnittlich 25 Aktiven aus der näheren Umgebung angemeldet, die werden meistens begleitet von 20–30 Fans und fast tausend Leuten, die sonntags an den Wettspielen teilnehmen. Am Samstagabend spielt eine Kapelle zu Unterhaltung und Tanz auf. Die großen Reden und Ansprachen werden aber am Sonntagnachmittag gehalten.

Am Samstag wird nur getanzt, in den verschiedenen Lokalen getrunken und gegessen. Schon um 17 Uhr gibt es viele Besucher. Auch Lea und Björn spazieren vergnügt und Händchen haltend auf dem Festplatz umher. Als Lea Sara und den Förster sieht, sie sind wirklich ein Paar geworden, offeriert der Förster den beiden einen Drink. «Ich möchte mich noch einmal bei dir bedanken für das offene Wort, das du damals gesagt hast.»

«Am liebsten wäre ich in ein Mauseloch verschwunden», ergänzt Sara. Die beiden Paare schlendern über den Festplatz, gehen auf die Putschbahn oder sonst einem Vergnügen nach, auch auf Plüschtiere wird geschossen, bis Björn Lea einen Bären überreichen kann.

Es ist 22 Uhr. «Ist das nicht Alä, der jetzt auf die Bühne geht und sich mit dem Musiker unterhält?»

«Klar ist das Alä», bestätigt Lea. «Was will der?»

«Der will sich ein bestimmtes Lied wünschen», vermutet der Förster. Lea hält nichts mehr zurück, sie muss wissen, was Alä jetzt macht. Er nimmt das Mikrofon in die Hand, fängt zu singen an. Die Kapelle begleitet ihn. Die Leute geben am Schluss einen großen Applaus, er muss noch zwei Lieder zum Besten geben, es sind richtige Gassenhauer. «Jetzt werde ich tanzen und dann komme ich vielleicht noch einmal, singe noch eins oder zwei.»

Später nimmt Alä das Mikrofon wieder in die Hand. «Wir machen jetzt einen Wettbewerb, um die originellste Festbesucherin zu küren. Ich habe mir Folgendes überlegt: Die ersten zehn Frauen, die auf die Bühne kommen, können am Wettbewerb teilnehmen, die erste, die vom Publikum als originellste bestimmt wird, bekommt 100 Franken, die zweite 50 Franken, die dritte 20 Franken. Das Geld hat mein Vater gespendet.» Ein tobender Applaus. «Kommt nur eine auf die Bühne, bekommt die das ganze Geld.» Die Mädchen haben wirklich Mut, sehr schnell sind die zehn zur Auswahl Stehenden versammelt. Es werden Zettel verteilt und jede Frau auf der Bühne hat eine Nummer. Die Frauen können tanzen, Witze erzählen oder sonst etwas zum Besten geben.

Es ist eine tolle Stimmung. Zwischendurch singt Alä wieder berühmte Schlager oder Mani-Matter-Lieder. Ein schönes Mädchen hat sich als alte Bäuerin verkleidet, dazu eine Ketsch vorgetragen, sodass sich die Leute den Bauch hielten vor Lachen. Dieses Mädchen gewinnt den Wettbewerb, den zweiten Rang belegt ein Mädchen, das eine Art Stepptanz vorführte. Sara sang ein Heimatlied, die wurde Dritte.

Jetzt werde er unwiderruflich für heute Abend das letzte Lied singen, verkündet Alä. Als er das Mikrofon in die Hand nimmt, kommt Lea auf die Bühne gerannt. «Ich will auch mitsingen.» Alä will sie abwimmeln, das geht natürlich nicht mit Lea. Dann einigen sie sich auf einen Schlager, der oft im Radio gespielt wird. Als die beiden anfangen, wird es mucksmäuschenstill. «Das tönt gut.» Nicht fehlerfrei wird er von beiden mit Hingabe vorgetragen, dann singen sie noch ein Lied. Als Alä die Bühne verlassen will, bleibt Lea stehen. «Sag Björn, dass er mich holen soll, denn ich will den Leuten zeigen, dass ich mit dem Jungen des Gemeindepräsidenten gehe», flüstert sie Alä ins Ohr. Lea steht ganz allein auf der Bühne, wartet mit verschränkten Armen, bis Björn sie abholt, dann verlassen sie Arm in Arm die Bühne, eine Machtdemonstration gegenüber dem Gemeindepräsidenten.

Lea und Björn schlendern noch ein wenig durch das Städtchen, kaufen dort ein Eis, hier eine Cola oder Popcorn. In einer dunklen Ecke will Björn Lea küssen. «Wir sind erst zwölf», wehrt Lea ab, «ich liebe dich sehr», sagt sie und nimmt seinen Kopf in die Hände, gibt ihm einen kleinen Kuss auf den Mund und sagt, «ich liebe dich über alles und immer, ich bin anders als andere Kinder, warum, weiß ich nicht. Zuerst müssen wir noch ein paar Prüfungen bestehen, bevor wir uns wirklich lieben können und ein Paar werden.»

«Gut, akzeptiert, was sind das für Prüfungen?»

«Das weiß ich nicht, aber die kommen, davon bin ich überzeugt.»

Björn gibt Lea die Hand, dann schreiten sie wieder auf den Dorfplatz zu.

«Sitzt dort nicht jemand neben der Bar am Boden und kotzt? Komm, wir schauen, wer es ist», meint Lea. «Nein, nein, lassen wir die.»

«Nein, das dürfen wir nicht, man muss helfen, wenn Leute in Not sind.»

«Das ist jemand, der zu viel gesoffen hat.»

«Das spielt keine Rolle, die ist in Not und der helfen wir.» Als sie näherkommen, sehen sie, dass es Annette ist. «Komm, Mutter, wir gehen nach Hause», drängt Björn. «Ich kann nicht mehr gehen, mir tut das Bein so weh», lallt sie, «ich bin über die Türschwelle gestolpert.»

«Wo ist mein Vater?», will Björn wissen. «Ich weiß nicht, auf einmal war er verschwunden.»

«Warte, ich hole meinen Vater», ergänzt Lea, «ich weiß, wo er sitzt, bleib bei ihr, umarme sie, wenn jemand kommt, das geht niemanden etwas an, wer hier liegt.» Beat ist in Kürze bei ihr, will ihr beim Aufstehen helfen. «Mit dem Bein stimmt etwas nicht», stellt er fest. «Hol deinen Vater», will er Björn schicken. «Nein», protestieren beide. «Gut, dann lasse ich das Krankenauto kommen.»

Kaspar sagen sie nichts davon, man will kein Aufsehen erregen. Elisabeth erklärt Björn: «Ich und mein Mann begleiten deine Mutter ins Spital.»

«Wir gehen auch nach Hause», macht Björn den Vorschlag. «Gute Idee.» Sie geben sich die Hand, da sie für ein kleines Stück den gleichen Weg haben.

Auf einmal steht Björns Vater vor ihnen. Dann fängt er an, zu toben. «Lass sofort das Mädchen los, das ist nichts für dich, das ist nicht einmal eine rechte Schweizerin, man sieht ihr von weitem an, dass sie mindestens einen anderen Vater hat, gut, die kann nichts dafür, wenn ihre Mutter Seitensprünge macht, aber vielleicht wurde sie auf der Straße aufgelesen, weißt du, wie ich mich geschämt habe, als du die da von der Bühne holtest», sagt er und schaut Lea verächtlich an. «Weißt du, wo die Mutter ist?», fragt Björn. «Die wird sich irgendwo unterhalten.»

«Nein, die ist im Spital. Übrigens, wo warst du, wir haben dich überall gesucht?»

«Im Spital, sagst du, warum und wieso?»

Björn klärt ihn auf. Nach einer kleinen Gedenkpause meint sein Vater: «Gut, ich gehe morgen schauen, wie es ihr geht. Noch einmal zu dir», sagt er zu Björn und schaut ihm tief in die Augen, «ab sofort lässt du die Finger von Lea. Geh jetzt nach Hause, wir schauen morgen weiter.» Lea läuft davon, hört gar nicht mehr hin. Im Spital stellt man einen doppelten Beinbruch fest. Zwei Tage muss Annette auf der Intensivstation liegen. «Die wäre gestorben, wenn sie nicht ins Spital gekommen wäre», erklärt ein Arzt später.

Sonntags geht das Fest weiter. Am Morgen kommen die 15 Musikvereine zum Wettspiel. Aus der Schulklasse, in der Lea ist, dürfen die Mädchen die Schilder beim Marschieren der Musik tragen, eigentlich der Höhepunkt des Festes, da steht der Name des Vereines drauf, der gerade marschiert, das ist eine Ehre für jedes einzelne Mädchen. Vor der ganzen Musik zuvorderst zu gehen und das Schild, das an einer etwa einen Meter langen Stange ist, zu tragen.

Alle Mädchen sind da, nur Lea fehlt. Da taucht Swen auf, der Bruder von Lea. «Sie will nicht mitmachen, und wie ihr alle wisst, wenn sie etwas nicht will, kann sie niemand zwingen. An ihrer Stelle soll Björn das Plakat tragen, und nur Björn.» Björn ist unter den Zuschauern, der Verantwortliche sucht ihn und will ihn überreden, das Schild zu tragen. «Alle anderen sind Mädchen, nein, das Schild werde ich nicht tragen, was würde mein Vater dazu sagen.» Am Schluss wird ein Mädchen von einer anderen Klasse ausgewählt.

Bei der Marschmusik gibt es immer viele Leute. Lea versteckt sich in der Menge, will sehen, wie Björn das Schild trägt. Als sie sieht, dass er nicht mitmacht, ist sie traurig und denkt: «Bei der ersten Prüfung durchgefallen. Gut, jetzt werde ich mir Ricci angeln, der hat zwar eine, die trägt jetzt das Schild, das Björn tragen sollte, ich werde mich an ihn heranmachen, ein schönes Spiel, mit den Knaben zu spielen.» So macht sie sich auf die Suche nach Ricci.

Der steht bei der Putschbahn und wartet auf das nächste freie Auto. «Darf ich mitfahren?», fragt Lea. «Steig ein, wir werden eine Runde drehen.» Sie legt den Arm um seine Schulter, als wären sie ein Liebespaar. «Du hast doch Björn.»

«Ich will ihn nicht mehr, ich habe Schluss gemacht.»

Nach der Fahrt bummeln sie durch das Festgelände. Als Björn das sieht, stellt er sich vor die beiden hin und versperrt ihnen den Weg. «Was soll das?»

«Ich möchte nicht mehr mit dir gehen, ich habe jetzt Ricci. Aber die Ex-Freundin von Ricci ist frei. Probier es mit der, das ist die, die jetzt dein Schild trägt.»

Björn bleibt stehen wie ein begossener Pudel und weiß nicht, wie ihm geschieht. Die beiden lassen ihn einfach stehen, schlendern Arm in Arm weiter.

Der Gemeindepräsident hält die großen Reden. Entschuldigt sich, weil seine Frau nicht dabei sein kann, da sie gestern Abend einen Unfall hatte. So kann er wieder den guten Gemeindevater darstellen. Nicht viele wissen, was sich am Abend zugetragen hatte.

***

Nach dem Fest nimmt Beat seine Tochter zur Seite. «Du bist erst zwölf Jahre alt und wechselst die Freunde wie das Hemd, findest du nicht, dass du es etwas übertrieben hast, warum hast du Björn verlassen?»

«Ich habe ja Mami gesagt, den werde ich nur bis zum Fest haben, dann nehme ich Ricci.»

«Du bekommst einen schlechten Ruf. Mit der Zeit geht keiner mehr mit dir.»

«Das sind alles nur Kollegen, keine Freunde, wenn die das meinen, ist das nicht mein Problem.»

«Wie lange willst du Ricci behalten?»

«Weiß ich nicht, aber der gibt immer gute Geschenke, sieht gut aus, vor allem werden die anderen Mädchen eifersüchtig. Das liebe ich, wenn sie vor Neid fast zerplatzen.»

Sie setzt sich Beat auf die Knie, streicht ihm über die Backen, gibt ihm einen Kuss. «Bitte nicht böse sein. Ich bin ja sowieso kein richtiges Schweizer Kind.»

«Wer sagt das?», fragt Beat und schaut sie entsetzt an. «Der Gemeindepräsident, und vielleicht habt ihr mich ja auf der Straße gefunden, hat er auch noch gesagt.»

«Das ist ja die Höhe, den zeige ich an!»

«Ach, lass das, Papi, das spielt doch keine Rolle, was der sagt. Der war stocksauer, weil ich bei seinem Jungen war.»

«Dir kann man einfach nicht böse sein. Du meinst also, ich solle ihn nicht anzeigen?»

«Nein, nein, das gibt nur Probleme. Ein wenig recht hat er ja, ich sehe wirklich aus wie von einem anderen Land. Darf ich morgen zum Großmattbauern, ein wenig mit den Kindern spielen?»

Am darauffolgenden Tag kommt der Förster, als Lea gerade das frisch geworfene Kalb beim Großmattbauern bestaunt. Es ist erst 50 Minuten alt und kann schon stehen.

Der Förster hat das Alphorn bei sich, er ist ein Liebhaber der Alphornklänge. Als er hinter dem Haus zu üben anfängt, begleiten ihn die Kinder und wollen auch einmal probieren, was natürlich mit Misstönen endet. Nach einer Weile nimmt er das Alphorn auf die Schulter, dann verschwindet er auf eine Anhöhe über dem Dorf und spielt wunderschön mit dem Alphorn. Nur Lea begleitet ihn, horcht ganz intensiv hin. Lea mag diese Art von Musik manchmal. Aber manchmal hasst sie alles, was mit Volkstümlichem zu tun hat. Die Sonne verschwindet langsam hinter den höchsten Bergspitzen, auf dem Gegenhang kommen fünf Rehe zum Fressen auf die Wiese, eine wunderschöne Stimmung breitet sich aus. «Darf ich auch noch ein paar Töne spielen», bettelt Lea. «Was stellst du dir vor, hier will ich nicht, dass die Leute meinen, hier spiele ein Anfänger, die Töne vom Alphorn hört man in einem Umkreis von acht Kilometern bei guten Bedingungen.»

«Bitte, bitte, nur das kleine Lied, das ich hinter dem Haus so gut gespielt habe.»

«Du bist eine richtige Nervensäge», sagt der Förster und gibt ihr das Alphorn, Lea spielt ungefähr zwei Minuten. «So schön, so klangvoll, was kannst du eigentlich nicht, das tönt ja, als spiele ein Engel! Willst du noch mehr spielen?»

«Nein, ich musste einfach dieses Lied spielen.»

«Das hast du aber noch nie gespielt.»

«Ich weiß, das kommt von innen, gegen dieses Gefühl habe ich fast keine Macht. Ich möchte dir danken, dass ich spielen durfte, es war wie ein innerer Drang, jetzt bin ich zufrieden, nun können wir nach Hause.»

Sie wollen gerade den Heimweg antreten, als ein Schuss fällt und sich zwischen den beiden in den Boden bohrt. Beide erschrecken sehr. «Was war das? Hat jemand auf uns geschossen?», will Lea wissen. Der Förster reisst Lea geistesgegenwärtig zu Boden. Dann hört er schnelle Schritte, die davonhasten. Er macht ein paar Schritte dem Fliehenden nach, lässt es dann aber bleiben, denn Lea ist ja noch hier. Beim Vorbeigehen an einem kleinen Tännchen sieht er einen Zettel an einem Ast im Dickicht: «Das nächste Mal werde ich nicht mehr danebenschießen, wenn sich das Mädchen nicht wie eine Muslimin kleidet, denn die gehört zu uns.» Der Förster verstaut das Schreiben in der Hosentasche, als Lea wissen will, worum es geht. «Ein Wilddieb hat mir aufgelauert und wollte mir Angst machen.»

«Zeig mal, darf ich auch lesen», drängt Lea. «Nein, nein, das darf ich dir nicht zeigen.»

«Gell, das ist wegen mir, weil ich aussehe wie ein Türkenmädchen, ich habe das Gefühl, die wollten mir Angst einjagen.»

Sofort ruft er Beat an, erzählt ihm von dem Zwischenfall. «Was soll der Blödsinn, Lea ist meine Tochter, keine Türkin, gut hast du das gemacht mit dem Wilddieb.»

Beat lässt der Zwischenfall keine Ruhe. «Was will der Türke hier, warum wusste er, dass meine Tochter mit dem Förster im Wald war?», denkt er. Am nächsten Tag ruft der Förster Beat an, um ihn zu treffen. «Stimmt etwas mit dem Mädchen nicht?»

«Ja, meine Frau war bei einem Fest betrunken, dann ließ sie sich von einem Türken verführen, mehr möchte ich nicht sagen. Lea war das Resultat, du weißt es jetzt, aber bitte behalte es für dich.»

«Wissen du oder deine Frau, wer der Vater ist?»

«Nein, wir wissen es nicht, möchten es auch nicht wissen. Aber jetzt wissen wir immer noch nicht, warum der Türke wusste, dass du mit Lea im Wald warst, um Alphorn zu spielen.»

«Könnte es der Vater von Lea sein?», fragt der Förster. «Keine Ahnung.»

14 Tage sind vorüber, der Vorfall ist schon fast vergessen, als der Förster nach einem Rundgang zu Sara will. Nicht weit vom Haus des Großmattbauern liegt ein Mann bewusstlos am Boden, zuunterst an einer steilen Wiese, neben einem Baum. Der Förster lässt das Krankenauto kommen. «Der muss ausgerutscht sein und den Kopf am Baum angeschlagen haben, sodass er bewusstlos liegen blieb, ein Gewehr lag nicht weit von ihm am Boden, das muss das Gewehr sein, mit dem auf uns geschossen wurde», denkt der Förster.

Später im Spital stellt die Polizei fest, dass es derselbe Mann ist. Er hat das Gefühl, Lea sei das Kind seiner Schwester, bis Beat ihm die Geburtsurkunde zeigt.

Aber jetzt interessiert sich auf einmal die Polizei für diesen Mann, dafür, ob er etwas mit der toten Frau zu tun hat. Die Verletzungen sind eine schwere Hirnerschütterung und eine Lähmung. Querschnittgelähmt ist er nicht, aber sonst ist etwas nicht in Ordnung. Es braucht seine Zeit, bis er wieder gesund ist.

Die Kripo von Zürich steht einen Tag später im Zimmer des Türken und will wissen, warum er seine Schwester hier vermute. Er wird darüber ausgefragt, ob er etwas mit dem Tod zu tun hat. Am dritten Tag fängt er an, zu erzählen.

«Meine Schwester sollte einen wohlhabenden Türken heiraten. Der war 21 Jahre älter, hatte von seiner ersten Frau keine Kinder. Als er meine Schwester mit 14 sah, sie sah schon damals sehr gut aus, bot er meinem Vater eine größere Summe Geld, mein Vater war einverstanden. Meine Schwester aber nicht, zuerst wollte sie die Schule beenden. Das wurde ihr erlaubt. Denn sie nahm das Leben nicht so ernst, versprach alles, wenn sie einen Vorteil darin sah. Der Mann machte ihr große und schöne Geschenke, die sie sehr gerne annahm. Sie versprach diesem Mann, ihn, wenn sie 17 ist, freiwillig zu heiraten. Dann lernte sie einen Jugoslawen kennen, in den sie sich verliebte, es ging alles heimlich, niemand wusste etwas, sie ging etwa ein halbes

Jahr mit ihm, half ihm beim Reinigen vom Büro und probierte, ihn so oft als möglich zu sehen.

Dann wurde sie schwanger, jetzt konnte sie es nicht mehr verheimlichen, sie war schon in der fünften Woche, als sie es der Mutter erzählte. Meine Schwester hoffte, dass der Vater dem Mann das Geld wieder zurückgibt und ihr dann den Segen zur Heirat mit dem Jugoslawen erteilt.

Unser Vater fing an zu toben und zu schreien: «Du gehst in die Türkei zurück, lässt das Kind wegmachen, probierst alles zu verschweigen, dann heiratest du den Mann aus der Türkei. Ich werde ihm schreiben, du hättest eine ansteckende Krankheit und müsstest 14 Tage im Spital unter Quarantäne bleiben, so können wir den Schaden in Grenzen halten.» Meine Schwester schrie dem Vater ins Gesicht: «Ich werde das Kind behalten, werde den Jugoslawen heiraten, mit deinem Segen oder ohne.» Der Vater schlug sie brutal zusammen und sperrte sie in ihrem Zimmer ein.

Einige Tage später gelang meiner Schwester die Flucht, von da an haben wir sie nicht mehr gesehen, bis etwa ein Jahr später, als ich einen Kollegen im Spital von Basel besuchte. Da sah ich sie mit einem sehr dicken Bauch auf einer Bank im Spitalareal sitzen. Ich sprach sie an, wollte sie mit nach Hause nehmen. Diese Hure ließ mich einfach sitzen, lief davon. Ich rief meinen Vater an, der kam sofort und wollte sie abholen.

Später erfuhren wir, dass sie im Spital arbeitete, dann das Kind dort zur Welt bringen wollte. «Das kommt überhaupt nicht infrage, dieser junge Bastard muss sofort verschwinden, wenn er das Licht der Welt erblickt», sagte mein Vater. Wir wollten mit der Spitalleitung vereinbaren, dass meine Schwester das Kind noch im Spital auf die Welt bringt, aber dann sofort mit uns nach Hause kommt. Die Spitalleitung verweigerte uns den Kontakt mit meiner Schwester. Sie sei volljährig, solle zwangsverheiratet werden, das sei in der Schweiz verboten. «Sie kann weiterhin bei uns arbeiten, kann so lange bleiben, wie sie will», wurde uns mitgeteilt.

Jetzt wussten wir, wo meine Schwester war. Sie bekam Drohbriefe von uns: «Den Bastard werden wir töten, wenn wir ihn erwischen. Dich werden wir mit Begleitung in die Türkei verfrachten, ob tot oder lebendig.»

Fünf Tage nach der Geburt rief uns das Spital. «Ihre Tochter ist abgehauen, ist sie nach Hause gekommen?»

«Nein, hier ist sie nicht aufgetaucht.» Die Spitalleitung bestätigte uns, dass sie vor fünf Tagen ein Mädchen geboren hatte. Heute in der Früh, ohne sich zu verabschieden, sei sie mit dem Kind abgehauen.

Das Spital schaltete die Polizei ein und ließ sie suchen. Gegen Abend am selben Tag ist meine Schwester aufgetaucht, aber ohne Kind. Das sei in guten Händen, «ihr werdet es nie finden», sagte sie. Dann rief Vater die Polizei an. Sie sei zu Hause mit dem Kind aufgetaucht, es gehe den beiden gut, sie könnten die Suche abbrechen. «Wir kommen vorbei und wollen die beiden sehen», sagten sie. Der Zufall wollte es, dass eine Nachbarin von uns ein Kind geboren hatte. Meine Schwester brachte ihr ein Geschenk zur Geburt und fragte: «Darf ich die Kleine meinen Eltern schnell zeigen?»

Als die Polizei vorfuhr, hatte meine Schwester ein Kind auf den Armen. «Alles gut?», wollten sie wissen. «Ja, die Situation hat sich beruhigt.» Die waren schnell zufrieden.»

«Wie ging es weiter?», will der Kommissar wissen.

«Mein Vater sperrte sie im Keller ein, schlug sie, drohte damit, sie umzubringen, wenn sie ihren türkischen, vorbestimmten Freund nicht heirate. «Du kannst mich totschlagen, aber den heirate ich nicht, nie», erwiderte sie trotzig.

Ein Bruder vom Vater hat in Lugano ein Restaurant. Nach ein, zwei Wochen Einzelhaft im Keller hat meine Schwester versprochen, bei ihm ein halbes Jahr zu arbeiten, bis alle Wunden von der Geburt und die blauen Flecken von den Schlägen verheilt wären, dann ohne Widerrede in die Türkei zum vorbestimmten Ehemann zu gehen. «Wenn du das Versprechen nicht hältst, werde ich dich töten lassen», drohte der Vater. Die Killer waren schon bestimmt.

Vater befahl, meine Schwester mit dem Auto ins Tessin zu fahren. Auf der Fahrt erzählte sie mir ihre Geschichte.

Das Kind vom Jugoslawen habe sie durch die Schläge des Vaters verloren. «Ein Mann hat mich nach der Flucht von zu Hause in einem Restaurant angesprochen, als ich vor mich hin weinte. Ich habe ihm mein Herz ausgeschüttet.» «Du kannst, bis du etwas gefunden hast, bei mir wohnen, ohne Verpflichtungen», versicherte er mir. Er betrieb ein kleines Geschäft, Bäckerei mit Tearoom. «Das Kind, das ich geboren habe, ist von ihm. Seine Mutter ist eine Türkin, Witwe, zwei Angestellte arbeiteten noch bei ihm, auch seine Mutter half ab und zu. Gedrängt zum Sex hatte er mich nie, ich musste ihn verführen. Es war eine herrliche Zeit mit diesem Mann. Später schaute er, dass ich eine Arbeit im Spital in Basel bekam. Ich wohnte aber weiterhin bei ihm, nahm den Bus zur Arbeit. Einfach weg von Zürich und den Eltern. Als mir klar war, dass ich schwanger war, habe ich ihn verlassen, wollte nicht, dass er Probleme bekommt. Vielleicht hat er mich wirklich geliebt, aber meine Familie hätte unserem Glück nie zugestimmt. Er hat mir unzählige Briefe geschrieben, wollte mich sogar heiraten, ein, zweimal wollte er mich besuchen, aber ich verleugnete mich, bis er aufgegeben hat.» So erzählte sie mir von ihren Erlebnissen.

Mir fiel auf, dass wir auf der Fahrt von einem Auto verfolgt wurden. Ich hatte aber keine Ahnung, wer das war. In einer Ausfahrtstelle musste ich meine Notdurft verrichten, ich hielt an, ohne etwas zu denken, ging ins nahe Gebüsch, als ich zurückkam, war meine Schwester verschwunden. Das Auto, das uns zuvor verfolgt hatte, gab Gas, überholte mich und fuhr Richtung Tessin davon. Ich musste annehmen, dass meine Schwester ins Auto gestiegen und mit ihnen davongefahren war. Ich glaubte, das wäre eine Vorsichtmaßnahme meines Vaters.

Erst später erfuhr ich, dass das die Killer waren und sie aufpassen mussten, dass meine Schwester gut ans Ziel kommt, sonst müssten sie sie umbringen. Als sie flüchten wollte, ist sie ausgerechnet zu ihnen ins Auto gestiegen, sie haben sie dann so fest geschlagen, dass sie an ihren Verletzungen verstarb. Dann haben die Killer sie in eine Baugrube geworfen, damit es aussah, als sei sie abgestürzt. Sie sind dann sofort ausgereist, mein Vater überwies ihnen das Geld, als meine Schwester identifiziert war. Vom Kind hatte sie kein Wort gesagt.

Als mir der Fotograf ein Bild von dem Mädchen zeigte, dachte ich: «Das muss das Kind meiner Schwester sein, also gehört es uns und darf nicht bei Ungläubigen aufwachsen.» Ich wartete noch ein paar Jahre, beobachtete sie, machte heimlich Fotos von ihr, war immer mehr davon überzeugt, dass sie das Kind meiner Schwester ist. Erst als ich die Geburtsurkunde sah, wusste ich, dass ich mich geirrt hatte.»

Das alles erzählt der Förster Beat. Jetzt weiß Beat, woher Lea kommt. Er beschließt, das Ganze für sich zu behalten. Später erkundigt er sich auf der Polizei, wo diese Frau beerdigt wurde. Die Familie wollte nichts mehr von ihr wissen, somit kam sie in ein Gemeinschaftsgrab. Ab und zu geht er zum Grab, betet und dankt ihr für Lea, das außergewöhnliche Kind.

***

Eines Abends kommt ganz unerwartet Renate zu Käsers und fängt bei einem Kaffee zu erzählen an.

«Vor fünf Jahren kam ich zu euch ins schöne Bergdorf, nahm eine Stelle in einem Anwaltsbüro an, später habe ich mich in Robert Wagner verliebt.

Ich hatte aber einen anderen Auftrag, als Sekretärin zu spielen. Als verdeckte Kriminalbeamtin sollte ich den Mord an der Türkin aufklären. Da ich sowieso die Arbeit bei der Polizei kündigen wollte, wurde mir der Vorschlag gemacht, in einem Büro zu arbeiten, um den Mord aufzuklären. Da er jetzt aufgeklärt ist, sollte ich wieder in die Stadt zurück, aber erstens gefällt es mir hier gut, zweitens bin ich in Robert verliebt, ich glaube, ich werde den Beruf als Kriminalbeamte aufgeben und als Sekretärin weiterarbeiten.»

«Der Mord ist aufgeklärt?», fragt Elisabeth ganz interessiert.

«Ja, das wisst ihr nicht?»

«Nein, nein, von wem auch.» Beat hatte seiner Frau nichts erzählt, er kennt die ganze Geschichte.

Dann erzählt Renate, was vorgefallen ist. «Aber der Türke glaubt immer noch, dass Lea das Kind von seiner Schwester ist. Der Grund, warum ich hier bin, ist nicht nur für eine Kaffeepause und die Geschichte, sondern auch aus beruflichen Gründen. Könnte ich die Geburtsurkunde von Lea sehen?»

«Warum meinen eigentlich alle Leute, dass das Kind nicht mir gehört? Nur weil es einer toten Frau ähneln soll, die in Zürich oder Basel ein Kind zur Welt gebracht haben soll, das einfach verschwunden bleibt», sagt Elisabeth etwas gehässig, holt aber zugleich die Geburtsurkunde. Renate schaut sie lange an. «Im Tessin ist das Mädchen zur Welt gekommen.»

«Ja, warum nicht? Muss ich dir erzählen, warum es im Tessin zur Welt gekommen ist und nicht in Zürich?»

«Nein, nein, ich glaube dir, aber komisch ist das schon. Die Geburtsurkunde ist in Ordnung.»

«Warum das Mädchen einer Türkin gleicht, warum nicht mir? Ich war besoffen, hatte mit Beat Streit, da kam der Türke gerade recht für ein Schäferstündchen. Weil es gleich eingeschlagen hat, vergab mir Beat. Es wollte bei uns einfach nicht klappen mit einem Kind, das sollte die Erklärung sein für die andere Hautfarbe.»

«Die ermordete Türkin hatte Beziehungen zu einem Mann in diesem Dorf, es waren auch Pornofilme von ihr aufgetaucht, wir vermuteten, dass sie zu viel wusste und darum umgebracht wurde. Hier laufen noch ganz andere Geschäfte, ich kann und darf nicht mehr sagen.»

«Da du nichts herausgefunden hast, warst du vergebens hier, all die Jahre.»

«Ja und nein. Ich habe natürlich immer gearbeitet, den Lohn bekam ich vom Anwalt, niemand weiß, dass ich bei der Polizei arbeite, nicht einmal mein Freund. Wenn es mir nicht gefallen hätte, wäre ich schon nach zwei Monaten wieder nach Zürich gegangen. An dem Fall muss ich nicht mehr arbeiten, aber sonst passieren komische Dinge in eurem Dorf.

Als Robert und ich die Krise hatten und er mich beobachtete, da sah er oftmals ein Mann, auch der schlich um die Häuser, hatte einen Feldstecher bei sich. Robert dachte: ‹Aber der macht dasselbe wie ich, eine Frau beobachten, in die er sich verliebt hat.›

Das Ganze ließ mir keine Ruhe. Als wir uns wieder versöhnt hatten, beobachteten wir den Typen weiter, ohne dass er uns bemerkte. Einmal sahen wir noch eine Frau, immer montags oder freitags sind sie hier, kennst du sie?»

«Nein, die sind nicht von hier.»

«Im Block, der frisch vermietet ist, ist nicht alles sauber. Rund 50 Meter vom erwähnten Block steht ein altes Haus, dort hat auch unsere Türkin verkehrt.»

«Wollen wir die Polizei informieren?», fragt Beat. «Nein, das bringt nichts, außer dass wir sie kopfscheu machen und nicht wissen, was sie wirklich treiben. Meine Kollegen in Zürich habe ich informiert, die wissen, dass ich an einem neuen Fall bin.»

«Wir haben acht Wohnungen im Haus», erwähnt Beat auf einmal. «Die Wohnung unten rechts ist immer leer, aber vermietet ist sie, niemand wohnt darin, auch im alten Haus brennt ab und zu Licht, eigentlich ist das eine Zweitwohnung von einem Mann aus Zürich.» Als sie die Namen der Mieter kontrollieren, sind es hauptsächlich Schweizer Geschlechter. Sie erkundigen sich beim Vermieter, so durch die Blume, ob nicht noch eine Wohnung zu haben sei. Nein, alle seien vermietet. Sie bedanken sich, wissen nicht, was das zu bedeuten hat. Da zahlt jemand eine Miete und wohnt nicht hier, was soll das bedeuten? In dieser Wohnung muss sich etwas abspielen, denn ab und zu brennt Licht.

«Dem Treiben müssen wir auf den Grund gehen.» Renate organisiert einen Polizisten und legt sich am nächsten Montag mit ihm und Beat auf die Lauer, sodass man sie nicht sieht. Gegen 22 Uhr fährt ein Auto vor, vier Leute steigen aus, verschwinden in der leeren Wohnung. Einer von ihnen ist ein Immobilienhändler aus Zürich, den kennt Beat von früher. «Was hat der mit dieser Sache zu tun?» Eine Stunde später kommen sechs Personen heraus, mehr als zuvor hineingingen. «Die müssen schon vorher drin gewesen sein, aber was haben die gemacht, auch im alten Haus waren Leute», wundert sich Beat. Am nächsten Tag muss der Abwart die Türe öffnen. Beim Haus probiert Renate, illegal in die Wohnung zu gelangen, vielleicht ist ein Fenster offen oder die Balkontüre nicht richtig verschlossen. Sie kann beide Wohnungen besichtigen. In einem Schrank ist ein abgeschlossener Tresor. In einem anderen befinden sich Kleider in allen Größen, Herrenkleider, Damenkleider, der Kühlschrank ist voll mit Essen.

Im alten Haus sind Pässe, Papiere, Lupen und ein Set mit Spezialwerkzeug, um kleine und große Buchstaben zu drucken. Also Passfälscher. Dann Bikini, Damenunterwäsche, zwei Kameras. «Hier werden wahrscheinlich Sexfilme gedreht», vermutet Renate.

Sie bekommt die Erlaubnis aus Zürich, die Bande festzunehmen. Sie organisiert die örtliche Polizei und zwei Detektive aus der Stadt.

Sie hat noch keine Eile, die Bande zu verhaften. «Zuerst werden wir sie noch weiter beobachten.» Oftmals ist eine ältere Frau mit jungen Mädchen oder jungen Frauen dabei. Einmal, als Renate sich in der Tiefgarage versteckt, sieht sie, dass Pakete ausgeladen werden. Es sieht aus, als wären Kleider darin. Auch eine junge Frau ist dabei, sie ist aufgestellt und scherzt mit ihrem Begleiter.

«Sobald es in den ominösen Wohnungen Leben hat und Autos mit Zürcher Nummer anwesend sind, der Porsche auf dem Parkplatz vor dem Einfamilienhaus steht, schlagen wir zu. Das ganze Aufgebot hat sich aufgeteilt, damit niemand entwischt», erklärt Renate Elisabeth, die bei ihrem Block Wache hält.

«Wo ist eigentlich Lea? Die sollte schon vor einer halben Stunde zu Hause sein», sagt Elisabeth mehr zu sich als zu Renate. Sie wird immer aufgeregter und unruhiger. Nach einer weiteren Stunde, halb sieben ist vorbei, überlegt Renate: «Ich warte, bis wir wissen, wo Lea ist.» Dann ruft Elisabeth ihren Mann an. «Ich komme sofort nach Hause, sie ist bei einer Freundin oder einem Kollegen, wie sie sagt, überall habe ich angerufen, niemand will sie gesehen haben, zuletzt war sie bei einem Kollegen und hat Musik gehört, dem hat sie gesagt, sie müsse nach Hause, noch Aufgaben machen, das ist jetzt zwei Stunden her, das Ganze macht mir langsam Angst. Da muss etwas passiert sein, Lea ist ein Biest, mit allen Wassern gewaschen, aber so lange ausbleiben, ohne uns Bescheid zu sagen, das macht sie nicht, das Handy ist auch ausgeschaltet.»

«Jetzt werden wir die Polizei einschalten, ich werde das übernehmen», meint Renate, «dann eine Großfahndung einleiten, wenn sie in einer halben Stunde nicht hier ist.»

Die Aktion mit der Bande wird abgebrochen, sämtliche Kräfte werden auf die Suche von Lea konzentriert.

Noch im selben Augenblick wird eine Spezialeinheit aus Zürich angefordert. Die Polizeibeamten vor Ort suchen nach Lea, fragen die Leute, ob ihnen etwas Verdächtiges aufgefallen ist. Lea ist einfach unauffindbar. Bis sich eine Frau meldet, sie habe gesehen, als sie auf eine freie Tanksäule wartete, wie ein Mann jemanden unsanft ins Auto gestoßen habe, es könnte Lea gewesen sein. «Ich war zu weit entfernt und weiß es nicht genau.» Nach dieser Aussage wird die Suche ausgedehnt.

Lea kam vom Musikhören. Auf dem Weg nach Hause kam sie bei einer Tankstelle vorbei, dort kaufte sie noch etwas zum Naschen. Als sie den Laden verließ, kam eine Frau mit einem Mädchen eng umschlungen vom WC und wollte ins Auto steigen, das fertig getankt war. Auf gleicher Höhe hörte sie: «Hilfe!» Lea sah sofort, dass was nicht stimmt, sie wollte zum Tankwart, schon hatte sie eine Pistole am Kopf, «Steig ein», war der Befehl, ohne zu mucksen gehorchte sie. Die Frau legte die Arme auch über ihre Achsel und zog sie fest an sich, sie hatte eine dunkle Brille an, den Kragen hochgezogen, sodass man sie nicht erkannte. Als sie beim alten Haus angekommen waren, verließ die Frau das Auto, zwei Männer stiegen ein, nahmen die beiden Mädchen in die Mitte.

Nach einer halbstündigen Fahrt wurden sie in einem Luftschutzkeller eingesperrt. Ein Bett, zwei Stühle, ein paar Kissen. Als sie endlich allein waren, sagte Lea zu Irina, so hieß das blonde, etwa 15 Jahre alte Mädchen: «Wir müssen hier raus.» Die schaute nur mit großen Augen Lea an. «Sprichst du nicht Deutsch?», fragte Lea. Irina zuckte nur mit der Schulter. «Die versteht nichts, aber auch gar nichts», dachte Lea und sagte: «Ich Schweiz und du?»

«Ukraine», flüsterte sie und schlotterte vor Angst.

Lea überlegte, wie sie sich befreien könnten, ohne ein Risiko einzugehen. «Mit Irina kann ich nicht rechnen, die hat nur Angst, das Handy hat man uns abgenommen, hier hätten wir sowieso keine Verbindung.» Auf einmal sah sie in einer Ecke einen etwa 80 Zentimeter langen Eisenstab. «Sieht handlich aus, das sollte reichen.» Lea befahl Irina mit Händen und Füßen: «Sobald ein Mann kommt, um uns abzuholen oder Essen zu bringen, ziehst du dich langsam bis auf BH und Slip aus.» Lea zeigte, wie es gehen sollte. «Der wird sich zumindest wundern, entweder sagt er ‹zieh dich an› und wartet oder er probiert, dich zu verführen, beides hilft, um das Überraschungsmoment auszunutzen.»

Dann kamen anstatt einer gleich drei Männer, die bei ihnen im Auto gewesen waren. Die Mädchen musterten sie von oben bis unten. «Zieht euch bis auf die Unterwäsche aus», befahl der Chauffeur, «Dreht euch, dass man euch von allen Seiten bewundern kann.» Nach kurzer Zeit näherten sie sich den beiden und betasteten sie überall, vor allem an den Brüsten, dann gingen die Herren ein wenig zurück. «Die scheinen in Ordnung zu sein, noch ungebraucht», sagte der andere, «Die nehmen wir. Ziehe ihnen schöne Kleider an, dann gib beiden eine Spritze, damit sie schlafen, anschließend legst du sie in den Bus.»

«Ja», sagte der Bekannte, «die müssen diese Nacht noch über die Grenze, da sie mich sonst verraten könnten. In einer halben Stunde hole ich euch für eine längere Fahrt ab.» Er merkte nicht, dass Lea jedes Wort verstanden hatte.

Nach einer halben Stunde kam der Mann mit schönen Kleidern und zwei Spritzen in der Hand. Lea weinte in der Ecke und spielte Angst vor, Irina zog sich langsam, mit einem Lächeln aus, wie abgemacht. Als sie bei der Unterwäsche war, schritt sie langsam auf den Herrn zu, als wolle sie ihn küssen. Er schaute sie nur ungläubig an, dann nahm sie ihn in die Arme, als wäre sie verliebt. Jetzt war der Moment gekommen: Lea nahm den Stock und schlug dem Mann mit aller Kraft von hinten auf den

Kopf. Er ging zu Boden. Irina nahm ihre Kleider und beide rasten zum Ausgang ins Freie. «Moment mal», dachte Lea, «der hat doch sicher ein Handy bei sich, das nehme ich und rufe, wenn ich eine Verbindung habe, die Polizei.» Sie ging noch einmal zurück, durchsuchte den Bewusstlosen und fand, was sie suchte. Nachdem sie die Türe verschlossen hatten, eine reine Vorsichtsmaßnahme, dass ihnen der Peiniger nicht folgen konnte, wenn er wieder zu sich käme. Als sie sich ein wenig sicher fühlten, rief Lea die Polizei an, ein Beamter meldete sich. Lea erklärte ihm alles, «aber wo wir sind, wissen wir nicht, nicht einmal, in welcher Stadt.»

«Schalte dein Handy nicht aus, vielleicht können wir euch orten.»

Lea legte das Handy in ein sicheres Versteck außerhalb des Hauses, für den Fall, dass die Entführer sie aufspürten. Dann rannten sie die Straße entlang und hofften auf Leute oder Häuser. Sie müssen in einem leerstehenden Fabrikgebäude gewesen sein, ein wenig außerhalb.

Es war wirklich eine abgelegene Gegend, weit und breit nichts, alles dunkel. «Ein Fahrweg, der vom Haus wegführt, ein Bach oder Fluss müssen in der Nähe sein», dachte Lea. Auf einmal wollte Irina nicht mehr weiter, nein, sie wollte zurück: «Wenn Polizei, ich ins», sie machte ein Handzeichen für Gefängnis. «Du willst lieber zu diesem Verbrecher? Also, mach was du willst, wenn du zurück willst, dann geh, mich erwischen die nicht mehr, wenn du nicht willst, bist du mir eine Bremse, geh zurück. Die Polizei wird sowieso bald kommen, dann erwischen sie alle, dich werden sie befreien.» Plötzlich gab es Licht im Gebäude, Autos wurden angelassen, ein Auto raste an Lea vorbei, wendete nach kurzer Zeit. Fast auf der Höhe, wo Lea sich im Gebüsch versteckt hatte, stiegen vier Männer aus, mit einem Hund. Als sie den Hund sah, raste sie auf den Bach zu, sprang so schnell wie möglich ins Wasser, wegen der Witterung. Nach kurzer Zeit hatte der Hund die Fährte aufgenommen, aber nur bis zum Bach, dann wusste er nicht mehr weiter. Der Bach war nicht besonders tief, sie konnte im Wasser laufen. Als sie in der Ferne das Sirengeheul der Polizei hörte, fiel ihr ein Stein vom Herzen. Die Entführer gaben die Suche auf, bemühten sich, so schnell wie möglich ins Auto zu gelangen, und fuhren zum Gebäude zurück. Lea verließ das Wasser und versuchte, auf der Straße zu sein, bevor die Polizei vorbeiraste, was ihr auch gelang. Im Polizeiauto erzählte sie alles, was sie erlebt und gesehen hatte. Leider war die Bande schon abgehauen, bevor die Polizei mit Sirenengeheul eintraf. Irina war noch nicht beim Haus, als die Bande flüchten musste, so konnte sie befreit werden.

14 Tage später, als Renate das Gefühl hat, dass viele der Gesuchten in den Wohnungen sind, es ist an einem Freitag, wird die Aktion gestartet. Insgesamt gehen zehn Personen ins Netz, unter anderem der Immobilienhändler, ein serbischer Geschäftsmann. Auch zwei wohlhabende Schweizer aus Bern sind dabei. Aber die Frau, die sie sehr gerne bei den Verhafteten gesehen hätte, war fünf Minuten, bevor die Aktion gestartet wurde, ohne dass sie etwas ahnte, mit einem Lieferwagen, den Renate nicht kannte, abgefahren.

Eine Bande, die Schwarzgelder zu Weißgeld machte, hat so ihre Tricks. Drogen schmuggeln und Pässe fälschen, auch an Flüchtlinge wurden Pässe ausgestellt, damit sie legal in der Schweiz bleiben konnten. Viele illegale Geschäfte wurden getätigt, bei allen konnte man sehr viel Geld verdienen.

Im alten Haus wurden Glücksspiele gespielt, Roulette und Poker, und es wurden Sexfilme gedreht, wahrscheinlich auch mit Kindern. Leute wie Zuhälter, Menschenhändler und alle Möglichen, die keine weiße Weste hatten, waren anwesend. Natürlich wurden nicht alle erwischt. Es tauchte eine Liste mit etwa 200 Namen auf, alle irgendwie verschlüsselt, sodass man nicht wusste, wer mitmacht. Auch der Fahrer des Entführungsautos wurde gefasst.

Eigentlich wäre Renates Arbeit getan und sie könnte nach Zürich zurück. Aber irgendwie hat sie das Gefühl, dass nicht die ganze Bande ausgehoben wurde, die Hauptperson fehlt. Renate weiß auch nicht, was die vielen schönen und teuren Kleider, die in der Wohnung schön säuberlich gestapelt waren, für eine

Funktion haben. Ein Boss wurde zwar gefasst, aber ob der nicht noch einen Vorgesetzten hat, weiß sie nicht.

***

Nicht weit vom Dorf entfernt ist ein kleiner See. Im Sommer kann man darin baden, im Winter ab und zu darauf Schlittschuhlaufen. Die Jungs und die Mädchen sind immer, wenn es möglich ist, am oder auf dem See. Es gibt verschiedene Fischarten, die zum Angeln einladen: Hechte, Schleien oder Röteli, um nur die allerwichtigsten zu nennen.

Es geht dem Winter entgegen. Langsam aber stetig sinkt die Temperatur gegen null, später fällt sie in den Minusbereich. Die Kinder freuen sich, dass der See endlich eine Eisdecke bekommt, sodass man auf ihm spielen kann. Anfang Dezember durchfährt Lea ein Blitzgedanke: «Ich könnte doch das ukrainische Mädchen über die Festtage einladen, die Eltern hätten sicher nichts dagegen, sie könnte ja eine Freundin mitnehmen, das Geld für die Reise würden wir schon aufbringen.»

Es klappt mit den Mädchen. Weihnachten steht vor der Tür, da kommt Irina mit einer Freundin für 14 Tage in die Ferien. «Toll, wenn der See gefroren wäre», überlegt Lea, aber anstatt, dass es kühler wird, kommt die berüchtigte Erwärmung gegen Weihnachten und die dünne Eisschicht löst sich in Wasser auf. Die Familie von Irina ist arm, es reicht gerade zum Leben, mit drei Kühen und vier Schweinen, Irina hat noch drei Geschwister. Ab und zu schickt Familie Käser ein Fresspaket oder auch Geld.

Die Weihnachtsferien sind für das Eislaufen zum Vergessen. Aber Skilaufen wäre eine Alternative, denn es hat recht viel Schnee ab 1500 Metern. «Vater, kannst du uns nicht sponsern, wir möchten Skifahren, die Mädchen brauchen Skier, die können wir mieten.» Mit ein wenig Bitten und Über-den-Bart-Streicheln willigt er ein. Jetzt geht es damit los, die Skiferien vorzubereiten, Skier für die beiden Mädchen zu besorgen, Winterkleider einzukaufen, Hotelzimmer zu buchen.

Vor Weihnachten brauchen sie gar nicht zu fragen, es ist Tradition, dass sie sich auf die heilige Zeit vorbereiten. Sie backen, basteln Geschenke, frischen Lieder auf, das will ihre Mutter so haben. Die beiden Mädchen helfen auch bei den Vorbereitungen, es ist eine lustige Zeit, sie machen sogar noch Gebäck nach ukrainischer Art.

Aber nach der heiligen Zeit kann Lea den Vater überreden, mit Swen, ihr und den zwei Ukrainerinnen in die Berge zu fahren. «Gut», meint der Vater, «ich werde euch begleiten und beaufsichtigen.»

«Mir egal, wenn wir nur Skifahren können», sagt Swen.

Es ist herrliches Wetter, als am 26. Dezember zum Skitag gestartet wird. Eigentlich wollen sie nur drei Tage bleiben, bis zum 29. Dezember. Kurz vor dem Heimgehen trifft Lea eine Schulkollegin, ihr Freund ist mit den Eltern hier in den Ferien, und die haben noch zwei Zimmer frei. Nun haben diese sie eingeladen, noch ein paar Tage hierzubleiben, Silvester und noch ein oder zwei Tage anzuhängen.

«Kommt gar nicht infrage, wir haben Mutter versprochen, dass wir am 29. zu Hause sind», sagt Beat. Ruf doch Mutter an, dass sie auch noch kommt», kontert Swen. Nach langer Diskussion und Rücksprache mit dem Vermieter kann man den Urlaub um eine Woche hinauszögern, sogar die Mutter lässt sich überreden, eine Woche Urlaub zu machen.

Der Schnee ist prächtig, zum Fahren ideal, das Wetter tut sein Übriges dazu, und als die Mutter noch die Skier anschnallt, ist das Glück perfekt. Aber wie so oft beim schönsten Sonnenschein kommen auf einmal Wolken.

Die Wolken kommen, als der Junge vom Gemeindepräsidenten, Björn, und Charly, der Schönling auftauchen. Lea ist nicht besonders erfreut, als sie die zwei sieht, beiden hatte sie den Laufpass gegeben. «Das gibt Probleme, die Flucht nach vorn ist das Beste», denkt Lea und geht auf die beiden zu. Irina und die Freundin geben den beiden die Hand. «Kennt ihr die?»

«Ja, ja, die haben wir vor Weihnachten beim Einkaufen auf Englisch angesprochen.»

«Guten Tag, ihr Hübschen», prahlt Charlie. «Seid ihr wegen mir gekommen oder wegen des Skifahrens?», fragt Lea. «Wegen dir schon gar nicht, schon eher wegen deiner schönen Begleiterinnen, die gefallen uns viel besser als du, du bist ein hässliches Entlein neben den schönen blonden Damen.» Gut, dass die beiden Mädchen nichts verstehen, sie lächeln die beiden nur an. «Wir haben schon geknobelt, wer zuerst zum Küssen kommt.»

«Von euch bestimmt keiner», erwidert Lea. Wie selbstverständlich gehen die beiden auf die zwei Ukrainerinnen zu, legen ihnen den Arm um die Schulter und begleiten sie zum Lift. Lea steht da wie bestellt und nicht abgeholt, weiß nicht, was sie denken soll. Zum Glück kommt ihr Bruder mit einem Freund. «Haben sie dich sitzen gelassen? Komm mit mir, ich werde dir Gesellschaft leisten.» Im Lift meint der Bruder: «Siehst du, so geht es, wenn du sie sitzen lässt, das ist jetzt die Retourkutsche, traurig und niedergeschlagen waren deine ehemaligen Freunde auch, böse, gekränkt und beleidigt. Jetzt mach die Flucht nach vorn, nichts anmerken lassen, wenn sie kommen, lieb und nett sein, ohne Vorwürfe und Beleidigung», belehrt er sie.

«Du hast recht, ich werde mich verdrücken und ein wenig rarmachen, an einem anderen Hang fahren. Komm ihr mit?»

«Klar, ich kann meine Schwester doch nicht allein lassen, du hast mir schon so oft geholfen, jetzt möchte ich dir einmal helfen.»

«Bist ein guter Bruder», sagt Lea und gibt ihm einen Kuss auf die Stirn.

Schon früh am Abend kommt Lea vom Skifahren in die Wohnung zurück. Die Eltern sind sehr erstaunt, als sie ohne die Mädchen aufkreuzt. Als sie alles erzählt hat, fängt Lea an zu weinen. Die Mutter sagt nichts, hält sie nur ganz fest in den Armen. «Das ist schon viele Jahre her, als Lea das letzte Mal geweint hat, dieses starke Mädchen weint wegen einer so kleinen Sache», denkt Elisabeth. Als der Lift abgestellt wird, bringen die beiden Jungs die Ukrainerinnen nach Hause. Die Mädchen sind ganz außer sich vor Freude, Lea lässt sich nichts anmerken über die Enttäuschung.

Die nächsten Tage verbringen die Ukrainerinnen mit den beiden Schweizern, Lea hat die Enttäuschung überwunden, geniesst wunderschöne Ferien mit ihrem Bruder und den Eltern. Auf dem Nachhauseweg sagt sie einmal zum Vater: «So schöne Ferien habe ich noch selten gehabt. Die Ukrainerinnen konnten sich mit den Jungs vergnügen, ich hatte meine Ruhe, konnte machen, was ich wollte.» Aber eigentlich hatte sie sich die Ferien anders vorgestellt.

Die beiden ukrainischen Mädchen wollen am 7. Januar die Heimreise antreten, aber vorher wollen sie nochmals auf die Skier, nur mit Lea und Swen. Beat ist einverstanden. Am 4. und 5. Januar hat zwar Tauwetter eingesetzt, aber zum Skifahren sollte die Piste noch halten. Der Tag fängt schön an, etwas zu mild, das Wetter ist stumpf, nicht klar. Sie fahren zweimal die Piste runter, dann gehen sie etwas essen und hoffen auf den Nachmittag, darauf, dass der vielleicht besser wird. Das Wetter wird nicht besser, aber es kommen viel mehr Leute, immer muss man lange anstehen. Auf einmal entdeckt Swen Björn und seinen Kollegen. Als die beiden Lea und die Ukrainerinnen sehen, kommen sie sofort zur Gruppe. «Das passt wunderbar», meint Björn, «hast du sie eingesperrt oder mit ihnen Deutsch gelernt?»

«Geht bitte euren Weg und lasst uns in Ruhe», meint Lea. «Komm, wir machen Frieden, vertragen uns wieder, dann fahren wir zusammen Ski», macht der Kollege einen Vorschlag. «Was soll's, wir waren früher eine tolle Bande und jetzt streiten wir», denkt Lea. Sie geben sich die Hand, es scheint fast so, als ob alle mit dieser Idee zufrieden wären.

Nach ein paar Abfahrten, immer das lange Anstehen am Skilift, dann noch die verschiedenen Schnäpse an der Pistenbar, macht jemand den Vorschlag, man könnte die Talfahrt auf dem unbefahrenen Hang machen. Björn kennt den Hang vom Sommer, er war mit seinen Eltern ein- oder zweimal auf einer Bergtour dort, die Ukrainerinnen haben das Skifahren so gut im Griff, dass man es wagen könnte. «Aber die Lawinengefahr», meint Lea, «ist relativ groß.»

«Ach was», sagt Björn, «das schaffen wir schon.» Auch die Ukrainerinnen sind begeistert von einem solchen Abenteuer.

Als sie die markierten Pisten verlassen, schreit ihnen ein Fremder zu: «Lasst das, das ist gefährlich, Lawinengefahr.»

«Die können mich mal, was geht das die an.» Ohne lange zu überlegen, fahren sie über den schön verschneiten, steilen Hang. Ein wenig trübes Bergwetter, die Temperatur ist zu hoch für diese Jahreszeit, für all das haben sie keine Zeit. Die zwei Ukrainerinnen in der Mitte, Björn zuvorderst, am Schluss Lea, es ist sehr schön, herrlich, über den unbefahrenen Berghang zu gleiten. Nach zehn Minuten halten sie an, um zu diskutieren und ein wenig auszuruhen. Schon geht es weiter. Beim nächsten Halt fragt jemand: «Wo ist Lea?»

Als sie sich besser umschauen, sehen sie, wie sie am Gegenhang ihre Kurve dreht. «Achtung, Lea hat eine Lawine ausgelöst!», schreit Swen. Sie ist zuunterst von diesem Rutsch, er ist nicht besonders groß. Björn schreit: «Alles hinlegen wegen der Druckwelle!»

Als der Spuk vorbei ist und sie sich langsam aufrichten, stellen sie mit Erleichterung fest, dass der Schnee von der Lawine nicht ganz bis zu ihnen reicht, da sie auf einer kleinen Anhöhe vom gegenüberliegenden Hang sind. Aber von Lea sieht man nichts mehr, sie ist verschwunden. «Die muss unter dem Schnee liegen, sie ist in Lebensgefahr», schreit Swen. «Ihr geht und sucht sie», meint der Kollege von Björn, «ich hole Hilfe im Tal.» Die Suche der Gruppe ist vergebens, nichts finden sie, nicht einmal ein Kleidungsstück.

Nach ungefähr einer Stunde kommt ein Helikopter mit fünf Leuten, Björn und sein Kollege sind auch dabei. Ein großgewachsener Mann mit Fünftagebart ist der Verantwortliche. Er will wissen, wo sie das Mädchen zuletzt gesehen haben, ob sie geschrien habe, ob sie ein Lawinensuchgerät bei sich trage, was sie für Kleider anhat. Die anderen Helfer fangen sofort an, zu suchen. «Lebt sie noch, gibt es noch Hoffnung?», fragen sich alle.

Auf einmal fängt Swen an zu weinen, dann meint Fritz, so heißt der Bergführer: «So lange man sie nicht tot geborgen hat, besteht immer Hoffnung.»

Eine halbe Stunde später kommen noch einmal fünf Retter mit einem Hund und einem Psychiater, der fängt sofort an, mit den Kindern zu reden, die sind apathisch und in einem halben Schockzustand. Die Suche gestaltet sich schwierig, es gibt viele Felsvorsprünge und ist sehr steil, es ist alles vergebens, nichts findet man, nichts, aber auch gar nichts. Als es anfängt, dunkel zu werden, hat man praktisch das ganze Schneefeld abgesucht, es ist zum Verzweifeln. Die Hoffnung wird immer kleiner, dass man das Mädchen noch lebend bergen kann. Die Kinder werden mit dem Heli ins Tal geflogen, dann wird den Eltern die traurige Nachricht übermittelt, dass Lea unter eine Lawine gekommen ist, sie bis jetzt nicht gefunden wurde und man mit dem Schlimmsten rechnen muss. Elisabeth fällt in Ohnmacht und Beat starrt immer ins gleiche Loch. Sven ruft Renate an, die lässt alles stehen und liegen und kommt, um sie zu trösten. «Ich bleibe, bis der Schock überwunden ist.» Die Suche wird unterbrochen, am nächsten Tag will man weitersuchen. Das Wetter hat sich von Minute zu Minute verschlechtert. Es gibt Sturm und starken Schneefall. «Ich sage immer, solange man sie nicht tot geborgen hat, besteht ein klein wenig Hoffnung, die Hoffnung ist aber sehr klein», meint Fritz.

Am anderen Morgen kann man nicht suchen, es schneit ununterbrochen, 60 Zentimeter Neuschnee hat es in der Nacht gegeben, Nebel und Sturm verhindern zudem das Weitersuchen. Gegen Mittag geht der Sturm in eine schwache Brise über und die Temperatur fällt auf minus 15 Grad. Es hört auch auf zu schneien, sogar die Sonne zeigt sich.

Fritz organisiert noch fünf Hunde und 20 Leute. Die Leiche muss gefunden werden, bevor alles Stein und Bein gefroren ist. Gegen 16 Uhr weist Fritz die Rettungsmannschaft an, eine kleine Pause zu machen, dann noch eine Stunde zu suchen und anschließend nach Hause zu gehen. Es ist hoffnungslos, nichts, nichts. Niedergeschlagen und traurig gehen sie bei Dunkelheit nach Hause, keiner weiß, wie weiter, die Suche wird aufgegeben, da wieder Lawinengefahr herrscht und keine Hoffnung besteht, dass Lea noch lebt.

Am nächsten Morgen bringt Beat die beiden Ukrainerinnen zum Flugplatz. Björn schwänzt einfach die Schule, Swen liegt im Bett und stellt sich krank, das Ganze hat ihn sehr mitgenommen. Als er von den Eltern hört, dass die Suche abgebrochen wird und Lea für tot gehalten wird, ruft er Björn an: «Du, die haben aufgehört zu suchen, komm, wir suchen auf eigene Faust.»

«Ja, ich komme sofort mit, nimm die Skier, dann treffen wir uns beim Bahnhof.» Beim Skilift angekommen, machen sie denselben Weg wie vor ein paar Tagen, als sie verunglückten. Als die beiden die markierte Piste verlassen wollen, wie beim ersten Mal, steht auf einmal Fritz hinter ihnen. «Ich komme mit, es lässt mir einfach keine Ruhe, ich habe noch den Hund von einem Kollegen bei mir, die Hoffnung ist sehr klein, dass sie noch lebt, aber es gibt immer noch Wunder.»

Als sie auf dem Lawinenfeld stehen, wissen sie nicht, wo sie anfangen sollen. Überall wird gesucht, mit Stangen, mit Hunden, mit Schaufeln und mit Suchgeräten. «Was wollen wir hier?», meint Fritz, «alles wurde abgesucht, wir können nach Hause, wir setzen uns nur der Gefahr aus, dass wieder eine Lawine kommt und uns auch noch verschüttet.» Er lässt den Hund von der Leine, was eigentlich verboten ist, nimmt eine Suchstange, gibt den beiden Knaben auch eine und sagt: «Sucht irgendwo, ihr könnt suchen, wo ihr wollt, es ist sowieso nur eine Alibiübung.» Auch er stößt seine Stange geistesabwesend in den Schnee. Ungefähr nach 20 Minuten, als er den Kopf hebt, sieht er, dass dicker Nebel auf sie zukommt, mit Schnee und Wind vermischt, dann wird es von einer Minute zur anderen dunkel. Der Wind wird zum Sturm. «Wir müssen uns in Sicherheit bringen», ruft er den anderen zu, «es wird zu gefährlich, es reicht nicht mehr zur Hütte, dort zum Felsvorsprung, am Ende des Lawinenkegels, ich komme mit dem Hund nach, sobald er bei mir ist.» Der Hund tollt im Schnee, sucht selbst bald hier, bald dort, Fritz hat Mühe, ihn anzuleinen, dann noch mehr Mühe, bis er beim Felsvorsprung ist. Es ist eine kleine Nische, gerade Platz für drei Menschen, der Hund muss draußen bleiben. Auf einmal zerrt er an der Leine, Fritz verlängert sie aufs Maximum, der Platz passt dem Hund gar nicht. «Hier stimmt was nicht, entweder kommt eine Lawine, ein Bär oder ein Wolf.» Fritz geht ein paar Schritte dem Hund nach, dann fängt der Hund an, zu scharren und zu bellen, Fritz lässt den Hund von der Leine und fängt wie wild an zu schaufeln. Als er nicht mehr kann, übernimmt Björn die Aufgabe. «Nicht möglich, hier, so nahe beim Felsen, kann sie nicht sein, gib mir die Schaufel wieder, das geht zu langsam.» Nach fünf Minuten schaufeln fällt Fritz ins Leere, nur einen Meter gegen die Felswand. Nichts rührt sich. Er schreit ins Loch: «Ist hier jemand?» Stille. Noch einmal schreit er. Nur finster, kein Echo, Totenstille. «Hier ist niemand», sagt Björn mit trauriger Stimme zu Fritz. «Hier muss eine Höhle sein, das Wetter wird immer schlechter, die Lawinengefahr wird immer größer, wir gehen zur Hütte, bis das Wetter besser wird, dann schauen wir besser und machen das Loch größer und gehen hinein.» Als sie sich entfernen wollen, bellt der Hund wie wild und zieht zur Höhle zurück. «Hier muss etwas sein, wir bleiben hier und machen das Loch größer, es geht niemand von hier fort, das könnte zu gefährlich werden, entweder kommen wir hier alle ums Leben oder wir finden Lea.» Das Loch wird immer größer, einer kann schon drin sitzen. Als sie ein Donnern hören, pressen sie sich so gut wie möglich alle zusammen in die ausgehobene Vertiefung. Auch den Hund zerren sie so nah wie möglich an sich heran und warten ab. Auf einmal kommt Schnee, füllt alles auf, sie halten sich den Arm vor den Mund, bis der Spuk vorüber ist. Sie sind total mit Schnee umgeben, alles ist finster, bewegen können sie sich nicht, alles ist wie einbetoniert, nur der Hund hat sich losgerissen und ist auf und davon.

Nach einer Weile und weil alle so nahe beisammen waren, können sie sich ein wenig bewegen, mit der Zeit geht alles immer besser. «Wir werden bald keine Luft mehr haben», meint Björn, «die Gefahr ist groß», erwidert Swen. «Nur keine Angst, erstens ist hier eine Höhle, wo viel Hohlraum ist, zweitens hat der Fels vielleicht Risse, durch die Frischluft kommt.» Stockdunkel, kaum Bewegung, Swen bekommt langsam Angst. «Bitte keine Angst», beruhigt Fritz, der ganz an der Felswand steht, er probiert die Schaufel, die er im Rücken an den Felsen lehnt, mit dem Schuh in den Schnee zu drücken. Er zieht sie wieder heraus, so gibt es langsam ein wenig Hohlraum. Beim zehnten Mal gleitet ihm die Schaufel aus der Hand und verschwindet. «Hier unten muss es hohl sein.» Er macht die gleichen Bewegungen mit dem Schuh, auf einmal merkt er, dass der Untergrund nachgibt, noch einmal, noch einmal, bis ein Stück vom Schnee abbricht, er etwa einen Meter in die Tiefe fällt, die anderen beiden gleiten langsam nach. Die Höhle ist ungefähr 1,2 Meter hoch und 3 Meter lang. Langsam tastet sich Fritz auf den Knien vorwärts, bis er etwas ertastet. Ein Schuh. «Gehört hier noch ein Bein dazu?»

«Ja», tönt es ganz leise. «Das ist Lea, ich habe Lea gefunden», schreit er. «Lebt sie noch?», fragt Swen. «Ja, ja, sie lebt, hast du Schmerzen?»

«Ich kann ein Bein nicht bewegen, es ist eingeklemmt.» Fritz kämpft sich neben Lea bis zum Kopf, so viel Platz ist, legt ihr eine Jacke unter den Kopf, befiehlt Swen, seine auch auszuziehen, um Lea ein wenig zuzudecken, es ist zwar eng, aber es geht.

Als sie sich ein wenig erholt haben, meint Björn: «Wir sind hier im Gefängnis, wie kommen wir hier wieder raus? Wir müssen graben. Wenn der Schnee aber hoch über uns liegt, können wir nicht raus, weil wir keinen Platz für den abgegrabenen Schnee haben.»

Der Sturm hat sich beruhigt, draußen hat man die drei vermisst. Der Liftmeister erinnert sich an die drei und er weiß auch, dass sie noch einmal nach Lea suchen wollten. Sofort wird eine Suchmannschaft zusammengestellt, wieder fangen sie auf dem Lawinenkegel an zu suchen, mit Lampen und Scheinwerfern wird das Gelände beleuchtet. Eine Lawine löst sich weiter oben und ist viel größer als die Erste.

«Hier rast ein Hund durch den Schnee, ein Hund, der nicht an der Leine ist, das ist doch Max' Hund.»

«Der ist nicht hier», sagt ein Helfer. Der Hund nimmt einen Mann am Hosenbein, bellt und läuft zu einer Stelle, wo niemand sucht. Dort beim Felsen liegt der Schnee besonders hoch und ist sehr kompakt, er fällt über den Felsen 50 Meter in die Tiefe. «Wenn die hier sind, dann sind sie tot.» Allemal, wenn sie aufhören wollen, fängt der Hund an zu bellen, gräbt mit den Pfoten weiter, nach etwa zwei Stunden graben entdecken sie eine Einbuchtung, dann ein Rufen und ein Gebrüll, «jedenfalls lebt noch jemand», geht es den Helfern durch den Kopf. Als das Loch groß genug ist, schreit Fritz: «Lasst den Heli mit der Ambulanz kommen, wir haben eine Verletzte.»

In der Zwischenzeit ist es Nacht geworden, aber der Fundort ist gut beleuchtet.

Als der Helikopter endlich eintrifft, sind die Verschütteten draußen, bis auf Fritz, der bei Lea Wache hält. Eine Tragbahre wird neben Lea gelegt, mit viel Mühe wird sie sorgfältig draufgezogen. Lea schreit fürchterlich vor Schmerz und fällt in Ohnmacht, der Arzt gibt ihr dann eine schmerzstillende Spritze. Anschließend wird sie auf der Trage verschnürt, die anderen Verschütteten mit Hund ins Krankenhaus geflogen.

Beim Röntgen wird bei Lea eine starke Hirnerschütterung festgestellt, Unterkühlung, doppelter Beinbruch und der rechte Arm ist ausgerenkt, sie hat jedoch keine lebensbedrohenden Verletzungen.

«Wie ist das passiert?», wollen Swen und Björn bei einem Besuch im Spital wissen. «Ich sah auf einmal die Lawine kommen, bekam Angst, die Felswand schien mir die beste Rettung, ich gab Gas, suchte Deckung hinter der Felswand, war aber zu langsam, dann erfasste mich der Luftdruck und ich flog hinter die Felswand. Da sah ich eine kleine Höhle, ich zwängte mich mit letzter Kraft, so weit es ging, hinein, von da an weiß ich nichts mehr. Als ich erwachte, waren meine Beine fest eingeklemmt, ein Ski hatte sich gelöst, der andere war immer noch an meinem Bein, der hatte mir das Bein gebrochen und eingeklemmt.»

Dem Hund (mit Foto) wird im Frühjahr eine Widmung auf einer Steintafel am Felsen angebracht. Mit folgender Inschrift: «Der Hund namens Bella hat am 7. Januar vier Menschen das Leben gerettet, aus Dankbarkeit wird er hier verewigt.»

Björn besucht Lea alle Tage im Spital, sie geben sich auch hie und da einen Kuss, als Björn aber einmal ein wenig zärtlicher sein will, wehrt sie lieb, aber bestimmt, ab: «Ich möchte noch warten.» Björn akzeptiert das. Lea kann Björn alles klagen und jammern, was sie beschäftigt, auch Björn kommt aus sich heraus, klagt über seine Eltern, entschuldigt sich wegen der Ukrainerinnen, dass er mit einer sehr intim war, verschweigt er natürlich.

Die beiden sind richtig gute Freunde, auch später, als sie vom Spital entlassen wird, sind sie viel zusammen, aber ohne zu schmusen oder intim zu werden. Lea ist gut aufgeklärt, will einfach noch keine sexuellen Beziehungen. Sie hat Angst und braucht das noch nicht. Die Mutter hat sie gefragt, ob sie die Pille wolle, sie werde mit dem Arzt sprechen. «Nein, wofür, bei Kollegen gibt es keine Kinder», sagte Lea und das Thema war erledigt.

***

Lea wird jetzt 16, im Sommer verlässt sie die Schule und will in Chur eine Ausbildung als Krankenschwester machen. Sie ist nicht mehr dieselbe Lea wie vor dem Unfall im Schnee, sie ist ruhiger und überlegter geworden. Die Unbekümmertheit hat sie verloren. Nur ihren Bruder verwöhnt sie immer mehr. Auch will sie auf einmal immer ein Kopftuch anziehen. «Du fängst doch an, dich zu verschleiern», meint ihr Vater einmal scherzend. «Bestimmt nicht», gibt sie beleidigt zurück. Björn kommt nicht mehr so oft auf Besuch.

In den Sommerferien kommen wieder die Ukrainerinnen, Käsers haben sie wieder eingeladen, trotz Protest von Lea. «Die beiden Gänse spielen sowieso nur mit Björn und Charly», protestiert sie. Lea hat recht. Sie fragen Lea nicht einmal, ob sie auch mit zum Spielen oder ins Kino kommt. Die Traurigkeit merkt man Lea nicht an, sie ist immer freundlich und zuvorkommend zu den beiden. Wenn sie nicht gerade mit den Jungs unterwegs sind, zeigt sie ihnen die schönen Seiten der Schweiz, mit Bahn und Bus, da nimmt sie nur ihren Bruder mit.

Lea ist oft beim Franz oder beim Großmattbauern anzutreffen. Sie spielt Alphorn und sitzt am Tisch beim Bauern, diskutiert über ihre Sorgen. Einmal spricht sie fast mehr zu sich als zum Bauern: «Bin ich doch eine Araberin?»

«Wie kommst du auf solche Gedanken?», fragt der Bauer interessiert. «Meine Hautfarbe, mein Aussehen, mein Drang, ein Kopftuch zu tragen, auch lange Hosen trage ich nicht so gerne, lieber einen langen Rock.» Sie wirft sich dem Bauern an den Hals und fängt zu weinen an. Der Bauer sagt kein Wort und lässt sie gewähren. Als sie sich erholt hat, fängt der Bauer an, zu erzählen: «Auch meine Mutter hatte ein Kopftuch an und versteckte die Haare. Sie trug immer Röcke, die fast bis zum Boden reichten, nie lange Hosen. Manchmal, wenn sie in die Stadt ging und die schönen Kleider anzog, legte sie sogar ein schleierähnliches Netz übers Gesicht, siehst du, nichts, was es nicht schon gegeben hat», probiert der Bauer, sie zu beruhigen, was ihm auch gelingt. Lea bleibt ganz still und in Gedanken versunken. Bis sie auf einmal das Alphorn holt, darauf eine wunderschöne Melodie spielt, ohne falschen Ton, mit einer Hingabe, so schön vorgetragen, dass es einem durch Mark und Bein geht. «Ich bin doch eine echte Schweizerin, denn ich liebe das Alphorn über alles», sagt sie und lächelt dabei den Großmattbauern an.

Als Franz die Stube betritt, meint sie ganz unbekümmert: «Wenn ich bei dir einen Wunsch offen hätte, möchte ich eine Trompete», und lacht dazu. Der Bauer sagt kein Wort. «Ist das frech?», fragt Lea. «Nein, die Wahrheit», erwidert Franz.

Die Mutter will ein großes Fest zu Leas 16. Geburtstag machen, die Ukrainerinnen einladen, Schulfreunde und Freundinnen, aber Lea will nichts von einem Fest wissen. «Ich gehe nach der Schule nach Chur zur Ausbildung und jetzt will nicht noch festen und die Ukrainerinnen möchte ich so schnell wie möglich vergessen.»

«Du bist selbst schuld, dass dich Björn verlassen hat», macht ihr die Mutter Vorwürfe, «du hast mit ihm nur gespielt.»

«Ja, habe ich. Ich habe einen Freund, meinen Bruder, und mehr brauche ich vorläufig nicht, mit dem kann ich Spaß haben. Schon bald ist er alt genug, dass er mich in den Ausgang begleiten kann.»

Der Tag des Abschieds kommt. «Von nun an bin ich allein in der Fremde», klagt Lea der Mutter. Sie ist traurig und weint, auch Elisabeth kann ein paar Tränen nicht verbergen. «Mein schönes Leben ist vorbei.» Das Nötigste ins Auto geladen, Vater, Mutter und der Bruder, alle wollen sie in die Fremde begleiten. Sogar Björn war am Abend, bevor sie wegzog, noch gekommen, um ihr auf Wiedersehen zu sagen. «Man könnte gewiss meinen, ich gehe auf den Mond oder ans Ende der Welt, so ein Drama macht ihr.» Der Abschied von Björn war eher kühl und verklemmt, aber gefreut hat sich Lea doch, wenn ihr Bruder nicht im Zimmer gewesen wäre, hätten die Küsse auf die Backen vielleicht eine größere Intimität erreicht. Der Bruder wollte sich schon diskret aus dem Zimmer schleichen, aber es war zu spät, der Abschied war besiegelt, man gab sich die Hand und eine langjährige Freundschaft mit Höhen und Tiefen war am Ende.

Es muss ja nicht für immer fertig sein, aber die Jugendfreundschaft und das unbesorgte Leben gehören der Vergangenheit an.

Das Zimmer, das zum Spital gehört, ist klein, es gehört sozusagen zur Lehre, es hat ein Bett, einen Tisch, zwei Stühle und einen Schrank, der viel zu groß ist für die paar Wenigkeiten, die sie am ersten Tag mitgebracht hat.

Eine nette, ungefähr 35-jährige Dame begleitet sie mit der ganzen Familie aufs Zimmer, Herrenbesuch ist untersagt, dann nimmt sie ein Schreiben, die sogenannte Hausordnung, zur Hand, wo alles Wichtige oder auch Unwichtige zu lesen ist, wann Morgenessen, wann Nachtessen, Arbeitsbeginn, wann Freizeit, wann Arbeitszeit. Jedes zweite Wochenende kann sie nach Hause.

Ohne viele Gedanken fängt sie am vereinbarten Tag mit der Arbeit an. Lea arbeitet gerne, es macht ihr Freude, etwas Neues zu lernen. Sie erledigt alles nach bester Zufriedenheit, sie gibt sich Mühe. Schon nach kurzer Zeit darf sie Sachen machen, die andere gar nicht probieren dürfen. Sie ist auf einmal wieder das fröhliche, aufgestellte Mädchen, sie drängt sich nirgends auf, doch wollen alle mit ihr arbeiten, sogar die Assistenzärzte werden auf das schöne, fröhliche, weibliche Wesen aufmerksam. Lea behandelt aber alle gleich.

Besonders ein netter, aufgestellter, junger Arzt sucht, wenn sich die Möglichkeit ergibt, die Nähe von Lea, lädt sie ab und zu nach Feierabend ein, um mit ihr einen Kaffee zu trinken. Meistens kann sie sich mit Ausreden aus der Schlinge ziehen. Das etwa fünfte Mal nimmt sie ihn zur Seite: «Ich kann mit dir nicht in den Ausgang, ich habe auch schon von deinen Kollegen Einladungen bekommen, bis jetzt habe ich alle abgelehnt. Ich kann nicht mit einem gehen und mit einem anderen nicht, du bist mir ein Kollege, ich arbeite gerne mit dir zusammen, ohne Hintergedanken, einfach als gute Freunde», probiert sie, ihm die Situation zu erklären.

Da ist aber ein Arzt, mit dem würde sie gerne einen Kaffee trinken. Er ist schon etwas älter, 37 Jahre, er lebt von seiner Frau getrennt, ist sehr viel im Spital anzutreffen, da er lieber arbeitet, als einsam in seiner Wohnung zu sitzen und klassische Musik zu hören, hat er Lea im Vertrauen gesagt, als sie ihn fragte, warum er so viel arbeite und noch Stunden von den Kollegen übernimmt.

Natürlich geht Lea auch in den Ausgang, aber nur mit Kolleginnen, ins Dancing, ab und zu ins Kino, in eine Bar, wo es Musik gibt und sie tanzen kann. Einmal bat eine Musikgruppe jemanden vom Publikum auf die Bühne, um ein Lied nach Wahl vorzutragen. Wenn mehr als fünf Sänger sangen, bekam der Erste, den das Publikum bestimmt, 100 Franken. Natürlich meldete sich auch Lea, der Applaus war groß, aber zum Sieg reichte es nicht. Als sie das Lokal verlassen wollten, kam der Besitzer auf sie zu. «Nehmt noch einen Drink, den ich bezahlen werde, du warst für mich die Beste, komm ein anderes Mal wieder vorbei, dann wirst du gewinnen», behauptete er. Als sie nach Mitternacht die Bar verließen, waren alle ein wenig angetrunken und lustig, sie sang noch ein oder zwei Lieder außer Konkurrenz, immer unter großem Applaus.

«Das geht nicht so weiter», sagt Lea zur Freundin auf dem Nachhauseweg, «alle wollen immer mit mir in den Ausgang.»

«Jahn, der schöne Assistenzarzt, geht mit dieser und mit jener, macht ihnen Hoffnungen», sagte Nana, «dann möchte er Sex, hat er das Ziel erreicht, lässt er die Frauen sausen und probiert es bei einer anderen.»

«Das kann ich auch, aber ohne Sex», sagt Lea, «dann werden uns noch die Getränke bezahlt, wir haben einen billigen Abend», überzeugt sie Nana, ihre Freundin.

Am anderen Tag fragt sie schon Jan, ob er mit ihr in den Ausgang kommt. «Klar komme ich.» Am nächsten freien Abend wird per SMS ein Treffen abgemacht in einer Diskothek, der ‹Blauen Wolga›, dort, wo sie einmal gesungen hat. Das klappt wunderbar. Nach fünfmal im Ausgang, mal im Kino, mal in einer Disco, mal nur zum Essen, das letzte Mal in einer Disco, eng umschlungen, zwischendurch ein kurzer Kuss auf den Mund, haucht er ihr ins Ohr: «Komm zu mir nach Hause.»

«Das geht nicht, ich muss mit meiner Freundin nach Hause, vielleicht ein andermal.» Dann wird sie noch einmal besonders anhänglich. «Das nächste Mal gehen wir allein, ohne deine Freundin, in den Ausgang», bittet er voller Erwartung. «Klar gehen wir allein in den Ausgang.» Er sieht sich schon bald am Ziel, «das nächste Mal hüpfe ich mit ihr ins Bett.»

Beim nächsten Termin stellt er sich alles so schön romantisch vor, zuerst im Park spazieren gehen, dabei eng umschlungen auf einer Bank sitzen, anschließend etwas Kleines essen gehen, den Kaffee bei mir oder bei ihr zu Hause trinken, das übliche Ritual, am Morgen beide im selben Bett aufwachen.

Eine halbe Stunde vor dem abgemachten Termin bekommt er einen Anruf von Lea. «Es tut mir so leid, ich kann nicht kommen, ich habe meine Monatsbeschwerden, mit so viel Blut kann ich dich nicht verwöhnen» – was alles nicht stimmt – Versprechung für einen späteren Termin. Dann verabredet sie sich mit einem Kollegen von Jahn, geniesst den Abend auf andere Weise. Auswahl hat sie genug, so macht sie das Spiel mit Spaß und Freude, oft nimmt sie auch die Kollegin mit, dann erlebt auch diese einen günstigen Abend. Besonders bei Männern, die meinen, keine Frau könne ihnen widerstehen, geniesst sie das Spiel. Leas

Taktiken sind: unterwerfen, lieb sein, Hemmungen vortäuschen, ausnützen und dann nach dem fünften oder sechsten Mal sitzen lassen, wenn sie meinen, das nächste Mal gäbe es Sex, genauso wie auch die Herren der Schöpfung es machen, und zwar immer ohne Sex. Der Vorteil ist: Lea lernt verschiedene Charaktere kennen, lernt, Leute zu beurteilen, ihre Grundeinstellung kennenzulernen. «Ich will keinen Freund, Sex brauche ich auch nicht unbedingt», klärt sie ihre Freundin Nana auf. «Ich aber brauche den Sex», erwidert sie. «Einen Freund zu haben ist auch schön, er muss mir aber passen, muss tolerant sein, zum Anschauen muss er nicht der Schönste sein. Lustig, unterhaltsam, das wäre mein Wunsch, einer, mit dem man Pferde stehlen könnte.»

«Im Bett eine Wucht, mit viel Fantasie und unersättlich», entgegnet Lea.

«Im Bett würde ich ihm schon beibringen, was mir Spaß und Freude macht, wenn ich in lieben könnte, würde ich ihm auch kleine Unfähigkeiten vergeben. Jetzt habe ich keinen Freund und so geniesse ich den Sex mit verschiedenen Männern, ich hoffe, dass es sich bald ändert. Oftmals haben die Herren der Schöpfung das Gefühl, sie ließen mich sitzen, dabei ist es umgekehrt, ich lasse sie sitzen. Um ihnen nicht das letzte Selbstwertgefühl zu nehmen, lasse ich sie die Beziehung beenden.»

Die zwei Mädchen genießen das Jahr, ab und zu besucht Lea die Blaue Wolga, um zu singen, aber wirklich nur zum Spaß und zu ihrem Vergnügen.

Den etwas älteren Arzt sieht Lea sehr gerne, versuchte es immer so einzurichten, dass sie in seiner Nähe arbeiten kann. «Ich glaube, ich habe mich in ihn verliebt», sagt sie einmal zu Nana. «Was willst du mit einem Greis, schlag ihn dir aus dem Kopf», antwortet diese, aber Lea zieht es immer zu ihm hin.

Es ist Herbst, sie hat Mittagspause, die Sonne scheint durch das verfärbte Buchenlaub. Lea hat gute Laune, will auf einer Bank im Park in einem Buch lesen. Es sind keine Menschen weit und breit. Als die Sonne auf die Kleider brennt und sie ein Hitzegefühl verspürt, öffnet sie an der Bluse ein paar Knöpfe, damit die Brüste von der Sonne erwärmt werden, dann streckt sie die Beine weit von sich, den kurzen Rock hat sie bis zu den Hüften hochgezogen, und fängt an zu dösen. «Guten Tag, schöne Frau», sagt auf einmal eine tiefe Männerstimme, «darf ich mich zu Ihnen setzen?» Lea wird rot, dann bleich, schießt auf, zieht ihre Kleider zurecht. «Ja, ja, selbstverständlich», stottert sie.

Der Arzt, von Burg ist sein Name, ist der ältere Arzt, in den sie sich heimlich verliebt hat. Er fängt mit ihr an zu reden, macht Komplimente darüber, wie schön ihr Körper ist und die Lippen exakt zum Küssen geformt sind, vor allem der Busen, genau die richtige Größe, nur lobende Worte über die Arbeit. Sie stottert nur, kann keinen rechten Satz bilden, so verlegen, so unbeholfen ist sie noch nie gewesen.

Dann legt er den Arm um sie und zieht sie ganz sachte an sich. «Du hast mich ganz verrückt gemacht mit deinem Sonnenbad.» Lea wehrt sich nicht, nein, sie fühlt sich geborgen in seinen Armen. Als er sie noch zu küssen anfängt, glaubt sie sich im siebten Himmel. Sie erwidert seine Umarmungen, gibt seinem Drängen nach, lässt sich streicheln, überall dort, wo sie es liebt, dann fängt er langsam an, sie auszuziehen. Sie überlegt nicht, lässt ihren Gefühlen freien Lauf. Wenn es sein muss, kann es auch unter freiem Himmel geschehen. Er gibt sich Mühe, drängt nur so viel, dass sie sich nicht wehrt, nicht zu schnell. Erst, als sie es auch will, gibt er seinem Bedürfnis nach. Es ist schön, sehr schön, ohne Frust und schlechtes Gewissen. «Nimmst du die Pille?», haucht er ihr ins Ohr. «Nein, aber höre jetzt nicht auf», bettelt sie, es wäre sowieso zu spät, er kann sich nicht mehr beherrschen. Beim Anziehen beharrt der Arzt darauf, dass sie ab sofort die Pille nimmt, «nicht, dass ich unverhofft Vater werde.

Ich heiße Eduard, Edi, aber bitte duze mich bei der Arbeit nicht. Du kannst zu mir nach Hause kommen, wenn du Lust hast, aber immer vorher anrufen. Überraschungen hasse ich, vielleicht sollte es noch ein wenig unter uns bleiben.» Lea ist das nur recht, sie möchte ihr Geheimnis noch ein wenig für sich behalten und nicht an die große Glocke hängen.

Lea erfindet Ausreden bei Nana, wenn sie mit ihr in den Ausgang will, sie ist viel lieber bei Edi. Ab und zu lässt sie sich dazu überreden, in ein Restaurant zu gehen oder einen Barbesuch zu machen, widerwillig, ohne Freude. «Die Jungs sind unreif und albern», äußert Lea ab und zu. Eigentlich hat sie keine Lust mehr auf Blödeleien und albernes Gerede. Edi fordert sie dazu auf, ihre Freundinnen nicht ganz zu vergessen, auch mit ihnen eine gewisse Zeit zu verbringen.

Nana hat einen Verdacht und möchte einfach wissen, warum Lea nur selten mit in den Ausgang kommt, sich dann eher still und unauffällig verhält, gar nicht mehr wie in den besten Zeiten, ausgelassen und lustig. «Bist du krank? Oder hast einen Freund? Warum hast du deine Freude am unbeschwerten Leben verloren?» Nach langem Zögern erzählt Lea die ganze Geschichte. Das Verständnis hält sich in Grenzen: «Der könnte ja dein Vater sein.»

«Ich weiß schon, aber er ist so lieb und verständnisvoll, er versteht viel von der Liebe, ist zärtlich, ausdauernd, einfühlsam.»

«Alles gut und recht, aber ein Jüngerer, einer, der zu dir passen würde, könnte das vielleicht auch, jetzt willst du deine Jugend mit einem Mann verbringen, der dein Vater sein könnte, mach, was du willst, du bleibst meine Freundin, wenn du mich noch willst.» Lea nimmt Nana in die Arme, «bin ich froh, dass ich mein Geheimnis nicht allein hüten muss!»

Jede freie Minute verbringt Lea bei Edi, auch er sieht sie gerne kommen. Sie macht ihm ab und zu den Haushalt, kocht für ihn, auch Edi probiert hin und wieder seine Kochkünste, die gar nicht so schlecht sind.

Was Lea komisch vorkommt, ist, dass er nie in der Stadt essen will. Wenn sie zusammen den Ausgang genießen, fährt er mit seinem schönen silbergrauen Porsche, das Dach offen, mit 100 bis 150 Stundenkilometern übers Land. An einen See oder in die Berge, möglichst teuer, mit Champagner, dazu Piano im Hintergrund, das Essen kann nicht teuer genug sein. Lea hegt den Verdacht, dass er extra abgelegene Gegenden aufsucht, sodass sie niemandem begegnen, der sie kennen könnte. Dabei wäre Lea doch so stolz, wenn er sie seinen Arbeitskollegen vorstellen würde, erst ihren Klassenkameraden, die wären sicher neidisch, dass sie einen so gutaussehenden, reichen Freund hat.

So geht es jetzt schon ein halbes Jahr, es ist schön bei Edi, aber ab und zu möchte sie, dass er mit ihr auf ein Konzert geht, nach Leas Wahl. Da sträubt er sich immer. «Geh mit deinen Freunden, die passen besser zu verrückter Musik», wie er die moderne Musik nennt.

Eines Tages kocht er ein Menü nach Leas Wunsch, mit allem Drum und Dran, sie küsst ihn so innig, bis sie im Bett landen, das Essen ist anschließend ein wenig verkocht, aber gut ist es trotzdem, beim Abwaschen summt sie eine gängige Melodie vor sich hin, die Oberschwester hatte ihr ein Kompliment gemacht, wie überlegt sie mit einem älteren, schwerkranken Mann umgegangen ist, das kann sie, auf die Leute eingehen, ihnen die Wünsche von den Lippen ablesen und ihnen ein wenig Mut machen.

«Setz dich zu mir, ich muss dir etwas gestehen, wir müssen unsere Beziehung beenden, meine Frau will mit den beiden Kindern wieder zurückkommen. Wir können uns ja ab und zu treffen, im Spital sehen wir uns immer noch alle Tage.» Lea versteht die Welt nicht. «Ich wollte dich heiraten, Kinder, eine Familie, dazu wollte ich mit dir glücklich werden, jetzt soll ich nur deine Geliebte sein, eine auf Abruf, wahrscheinlich würdest du mich in irgendeiner Form bezahlen, also eine Hure willst du aus mir machen.» «Versteh doch, meine Frau ist total verloren ohne mich und der Altersunterschied ist doch recht groß.»

«Das hat dich bis jetzt nicht gestört, überhaupt, du hast nur mit mir gespielt, es war dir nie richtig ernst.» «Nein, das stimmt nicht, aber meine Frau hätte Suizid begangen, wenn die Putzfrau sie nicht noch zur rechten Zeit gefunden hätte. Früher war sie eine aufgestellte, lustige Frau, aber seit den Kindern ist sie in eine Depression gefallen, jetzt will sie wieder zu mir zurückkommen, versteh, es war eine schöne Zeit mit dir, aber es gibt kein Zurück, nimm deine Sachen, vergiss nichts, Samstag zieht meine Frau schon bei mir ein, sie weiß nichts von dir, ich hoffe, du wirst ihr nichts sagen.»

Lea holt ihre Koffer fast wie in Trance aus dem Schrank, wurstet alles, was ihr gehört, hinein, ohne Sorge um die schönen Kleider, sie ist am Boden zerstört, weiß gar nicht, wie ihr geschieht. Dann verschwindet sie, ohne auf Wiedersehen zu sagen, nach Hause, schließt sich im Zimmer ein, legt sich aufs Bett und weint, bis ihre Freundin Nana kommt. «Bitte öffne die Tür, was ist geschehen?» Lea öffnet nach langem Bitten die Tür, Nana lässt sie weinen, mit der Zeit probiert sie, sie zu trösten, was ihr auch gelingt.

Es ist eine bittere Zeit für Lea. Keine Freude mehr, nur Trauer, Hass auf ihn und seine Frau, wenn die nur gestorben wäre beim Suizidversuch, manchmal hat sie sogar Hass auf die Putzfrau, die sie gefunden hat.

Freude macht ihr nur die Freizeit, wenn sie nach Hause kann. Immer macht sie einen kurzen Besuch beim Großmattbauern, dem kann sie das Leid, das Glück, alles klagen, ohne dass er einen positiven oder negativen Kommentar dazu abgibt.

Manchmal sagt er: «Das muss wohl so sein.» Will sie einen Rat, meint er: «Ich kann dir keinen geben, gehorche deinem Gefühl, dann kommt's schon gut. «Aber Großvater», so nennt sie ihn manchmal, wenn sie emotional geladen ist, ob traurig oder fröhlich, «alle wollen einem doch raten, warum du nicht?»

«Ich kenne deine Gefühle, deine Emotionen zu wenig, darum kann dir niemand raten.»

Meistens nimmt sie dann das Alphorn oder die Trompete und geht etwas nach ihrem Empfinden spielen, für sich, ganz allein.

Als sie wieder einmal beim Großvater über ihr Schicksal klagt, nimmt er sie in die Arme. «Das ist eine große Lebenserfahrung, die du gemacht hast, gib deinen Gefühlen freien Lauf, so wie du es immer getan hast. Edi war kein schlechter Mensch, auch er hat seinen Gefühlen freien Lauf gelassen, sei ihm nicht böse, ihr hattet eine schöne Zeit zusammen, auch das ist etwas wert. Denke mit Liebe an ihn, nicht mit Hass, dann wird es dir bald wieder besser gehen.»

***

Irgendwie wurstelt sie sich durch die Lehre, ohne Freude, ohne innere Überzeugung, sie funktioniert einfach noch. Die Oberschwester hat nichts mehr zu loben, eher zu tadeln. Alle Tage ist ihr die Arbeit mehr ein Gräuel als eine Aufgabe. Edi weicht so gut es geht aus. Kommt es doch einmal zur Begegnung, grüßt sie freundlich, aber abweisend. Nana ist ein guter Kumpel, nimmt sie mit, lädt hie und da einen Kollegen von früher ein, den sie mag, aber nichts kann sie aufheitern, wenn es so weiter geht, kommt sie in eine Depression. «Ich denke immer noch an Edi und an die schönen Tage, die ich mit ihm erlebt habe!»

«Vergiss ihn, komm tanzen und singen wie früher, hab es lustig, trinke einen Whisky oder Cognac, damit du auf andere Gedanken kommst», meint Nana. Irgendwann einmal lässt sich Lea dazu überreden, befolgt den Rat, den Nana ihr gegeben hat. Sie trinkt einen Cognac nach dem anderen, dann noch Whisky, bis sie besoffen ist, und hängt sich dem erstbesten Herrn an den Hals: «Komm, schlafe mit mir, ich brauche das», bettelt sie ihn an. Da geht Nana dazwischen. «Lass mich, ich brauche einen Mann», faucht sie Nana an. «Natürlich brauchst du einen Mann.» Nana ruft einen Kollegen mit Auto. «Die ist besoffen, komm, wir schmeißen sie ins Auto und fahren sie nach Hause, dort soll sie den Rausch ausschlafen.» Am anderen Morgen, als Lea aufwacht, hat sie einen Kater, dazu Kopfschmerzen, alles ist vollgekotzt, bis Mittag muss sie putzen und waschen. Das ist eine richtige Tortur. «Nie, nie werde ich wieder so viel trinken», schwört sie Nana. Die sagt nur: «Erstens kommt es anders und zweitens als man denkt.»

Ein halbes Jahr später, es ist Frühling, Lea geht es ein wenig besser, aber nicht gut. Noch fünf Monate bis zur Abschlussprüfung. «Ich gebe auf und gehe nach Hause!», sagt sie eines Tages. «Spinnst du, in fünf Monaten hast du den Abschluss, den schaffst du mit links.»

«Ich will ihn gar nicht, ich habe keine Freude mehr am Beruf, an der Spitalluft, an der Patienten. Ich mache höchstens noch Fehler bei einem Kranken, das will ich nicht. Das ist ein verlorenes halbes Jahr, dazu habe ich Heimweh nach meinem

Bruder und dem Großmattbauern, auch Björn fehlt mir, wahrscheinlich hat er eine Freundin.» Bei dem Gedanken kommt ein wenig Wehmut auf.

Einen Monat später verlässt Lea das Krankenhaus, ohne jemandem etwas zu sagen, denn sie hat genug von «nur noch vier Monate, das ist doch schade, mach doch den Abschluss.»

«Nein, ich mache ihn nicht, was ich kann, kann ich auch ohne Abschluss. Ich bin gut, das weiß ich, habe die Nase voll, mache höchstens noch Fehler, denn die Konzentration ist im Eimer.»

«Hier bin ich, ich gehe nicht mehr ins Spital zurück, bitte fragt nicht, ich wurde nicht rausgeschmissen, habe gekündigt, nun bin ich hier und suche eine Stelle, alles andere später», so begrüßt sie die Eltern. «Ein Zimmer brauche ich, essen und wohnen möchte ich wieder bei euch.»

«Das Zimmer ist frei, Essen haben wir für dich auch genug, irgendwie hast du immer das Richtige getan, warum nicht jetzt?», sagt Beat.

Alle freuen sich, besonders der Bruder ist überglücklich. Lea merkt, dass sie willkommen ist, das mit Edi wissen sie natürlich auch, sind froh, dass Schluss ist. «Was macht Björn?», fragt sie in einem günstigen Moment ihren Bruder. «Ich habe ihm mitgeteilt, dass du wieder zu Hause bist, er meinte nur, einen Kaffee mit dir trinken möchte er schon, aber er habe eine Freundin, die er sehr liebe.» Man sieht Lea die Enttäuschung an. «Kannst du ihm sagen, nächsten Montag um acht Uhr zum Kaffee im Bären?» Sie macht sehr gerne Nägel mit Köpfen.

Als Björn das Lokal betritt und Lea sieht, vergisst er fast den Mund zu schließen. «Eine so schöne Frau habe ich noch gar nie gesehen», macht er ihr Komplimente. Lea wird rot und verlegen, was ihr selten passiert. Später vernimmt Lea, dass er Irina, das Skihäschen, das sie eingeladen hatte, heiraten werde, dass er seine Braut sehr liebe, dass schon ein Kind unterwegs sei, er bald Vater werde. Lea ist irgendwie enttäuscht, traurig, natürlich weiß sie, dass es ihre Schuld gewesen ist und sie das Spiel in den früheren Beziehungen zu weit getrieben hat.

Sie diskutieren noch über früher und darüber, dass sie eine neue Stelle suchen muss, gar nicht weiß, was sie arbeiten soll. Die Zeit verfliegt im Nu. Um zehn Uhr muss sie den Bruder vom Karate abholen. «Bitte zahlen», ruft Björn, sie sind sowieso schon spät dran. «Zahlen!» Niemand kommt. Zehn Minuten später sagt Björn: «Wenn wir nicht zahlen können, gehen wir.» Dann kommt die Chefin persönlich und entschuldigt sich: «Wir haben einfach zu wenig Personal, wissen Sie niemanden?»

«Doch», sagt Lea, «ich suche eine Stelle, habe das zwar noch nie gemacht.»

«Sie?», fragt die Wirtin nach. «Ja, ich fange morgen mit der Arbeit an, wenn ich darf.»

«Sie dürfen, ich freue mich sehr, bezahlen müssen Sie nicht, das geht aufs Haus. Morgens um acht Uhr hier», ergänzt die Wirtin und sieht ihnen lange nach, bis sie das Lokal verlassen haben. Lea kennt natürlich alle und alle kennen sie und wissen, wer Lea ist.

Später sagt die Wirtin zum Mann: «Wenn die kommt, haben wir das große Los gezogen, vielleicht ist das unsere Rettung, hoffentlich ist es noch nicht zu spät.»

Schnell hat es sich herumgesprochen, dass Lea im Bären als Serviertochter arbeitet. Arbeitet sie am Morgen, kommen die Handwerker und viele, die Zeit haben. Arbeitet sie am Abend, ist das Restaurant voll mit jungen Leuten. Lea begreift sehr schnell, worum es geht: Ein Spruch zum richtigen Zeitpunkt, eine Aufmunterung trotz viel Arbeit, bei einem plumpen Annäherungsversuch, mit Spaß und Bestimmtheit, ohne Beleidigung, die Situation klären. Wenn einmal nicht so viel los ist, hat sie auch schon die Trompete geholt und eines gespielt. Alle sind sehr zufrieden, die Gäste, die Wirtsleute und Lea selbst auch, sie bekommt sehr viel Trinkgeld. Von Männern will sie vorläufig nichts mehr wissen.

Ein halbes Jahr arbeitet sie schon als Serviertochter. Björn kommt auch ab und zu, manchmal alleine, oftmals mit der Freundin. Einmal, als Björn alleine bei einem Bier ist, setzt sich Lea zu ihm. «Wann willst du eigentlich heiraten? Man sieht es der Braut schon ein wenig an.»

«Wir konnten uns noch auf keinen festen Termin einigen, wir können heiraten und taufen miteinander.» «Natürlich könnt ihr das, ich kenne zwei Paare, die das gemacht haben.» Lea hat nicht unbedingt das Gefühl, dass Björn auf die Hochzeit drängt.

Nachmittagsschicht, die liebt sie, eine Gesellschaft ist im Saal, die Gäste sind schon beim Dessert, als sie zu arbeiten anfängt. «Was ist das für eine Gesellschaft?», fragt sie die Chefin, als ihre Schicht beginnt. «Ärzte aus einem Churer Spital, mit ihren Frauen.» Lea wird es ganz komisch, sie wird erst bleich, dann rot, so ist es ihr noch nie eingefahren. «Aus Chur?», fragt sie nach. «Warum, ist etwas nicht in Ordnung?» Sie gibt keine Antwort und will mit dem Service anfangen, da sieht sie den Großmattbauern mit seiner Familie an einem Tisch, sie haben erst mit dem Essen begonnen. «Was ist denn hier los, wird Großvater 100 Jahre?»

«Nein, sehe ich denn wie ein 100-Jähriger aus? Eine kleine Feier, meine Tochter Sara will den Förster heiraten, will ist vielleicht übertrieben, sie erwartet ein Kind», flüstert er Lea so nebenbei in die Ohren, «psst, nichts sagen.»

«Ich setze mich noch ein wenig zu euch, wenn ich darf.»

«Paul ist auch da, mit den jüngsten Kindern.»

«Zehn Minuten kann ich schon freinehmen, dann muss ich gehen und die Götter in Weiß bedienen.»

Später, als sie die Arbeit bei den Ärzten aufnimmt, sieht Lea: Es sind wirklich ehemalige Arbeitskollegen. Aber Edi sieht sie nirgends. Von allen Seiten wird sie begrüßt. «Wir wussten gar nicht, dass du jetzt hier bist, gefällt es dir? Du kannst jederzeit wieder zu uns kommen, die Lehre beenden.»

«Nein, das will ich nicht, diese Arbeit hier gefällt mir, ich werde nie nur wegen Geld arbeiten, ich muss Spaß haben im Leben, bei euch war ich zwei, drei Monate zu lange, es ist gut, wie es ist, es hatte alles seine Berechtigung.» Ein Stein fällt ihr vom Herzen, weil Edi nicht da ist, denn sie will die alten Wunden nicht wieder auffrischen. Eine schöne Frau sitzt zwar alleine, daneben ist ein leerer Stuhl, das muss nicht unbedingt Edi sein. Sie macht ihre Arbeit und denkt nicht mehr an Edi. Sie geht noch schnell an den Tisch zu den Bekannten, um einen Spruch zu machen. «Wo ist Großvater?», fragt sie, als er nicht auf seinem Platz ist. «Er ist nach draußen, um einen Stumpen zu rauchen.» Sie geht vorne raus, um zu schauen, da ist er nicht, ist er etwa hinter dem Haus? Da sieht sie ihn am Boden liegen, Edi über ihn gebeugt, er macht komische Übungen mit ihm. «Was ist passiert, soll ich Hilfe holen?»

«Nein, ich hab's gleich.» Schon hebt Großvater den Kopf und fängt an zu husten. «Was ist mit ihm?»

«Er muss etwas verschluckt haben, es muss etwas im Hals steckengeblieben sein. Zufälle gibt es! Zu Hause habe ich noch mein Büro aufgeräumt, habe alles weggeschmissen, was ich nicht mehr brauchen konnte. Eine Broschüre über Gegenstände im Hals habe ich aufbewahrt, noch durchgelesen. Nach dem Essen wollte ich etwa eine halbe Stunde allein sein, nun ist das passiert. Und du, was machst du hier?»

«Ich arbeite da», antwortet Lea und gibt Edi einen langen Kuss auf den Mund. «Das war ein Dankeschön für die Rettung von Großvater und zugleich die Ablösung von dir, jetzt kann ich dich als Freund akzeptieren, nicht als Mädchenverführer.»

«Ich wusste, dass du hier arbeitest, aus diesem Grund habe ich das Fest hier organisiert, ich wollte dich einladen, wieder bei uns zu arbeiten, bei mir einzuziehen.»

«Dieses Kapitel habe ich abgeschlossen, mit dir will ich niemals mehr etwas zu tun haben», erwidert Lea.

Dann setzen sie sich neben Großvater auf die Bank. «Wie ist das passiert?»

«Ich ging nach draußen, weil mir ein Stück Fleisch im Hals steckenblieb, hoffte, es allein zu entfernen, auf einmal war ich ohnmächtig, jetzt bin ich wieder hier, der, wer war das?»

«Das war einmal mein Chef und Liebhaber.» Großvater ergänzte: «Siehst du, man kann nie wissen, wofür vergangene Freunde noch zu gebrauchen sind, darum sei auch mit deinen Feinden nett.»

Jedes Fest geht einmal zu Ende. Als Lea auf Wiedersehen allen sagt, mit Küssen und Umarmungen, meinen die Ärzte: «Komm doch wieder zu uns.»

«Nein, bei euch ist es mir zu gefährlich, da verliebt man sich in die falschen Männer», sagt sie und schaut dabei Edi an, dann begleitet sie die ganze Gesellschaft nach draußen und winkt ihnen nach.

Es ist ein heißer Sommertag, das Bier fließt in Strömen am runden Tisch. Kurz vor Mitternacht lallt auf einmal Charly, der Schönling vom Dorf: «Du, Lea, mach doch beim Schönheitswettbewerb mit!» Sofort grölen alle: «Ja, mach mit, mach mit, du siehst heute wieder so gut aus, da hat keine andere eine Chance, du musst keine Konkurrenz fürchten.»

«Spinnt ihr, ihr seid ja alle besoffen, nein, es gibt viel schönere Frauen als ich es bin.»

«Ach was, das stimmt einfach nicht, du bist die Schönste in unserer Stadt», stottert ein halb besoffener Kumpel. So wird noch bis weit nach Mitternacht diskutiert. «Ich melde dich an», sagt Charly bestimmt, «aber dann will ich einen Kuss von dir, wenn du gewinnst, einen langen Kuss mitten auf den Mund.» «Natürlich, aber nur, wenn ich gewinne, dann bekommst du einen Kuss vor allen Leuten, aber so einen hast du noch nie bekommen.» Lea weiß, dass sie schön ist, aber es gibt noch andere Frauen, die bestimmt schöner sind, davon ist Lea überzeugt.

Kurz darauf bekommt sie ein Aufgebot für ein erstes Vorstellungsgespräch. Ein Foto angezogen und eines im Bikini, in verschiedenen Positionen, 20 Fotos hat sie schon früher einschicken müssen, bei den Bikiniaufnahmen hat sie Mühe und will das Unterfangen wieder abbrechen, wenn der Fotograf sie nicht zum Weitermachen drängen würde, würde sie vielleicht noch aufgegeben. Lea weiß, dass nur 20 Frauen das Angebot bekommen haben, 85 waren angemeldet, «bei den 20 schönsten könnte ich sein», denkt sie.

Bevor sie wirklich ans Scouting geht, will sie noch die Meinung vom Großvater hören. «Ja, mach mit, du wirst sehen, das ist wieder eine neue Erfahrung, aus allem kann man lernen, wenn du gewinnst, gibt es einen schönen Preis, eine Reise nach Amerika.»

«Und wenn ich verliere?»

«Dann bist du um eine Erfahrung reicher, das ist auch was wert.»

Der Konzertsaal ist bis auf den letzten Platz gefüllt, als die Show beginnt. Vor allem Leas Freunde und Kollegen, auch Edi mit dem ganzen Ärzteteam sind gekommen, nur einer fehlt: Björn. Auf den hat sie sich am meisten gefreut, ausgerechnet der ist nicht gekommen. «Er hat ja eine Freundin, die ein Kind erwartet, warum sollte er auch kommen, er wird keine Zeit haben oder seine Freundin hat es ihm verboten», probiert sie sich einzureden, aber irgendwie vermisst sie ihn doch. Immer, wenn sie aufgeregt ist, Probleme oder große Freude hat, kommt ihr Björn in den Sinn. «Warum denke ich immer an Björn? Das ist für immer vorbei.»

Es kommt, wie es kommen musste, Lea gewinnt mit großem Vorsprung, alle gratulieren und wollen etwas von ihr, Fragen muss sie beantworten, gute und blöde, dann soll sie etwas sagen zu ihrem Sieg. Ein Journalist fragt sie, ob sie sich nicht freue? Immerhin sei sie die Schönste im Kanton Graubünden. «Natürlich freue ich mich», meint sie selbstbewusst, fast arrogant, «nur weil ich nicht weine vor Freude, macht's mich trotzdem stolz. Gott hat mir meinen Körper, meine Eltern und meine Freunde, meine Intelligenz, meine Dummheit, meine Sorgen, meine Leidenschaft gegeben, meine Emotionen trage ich so zur Schau, wie's mir zumute ist.» Sie wirkt so selbstsicher, als ob sie immer in der Öffentlichkeit stehe. «Jetzt muss ich noch ein Versprechen einlösen, das ich jemandem gab, der mich anmeldete. Sie sieht ihn in der Menge nicht gleich, darum lässt sie ihn durch das Mikrofon ausrufen. Da kommt er, rot und schlotternd vor Aufregung, der arrogante, schöne, selbstsichere Jüngling ist wie ein dummer Junge, weiß nicht, wie er sich bewegen soll. Sie gibt ihm die Hand, zieht ihn zu sich aufs Podest, küsst ihn 30–40 Sekunden lang auf den Mund, sodass er fast in Ohnmacht fällt. Während der Kussszene wird geschrien und geklatscht. «Mein

Versprechen ist eingelöst, dass ich ihn vor allen Leuten küsse, wenn ich gewinne.» Der Applaus nimmt noch einmal zu. Sie hält ihn noch ein paar Sekunden im Arm, um ihn nicht lächerlich zu machen, dann geht das Programm weiter.

Lea ist in der Lokalpresse überall auf der ersten Seite, beim Küssen im Bikini, sogar in der Boulevardpresse wird sie abgebildet. Der Kuss hat natürlich einen Hintergrund, alle glauben, dass Charly ihr Freund sei, so kann sie die Heiratsanträge und die Fanpost in Grenzen halten. Hofft sie.

Als sie die Fanpost durchschaut, steht in einem Brief: «Du bist eine von uns, was du hier treibst, ist Sünde, ich werde dich auf den rechten Weg zurückführen, ich werde dich nicht töten, aber dann wirst du keinen Schönheitswettbewerb mehr gewinnen.»

Sie hat schon immer gerne Kopftuch getragen, wenn es gepasst hat, zu Hause sind sicher zehn Stück. Lange Hosen sind nie ihre Sache gewesen, natürlich trägt sie auch welche, aber irgendwie fühlt sie sich nicht wohl.

Einmal will sie genau wissen, warum sie eine andere Hautfarbe hat. Nach langem Zögern erklärt ihr Vater die Sache mit dem Fremdgehen.

«Während einem Ferienaufenthalt in der Türkei, als alle betrunken waren und zu langsamer Musik tanzten, deine Mutter tanzte nicht mit mir, ich hatte auch eine andere, hat sich deine Mutter in einen wunderschönen Türken verknallt, ich war auch nicht ganz brav. Nach der Ehekrise, die wir anschließend hatten und in der von Scheidung die Rede war, schrie mich deine Mutter an: «Ich bin schwanger!» Da vergass ich meinen Groll und war sehr glücklich. Wir wünschten uns nichts sehnlicher als ein Kind. Später sagte Elisabeth: «Vielleicht bist du nicht der Vater.» Ich nahm sie in die Arme. «Wir erwarten ein Kind, alles andere ist Nebensache», sagte ich. Du hast natürlich fremdes Blut in dir, aber du bist unser Kind», erzählt Beat ihr eine Geschichte.

Als Lea dann das Angebot für den nationalen Schönheitswettbewerb bekommt, schlägt sie es aus. Alles Bitten und Betteln hilft nichts. «Für Geld zu arbeiten ist ein Krampf und krampfen tu' ich nicht gerne. Immer aus Spaß eine Tätigkeit machen, die Freude und Zufriedenheit gibt, für mich und die anderen, das ist meine Lebenseinstellung. Natürlich will ich Geld für meine Arbeit, die ich mit Freude tue. Ich habe einmal die Prozedur für die Schönste durchgemacht, nie wieder, nur weil ich schön sein soll.»

***

Natürlich wird die ganze Schweiz aufmerksam auf dieses außergewöhnliche Mädchen. Überall, in jeder Tageszeitung, sind Kommentare mit Fotos, manchmal mit Charly beim Küssen, manchmal im Bikini, die sie gar nicht will. Lea wird überhäuft mit Angeboten für Filme oder als Fotomodell. Auch das Restaurant läuft außergewöhnlich gut. Sämtliche Angebote schlägt sie aus, macht ihre Arbeit wie immer, die Post lässt sie von ihrer Mutter erledigen, sie will einfach ihre Ruhe haben und machen, was sie will.

Es ist 16 Uhr, als ein gut angezogener, eleganter, schöner Mann das Restaurant betritt. Lea fällt der Mann sofort auf, es kommen oftmals solche Herren, um sie anzumachen, aber der hat eine Ausstrahlung, ein Auftreten, wie sie es noch nie gesehen hat. Der Herr setzt sich etwas abseits von den übrigen Gästen hin. «Haben Sie einen Wunsch? Essen, Trinken oder sonst was?»

«Weder noch, Sie möchte ich.» Der Teufel reitet Lea wieder einmal. Sie antwortet mit einer solchen Selbstverständlichkeit, als würde sie schon ihm gehören: «Natürlich, ich gehe mich nur schnell umziehen.» In der Küche klärt sie die Wirtin darüber auf, was sie im Sinn hat. «Wo ist die nette Dame hin?», fragt der Mann, als die Wirtin zum Bedienen kommt. «Hat sie Ihnen nicht gesagt, dass sie sich umziehen wollte? Möchten Sie noch was trinken, bis Lea kommt, oder wollen Sie auch mich?»

«Nein, nein, bringen Sie mir einen Kaffee», sagt er etwas unsicher, sein ganzes Selbstbewusstsein ist angekratzt.

Das ist ihm noch nie passiert, die meisten muss man mit Geld locken, ihnen Versprechungen machen, schöne Geschenke bringen, zehn Einladungen machen, neun davon werden abgesagt, Entschuldigungen gesucht, aber die geht und kommt gleich mit.

Lea hat ihre schönsten Kleider angezogen und im Gesicht ein wenig Farbe aufgetragen. So tritt sie vor den Herrn. Der vergisst, den Mund zu schließen. «Können wir gehen?»

«Ja, klar.» Er steht auf, will Lea die Hand küssen. «Sie müssen noch bezahlen», fordert sie ihn auf. «Klar, zahlen, bitte.»

«Wo gehen wir hin?», fragt er. «Aber jetzt haben Sie mich doch eingeladen und ich habe ja gesagt, Sie wissen bestimmt, wo Sie mit mir den Abend verbringen möchten.»

Als er sich gefangen hat, fragt er: «Wollen Sie etwas essen?»

«Sie haben mich eingeladen, wofür weiß ich nicht», entgegnet Lea. «Ja, essen wäre nicht schlecht.» Lea tut so unbeholfen und naiv wie möglich. Er führt sie in ein wunderschönes Hotel, mit allen Schikanen. Lea verhält sich extra wortkarg und naiv, aber anständig und gepflegt. Dann fängt er an, zu reden. «Ich habe Sie in der Zeitung gesehen, das schönste Mädchen der ganzen Welt, so sympathisch, eine solche Ausstrahlung, wie ich noch nie gesehen habe.» Dann überhäuft er sie mit Komplimenten, das hat sie schon so oft gehört, das geht bei einem Ohr rein und beim anderen wieder raus.

Nach dem zweiten oder dritten Glas Wein fragt er sie: «Können wir uns nicht duzen?»

«Natürlich», erwidert Lea, natürlich mit einem Kuss.

«Eberhart.»

«Lea.»

Dann küssen sie sich, er will den Kuss ausdehnen, aber sie bricht ab.

«Ich möchte dich zu einem sehr erfolgreichen Star machen, ich stelle mir das folgendermaßen vor: Zuerst bringe ich dich auf den Laufsteg, du musst Kleider vorführen, modeln. Dann, vielleicht ein Jahr später, werde ich dich bei einem Filmproduzenten anmelden, während des Modelns wirst du eine Schauspielschule besuchen, aber das sollte für dich kein Problem sein, mit deinem Talent. Als Schauspielerin könntest du eine große Karriere machen und sehr viel Geld verdienen, schon als Model ist der Verdienst nicht schlecht.» Jetzt gibt er richtig Gas, es kommt nur so aus ihm heraus, «Horrorsummen», verspricht er und führt aus, wie schön eine Karriere als Model und dann erst als Schauspielerin sei.

Lea kann sich kaum dazu äußern oder ihre Meinung einbringen. Er redet und redet, ohne Unterbrechung. Als sie mit dem Essen fertig sind, fragt er: «Und jetzt, gehen wir zu dir oder zu mir?»

«Du hast doch sicher eine schöne Wohnung? So gehen wir doch lieber zu dir.» Das hätte er nicht erwartet, «die habe ich im Sack», denkt er.

Beim Fahren greift er Lea ab und zu auf die Oberschenkel, sie lässt es einfach geschehen. Das Haus ist sehr gut eingerichtet, sehr modern, überall Leuchtspots, die Helligkeit kann man je nach Wunsch einstellen. Ein Extra-Zimmer nur zum Fotografieren, verstellbare Stühle, verschiedene Hintergründe, alles automatisch. «Wofür brauchst du das? Bist du Fotograf?»

«Ja, wie man's nimmt, Fotos von Mädchen und Herren in allen Stellungen, mit teuren Kleidern, vom Frack, über Pelzmäntel, bis nackt.

Aber jetzt komm, trink einen Champagner mit mir, stoßen wir auf den tollen Abend an.»

«Ja, bis jetzt war er toll, ich bin gespannt, was du noch zu bieten hast», meint Lea. Sie nippt nur am Glas und lenkt ihn ab, sodass er das Glas abstellt, dann tauscht sie schnell die Gläser, man kann ja nie wissen. «Das erste Glas Champagner sollten wir auf ex trinken, du kannst sicher noch nachschenken?», meint sie provozierend. «Dein Wunsch ist mir Befehl», lächelt er zurück. Sie küssen sich ab und zu flüchtig. Auf einmal meint sie fast nebenbei: «Du bist großzügig zu mir, beim Trinken und Essen, alles ist perfekt, du weißt, was Frauen gernhaben, ich glaube, du willst mir noch mehr bieten, ich bin überzeugt, dass du mich in den siebten Himmel entführen möchtest.» Irgendwie hat Lea das Gefühl, dass er auf einmal schläfrig wird. Sie setzt sich auf die Couch und hofft, dass er sich neben sie setzt, was er auch tut. Sie nimmt sein Gesicht zwischen ihre Hände. «Jetzt will ich sehen, was du so draufhast.» Aber er wird immer müder, jetzt ist sie überzeugt, dass Schlafmittel im Glas war, das er ihr serviert hat. «Hör mir gut zu, du wolltest mich einschläfern, das war deine Absicht. Anschließend wolltest du Nacktfotos mit mir machen? Einen Star wolltest du aus mir machen, einen Pornostar. Später hättest du mich mit den Fotos erpresst. Gib mir 100 Franken für das Taxi, dann gehe ich nach Hause.» Mühsam klaubt er 100 Franken hervor.

Er wird immer müder, bis er schließlich einschläft. «Was ist dieser Mann für ein Kerl?», denkt Lea, «Zuhälter, Playboy, Sohn von Beruf, mir kann's egal sein, ich gehe jetzt nach Hause.»

«Mit welchem Mittel wollte er mich einschläfern?» Keine Antwort, er schläft schon fest. Auf einmal bekommt sie Angst, die schlimmsten Gedanken gehen ihr durch den Kopf. «Wenn er stirbt, bin ich noch schuldig.» Lea ruft die Polizei an, erklärt ihr den Fall, dann sollen sie die Verantwortung übernehmen. «Wenn etwas gestohlen ist oder sonst etwas nicht stimmt, bin ich noch schuldig.» Die Polizei ist relativ schnell vor Ort, es ist noch ein Arzt dabei, der stellt schnell ein harmloses Schlafmittel fest, mit Alkohol kann es aber schnell gefährlich werden. «Gut gemacht», lobt die Polizei Lea, «wir werden ihn jetzt zur Überwachung ins Spital bringen.»

Dann bestellt sie ein Taxi. «Das war ein gefährliches Unterfangen, was ich da getrieben habe», denkt sie, als sie in ihrem Bett liegt.

14 Tage später kommt Eberhart mit einem großen Strauss roter Rosen ins Restaurant. «Die sind für dich, hast du einen Moment Zeit, setz dich ein wenig zu mir, weißt du, dass du mir das Leben gerettet hast, sie haben mir im Spital den Magen ausgepumpt, der Alkohol und das Schlafmittel haben bei mir eine Allergie hervorgerufen, ähnlich wie der falsche Grub, Atemnot mit tödlichem Ausgang, es müsste nicht sein, aber es hätte passieren können.

Ich bin Fotograf, fotografiere alles, mache sogar Landschaftsaufnahmen, Hochzeitsfotos, Akt- und Sex-Fotos, einfach alles. Du hast mir in der Zeitung so gut gefallen, aber der Fotograf hatte keine Ahnung, die Bilder waren nicht aussagekräftig, eine schöne Frau fotografieren ist keine Sache, aber ihr einen Ausdruck zu geben, dem Foto Leben einzuhauchen, das ist die Kunst des Fotografierens. Dann kam mir die glorreiche Idee, ich könnte mit dir Werbeaufnahmen machen, vor allem wollte ich Aktfotos machen, denn einen so harmonischen Körper findet man selten.»

«Warum dann Schlafmittel?», fragt Lea dazwischen. «Ich hatte die Vermutung, dass du dich wahrscheinlich nicht ausgezogen hättest, schläfrig wie du geworden wärst, mit wenig Alkohol, das Auf-ex-Trinken hat mir schon nicht gefallen, das hätte dir die Hemmungen ein wenig genommen, du wärst nie willenlos gewesen. Du schlaues Kerlchen hast einfach das Glas vertauscht, bewusst oder aus Versehen?» «Natürlich bewusst, ich kannte dich ja nicht, reine Vorsichtsmaßnahme.»

Nach einer Stunde verabschiedet er sich mit der Bitte, bei ihrer Hochzeit die Fotos machen zu dürfen, das Angebot als Model für Kleider und Werbung gegen sehr viel Geld lehnt Lea ab.

***

Endlich haben Sara und der Förster sich dazu entschlossen, den Bund der Ehe einzugehen. Am 15. Juli soll die Hochzeit sein.

Schon am Tag vor der Hochzeit wird gefeiert. Mit dem Polterabend wird begonnen, der gehört dem Förster mit seinen Kollegen, das ist Tradition in dieser Gegend, das ist der letzte ledige Tag, da hat der Förster das Recht, mit den Kollegen das letzte Mal über die Stränge zu hauen, ohne dass es Vorwürfe von der Frau gibt. Meistens ist der Bräutigam der seriöseste, denn der hat am nächsten Tag seinen großen Auftritt. Seine Kollegen trinken, bis die meisten blau und betrunken sind, aber bezahlen muss der Bräutigam.

Am nächsten Tag kommt der Auftritt des Brautpaares vor dem Standesamt, das ist der wichtigste Akt. Anschließend die Feier in der Kirche, die zu diesem Anlass sehr schön mit Blumen geschmückt wird. Der Pfarrer hält einen einfühlsamen, schönen Gottesdienst. Mit Treue bis zum Tod und Freud und Leid teilen, nach dem Überziehen der Ringe und dem Kuss vor allen Leuten geht es auf den Ausgang zu, draußen vor der Kirche stehen die Jagdkollegen vom Förster und die Trachtenmädchen von Sara Spalier. Die Jäger spielen noch ein paar Jagdlieder. Etwas vom Wichtigsten ist das Fotografieren, die Erinnerungen für später dürfen nur von den schönsten Seiten dokumentiert werden. Das nimmt etwa eine Stunde in Anspruch. Dann kommt erst das große Fest im Saal vom Bären. Lea half, das ganze Fest mit Alä zu organisieren, denn sie wurde als Brautführerin und Jan als Brautführer ausgesucht, was natürlich eine große Ehre für beide war.

Der Bauch von Sara ist schon rund wie ein Kürbis, in zwei Monaten sollte das Kind kommen. «Gibt es nicht zwei oder drei?», wird sie oft angesprochen. «Eines reicht fürs erste, später kann man's sich überlegen, ob wir nicht zwei auf einmal wollen, nein, nein, ich mache die Arbeit gerne, eines nach dem andern», erwidert der Förster.

Die Hochzeit ist ein tolles Fest, die Tanzmusik ist einfach der Hammer, niemand hat sie vorher gekannt, die können die ganze Gesellschaft zum Schaukeln und Mitsingen bringen, ab und zu ein Witz, dann wieder ein Spiel, bei dem alle mitmachen müssen, alles in allem ein fröhlicher, gemütlicher Abend.

Nur einer mag nicht so recht mitmachen. Irgendwie ist Großvater nicht so in Feststimmung, fast ein wenig traurig. Dafür ist Lea ausgelassen, tanzt, macht Musik mit dem Alphorn oder der Trompete, je nachdem, wie es gerade passt. Einmal, als sie sich ein wenig ausruht, sieht sie, dass der Bauer bedrückt und ein wenig traurig dreinschaut. Oft geht er nach draußen. Als sie besser hinschaut, sieht sie, dass er geweint hat. Sie setzt sich zu ihm. «He, komm sei ein wenig fröhlich.» Sie lässt sich nicht anmerken, dass sie gesehen hat, dass er geweint hat, nimmt ihn an der Hand, zerrt ihn auf die Tanzfläche, er kann noch ganz gut tanzen und seine Stimmung bessert sich auch ein wenig. Bei einer kleinen Pause setzt sich Lea zu ihm, sagt kein Wort, nimmt einfach seine Hände in die Hand und streichelt sie ein wenig, um ihn zu trösten. «Es ist hart, das einzige Mädchen, das man hat, in andere Hände geben zu müssen, natürlich bleiben sie im Haus, aber eines Tags werden sie mich verlassen, die Wohnung entspricht nicht mehr den neuesten Standards, alles alt und dunkel. Natürlich, einen guten Mann hat Sara ja, weiß schon, aber es macht mich trotzdem traurig, gut, ich werde Großvater, darauf freue ich mich sehr, hoffentlich geht alles gut. Ich habe auch einen Sohn bei der Geburt verloren.»

«So trübe Gedanken brauchst du jetzt nicht.» Lea freut sich, dass der Großvater auf einmal mitmacht, jetzt erst ist das Fest perfekt. «Was hast du mit Vater gemacht?», fragt Sara Lea, als sie sieht, dass er aufgestellt ist, fast immer tanzt, auch einen oder zwei Witze zum Besten gibt. «Ich habe nur zugehört, sonst nichts.»

«Du bist einfach ein Schatz», sagt Sara und nimmt sie in die Arme, dann drückt Sara sie fest an sich.

Auch das schönste Fest geht einmal zu Ende und der Alltag hält wieder Einzug.

Bei den meisten geht es im gleichen Takt weiter. Aber Sara wird immer runder und unbeholfener, auch hat sie überall Schmerzen, die Beine sind geschwollen. Immer muss sie an allen möglichen und unmöglichen Orten Wasser lassen, beim Spazieren hinter einem Gebüsch oder einem großen Stein, manchmal ist es ihr recht peinlich.

Sie fragt den Arzt immer wieder, ob alles in Ordnung und das Kind gesund sei. Sie hat immer das Gefühl, etwas ist nicht normal. Der Arzt bestätigt, dass keine Komplikationen bevorstehen und dass er nichts Außergewöhnliches feststellen kann. Zehn Kilogramm zugenommen hat sie, das sei normal, sagt der Arzt.

Nach der Berechnung sollte die Geburt in den nächsten 14 Tagen stattfinden, die 40. Woche ist vorüber, noch immer keine Anzeichen von Geburtswehen. Alles ist so ruhig, keine Bewegung des Kindes. «Etwas stimmt nicht», sagt ihr Mann, «jetzt gehen wir ins Spital.»

Nach der anfänglichen Routineuntersuchung wird alles auf einmal sehr hektisch. «Sofort in den OP!» In zehn Minuten ist alles bereit zur Operation. «Wir probieren alles, um Ihre Frau und Ihr Kind zu retten.»

«Ist es so schlimm?», will der Förster wissen. «Ja, sehr schlimm, bitte warten Sie hier draußen.» Es ist ein Kommen und Gehen, alles wirkt hektisch, unkontrolliert, wieder ein anderer Arzt geht rein. «Wie geht es?», fragt er eine Schwester, die aus dem OP kommt. «Ich frage den Arzt, der wird gleich zu Ihnen kommen.» Endlich kommt der Arzt. «Bitte, schnell, kommen Sie zu Ihrer Frau.» Sie ist überall mit Kabeln und Schläuchen verbunden, atmet ganz schwach, er nimmt ihre Hand und drückt sie zärtlich, sie schaut ihn noch einmal mit großen Augen an und haucht: «Ich liebe dich.»

«Ich dich auch», will er sagen, da sieht er, dass sie nichts mehr hört, das Herz hat aufgehört zu schlagen, der Arzt kommt und nimmt die Schläuche ab. Dann gibt er dem Förster die Hand. «Ich kondoliere. Wir konnten leider nichts mehr machen, der Kleine ist vor ungefähr 36 Stunden gestorben, dann gab es eine Vergiftung, die sofort ins Blut der Mutter ging.» Der Förster hört schon lange nicht mehr, was der Arzt sagt. «Tot, beide tot, was soll ich noch, alles verloren, ich will auch sterben.» Unbeteiligt schaut er immer ins gleiche Loch. Bewegungslos sitzt er auf dem Stuhl neben Sara. «Was soll ich noch auf dieser Erde, warum lebe ich noch?» Der Arzt lässt eine Schwester kommen. «Bitte geben Sie dem Mann eine Spritze und lassen Sie ihn nicht aus den Augen. Ich werde die Angehörigen anrufen und sie bitten, dass jemand ins Spital kommt.»

Der Zufall will es, dass Alä, der Motorradfahrer, zu Karin ins Stöckli will. Dabei parkiert er sein Auto immer auf dem Platz vom Bauernhof. Als der Anruf vom Spital zum Großmattbauern kommt, stürzt dieser zur Tür hinaus und will in sein Auto, um ins Spital zu fahren. Beim Auto von Alä stürzt er, Alä hilft ihm auf die Beine, da merkt er, dass der Bauer ganz aufgeregt ist und weint. «Was ist passiert, was hast du?»

«Sara ist bei der Geburt gestorben.» «Komm, ich fahre dich, so kann ich dich nicht fahren lassen, ich sage noch schnell Karin Bescheid.»

Der Förster starrt immer noch mit kaltem Blick ins gleiche Loch, ohne Träne, abwesend sitzt er neben dem Bett, in dem

Sara mit ihrem toten Kind in den Armen liegt, beide sehen aus, als ob sie schliefen. Der Großmattbauer wird ohnmächtig, als er dieses traurige Bild sieht. Die Schwester wird verständigt, damit die beiden eine Spritze zur Beruhigung bekommen. Zwei Stunden später kann Alä mit beiden nach Hause fahren.

Es ist für alle eine harte Zeit, bis die Beerdigung vorüber ist. Das ganze Dorf nimmt Anteil an dem schweren Schicksal. Der Großmattbauer wird apathisch, depressiv, man sieht ihn nur selten im Stall, im Dorf nur, wenn er gerade etwas erledigen muss.

Der Förster bittet den Bauern, die Wohnung, die er mit Sara eingerichtet hatte, wieder aufzulösen. Das Kinderbett, das so hergerichtet war, dass man nur das Kleine hätte hineinlegen müssen. Die schönen Vorhänge, die Sara mit Liebe gestickt hat, die Erinnerungen sind überall, das alles hält er einfach nicht aus.

Ohne seine ehemalige Frau möchte er nicht Bauer werden, er sei von Leib und Seele Förster und möchte seinen Beruf weiter ausführen. Da seine alte Wohnung immer noch leer steht, entschließt er sich, dort wieder einzuziehen.

So sehr es den Bauern auch trifft, versteht er den Förster. Der Bauer ist jetzt froh, dass Paul den Stall allein machen kann, auch Alä bietet sich an, wenn Not am Mann sei, werde er gerne helfen. «Alä könnte bei uns wohnen, da die Wohnung sowieso leer steht, wenn Karin noch kochen und den Haushalt machen würde, wäre das die Lösung. Ich werde ins hintere Zimmer gehen, bis eine definitive Lösung feststeht», denkt der Bauer. Ohne viel Diskussionen wird der Vorschlag angenommen. «Im Frühjahr werde ich die Kühe verkaufen, vielleicht den ganzen Hof, dann gehe ich ins Altersheim und warte dort auf den Tod.»

Lea ist in der schweren Zeit oft beim Großvater und beim Förster, probiert zu trösten, Hand anzulegen, wo sie gebraucht wird. «Du hast mir geholfen, als es mir schlecht ging, jetzt helfe ich euch», sagt sie einmal, als Großvater die Hilfe nicht mehr annehmen will, weil er das Gefühl hat, Lea sei überfordert. Als er wieder einmal von Altersheim und Tod redet, sagt Lea: «Blödsinn, ich glaube immer, dass alles im Leben einen Sinn hat, das hast du mir gesagt.»

«Nein, nein, Gott hat mich vergessen, ich habe in meiner Jugend zu viele Sünden begangen, jetzt bestraft er mich, wenn ich die Strafe nicht verdiente, hätte ich meinem Leben schon lange ein Ende gesetzt.» «Siehst du», erwidert Lea, «so schützt dich Gott vor dem Suizid.»

Auch den Förster geht sie ab und zu besuchen, macht ihm den Haushalt, wenn er auf der Pirsch ist, oftmals nehmen sie das Alphorn zur Hand, spielen zweistimmig eine Melodie auf einem Hügel oder sie holt die Trompete und spielt für sich ihre Lieblingslieder. Sie gibt es nicht gerne zu, aber auch Lea ist ein bisschen einsam. Sie ist gerne beim Großvater, oder noch fast lieber beim Förster, es macht ihr Spaß, die beiden zu trösten, es gelingt ihr recht gut mit ihrer offenen und ehrlichen Art.

Auf einmal merkt Lea, dass sie sehr viel beim Förster ist, nach der Arbeit oder vorher, jede freie Minute verbringt sie bei ihm. Aber die Arbeit macht ihr immer noch Spaß.

«Kann ich mit auf die Pirsch?», fragt sie einmal. «Natürlich, warum nicht. An einem schönen Morgen, wenn es noch dunkel ist, das Wetter stimmt, gebe ich dir einen Funk. Dann zeige ich dir die Schönheit des frühen Morgens.» Ungefähr 14 Tage später kommt der gewünschte Tag, es ist noch dunkel, als sie das Haus verlassen. 20 Minuten mit dem Auto, dann eine Stunde zu Fuß. Der Förster kennt alle Hindernisse und Wegunebenheiten auswendig, blindlings könnte er durch den Wald gehen, zwischendurch gibt er Lea die Hand, wenn eine besonders heikle Stelle kommt. Sie spürt eine Sicherheit und Kraft in der Hand, die vom Förster ausgeht. Nach etwa einer Stunde sind sie an der vorgesehenen Stelle, wo sie sich auf die Lauer legen können und einen Überblick über das offene Feld haben. «Eine halbe Stunde kannst du noch schlafen, ich werde dich wecken, wenn der Tag anbricht. Feldstecher und Fotoapparat musst du in Griffnähe haben.» Der Morgen ist traumhaft schön.

Als die Sonne sich parat zum Aufgehen macht, küsst der Förster Lea auf die Stirn. «Komm, wir müssen näher an die Tiere, die essen schon und der Wind steht gut, da kommen wir sehr nahe heran.» «Warum, das ist doch so schön hier», erwidert Lea. «Du hast ja geschlafen.»

«Ja, ich habe geschlafen, der Kuss auf meiner Stirn hat mich bis in die Zehen elektrisiert.» Dann legt Lea dem Förster die Arme um den Hals, als sie aufgestanden ist, küsst ihn auf den Mund. «Du hast mich auch geküsst und zurückgeben ist erlaubt», behauptet sie. Der Förster zögert ein wenig, hält Lea ohne Kraft auf Distanz, dann erwidert er den Kuss, das Küssen wird immer heftiger, ehe sie sich beherrschen können, liegen sie auf der taunassen Wiese im Gras, lassen geschehen, was sich beide schon lange gewünscht haben.

Als sie sich nach einer gewissen Zeit erheben, beide wieder angezogen sind, nehmen sie sich in die Arme. «Das war sehr, sehr schön», bestätigen sie ihr Abenteuer. Keiner von beiden hat ein schlechtes Gewissen, «es war schön, wunderschön», flüstern sie sich ins Ohr. «Vom schönen Morgen habe ich nicht viel gesehen», scherzt Lea, als sie auf dem Heimweg sind. «Den zeige ich dir ein andermal.»

***

Paul und Karin schmeißen den Hof recht gut. Der Bauer ist zufrieden mit den beiden, am Anfang ist das Essen nicht so, wie es der Bauer gewohnt ist, meistens sagt er nichts. Er ist ja dankbar, dass die Übergangslösung so gut gelungen ist. Paul, der Vater von Karin, kann schon recht ausrufen, wenn das Essen nicht seiner Vorstellung entspricht. Sara und die Bäuerin haben halt schon fantastisch gekocht. Der Bauer entgegnet: «Lass das, sie gibt sich ja Mühe und das ist das Wichtigste.»

«Du gibst einmal noch eine perfekte Köchin», meint Alä, als er das Mittagessen auf dem Hof einnimmt. «Ja, ja, da hast du recht, das Kochen kann sie schon recht gut», erwidert der Bauer. «Eine richtige Bäuerin wird Karin, dann muss ich ja Bauer werden», meint Alä. «Nein, das muss du nicht, du bist Stadtmensch, fährst gerne Motorrad, gehst in die Ferien, siehst gerne andere

Länder, das ist gut so, mache, was du gerne tust, dann wirst du glücklich im Leben, das ist das Wichtigste.»

«Das kann ich auch, wenn ich Bauer bin, ob Bauer, Handelsreisender, Wirt, Bordellbesitzer, Immobilienhändler, alle braucht es, alle haben ihre Berechtigung, jeder soll das machen, was ihm am besten gefällt.»

«Da wäre noch was?», stottert Karin etwas unsicher. «Alä und ich möchten gerne mit dem Motorrad in die Ferien, aber ausgerechnet in dieser Zeit sind die Kartoffeln, das Obst und das Gemüse zur Ernte bereit. Da werde ich natürlich nicht gehen. Verschieben können wir die Reise aber nicht, da wir mit dem Moto-Klub gebucht haben, Alä muss halt allein gehen.»

«Natürlich gehst du mit, Paul und die Kinder werden schon helfen, die Ernte einzufahren, sonst stellen wir so viel Leute an, bis alles erledigt ist, das muss gehen, ich bin dir so dankbar, dass du bis jetzt geholfen hast, ich mag dir die Ferien von Herzen gönnen und 14 Tage später bist ja wieder hier.»

Am Montag, den 14. September, kommt Alä mit der schwer beladenen 1000er-Harley und holt Karin zur Töffreise ab.

Los geht es mit 15 Kollegen über Berg und Tal, in Richtung Italien, fantastisch ist das Wetter, die Aussichten sind traumhaft schön, besonders, wenn auf einer Passhöhe haltgemacht wird. Dann fahren sie am Meer entlang, gegen Sizilien, dort möchte die Gruppe richtig entspannen, herumtollen, das Meer genießen, unter den Palmen Sangria trinken und richtig Siesta machen. Kollegen, die keine Freundinnen haben, erzählen anderntags von ihren Eroberungen, die sie in der Nacht gemacht haben. Bars und Vergnügungslokale gibt es ja genug, lustig ist es.

Aber Alä ist einfach nicht bei der Sache. Schon nach vier Tagen fragt er, wann es denn weitergehe. Zu Karin sagt er: «Mir ist langweilig, komm, wir fahren weiter.»

«Sicher nicht», erwidern die anderen, «wir bleiben bei diesem schönen Wetter und den freundlichen Leuten sicher hier.»

Am fünften Tag sagt Alä: «Komm, wir fahren heim und helfen bei der Kartoffelernte, da machen wir etwas Sinnvolles, nach Italien können wir immer wieder.» Nach langen Diskussionen willigt Karin endlich ein, es sind auch nicht schöne Ferien, wenn der eigene Freund einfach nicht mitmachen will, so verlassen sie ihre Kollegen, aber nicht, ohne einen Abschiedstrunk zu spendieren.

Großvater freut sich sehr, als die beiden nach einer Woche schon wieder zu Hause sind. Am Abend bittet er alle zu sich in die Stube.

«Ein reicher Bauer von der Nachbargemeinde war hier, will mir den Hof zu einem guten Preis abkaufen. Ich habe lange überlegt, aber das wird das Beste sein. Karin und Paul, ihr könnt im Stöckli mit der gleichen Miete bleiben, Paul kann wieder auf den Bau, dann gehe ich ins Altersheim, das ist für alle eine gute Lösung. Ich bin sehr froh, dass ihr früher nach Hause gekommen seid, die Entscheidung fällt mir etwas leichter, wenn ihr auch einverstanden seid.»

Alle sitzen da, nippen an den Gläsern, sind verlegen, wissen nicht, was sie sagen sollen. Alä findet als Erster die Worte. «Du willst alles aufgeben? Mach doch wenigstens ein Jahr weiter, vielleicht gibt es eine andere Lösung.»

«Der reiche Bauer hat eine Bedingung gestellt, dass in zwei Monaten der Hof überschrieben sein muss, er hat drei Söhne, konnte Bauland verkaufen und will das Geld so schnell wie möglich investieren, denn ein Sohn will im Frühling mit der Landwirtschaft beginnen, sonst tritt er vom Angebot zurück. Er hat mir fast das Doppelte geboten, was er Wert ist, dazu ein schöner Teil schwarz.»

«Also, auf Anfang Dezember», überlegt Alä. «Ja», bestätigt der Bauer, «innerhalb von zwei Tagen muss ich den Vertrag unterschreiben. Ich weiß, ihr staunt und seid skeptisch, aber der Betrag ist so hoch, dass ich nicht nein sagen kann, für uns alle ist ausgesorgt. Ich werde euch einen schönen Batzen zukommen lassen, ihr habt gut nach mir geschaut, also werde ich jetzt nach euch schauen, sicher im Namen meiner Frau, Gott hab sie selig.»

«Nein», sagt Alä, «da ist ein Haken.»

«Vielleicht», meint der Bauer, «ich habe mich abgesichert. Die Summe, die er mir geboten hat, ist so hoch, dass ich es nicht glauben konnte, dann zeigte er mir eine Vollmacht der Bank, dass das Geld sicher ist. Am anderen Tag nach dem Angebot ging ich auf die Bank, habe den Bankdirektor persönlich verlangt, der bestätigte mir, dass das Geld und noch viel mehr vorhanden ist, wenn es auch einen Haken hat, das Geld bügelt den Haken aus.»

«Verzögere die Unterschrift für mindestens eine Woche, ich kenne mich in diesem Metier aus», schlägt Alä vor, «dann weiß ich mehr.»

«Gut, aber du musst gute Gründe haben, dass ich nicht unterschreibe.»

«Willst du wirklich verkaufen?», zweifelt Alä. «Nein, ich möchte nicht, aber ein besseres Angebot bekomme ich nicht mehr, jetzt ist doch der beste Zeitpunkt, ich habe keine Nachkommen, jetzt bin ich noch einigermaßen klar im Kopf, kann alles regeln, mit so viel Geld ist es keine Kunst, eine gute Lösung zu finden, ich kann allen Leuten, die es gut mit mir gemeint haben, etwas geben. Im Altersheim habe ich ein wunderbares Zimmer, muss nur noch einziehen, was will ich noch mehr.»

Am nächsten Tag geht Alä ins Büro vom Vater. «Hast du nicht etwas, das ich verkaufen könnte?», fragt er so nebenbei. «So, lässt sich der Herr Sohn auch wieder einmal blicken? Überrascht bin ich schon, dass du so schnell von den Ferien zurück bist. Doch ich hätte was, in der Nachbargemeinde ist ein kleiner Block mit Bäckerei und Tearoom zu verkaufen, das könntest du in die Hand nehmen.»

«Passt mir nicht schlecht, ich schau' mir das Objekt gleich an.»

«Vielleicht erfahre ich etwas über den Bauern Hediger», denkt Alä, «einen Bauern, der für einen Hof das Doppelte vom Wert bezahlen kann, kennt man sicher.»

Ein Mann, der an der Theke vom Tearoom steht und ein Bier trinkt, nicht gerade sauber angezogen, auch nicht besonders intelligent sieht er aus. Dazu steht ein 45-Auto vor der Tür, das wird ihm gehören. Alä fängt mit ihm ein planloses Gespräch an. «Ich bin Alä, per du geht das Reden leichter», meint er. «Ich bin Noldi.»

«Noldi, kennst du Hediger?», lässt Alä im Gespräch überraschend einfließen. «Natürlich kenne ich Hediger, ich arbeite bei ihm.»

«Hat er auch Kinder?»

«Hediger hat drei Söhne, einer hat Freude an der Landwirtschaft, arbeitet sehr viel. Die beiden anderen studieren in Zürich, einer Agronomie, der andere Naturwissenschaft. Aber das Arbeiten haben sie bestimmt nicht erfunden.»

«Reich muss der Alte sein», platzt Alä dazwischen. Jetzt schaut er Alä an, als käme der von einem anderen Stern. «Von wem hast du das?»

«Er will einen Hof kaufen, wo, sage ich nicht.»

«Kaufen, reich, meinst du», erwidert Noldi, «man munkelt, dass er bald Konkurs anmelden muss. In der letzten Zeit war aber auf einmal Geld da, in der Genossenschaft bekam ich Futter, ohne gleich zu bezahlen, der jüngere Sohn hat ein anderes Auto gekauft, weiß gar nicht, wo auf einmal das Geld herkommt?»

«Dem Hediger hat jemand Geld gegeben, damit er das Spiel mit dem Großmattbauern spielt», überlegt Alä. «Es ist nicht ausgeschlossen, dass es mein Vater ist.»

Als er ins Büro zurückkommt, schreit sein Vater ins Telefon: «Warum will er eine Woche verlängern, ich habe ihm das erste Mal ein zu gutes Angebot gemacht. Aber zuerst muss er unterschreiben, warum unterschreibt er nicht?»

«Wer macht dir Sorgen?», will Alä wissen, als der Vater den Hörer auflegt. «Der Großmattbauer, dem will ich den Hof abkaufen, und jetzt unterschreibt er nicht.»

«Das kannst du gar nicht, du bist nicht Bauer.»

«Mit einem Trick geht das schon.»

Hier wird ein Krampf gedreht, das spürt Alä, aber welcher? «Der Trick wäre?»

«Das verstehst du nicht, und jetzt verkaufe den Block, frag nicht so viel.»

Die Tage vergehen viel zu schnell, Alä weiß einfach nicht, was mit dem Hof geschehen soll, warum sein Vater ihn unbedingt haben will. Einmal fragte er ihn direkt: «Was willst du mit dem Hof, warum willst du ihn?» «Das muss geheim bleiben, bis alles unterschrieben ist. In zwei Tagen kann ich dir sagen, was mit dem Hof geschieht. Aber sicher nicht mehr Kühe züchten.»

«Das habe ich mir gedacht», ergänzt Alä, «bleibt der Hof stehen?»

«Nein, alles kommt weg.»

«Auch das Stöckli?»

«Ja, auch das Stöckli, das ist nicht unter Heimatschutz, mit meinen Beziehungen kann ich auf dem Land machen, was ich will.»

«Und was willst du?»

«Geheimnis. Gut, ich sag' es dir. Das wird alles Bauland, habe schon vorsortiert, der Preis wird sich verzehnfachen, natürlich gibt es noch etliche Hürden zu überspringen, aber seit ich mit dem Gemeindepräsidenten auf du bin, geht alles viel leichter, dann noch ein paar schöne Frauen per Zufall bei einem Apéro einschleusen und schon ist wieder ein gutes Geschäft unter Dach und Fach. Das alles musst du noch lernen, wie man gute Geschäfte macht.»

«Du willst sagen, wie man auf intelligente Weise Leute über den Tisch zieht? Nicht mein Ding», entgegnet Alä.

Anderntags besucht er den Großmattbauern. «Verkaufe nicht, ich kann dir nur das sagen, mehr will und kann ich dir nicht sagen.»

«Weißt du, das Geld stimmt, ich bin alt und allein, ich meine, keine Angehörigen, ihr seid mir alle recht und lieb. Ihr geht in ein, zwei Jahren euren eigenen Weg und nur auf Gedeih und Verderben auf andere angewiesen sein, will ich nicht. Dienstag wird unterschrieben, in zwei Monaten werde ich eine Steigerung haben, an Weihnachten bin ich schon im Altersheim und genieße meinen Ruhestand.»

«Ich werde noch mit Lea sprechen, die hat einen großen Einfluss auf den Großmattbauern», denkt Alä.

«Hallo, Großvater», begrüßt sie ihn nach der Aussprache mit Alä. Der Großmattbauer sitzt nach getaner Arbeit in der Wohnstube und schaut fern. «Darf ich stören und mit dir einen Kaffee trinken?»

«Du darfst immer stören. Du bist meine zweite Tochter, was hast auf dem Herzen, willst du heiraten oder brauchst Geld, hast sonst einen Wunsch, ich kenne dich, dich drückt was.»

«Du willst deinen Hof verkaufen? Alä hat mir alles erzählt, hast du dir das gut überlegt?» Lea probiert alles. «Nein, nein», sagt er, «es gibt nichts Besseres.» Nach ihren gescheiterten Überredungsversuchen, den Hof nicht zu verkaufen, kommt ihr noch ein Gedanke: «Was müsste passieren, dass du ihn nicht verkaufen würdest?» Großvater überlegt eine Weile, dann sagt er: «Ein Pächter mit einer guten Frau, die mich pflegt, wenn es mir einmal schlechter geht.»

«Hast du jemanden im Auge?», fragt Lea. «Ja, habe ich. Der kann und will nicht Bauer werden, das ist ein feiner Herr, seine Freundin ist sehr gut und hilfsbereit.»

«Wen meinst du?»

«Willst du es wirklich wissen?»

«Ja, will ich.»

«Alä, mit Freundin Karin.»

«Alä wird nie Bauer. Allerdings, da hast du den Falschen ausgesucht», meint Lea, «wahrscheinlich ist sogar sein Vater hinter dem Hof.»

«Meinst du? Er will den Hof für seinen Sohn, darum hat mir Alä abgeraten, den Hof zu verkaufen, weil er nicht Bauer werden möchte.»

«Nein, das glaube ich nicht», erwidert Lea, «hier ist eine andere Idee dahinter, es kann sein, dass das nur eine Alibiübung ist mit Hediger.»

«Mir egal, wenn das Geld kommt, das versprochen ist, soll es mir recht sein, golfen kann man nicht, wird nicht erlaubt, mit dem besten Vitamin B nicht, der Hof hat einen Ertragswert von etwa einer Million, er hat mir aber drei Millionen geboten, so viel darf ich gar nicht nehmen, das ist strafbar, also werde ich eine Million schreiben und zwei Millionen schwarz, das ist so abgemacht, wenn ich das Geld habe, gehe ich aufs Steueramt und gebe es an, dann zahle ich 500'000 Franken Strafe und der Rest ist Weißgeld, alles überlegt und abgeklärt.»

«Du bist ein Fuchs», erwidert Lea.

Lea besucht mit der Neuigkeit sofort Alä. «Er möchte dich als Bauern.»

«Das wundert mich, in seinen Augen war ich doch immer ein aufgeblasener Wichtigtuer, der nur Geld und Frauen im Kopf hat. Wenn ich es mir so überlege, hatte ich richtig Spaß bei der Kartoffelernte, im Stall, als ich dazukam, als eine Kuh kalben wollte, hat es mir nichts ausgemacht zu helfen, das werde ich mir überlegen und meine Freundin fragen, was sie dazu meint.»

Nach zwei Tagen geht Alä zum Großmattbauern: «Ich werde den Hof in einem Jahr in Pacht nehmen, wenn du einverstanden bist, die Bedingungen, die du stellen wirst, werde ich erfüllen.» Der Bauer vergisst, den Mund zu schließen. «Du, Bauer? Nein, nein, das ist auch ein Trick.» Etwa eine halbe Stunde diskutieren sie noch dies und das. Es gibt Fragen und Probleme zu besprechen. Es braucht schon noch Überzeugung, bis der Bauer merkt, dass Alä es ernst meint. Dann kommen dem Bauern die Tränen. «Das habe ich nicht erwartet. Ich bin einverstanden, wenn alles so kommt, wie du versprochen hast, ich habe das Gefühl, du meinst es ehrlich, somit werde ich nicht verkaufen», sagt er mit wehmütiger Stimme, «aber das viele Geld, das ich nicht bekomme, tut schon weh. Ich brauche es ja gar nicht. Ich habe noch genug vom Landverkauf.»

Als Alä seinem Vater erklärt, dass er etwas anderes machen möchte, dass der Handel mit Immobilien nicht seine Berufung ist, tobt sein Vater. «Du», schreit er ihn an, «Mach, was du willst, du warst sowieso nicht zu gebrauchen, den Block mit dem Tearoom hast auch nicht verkaufen können, lerne besser Bauer, Kühe melken, Mist aufladen, das kannst du vielleicht, aber sonst bist du ein Nichts, nur etwas konntest du, bis du diese Tussi kennenlerntest, mit Frauen umgehen, das hattest du im Griff, jetzt kannst nicht einmal mehr das.»

«Das reicht, ich werde mir deine Beleidigungen nicht länger anhören. Jawohl, Bauer werde ich, danke für dein Verständnis», meint er ironisch, «den Hof vom Großmattbauern kannst du dir abschminken, den werde ich in Pacht nehmen.»

«Was willst du? Hör' ich nicht recht? Bauer werden willst du?»

«Ja, das will ich von ganzem Herzen.»

«Du hast mir viel Geld kaputt gemacht. Investoren von über 20 Millionen Franken hatte ich schon, jetzt das, geh, geh, ich will dich nicht mehr sehen.»

«Ja, ich gehe, nehme selbst eine Wohnung und werde Bauer lernen, von Grund auf.»

***

Hei, gibt das ein Fest, als sie wissen, dass der Hof nicht verkauft wird. Karin bekommt vom Bauern die Erlaubnis, ein Fest zu organisieren. Alle Verwandten und Bekannten werden eingeladen, Alä hilft mit, um eine schöne Zusammenkunft zu gestalten. Essen und Trinken werden vom Bären geliefert.

Alle Kinder von Paul müssen auch dabei sein, alle haben ihren Weg gemacht. Jahn, der Älteste, hat im Dorf eine Lehre als Metzger gemacht, arbeitet jetzt im Migros als Bankmetzger, ist verheiratet und hat zwei Kinder. Karin lernte Coiffure, arbeitet seit dem Tod von Sara beim Großmattbauern, macht ab und zu Schwarzarbeiten zu Hause. Risto studiert Naturwissenschaft in Zürich, Leila begann die Lehre als Bäckerin, nach zwei Jahren schmiss sie die Lehre, wollte Hotelfachfrau lernen, das war aber auch nicht ihr Ding, jetzt arbeitet sie als Serviertochter in einem Restaurant. Das starke Geschlecht liebt sie über alles, die Abwechslung ist groß, mit der Farbe der Herren nimmt sie's nicht so genau. «Ob schwarz, türkisch, italienisch, einmal sogar ein Chinese, alle haben ihren Reiz», verkündete sie stolz. Jetzt ist ein Schweizer hoch im Kurs. Den möchte sie unbedingt heiraten. Leila sieht gut aus, hat ein gutes Mundwerk, für die Liebe wie geschaffen. Scheol ist aufgeweckt, für alles interessiert, vor allem Autos sind seine Leidenschaft, schnelle Sportwagen lassen sein Herz höherschlagen, mit einem Porsche vergnügt er sich zurzeit. Mädchen sind eher Nebensache, er hat schon lange dieselbe Freundin. Zwei Autos hat er schon zu Schrott gefahren, auch Alkohol liebt er, einmal war Alkohol die Ursache des Unfalls, das konnte ohne Polizei geregelt werden, da es keine Verletzten gab, eine andermal überhöhte Geschwindigkeit, den Ausweis musste er vier Monate abgeben. Nach der Lehre als Zimmermann möchte er zur Polizei oder Berufssoldat werden.

Scheol kommt ohne Freundin, aber mit dem Porsche zum Fest und freut sich sehr, dass der Hof nicht verkauft wird. Er hat echt Freude und umarmt den Großmattbauern innig, aus Dankbarkeit, «jetzt habe ich noch ein Zuhause», sagt er bedächtig. Aber zuerst wird ein Fest gemacht, der Durst gelöscht. Mit Bier fängt er an, später mit den Kameraden Weißwein, so geht es weiter, bis Scheol stark angetrunken ist. Es ist ein lustiges Fest, alle sind froh, «ich glaube, ich habe die richtige Entscheidung getroffen», sagt Alä zu Karin und nimmt sie ganz zärtlich in die Arme, dann küsst er sie schnell im Versteckten. Später steht der Großmattbauer auf, ergreift das Wort, die Tränen stehen ihm in den Augen. «Niemand kann ahnen, wie glücklich ich bin, dass es Leute gibt, die noch Bauer werden wollen, zwar einer, dem ich es nicht zugetraut hätte. Die Zweifel, ob Alä Karins Liebe verdient, wurden auf eindrückliche Art widerlegt, ein Lebemensch, Muttersöhnchen, so habe ich Alä eingestuft. Ich habe Erkundigungen über Alä eingezogen, ein richtiger Lebemensch war er, aber seit er Karin kennt, ist er wie ein umgekehrter Handschuh. Als er dann zur Kartoffelernte von den Ferien nach Hause kam, um zu helfen, wusste ich: Dieser Mensch ist in Ordnung. Karin hat mir versichert, dass es Aläs Idee war, nach Hause zu fahren. Ich werde ihm, sobald er fertig ist mit der Schule, ein ausgebildeter Landwirt ist, den Hof in Pacht geben, dann so schnell wie möglich an ihn verkaufen. Eine Bedingung habe ich noch: Die Karin muss er heiraten, sonst ist das Versprechen wertlos.» Alle klatschen Beifall.

Lea und der Förster dürfen natürlich nicht fehlen. Auch der Förster ist mit dieser Lösung zufrieden, er ist noch immer sehr traurig über den Verlust von seiner über alles geliebten Frau, wenn er auch ab und zu mit Lea zusammen ist, die große Liebe ist das nicht. Beide sind allein und brauchen einander ab und zu, aber mehr wollen beide nicht.

Das Fest ist fortgeschritten, die ersten Gäste verlassen die Feier mehr oder weniger nüchtern, auch Scheol findet, dass es an der Zeit ist, nach Hause zu fahren, und zwar mit dem Auto, dabei kann er fast nicht stehen. Als Karin das sieht, fragt sie Lea: «Kannst du ihn vom Fahren abhalten? Und sagen, dass er das Taxi nehmen soll?»

«Ich will's probieren.» Er schwankt auf das Auto zu. Als er Lea kommen sieht, lallt er: «Willst du mir auch das Fahren verbieten, fahren ist kein Problem, vielleicht nicht mehr laufen.»

«Natürlich kannst du fahren, darum wollte ich dich fragen, ob ich mit dir ins Dorf mitfahren darf.»

«Klar», erwidert er, «aber ich muss Großvater Bescheid sagen.» Komm, setz dich, wir nehmen noch ein Mineralwasser zusammen», macht Lea den Vorschlag. «Nein, ich will noch ein Bier.»

«Gut, dann nehmen wir noch einen Rotwein zusammen.» Sie holt den Rotwein und zwei Gläser, «aber jetzt muss ich zum Großvater, du wartest mit Trinken, bis ich zurück bin.» Sie weiß genau, dass er nicht warten kann. Als Lea nach einer Weile zurückkommt, hat er schon die halbe Flasche getrunken. «Nehmen wir noch einen», fragt sie, «wenn der leer ist?»

«Klar, jetzt ist mir alles egal. Laufen kann ich nicht mehr, aber fahren, und zwar schnell, sehr schnell, mit meinem Porsche.» Auf einmal steht er auf, ohne etwas zu sagen, verschwindet hinter einem Gebüsch, dann hört man komische Geräusche. «Der schläft eine Zeitlang», sagt Lea zum Förster.

«Jemand muss nur noch den Schlüssel in seinem Sack holen, dann lassen wir ihn in Ruhe, bis er fertig gekotzt hat, wenn die Letzten nach Hause sind, bringen wir ihn ins Stöckli ins Bett.»

Auf einmal kommt wieder Unruhe in die Gesellschaft. Leila ist zusammengebrochen, sie liegt bewusstlos am Boden. «Hat die auch zu viel gesoffen?», fragt Karin die Tischnachbarin. «Nein, eher zu wenig, nur Mineralwasser.»

«Müssen wir den Arzt holen?»

«Schon angerufen», erwidert der Großmattbauer. Das Krankenauto will und will nicht kommen, Lea nimmt das Handy und ruft nochmals Nr. 144 an. «Sie haben die falsche Adresse angegeben, aber vor ungefähr zehn Minuten war das Krankenauto am Unfallort.» Jetzt wird Lea ziemlich gehässig. «Hier ist niemand von euch, unserer Patientin geht es nicht besser, sie ist bewusstlos und die Adresse hat gestimmt.»

«Ich werde Ihnen ein anderes Fahrzeug schicken», meint die Dame richtig verwirrt. Als endlich das Krankenauto kommt, öffnet Leila die Augen. «Wo bin ich hier?» Der Arzt macht eine kurze Untersuchung, «eigentlich alles in Ordnung, aber wir nehmen sie mit zur Beobachtung ins Spital.»

Als die letzten Gäste sich verabschieden, wird noch zusammengeräumt. «Komm, wir holen noch schnell Scheol hinter dem Gebüsch», sagt Karin zu Alä. Wie sind sie erstaunt, als kein Scheol mehr dort liegt. Alä spurtet zum Parkplatz, wo der Porsche stehen sollte. Auch kein Porsche, der muss noch einen Schlüssel bei sich getragen haben.

Sie setzen sich in Karins Auto, wollen sehen, ob er bei der Freundin ist. Schon von weitem hören sie auf einer geraden Strecke von etwa fünf Kilometern eine Sirene, die von einem Krankenauto stammen muss.

In einer leichten Rechtskurve sieht man, dass alles großflächig beleuchtet ist, ein Polizist regelt den Verkehr, andere machen sich am Autowrack zu schaffen. «Da muss ein Unfall geschehen sein», meint Karin. Eine Vorahnung überfällt die beiden. Langsam fahren sie gegen den Unfallort. Als sie etwa hundert Meter vom Unfallort entfernt sind, kommt ein Polizist auf sie zu. «Hier könnt ihr nicht durch.» Aber was sie sehen, verschlägt ihnen fast den Atem. Ein roter Porsche klebt an einer großen Linde, so einer wie ihn Scheol hat. «Was ist geschehen?», fragt sie den Polizisten. «Das kann ich Ihnen nicht sagen, bitte warten Sie hier oder kehren Sie um.»

«Das könnte mein Bruder sein, der fährt ein solches Auto.»

«Gut, dann kommen Sie und schauen, ob es das Auto des Bruders ist. Die Befürchtungen bewahrheiten sich, das Auto ist abbruchreif, dort, wo der Beifahrersitz sein sollte, steht der Baum. «Und wo ist mein Bruder?»

«Der wurde eben ins Spital gebracht.»

«Lebt er?»

«Ja, er lebt noch, er ist sehr schwer verletzt», meint der Ordnungshüter, «der Mann war viel zu schnell unterwegs, dazu total betrunken.»

Die beiden fahren so schnell wie möglich ins Krankenhaus und wollen wissen, wie es ihm geht. «Ihr Bruder wird gerade operiert.»

«Ist er sehr schwer verletzt?»

«Ja, kann man schon sagen, sehr schwierig, diese Operation. Weil er sehr stark alkoholisiert war, konnte man das Narkosemittel nicht richtig dosieren. Ein offener Beinbruch, Arm gebrochen, wahrscheinlich Rippen in der Lunge, vor allem, was mir am meisten Sorgen macht, ist, dass er kein Gefühl in den Beinen hat, das kann bedeuten, dass etwas mit dem Rücken nicht stimmt. Hoffen wir, dass sich das Rückenproblem als harmlos herausstellt. Der Kopf ist in Ordnung, dem fehlt nichts.»

«Schauen wir noch, wie's Leila geht.» Die Nachtschwester ist nicht begeistert, als sie mitten in der Nacht einen Krankenbesuch machen wollen, aber da sie allein im Zimmer ist, gibt sie die Bewilligung. Als sie das Zimmer betreten, wollen sie gleich wieder gehen, weil sie das Gefühl haben, dass sie schläft. «Nein, die weint doch», sagt Alä zu Karin. Sie schleicht sich ans Bett. «Was ist los, Leila?» Sie nimmt Karin in den Arm. «Was ist passiert?»

«Ich bekomme ein Kind, ich will kein Kind, ich bin noch so jung, ich will noch etwas erleben.»

«Wer ist denn der Vater?»

«Mein Freund ist es sicher nicht, es muss von Handi sein und der ist ein Ausländer, Asylant, ich muss es wegmachen.»

«Überlege es dir gut», mahnt Karin.

«Nein, nein, ich will kein Kind.»

Gegen morgen verlassen Alä und Karin endlich das Spital. Was sie heute erlebt haben; von himmelhochjauchzend bis zu Tode betrübt.

Dann kommt die traurige Nachricht, dass Scheol querschnittsgelähmt ist und nie mehr gehen wird können. Leila hat das Kind abgetrieben, ist überhaupt nicht glücklich. Lea macht sich

Vorwürfe, dass sie mit Scheol noch weiter getrunken hat. Ihre Überlegung war: Wenn er viel zu viel getrunken hat, kann er gar nicht mehr fahren, weil er gar nicht mehr gehen kann. Den Schlüssel hat sie ihm auch weggenommen, aber er hatte immer einen Reserveschlüssel im Auto versteckt, von dem Lea nichts wusste, ein schlechtes Gewissen hat sie trotzdem und macht sich Vorwürfe.

Auch Karin hat so ihre Bedenken. «Hätte ich nicht besser Leila überzeugen sollen, dass sie das Kind behält? Ich kenne sicher vier Freundinnen, die hätten gerne Kinder, gehen von einem Arzt zum anderen, alles hilft nichts und hier wird ein Leben vernichtet, wo ist da die Gerechtigkeit?»

**

Oftmals nimmt der Förster Lea mit auf die Pirsch. Lea liebt den Duft des Waldes, die verschiedenen Gräser und Kräuter, auch den Wildtieren kann sie stundenlang zusehen, wie sie essen und spielen, junge Gämsen den Berg runter und rauf rennen. Besonders am Morgen, wenn die Sonne langsam den Tag ankündigt. Die Murmeltiere, Rehe, Bergdohlen drehen ihre Runden, ab und zu ein Adler, der schaut, ob er nicht irgendeine Beute in seiner Reichweite findet.

Auch die Liebe kommt nicht zu kurz, aber das gewisse Kribbeln, die Verliebtheit fehlt. «Ein herzensguter, sympathischer, gutaussehender Mann ist er, aber etwas fehlt», überlegt Lea. «Warum kann ich mich nicht in dieses schöne Mädchen verlieben? Vielleicht ist es noch zu früh für eine neue Beziehung, viele beneiden mich, ich kann mich einfach nicht verlieben in diese tolle Frau. Pferde stehlen, auf den höchsten Gipfel steigen, alles könnte ich mit ihr, sogar in der Liebe ist sie wunderbar», grübelt der Förster.

In der letzten Zeit hat der Förster das Gefühl, dass gewildert wird. Er hat Schüsse gehört, an verschiedenen Orten sind blutverschmierte Stellen am Boden. «Vorläufig nehme ich Lea nicht mehr mit, bis die Sache geklärt ist.» Als Lea einmal unbedingt mitgehen will, lehnt er konsequent ab. «Ich habe das Problem noch nicht gelöst und vorher kannst du nicht mitkommen, du weißt gar nicht, wie gefährlich Wilddiebe sein können, wenn sie in die Enge getrieben werden. Die Verantwortung kann ich nicht übernehmen.»

Etwa 14 Tage später hat er eine komische Begegnung. Bei der Begutachtung eines frisch bepflanzten wertvollen Jungwuchsbestands hat ein Rehbock beim Fegen einen so großen Schaden angerichtet, dass die Pflanzen erneuert werden müssen. Auf einmal steht ein Mann neben dem Förster. Ohne zu grüßen, mit einem komischen Akzent, fängt er zu sprechen an. «Lass Lea in Ruhe, die gehört zu uns, bald holen wir sie, dann machen wir aus ihr eine Muslimin.»

«Du siehst ja, dass sie immer ein Kopftuch trägt, nur im Wald lange Hosen. Was wollt ihr eigentlich? Lea ist eine Schweizerin, der Vater kann ein Ausländer sein, das hat ihre Mutter bestätigt. Jetzt lasst Lea in Ruhe», erwidert der Förster mit fester Stimme. «Ihre richtige Mutter ist damals in der Baugrube tot gefunden worden. Damit die Familie nicht ausstirbt, muss sie einen Jungen von Mutters Bruder heiraten», sagt der Fremde fast weinerlich. «Der muslimische Großvater von Lea hatte eine Erscheinung. Lea muss diesen Mann ehelichen, dann ist unser Gott zufrieden. Die richtige Mutter kommt dann zu Allah ins Paradies, trotz ihrer Sünden, dann ist alles vergeben und Lea wird Kinder haben, die wieder Allah gehören.»

«Hör auf mit dem Quatsch und geh. Wenn Lea will, werden wir heiraten und Kinder für unseren Gott machen.»

«Dann musst du sterben, du bist ein Ungläubiger, darfst sie nicht beschmutzen, Lea muss keusch in die Ehe. Sonst muss der Ungläubige sterben, wenn er Schuld daran trägt, dass die Familie ausstirbt.»

«Wer bist du eigentlich?»

«Ich bin der Bruder vom Vater, den sie heiraten muss.»

«Die wird nur mich heiraten, die ist als Christin erzogen worden, so wird das auch bleiben. Geh, lass uns in Frieden.» Ganz langsam nimmt der Förster das Gewehr von der Schulter, um seiner Aufforderung Nachdruck zu verleihen. «Ich komme wieder», erwidert der Fremde.

Der Förster erzählt Lea nichts von der Begegnung im Wald, aber der Polizei erzählt er alles fast Wort für Wort, alles wird aufgeschrieben.

Der Sommer ist bald vorbei, der Herbst hat seine bunten Farben im Wald an die Bäume gezaubert. Die Jagd hat auch schon begonnen, was immer eine traurige Zeit für die vertrauten Personen ist. Dort wird ein bekannter Rehbock erlegt, einer Hirschkuh mit dem Jungen, die Lea immer bewundert hatte, fehlt das Kalb, das wurde auch von einem Jäger erlegt, das ist erlaubt oder sogar vorgeschrieben, der Wildbestand darf nicht Überhand nehmen, das Gesetz schreibt vor, dass der Tierbestand mit der Jagd reguliert werden muss.

Lea nimmt er nur noch selten mit in den Wald, immer sucht er Ausreden, warum es gerade nicht geht. Lea hat einfach das Gefühl, dass etwas nicht stimmt. Der Förster hat sich stark verändert. Wenn sie ihn fragt, warum er so anders geworden ist, kommt er mit hundert Ausreden. Sie weiß, das sind Ausflüchte, wenn er nicht will, soll er's bleiben lassen. Sex haben sie auch nicht mehr viel miteinander.

Der junge Bauer Alä ist in jeder freien Minute auf dem Hof, macht sich schon Gedanken, wie er umweltfreundlicher, tiergerechter und vor allem effektiver produzieren kann. Der Großmattbauer interessiert sich für nichts mehr, alles, was gemacht wird, ist recht. Er hinterfragt nichts, ist fast immer drin, geht selten an die frische Luft, sieht fern, liest die Zeitung oder hört Radio, oft sitzt er da und schaut ins gleiche Loch. «Ich glaube, er hat Depressionen, der sollte zum Arzt», sagt Alä zu Karin. Spricht man ihn an, heißt es: «Nein, nein, ich bin gesund, nur etwas müde, das ist das Alter, und die Gicht neckt mich auch immer, dazu habe ich gute Leute, die den Hof schmeißen, besser, als wenn ich sie dirigieren würde. Alä macht das ganz gut, ein richtiger Bauer», macht er einmal eine Bemerkung. Alle lassen ihn mehr oder weniger gewähren.

Karin macht auch ihr Bruder Scheol Sorgen. Er wollte sich schon zweimal das Leben nehmen, er kommt mit seinem Schicksal nicht klar, dass er jetzt querschnittsgelähmt sein soll.

«Wie kann ich ihm helfen, er macht sich selber große Vorwürfe, gibt sich die Schuld, will seiner Familie nicht zur Last fallen.» Lea fragt den Großmattbauern etwa eine Woche später: «Kommst du mit mir zu Scheol ins Spital? Ich habe ein sehr schlechtes Gewissen, weil ich ihn noch zum Trinken animiert habe, das war sicher ein Fehler.»

«Du meintest es ja nur gut, dachtest, er fahre dann nicht mehr.»

«Das war meine Meinung», bestätigt Lea.

Mit einem ungaten Gefühl und ein wenig unsicher betreten sie das Zimmer, wo Scheol in einem sehr modernen Bett, ganz allein im Zimmer vor sich hin döst. Ohne Freude, ohne Regung grüßt er die beiden, gibt ihnen die Hand. Mit ein wenig Erleichterung geht es Lea durch den Kopf: «Gottlob, die Arme kann er noch gebrauchen». Aufrichten kann er sich auch.

Scheol sagt nichts, man hat fast das Gefühl, es sei ihm peinlich, er wäre froh, wenn er wieder allein sein könnte.

Da fängt der Großmattbauer zu erzählen an, er geht gar nicht auf den Unfall ein, erzählt, dass er wusste, dass Scheol Freude hatte an schönen Autos oder am Formel-1-Rennen, das letzten Sonntag im Fernsehen übertragen wurde. Er erzählt von seiner Trauer wegen der Tochter, auf einmal fängt er an zu weinen, so sehr beschäftigt ihn der Verlust wieder. Je mehr er erzählt, desto intensiver hört Scheol zu. Dann lässt er Scheol erzählen. Jetzt fällt es Scheol auf einmal leicht, von seinem verhängnisvollen Abend zu erzählen. «Gestern war ein Bekannter bei mir, dessen Schwester auf der genau gleichen Strecke, eine halbe Stunde vor meinem Unfall, mit dreissig Pfadfindern, mitten auf der Straße spazierten und zur Gaudi jedes Auto anhielten, indem sie die Straße nicht freigaben, vielleicht hast du mich vor einem viel größeren Unglück bewahrt.»

Scheol hat sich von seiner Depression ein wenig erholt, als Lea den Rollstuhl in einer Ecke sieht. «Kannst du in den Rollstuhl, wenn wir dir helfen?»

«Ja, das kann ich.»

«Gut, dann gehen wir ein wenig spazieren.»

«Ich werde der Schwester läuten, dass sie mich zum Ausgehen fertig macht.»

Der Zufall will es, dass der Förster die gleiche Idee hat, heute Scheol zu besuchen. Sie sind auf dem Weg in ein nahe gelegenes Restaurant, als der Förster ihnen entgegenkommt. Nach der Begrüßung und der Aufklärung, warum er auch hier ist, wird das Gespräch mit Scheol im Restaurant fortgesetzt. Es ist ein ungezwungener Nachmittag, den die Vier miteinander verbringen. Beim Abschiednehmen fragt der Förster Lea: «Kommst mit mir?»

«Ich kann schon alleine fahren, wenn du mit dem Förster gehen möchtest», ergänzt der Großmattbauer. «Gut, dann gehe ich mit dir», freut sich Lea.

Im Auto fragt Lea den Förster: «Ich möchte wieder einmal in den Wald, bei diesem schönen Wetter wäre es ideal? Der Sommer ist nur noch kurz bei uns zu Gast», fleht Lea, «bald geht die Sonne unter, dann kommen die Tiere zum Essen auf die Weide, komm, fahren wir in den Felsengarten, dort gibt es Murmeltiere, Hasen, ab und zu sieht man Gämsen und Rehe.»

Der Förster ist gar nicht begeistert. Seit dem Vorfall hat er Angst, er will eigentlich mit Lea zu Hause alleine sein. «Aber die Freude werde ich Lea machen», denkt er. Als sie unten vor dem Felsengarten auf dem vorgesehenen Parkplatz parkieren wollen, ist schon ein Auto dort. Er wundert sich über das unbekannte Auto mit Zürcher Nummer. «Komm, wir gehen an einem anderen Tag.»

«Nein», sagt Lea, «im Radio haben sie Regenwetter angesagt. Heute will ich wieder einmal die Natur genießen.» Also gibt der Förster nach, mit knapper Not zwängt er sein Auto in die fast zu kleine Lücke zwischen Felsen und dem parkierten Auto. Lea muss vorher aussteigen. Dann hängt er sein Gewehr über die Schulter, den Feldstecher um den Hals, nimmt Lea an der Hand. «Gut, gehen wir, es sind ungefähr zwanzig Minuten bis zum Felsengarten.» Früher einmal hat er einen kleinen Unterstand gebastelt, für eine Person, aber wenn man sich schmal macht, reicht es auch für zwei. Dann legen sich beide auf die Lauer, abwechselnd benutzen sie den Feldstecher, aber Tiere sind nur spärlich zu sehen. Schon bald vergessen sie die Tiere und fangen sich an zu küssen, es wird immer leidenschaftlicher, bis beide nackt auf der harten Unterlage liegen, sie merken von all dem nichts, nur eine tiefe Befriedigung überzieht ihre Gefühle.

«Willst du mich heiraten?», fragt der Förster, als sich beide ausruhen. «Ich weiß nicht, aber vielleicht ist das eine Lösung für uns beide, ich mag dich, in der Liebe klappts auch, aber das gewisse Etwas fehlt einfach.»

«Mir geht es nicht besser, die Ameisen im Bauch fehlen einfach, aber papperlapapp, wir lieben und verstehen uns, das ist das Wichtigste», ergänzt der Förster. Sie nehmen sich fest in die Arme und fangen schon an, Hochzeitspläne zu schmieden. Die beiden vergessen die Zeit, es ist schon dunkel, als sie den Heimweg antreten. Gottlob scheint der Mond, so können sie ein klein wenig sehen. Er gibt ihr die Hand, er weiß besser, wo der Weg verläuft, um die gröbsten Hindernisse zu umgehen. Es geht alles gut, bis sie etwa 20 Meter vom Auto entfernt sind. Da steht auf einmal ein Mann mit einem Messer vor ihnen. «Du hast unsere Familie entehrt, ihr müsst beide sterben, ich habe dich aufgeklärt, du wusstest, was dir passiert, wenn du diese Frau entehrst. Und das hast du getan, jetzt wirst du sterben, ich werde dich erstechen.» Der Förster nimmt ganz langsam das Gewehr von der Schulter. «Lass das», schreit er ihn an. Lea weiß gar nicht, worum es eigentlich geht. «Ich erkläre es dir später, geh ins Auto und warte auf mich.»

«Nein, du bleibst auch hier», schreit der Fremde, «ihr müsst beide sterben.» Dann lässt er das Messer fallen, macht eine Bewegung in den Hosensack und hat eine Pistole in der Hand. Es ist relativ finster, der Förster weiß, der meint es ernst. «Geh rechts weg, ich gehe links, dann ins Auto, jetzt», schreit er. Beide verschwinden im Dunkeln, der Mann schießt noch auf den Förster, beim Wegrennen verfängt sich dessen Gewehr im Gestrüpp und er kann es nicht schnell genug lösen, dann lässt er es zurück, läuft so schnell wie möglich zum Auto. Lea ist schon da und will einsteigen, aber sie kann nicht, da das Auto zu nahe an der Felswand steht. Schnell öffnet der Förster die Autotür, steigt ein, fährt rückwärts, muss anhalten, sodass Lea zusteigen kann. Als sie schon am Fahren sind, knallt es und der rechte Reifen hat keine Luft mehr. Er hat ihm in die Reifen geschossen. Mit großer Mühe kann er noch fahren, aber nur ganz langsam, die Gefahr besteht, dass er über den Abgrund stürzen könnte. Bei einem Waldabschnitt hält er an. «Steig aus und versteck dich im Gebüsch, der wird uns bald eingeholt haben, ich kann schneller fahren ohne dich, wenn du diesem Fußweg nachgehst, bist du in 15 Minuten im Dorf.»

Beim ersten Haus klingelt Lea Sturm. «Ich muss die Polizei anrufen, wir sind überfallen worden», klärt sie die verdutzte Frau auf. «Wer ist dort, was ist passiert?» Als die Polizei es endlich begriffen hat, geht es plötzlich sehr schnell. Nach 15 Minuten ist die Polizei mit Blaulicht und Sirenengeheul vor Ort.

Der Förster fährt so schnell wie möglich, hat natürlich keine Chance, mit dem kaputten Vorderreifen, dem Verfolger zu entkommen. Ohne zu bremsen, fährt der Täter dem Förster mit voller Wucht hinten ins Auto und versucht, ihn in die Tiefe zu stoßen, was ihm aber nicht gelingt. Vor einer Rechtskurve macht der Förster einen starken Schwenker, hofft, dass der Verfolger neben ihm durchfährt und dann in die Schlucht stürzt. Der Förster hat aber nicht mit der Fliehkraft seines Fahrzeuges gerechnet, kein Beherrschen des Autos mehr auf der Naturstraße. Dann fliegt er den steilen, langen Abhang hinunter. Auch der Fremde hat sein Fahrzeug nicht im Griff, auch er fliegt über die Böschung in die Tiefe. Als das Auto endlich zum Stehen kommt, fängt es Feuer und brennt lichterloh.

Den Förster finden sie schwer verletzt 50 Meter neben seinem Auto. Schnell werden die Rettungsflugwacht und Lea verständigt. Sie kommen fast gleichzeitig am Unfallort an, der Förster wird sofort auf eine Bahre gebunden, Lea geht zu ihm. «Mir geht es gut», flüstert sie ihm ins Ohr, er gibt ein Lächeln zurück. Jetzt weiß sie, dass er bei Bewusstsein ist. Der Rettungsdienst lädt ihn in den Helikopter. «Sie dürfen mitkommen, bei Ihrem

Freund sein». Im Helikopter wird er an verschiedene Apparate angeschlossen. Als sie im Spital einmal mit dem Arzt alleine ist, meint der: «Es sieht sehr schlimm aus, ob wir ihn retten können? Aber niemand ist tot, bis er tot ist, wir haben schon große Wunder erlebt», probiert der Arzt, sie zu trösten, aber man hört schon am Ton, dass er keine Hoffnung hat, dass der Förster das überlebt.

Lea läuft auf dem Flur ganz aufgeregt hin und her, hofft, dass die rettende Nachricht kommt, er sei über den Berg, das Schlimmste sei überstanden. In der Zwischenzeit ruft sie Karin an. «Könntest du die anderen benachrichtigen, jemand soll kommen, um mich nach Hause zu bringen, ich habe kein Auto hier.» Als Karin aus dem Lift steigt, sitzt Lea auf einem Stuhl, starrt immer ins gleiche Loch. «Ist er tot?» Lea nickt nur, dann kommt die Schwester und gibt ihr eine Spritze, das beruhigt und vielleicht kann sie weinen, das täte ihr gut.

«Dann sollte ich Angaben vom Verstorbenen haben.»

«Leider kann ich Ihnen nur den Namen geben, andere Angaben kenne ich nicht, wir sind nicht verwandt.» «Morgen wird jemand kommen, die nötigen Dokumente bringen. Und die Frau hier?», fragt die Schwester. «Ist eine gute Bekannte.» Als Lea das hört, sagt sie: «Wir wollten heiraten.»

«Ja, ja, komm jetzt, wir gehen nach Hause, du kommst zu uns, Großvater wird sich um dich kümmern.»

«Ja, ich möchte zu Großvater.» Ohne Widerstand steigt sie ins Auto.

Später wird sie von der Polizei verhört. Zuerst muss Lea alles genau erklären, was an diesem Abend passiert ist, gut, dass der Förster der Polizei bei der ersten Begegnung alles genau geschildert hatte. Als die Polizei die Aussage von Lea notiert hat, verabschieden sie sich.

«Also, es sind wieder zwei meinetwegen gestorben, weil einer meinte, ich sei eine Muslimin. Jetzt will ich die Wahrheit wissen, es ist schon sonderbar, dass ich lieber Röcke als lange Hosen trage, auch sehr gerne ein Kopftuch umbinde», denkt sie.

«Vater, was ist an der Geschichte wahr?», fragt sie Beat bei Gelegenheit, «was war mit der toten Frau in der Baugrube?»

«Das war eine junge Muslimin. Man hat gesagt, sie habe ein Kind in Basel zur Welt gebracht, aber mehr weiß ich nicht.»

Nach dem Tod des Försters macht Lea drei Wochen Ferien, sie mag niemanden sehen, nur Großvater kann sie ihr Herz ausschütten, einmal sagt sie ihm: «Wenn du jünger wärst, würde ich dich heiraten.» Er antwortet: «Weißt du, früher war ich auch nicht so umgänglich wie heute, einige Schicksalsschläge haben mich verändert.»

Die Freude am Servieren ist auch nicht mehr dieselbe, ab und zu kommt Björn mit Kind und Frau ins Restaurant, manchmal kommt er auch allein, ist noch nicht verheiratet, das Kind ist schon lange auf der Welt, ein Mädchen, hat blonde Haare und blaue Augen. «Wann willst du heiraten?»

«Ich weiß nicht, pressiert nicht», gibt er zur Antwort. Die Kollegen und die Stammkundschaft sind noch fast die gleichen, es gibt immer noch Freunde, die Lea unbedingt heiraten möchten, aber so richtig kann keiner ihr Interesse wecken. Am meisten freut sie sich immer noch, wenn Björn das Lokal betritt, aber sie lässt sich nichts anmerken und behandelt ihn wie die anderen Gäste.

In der letzten Zeit schlägt sie sich mit den Gedanken herum, etwas anderes zu machen, wieder ins Spital gehen und die Lehre noch zu Ende machen, verwirft das aber gleich wieder. Der Professor ist wieder allein, hat sie schon ein paar Mal angerufen, um ein Treffen gebeten, aber sie hat abgelehnt. Das ist vorbei, dahin geht sie nicht mehr zurück, der Professor wollte sie sogar heiraten, was sie dankend ablehnte.

Aber eine neue Herausforderung muss her, wenn Lea nur wüsste, was.

***

Kein Schweinefleisch zum Mittagessen, komische Leute, das werden Muslime sein. 20 Personen zu einem Geburtstag sind angemeldet, Schaf- und Rinderbraten, Rinderbraten, aber nicht gespickt, sie wissen ganz genau, dass man zum Spicken Schweinefett braucht. Reserviert ist im hinteren Sali, sie wollen für sich sein. Lea darf die Gäste bedienen. Ohne lange zu überlegen, zieht sie einen schönen Rock an, bindet die Haare mit einem Kopftuch. Als die Gesellschaft eintrifft, sieht man sofort, dass es sich um eine gläubige Familie handelt, aber ohne Verschleierung. Die Frauen sind sehr streng nach ihrem Glauben angezogen, auch die Herren kommen traditionell daher. Dazu haben sie eine türkische Kapelle organisiert, die Musik nach ihrer Tradition spielt.

Als alle da sind, das heißt, ein Stuhl ist noch frei, kommt ein netter Herr zu Lea. «Harbin», wird er später vorgestellt. Alkohol wird keiner serviert, Bier ohne Alkohol, wenn einer unbedingt etwas Alkoholisches trinken möchte, bringen sie es ihm ohne Aufsehen. «Wir können auch tolerant sein, wenn es sein muss, verzeihen auch kleine Fehler, sehen sie, nicht alle Frauen sind mit Kopftüchern bedeckt. Wir in unseren Familien sehen das Ganze nicht so eng und glauben Sie, ich hatte nie Druck bei meinen Kindern ausgeübt, die meisten meiner Familie folgen trotzdem der Tradition, bis auf das Mädchen neben dem leeren Stuhl, das will aus der Reihe tanzen, ich werde sie gewähren lassen, das war mein Lieblingskind, vielleicht will mich Allah prüfen. Ein Mann hat ihr das Leben gerettet, unter Einsatz seines Lebens, als sie in einen Fluss gefallen war. Ich möchte ihnen das Vorgefallene schnell erzählen», meint Harbin. Zwei oder drei Rechtsextreme sind den zwei Mädchen, meiner Tochter und deren Freundin, als sie am Ufer eines Flusses spazierten, begegnet, einer der drei gab meiner Tochter, als sie auf gleicher Höhe waren, einen Stoß, meine Tochter verlor das Gleichgewicht, rutschte die Böschung hinunter und fiel ins Wasser, sie konnte nicht schwimmen, beide schrien um Hilfe, die Burschen liefen einfach davon. Aber ein anderer, mit Freundin, der hinter den beiden spazierte, sah den ganzen Vorfall, ließ seine Freundin stehen und stürzte sich, als er Kleider und Schuhe ausgezogen hatte, ohne lange zu zögern, in den Fluss und zog sie aus dem Wasser, machte Mund-zu-Mund-Beatmung, bis sie wieder zu sich kam. In der Zwischenzeit hatte seine Freundin schon längst den Rettungsdienst verständigt, die Feuerwehr und die Polizei mit dem Krankenwagen, alle waren fast gleichzeitig an der Unfallstelle.

Dank dem schnellen Eingreifen dieses Mannes lebt meine Tochter noch. Die Rüpel konnten verhaftet werden, es stellte sich heraus, dass sie in der rechtsextremen Szene verkehren, da die Mädchen Kopftücher trugen, wussten sie, dass es ausländische Mädchen waren, die eine andere Religion haben. Unsere Familie ist tolerant, wir akzeptieren andere Religionen und Leute.

Heute feiern wir den Geburtstag meiner geretteten Tochter, unser Held ist auch eingeladen. Inzwischen haben sich die beiden Lebensretter getrennt, der Mann verkehrt mit meiner Tochter, mehr als mir recht ist. Ich glaube, die haben sich bei der Mund-zu-Mund-Beatmung verliebt», sagt er und lacht verschmitzt. «Leider ist er von einem anderen Glauben, ich muss das akzeptieren, werde meiner Tochter keine Hindernisse in den Weg legen, wenn er sie heiraten möchte. Es ist noch nicht so weit, der Held studiert Architektur, mindestens noch ein Jahr, da kann noch viel passieren.»

«Wer ist denn der Held?», will Lea wissen. «Ich weiß gar nicht, mit Vornamen heißt er Swen, ist Schweizer. Ich sehe ihn selten, er wohnt nicht in der Gegend, da wird nur mit Handy kommuniziert, aber manchmal stundenlang», erwidert Harbin.

«Wie kommt ihr auf unser Restaurant?», will Lea wissen. «Wir hatten einen guten Bekannten, der hat es uns empfohlen, vor allem wegen der Bedienung, das muss eine Türkin sein oder aus einem arabischen Land, er meinte, glaube ich, Sie, Sie haben einen arabischen Einschlag und sind sehr nett.»

«Wer ist der Gast?», fragt Lea. «Der ist leider bei einem Autounfall in den Bergen ums Leben gekommen.» «Wo in den Bergen?»

«Auch ein Schweizer verlor damals das Leben, wo genau, weiß ich nicht, man weiß bis heute nicht, wie es genau passiert ist.»

Lea erwidert nichts mehr. «Da muss ich mehr wissen, nach dem Essen will ich mit dem Mann ein Gespräch unter vier Augen», denkt sie. Dann fängt sie an, die Gäste zu bedienen, und ist gespannt auf den Gast, der noch kommen soll und Swen heißt. Der Apéro ist schon fast fertig. «Was ist das für ein ungezogener Kerl, der nicht weiß, was Anstand ist», denkt Lea. Von den Gästen scheint sich niemand aufzuregen, es wird normal sein, dass jemand zu spät kommt.

Lea ist am Einschenken, als die Tür aufgeht. Swen steht da, ihr Bruder, sie vergisst, den Mund zu schließen. «Du bist der Held?», bringt sie nach der ersten Überraschung über die Lippen. «Ja, ich, eine kleine Überraschung.» Dann stürmen sie aufeinander zu und umarmen sich und küssen sich ungehemmt. Jetzt kommen die anderen nicht mehr aus dem Staunen heraus. «Was soll das?», fragt das Mädchen ohne Kopftuch. «Das ist meine Schwester, meine liebe Schwester», wiederholt er. Swen ist in Freiburg, um zu studieren, darum haben sie sich schon lange nicht mehr gesehen.

Harbin kommt ganz langsam auf Swen zu. «Komm, setz dich jetzt auf deinen Platz, damit wir mit dem Essen beginnen können.»

«Ihr müsst entschuldigen, ich hatte Stau auf der Autobahn, jetzt werden zuerst alle begrüßt und du musst sie mir vorstellen», fordert er Elvira auf. Anschließend setzt er sich auf den leeren Stuhl und küsst Elvira etwas gehemmt auf den Mund. «Willst du Wein oder Bier, kannst was mit Alkohol haben?», fällt Lea den beiden in die Unterhaltung. «Nein, ich trinke, was die anderen trinken, und esse das Gleiche.»

In einer Essenspause, als Harbin sich allein im Garten die Füße vertritt und seinen Gedanken nachhängt, spricht Lea ihn an. «Wer war der Herr, der unser Restaurant empfohlen hat?»

«Er hat uns erzählt, dass du – oder gibt es hier noch eine andere Ausländerin?»

«Nein, ich bin auch Schweizerin, habe Schweizer Eltern und Swen ist mein Bruder, du bist nicht der Erste, der etwas anderes behauptet. Was hat er erzählt?»

«Du seist Muslimin und von der Familie adoptiert worden, oder noch schlimmer, als Baby gestohlen worden.»

«Ich habe eine Geburtsurkunde und habe hier vom ersten Tag an gewohnt. Der Schweizer Mann, der auch gestorben ist, war mein Freund.» Harbin entschuldigt sich. «Warum war unser Freund so besessen davon, dass du eine Türkin sein sollst? Wenn ich euch vergleiche, deinen Bruder und dich, sehe ich keine Ähnlichkeit, aber das muss nichts heißen.»

Das Fest nimmt seinen Lauf. Es ist ein schönes Fest, man merkt schon, dass die beiden ineinander verliebt sind, Probleme kommen erst später, wenn es ernst werden soll. Es wird auch getanzt und gesungen, eine türkische Kapelle spielt Hintergrundmusik zum Essen, später zum Tanz auf. Einmal, als ihr Bruder sie zum Tanz auffordert, meint jemand: «Du bist fast mehr Muslimin als meine Freundin, du mit Kopftuch und langem Rock.» Jetzt wird Lea böse, lässt ihren Bruder stehen, geht in die Küche und sagt zur Wirtin: «Fertig, eine andere Person soll die Gesellschaft bedienen, ich mag nicht immer für eine Türkin gehalten werden.»

Später kommt der Bruder mit seiner Freundin und entschuldigt sich, natürlich nimmt sie die Entschuldigung an und arbeitet weiter.

«Jetzt will ich wissen, was eigentlich mit mir los ist und woher ich komme. Nein, ich bin Schweizerin und das bin ich, wenn ich vielleicht ein wenig türkisches Blut in mir habe, ist das auch nicht schlimm, ich bin gut gefahren mit dem Mix. Sollen die mich doch verwechseln, mir egal, werde mich nie mehr aufregen und an mir zweifeln, ich bin wie ich bin.» Sie setzt eine gute Miene auf, summt ein Schweizer Lied vor sich hin, holt das Alphorn und macht zur Bewunderung aller Schweizer Folklore, zwischendurch singt sie ein Schweizer Volkslied, die Kapelle begleitet sie dabei. Dann wird wieder türkische Musik gespielt, wie gerade die Stimmung ist. So nimmt das Fest einen schönen Ausklang.

***

«Das Kind wird immer älter, willst du nicht bald heiraten?», spricht Lea Björn an. «Pressiert nicht.» Irgendwie ist sie nicht unglücklich, dass Björn noch ledig ist. «Unser Termin steht noch gar nicht fest, kommt Zeit, kommt Rat», erwidert er ein wenig lässig.

«Mit meinem Geologiestudium werde ich in einem Jahr fertig, dann können wir die Hochzeit planen, vielleicht ist dann meine Mutter auch wieder gesund und hat das Alkoholproblem hinter sich, sie macht eine Entziehungskur, so wie es scheint mit Erfolg. Mein Vater will seine Geliebte heiraten, wenn er geschieden ist, die Mutter wird in die Scheidung einwilligen, wenn sie gesund ist und er ihr so viel Unterhalt zahlt, dass sie leben kann.»

«Und du, wie geht es in der Liebe?», fragt Lea. «Ich habe ein Kind und liebe es über alles, meine Freundin ist lieb und treu, aber irgendwie fehlt das gewisse Etwas.»

«Kenn' ich», stimmt Lea zu. «Bei mir und dem Förster war das auch so. Aber wahrscheinlich hätte ich ihn geheiratet, wenn er nicht verunglückt wäre.»

«Ungefähr in zwei Monaten gehe ich mit ihr nach Hause, in die Ferien, dort werde ich wie ein König empfangen. Ihre Familie ist arm, hat kaum genug zum Leben, darum unterstütze ich sie, aber viel kann ich nicht schicken, weil ich noch in der Ausbildung bin. Irina ist das dritte Kind und zugleich das jüngste.

Oftmals habe ich das Gefühl, dass auch sie traurig und nicht zufrieden ist, trotzdem drängt sie immer zum Heiraten. Sie spricht schon ganz gut Deutsch, ist aber sehr unselbstständig, weiß nicht, was sie den ganzen Tag machen soll, gut, jetzt hat sie die Kleine, nach der schaut sie gut, aber zum Einkaufen muss ich mit, spazieren geht sie nie alleine.»

«Ich mache dir einen Vorschlag, bringe die Frau zu mir. Wenn ich arbeite, kann sie helfen, putzen, aufdecken, Küche reinigen, somit verdient sie noch eine Kleinigkeit. Die Kleine kann sie mitnehmen, wir brauchen eine Arbeitskraft, schick sie morgen vorbei, dann kann sie ein wenig schnuppern.

«Ob das eine gute Idee ist, weiß ich nicht, aber probieren können wir's.»

Am nächsten Morgen bringt Björn Irina zur Arbeit, die Kleine wird an diesem Tag von Björn betreut, er nimmt sich einen Tag frei. Die Begeisterung von Irina hält sich in Grenzen, als sie putzen, abräumen und Geschirr wegräumen muss. «Brauchen könnten wir sie schon, aber mit dem Widerwillen kann sie nicht lange bleiben», meint die Chefin. Sie gibt ihr einen kleinen Lohn zur Motivation, für eine Woche ist abgemacht, aber schon am dritten Tag will die Wirtin sie entlassen. Aber die Kleine, die sie vom zweiten Tag an mitnahm, war allen so ans Herz gewachsen, dass alle bedauern würden, wenn sie nicht mehr hier wäre. Lea macht der Wirtin den Vorschlag: «Wir lassen sie bedienen, vielleicht bekommt sie mehr Freude an der Arbeit.» Am vierten Tag befiehlt die Wirtin: «Jetzt gehst du und bedienst die Leute, Lea hat eine Magenverstimmung, kann heute nicht kommen.»

«Das kann ich nicht, ich will nicht, vor all den Leuten blamiere ich mich nur.»

«Ja, das kann schon sein, aber das tut nicht weh, nimm es mit Humor, du sprichst gut Deutsch, siehst gut aus, die Männer werden dich verehren, besonders die jungen, ich bin auch hier und werde am ersten Tag abkassieren, du musst nur bedienen.»

Am Anfang geht alles schief. Einem Gast schüttet sie Kaffee mit Schnaps über die Arbeitskleider, der lacht nur: «Kannst hier trocken machen.» Er zeigt aufs Büro, alle lachen. Die Wirtin nimmt sie in den Arm. «Nicht traurig sein, das kann passieren.» Einem anderen schenkt sie zu viel Bier ein, sodass es überläuft, verschiedene Missgeschicke passieren. Es sind immer die gleichen Handwerker, die um diese Zeit in die Pause kommen, etwa zehn Stück. Als alle bezahlt haben, nimmt die Wirtin Irina an die Hand, geht zu den Handwerkern: «Unsere neue Kraft hat das erste Mal viele Fehler gemacht, darf sie weiter bedienen? Oder soll sie wieder hinter die Front?» Dann schreien alle: «Irina soll weiter bedienen, wir werden ihr ihre Fehler verzeihen.» So kommt es, dass sie eine gute Bedienung wird und auch Freude an der Arbeit bekommt.

Es geht immer besser, alle sind sehr zufrieden mit Irina, sogar sie hat sehr große Freude an der Arbeit, macht Überstunden, wenn es geht. «Wenn du so weitermachst, bin ich bald überflüssig und die wollen mich nicht mehr», spottet Lea, dazu lächelt sie.

«Jetzt bist du schon zwei Monate hier, wirst immer besser, ich gebe dir zwei Franken mehr Lohn in der Stunde», sagt die Chefin. Irina hat so große Freude, dass sie der Wirtin einen Kuss gibt. «Das zusätzliche Geld schicke ich nach Hause, damit sie den Stall renovieren können.»

Eine Woche später kommt ein fremder Mann mit zwei Kollegen ins Restaurant. Bald merkt Irina, dass einer ihre Sprache spricht, sie freut sich sehr, dass sie wieder einmal ihre Sprache sprechen kann. Jetzt ist sie glücklich, dass sie diese Arbeit angenommen hat.

Der Mann kommt immer öfter, oft alleine, er ist aus Usbekistan und arbeitet seit zwei Jahren auf dem Bau. Er spricht aber sehr schlecht Deutsch. Immer, wenn er ins Restaurant kommt, setzt Irina sich zu ihm, dann sprechen sie Russisch miteinander, niemand versteht ein Wort. Die anderen Gäste werden vernachlässigt, bis die Wirtin Irina zur Seite nimmt und ihr ins Gewissen reden will. Da kommt sie schlecht an. «Immer krampfen, sich einsetzen, bis man vor Müdigkeit fast umfällt. Wenn man ein wenig mit einem Kollegen spricht, der Umsatz bringt, wird man geschimpft.»

«Hast du nicht ein wenig übertrieben mit Sprechen, die anderen Gäste haben sich auch schon beklagt, wir sind sonst zufrieden mit dir, du gibst dir Mühe, die Gäste lieben dich. Wenn es dir zu streng ist, such dir eine andere Stelle.»

«Das kommt mir gerade recht, mein Kollege hat mir erklärt, dass ich in der Stadt mehr verdienen kann und es viel weniger streng habe.» Sie zieht die Schürze aus, nimmt die Kleine, ohne Abrechnung, ohne den Gästen auf Wiedersehen zu sagen, und verlässt das Lokal.

Zu Hause gibt es einen Höllenkrach, weil sie die Arbeit geschmissen hat wegen dieses Usbeken. «Ich gehe in die Stadt und suche dort eine Stelle.»

«Was machen wir mit der Kleinen?», will Björn wissen. «Die geben wir in eine Krippe oder suchen eine Tagesmutter, während ich arbeite, eine Woche arbeite ich am Abend und die andere Woche am Tag, mit meinem und deinem Lohn vermögen wir die Kleine zu platzieren. Am Wochenende habe ich frei, dann komme ich zu dir.»

«Wenn alles optimal läuft, sollte es gehen», denkt Björn. «Soll sie's doch versuchen, das wird ihr nicht gefallen, dann kann sie wieder in den Bären, die waren sehr zufrieden mit ihr.»

Schon nach kurzer Zeit findet sie eine Anstellung in einem guten Café, wo sogar auf ihre Wünsche eingegangen wird.

Die Ferien in Russland kommen immer näher, in zehn Tagen sollen sie fahren. Am nächsten Tag geht Björn in den Bären und fragt Lea, was eigentlich vorgefallen ist. Sie erzählt ihm, was sie weiß. Sie habe eine Stelle in einem Tearoom in der Stadt, wo sie mehr verdiene und es weniger streng habe, erwidert Björn. «Ich werde sie aufsuchen, schauen, ob das alles stimmt, dann kann ich auch noch wegen der Ferien abklären. So bald als möglich besucht Björn Irina in der Stadt. Von einem schönen, gemütlichen Lokal hat er die Adresse, wo sie arbeiten soll. Als er sich gesetzt hat, denkt er: «Hier könnte man sich wohlfühlen.» «Ist Irina noch nicht hier?», erkundigt sich Björn bei der Bedienung. Björn stellt sich als ihr Freund vor. «In einer Stunde sollte sie anfangen.»

«Wie macht sie sich hier, seid ihr zufrieden mit ihr?»

«Sie ist sehr tüchtig, erledigt die Arbeit, kann es gut mit den Gästen, wir sind sehr zufrieden mit Irina, aber etwas macht uns ein wenig Sorgen. Immer kommt ein Gast, der spricht ihre Sprache, dann ist sie abwesend und nervös.» Björn wartet, bis sie zum Dienst erscheint. Als sie Björn erblickt, nähert sie sich ihm mit schnellen Schritten, nimmt ihn in die Arme und küsst ihn sehr intensiv, vor allen Leuten. «Am Samstag komme ich übers Wochenende nach Hause, ich freue mich sehr auf zwei gemeinsame Tage. Die Ferien müssen wir verschieben, alles Weitere besprechen wir am Wochenende, ich muss jetzt arbeiten.» Glücklich und zufrieden geht Björn nach Hause.

Am Freitag kommt ein Anruf. «Du, ich kann nicht kommen, ich muss arbeiten, eine große Gesellschaft hat sich angemeldet, verschieben wir auf nächsten Samstag.»

Als es auch eine Woche später wieder nicht klappt, wird Björn nervös und geht zu Lea, um sie nach Rat zu fragen. «Wenn du nichts dagegen hast, gehe ich in die Stadt, muss sowieso noch verschiedene Sachen besorgen, ich wäre sehr froh, wenn du etwas mehr erfahren könntest.»

Im Lokal wird Lea von der Wirtin bedient, in einer Pause stellt sich Lea vor. «Soviel ich weiß, arbeitet Irina doch hier, wir haben vorher im selben Restaurant gearbeitet, sie ist fast wie eine Freundin.»

«Kennen Sie Irina gut?», will die Wirtin wissen. «Ja, ich glaube schon.»

«Mit der stimmt etwas nicht mehr, am Anfang waren wir sehr zufrieden mit ihr, ich konnte nur positiv über sie sprechen, habe es auch ihrem Freund Björn gesagt. Aber in der letzten Zeit ist sie nicht mehr brauchbar.»

«Warum meinen Sie?»

«Leider kann ich nicht mehr sagen, nur so viel, sie ist sehr nervös und aggressiv, es kommen Kunden, die ich vorher noch nie gesehen habe, nach meinen Gefühlen nicht die besten.»

Lea wartet noch eine halbe Stunde, dann kommt die Wirtin wieder. «Warten Sie immer noch auf Irina?»

«Ja, kommt sie immer so unpünktlich?»

«Nicht immer, aber es kommt schon vor.»

«Da sagen Sie nichts?»

«Nein, die ist nicht wegen der Arbeit hier, sondern damit sie eine Stelle hat, ich bekomme von einem bestimmten Gast Geld dafür, damit sie hier angemeldet ist, darum ist es mir egal, wann sie hier ist, sie muss einfach alle Tage zwei bis drei Stunden hier arbeiten, und das macht sie.»

«Was macht sie denn, wenn sie nicht hier ist?»

«Was wohl, sind Sie naiv, eine so schöne Frau ist im Milieu willkommen.»

«Sie meinen, die geht anschaffen?»

«Natürlich, der Typ, der sie immer begleitet, ist doch Zuhälter, sieht man.»

«Diese Frau hat ein Kind von einem Schweizer Mann und die wollen nächstes Jahr heiraten, haben Sie es gesehen, dass sie anschaffen geht?»

«Nein, natürlich nicht.»

«Vielleicht macht sie auch was anderes, geht zur Schule oder macht sonst eine Ausbildung und will den Mann überraschen», nimmt Lea sie in Schutz. «Ja, vielleicht», entgegnet die Wirtin, lässt Lea allein. «Die glaubt das nicht», denkt Lea, «und ich auch nicht.»

Kaum ist die Wirtin weg, kommt Irina. «Du?», fragt sie erstaunt. «Ja, ich. Komm, setz dich ein wenig zu mir.»

«Ich muss arbeiten.»

«Musst du nicht, du kommst fast eine Stunde zu spät, auf fünf Minuten kommt es jetzt nicht mehr an.» Widerwillig setzt sie sich. Als sie Irina genauer anschaut, fällt Lea auf, dass sie sich stark geschminkt hat. «Was hast du hier auf der Wange, am Arm hast du auch eine Wunde, schlägt dich dein Freund?»

«Nein, nein, ich bin gestürzt, habe mir eine kleine Verletzung zugezogen.»

«Was machst du, wenn du nicht arbeitest?» Sie probiert noch ein paar Ausreden, Lea geht gar nicht drauf ein. «Sag mir, was du machst? Gehst du anschaffen?»

«Ich konnte nicht anders, das ist einer von den Männern, die uns entführten. Er hat momentan einen finanziellen Engpass, noch ein, zwei Monate muss ich machen, was er befiehlt, dann gehen wir nach Hause und eröffnen ein Restaurant für Touristen, hat er mir versprochen. Wenn ich jetzt nicht spure, will er meinen Eltern ein Leid antun.» In diesem Augenblick kommt der Typ, den kennt Lea, irgendwie ist er Lea schon im Bären bekannt vorgekommen, jetzt erinnert sie sich an ihn. «Das war einer der Entführer, das kommt nicht gut», denkt sie. «Was machst du hier», hänselt er Irina an, «du hast gesagt, du müsstest zur Arbeit, jetzt quatschst du hier herum, geh arbeiten und vergiss nicht, um neun.

Bring mir einen Kaffee aufs Haus.»

«Hoppla, die hast du im Griff, die gehorcht dir aufs Wort», mischt sich Lea ein. «Gut, dass ich dich hier treffe, auch du wirst eines Tages nach meiner Pfeife tanzen.»

«Ja, vielleicht, man kann nie wissen», meint Lea trocken. «Ich kenne dich, du warst im Gefängnis, warst einer der Entführer, wie brutal ihr sein könnt, weiß ich, Angst habe ich vor dir oder vor deiner Clique, wie ich mich schützen kann, weiß ich bis jetzt noch nicht.» Der Mann ist erstaunt über eine solche Ehrlichkeit.

«Du bist die, die uns ins Gefängnis gebracht hat, für diese Zeit musst du mir büßen, du wirst mir eines Tages gehorchen und machen, was ich will, du hast meine Freiheit gestohlen, somit werde ich dich nicht schonen und für meine Zwecke benutzen.»

Als er das Lokal verlässt, hat Lea ein ungutes Gefühl. Sie weiß nicht, wie sie sich wehren kann. Wenn diese Leute etwas wollen, ist es sehr schwierig, sie von diesem Vorhaben abzubringen, die wollen sie zur Prostituierten machen. Dann ruft Lea Irina, will sie fragen, ob sie gemeinsam das Problem lösen wollen. Eventuell ist sie bereit, sich von dem Tyrannen zu befreien, ohne dass die Familie leiden muss. «Nein, nein, das will ich nicht. Ich kann hier sehr viel Geld verdienen und kann das nach Hause schicken, meistens ist er ja gut zu mir, verwöhnt mich mit schönen Kleidern und teurem Schmuck, oftmals ist er sehr lieb. Einmal hat er vom Heiraten gesprochen. Momentan ist er in einer schwierigen Lage, da er viel Geld verloren hat, muss ich ihm helfen, die Schulden zurückzuzahlen. Am meisten verdient man, wenn man mit fremden Männern Sex hat, er hat mir gesagt, in einem halben Jahr seien wir aus dem Schlimmsten heraus, dann werden wir heiraten. In diesem Lokal arbeite ich nur wegen der Aufenthaltsbewilligung. Sag bitte Björn noch nichts, ich werde ihn zu gegebener Zeit aufklären. Heiraten werde ich Björn wahrscheinlich nicht.»

«Wie stellst du dir das vor, ich soll Björn anlügen? Oder wie meinst du das? Du kommst mit mir nach Hause und klärst ihn auf. Morgen habe ich frei, eine gute Kollegin bringt mich mit dem Auto zu Björn. Ich erwarte dich, sonst sage ich ihm alles schonungslos.»

«Morgen Mittag komme ich mit Björn und der Kleinen zum Essen in den Bären, beim Kaffee werde ich ihn aufklären.» Lea probiert sie noch umzustimmen, sie will einfach nicht mehr, Irina ist schon zu fest in den Russen verliebt, als dass man sie noch umstimmen könnte.

Lea weiß, dass sie in Gefahr ist, auch sie könnte auf irgendeine Art in die Klauen der russischen Mafia gelangen, mit Drogen, K.O.-Tropfen oder sonst irgendwie könnten die sie abhängig machen. Lea weiß, dass sie etwas unternehmen muss, damit sie im Falle eines Falles von Kollegen Hilfe bekommt. Auf einmal kommt ihr eine Idee. «Ich werde einen Brief schreiben, worin ich alle Eventualitäten festhalte, zum Beispiel, wenn ich Drogen konsumiere oder übermäßig Alkohol trinke. Wenn ich auf einmal ohne Grund und Aufklärung die Arbeit schmeiße, noch andere wichtige Sachen, alles, was ich weiß von Irina, dann werde ich den Brief einer vertrauen Person und einem Notar geben, hundertprozentige Sicherheit gibt es nie, aber eine kleine Absicherung.»

Mit schwerem Herzen geht sie nach Hause, weiß nicht, wie und was sie Björn sagen soll. «Ich lasse das Ganze auf mich zukommen, dann sehen wir weiter.»

Schon als sie das Restaurant betritt, sieht sie Björn allein an einem Tisch. Er wartet sehnsüchtig auf Lea. «Morgen kommt Irina, wird dich aufklären.» Björn will natürlich mehr wissen. «Ich kann und darf nichts sagen, Irina wirds dir erklären.»

Eine ältere Frau lädt Irina vor dem Bären aus, sie ist etwas früher, wartet sehnsüchtig auf Björn und die Kleine, Lea bittet die Chefin um Erlaubnis, den Kaffee bei Björn und Irina zu trinken. Sie muss Björn noch nichts erzählt haben, denn beide sind noch gut drauf. Die Kleine sitzt bei Irina, schaut sie mit leuchtenden Augen an. Irina streicht ihr über die Haare, küsst sie ab und zu auf die Stirn. Björn ist froh, dass sie wieder bei ihm ist, dass sie ihr Kind in den Armen halten kann. «Jetzt sag mir, wie es weitergehen soll, komm doch wieder zurück, arbeite etwas weniger, in einem halben Jahr bin ich mit dem Studium fertig, dann verdiene ich genug, dass du nicht mehr arbeiten musst.

Irina fängt an, zu weinen. «Warum weinst du? Stimmt was nicht?» Lea sitzt daneben, sagt nichts, «das Problem müssen sie allein lösen», denkt sie, als Björn sie Hilfe suchend anschaut. «Gib mir die Kleine», sagt sie, als sie etwas unruhig wird. «Schön, so ein kleines Kind, das muss man einfach gernhaben, ist sie nicht zum Verlieben, die könnte ich gleich behalten», meint Lea.

«Was für Probleme?», will Björn wissen. «Ja, es gibt Probleme», schluchzt Irina. «Die können wir sicher lösen.»

«Ja, ja, die müssen wir lösen. Ich habe mich in einen anderen Mann verliebt», platzt sie mit der Wahrheit heraus, «Werde dich nicht heiraten, es ist der Russe, der immer in den Bären gekommen ist.» Das große Schweigen. «Du willst mich verlassen?», fragt Björn in die Stille. «Was wird mit dem Kind, wie soll das weitergehen?»

«Es wird schon eine Lösung geben, ich möchte es natürlich behalten. Das Kind bleibt bei mir in der Schweiz.»

«Lasst die Diskussionen über das Kind, schaut zuerst, wie es bei euch weitergehen soll», mischt sich Lea ein. Es gibt noch einen heftigen Streit, den Lea mit Müh' und Not beschwichtigen kann.

Das Kind bleibt am Anfang bei Björn, bis eine Lösung gefunden wird, wenn nicht, muss der Richter entscheiden oder die Behörden werden das Problem lösen müssen. Gut, dass die Frau Irina gegen drei Uhr abholt, es wird nur noch gestritten, geweint und es werden Drohungen ausgesprochen.

***

Der Großmattbauer ist unbeholfen geworden. Lea besucht ihn selten, sie hat einfach keine Zeit. Einmal, als sie sich Zeit nimmt und sich dafür entschuldigen will, dass sie schon lange nicht mehr bei ihm war, sagt er trocken: «Man hat immer Zeit, nur nicht für mich, aber lass nur, ich freue mich immer, wenn du kommst, du hast mir so viel Freude gemacht, dass du mein Engel bist.» Lea kommen fast die Tränen bei einem so großen Kompliment.

«Wie geht es auf dem Hof?», fragt sie so nebenbei. «Gut, sehr gut, Alä arbeitet, als ob es sein eigen wäre, ist selbstständig, macht Kurse über Landwirtschaft und Viehzucht, interessiert sich für alles. Auch Paul, der Knecht, ist gut, auf meinem Hof ist eine Harmonie, fast wie ein Wunder, womit habe ich das verdient, für so vieles warst du verantwortlich.»

«Lass die Komplimente, ich habe nur das getan, was ich tun musste, als ob ich von einer höheren Kraft geführt werde.»

«Eine kleine Sorge drückt mich», fängt der Großmattbauer an, «vor zwei Tagen bekam ich einen Brief, ich habe ihn noch niemandem gezeigt. Der Vater von Alä, du kennst ihn, hat mir ein Angebot für die Hangwiese gemacht, es soll dort wieder eine große Überbauung geben. Eine Million Franken hat er mir geboten. Mit diesem Geld könnten wir den Hof umbauen und auf den neusten Stand bringen. Keine Schulden müssten wir machen, dazu könnten wir noch ein Schlachthaus und sein 8-Hektar-Höflein kaufen, er hat es mir schon lange angeboten. Das Ganze hat aber einen Haken. Der Hang liegt in der Gefahrenzone 3, merkwürdig ist es schon, vor zwei Jahren wurde das Land aus der roten in die grüne Zone eingeteilt, aber das Land ist lawinengefährdet, wie die Überbauung am Schlosshang, ob grün oder rot, dort darf man nicht bauen. Trotz meiner Schicksalsschläge geht es mir gut, warum soll ich anderen Leuten, die einmal dort wohnen, den Gefahren aussetzen, nur wegen ein wenig Geld. Ich frage Alä, was er meint. Hol ihn, wir werden das gleich besprechen.»

«Ja, mein Vater hat mich aufgeklärt», bestätigt Alä, «ich soll dich unter Druck setzen. Der Hof gehört nicht mir, ich will dich nicht beeinflussen, darum habe ich nichts gesagt.» Dann argumentieren beide dafür und dagegen, ohne Hintergedanken. Am Schluss sind sie sich einig: Das ist eine gefährdete Zone, somit wird nicht verkauft. «Ich werde nicht verkaufen. Ich werde ihm einen Brief schreiben, dass das Land in einer gefährlichen Zone liegt, somit nicht überbaut werden darf, trotz Abänderung des Zonenplans. Ich werde den Brief eingeschrieben schicken.»

Ungefähr drei Tage später muss Alä zum Vater ins Büro. «Konntest du diesen alten Sack nicht umstimmen? Seit 100 Jahren ist keine Lawine mehr gekommen, übrigens wird die Gemeinde eine Lawinenverbauung machen.»

«Ja, davon haben wir auch gehört.»

«Wenn die steht, kannst du wieder mit dem Großmattbauern reden. Wir wollen im Frühling mit dem Bauen anfangen.»

«Bis die fertig ist, vergehen bestimmt noch fünf Jahre, also dann, vergiss das Bauen, der Großmattbauer wird nicht verkaufen, ich werde ihm auch abraten.»

«Mein eigener Sohn hilft dem Gegner, warum habe ich dich überhaupt aufgezogen, man weiß nie, von wem dieser Hohlkopf abstammt. Alles liegt dir zu Füßen, Millionen könntest du einmal erben, aber nein, Bauer auf einem fremden Hof, wegen der Liebe, dass ich nicht lache. Es gibt tausend schöne Frauen, nein, diese Landschlampe muss es sein. Ich werde dich enterben, wenn du mir nicht hilfst, dieses Land zu erwerben.»

«Vater, ich kann nicht, dieses Land ist unsicher, sogar eine Steinlawine könnte kommen.»

«Papperlapapp, das Land ist im grünen Bereich und nicht im roten, somit kann man bauen.»

«Meine Freundin ist die liebste Frau, die es gibt, jetzt gehe ich, mit dem Enterben kannst du machen, was du willst, ich brauche dein Geld nicht, ich bin glücklich und über beide Ohren verliebt. Einen Wunsch hätte ich noch, wer ist denn meine Mutter, möchte ich wissen.»

«Deine Mutter lebt in Zürich, mehr weiß ich nicht.»

Alä geht vom Vater direkt in den Bären und will seine Wut und Enttäuschung mit Alkohol ertränken. Als Lea etwa eine Stunde später mit dem Arbeiten beginnt und sieht, dass Alä angetrunken ist, setzt sie sich zu ihm. «Was ist los mit dir, um diese Zeit habe ich dich noch nie besoffen gesehen?» Alä erzählt ihr alles. «Eine Mutter, die mich nicht wollte, kein richtiger Vater, ein Bastard bin ich.»

«Du hattest doch eine schöne Jugend, hattest alles, was du wolltest, deine Pflegeeltern hatten dich gern, du hast die halbe Welt gesehen, was willst du noch mehr? Nimm es auf die leichte Schulter und sehe positiv in die Zukunft.»

«Hast eigentlich recht, du bist wirklich eine gute Trösterin.»

«Aber jetzt muss ich dir auch was erzählen. Gestern kam eine ältere Frau, ein kräftiger Herr an ihrer Seite, ich glaube, das war ein Bodyguard, ins Restaurant. Sie waren beide gut angezogen, hatten ein gutes Auftreten, vor der Tür stand ein Porsche. Ob ich den Großmattbauern kenne. Als ich bejahte, wollte sie alles wissen, ob er gesund sei, ob er Kinder habe. Ich habe zurückhaltend Auskunft gegeben.

‹Ich bin eigentlich hier auf der Durchreise›, fuhr sie fort, ‹kennen Sie eine Lea?›

‹Ja, natürlich, ich bin Lea.›

‹Habe ich ein Glück, dass ich Sie gleich antreffe, einen lieben Gruss von Irina, sie ist gar nicht glücklich, vor allem psychisch, darum hat sie mich gebeten, du sollst sie doch so schnell wie möglich besuchen.›

‹Warum ich?›, wunderte ich mich. ‹Du seist eine gute Freundin, die immer hilft, wenn sie kann.› Später hat die Frau im Bären ein Zimmer gemietet, ich soll morgen mit ihr unbedingt nach Zürich fahren, sie dürfe nicht ohne mich zurückkehren. Ich habe widerwillig versprochen, sie am nächsten Abend zu begleiten. Dann fahre ich mit dem Zug nach Hause, aber irgendwie traue ich der Sache nicht recht.»

Auf einmal dämmert es Lea. Nicht Irina verlangte das, sondern ihr Freund: «Der hat mir einmal gedroht, er werde mich in die Prostitution bringen. Dem werde ich das Handwerk ein für alle Mal legen, Irina werde ich helfen. Der Arbeiter meines Vaters hat eine Freundin, die war in Zürich bei der Polizei, die wird uns bestimmt helfen.»

«Ich werde dich begleiten», meint Alä, «ich komme mit dem Auto nach.»

«Alä, jetzt hör mir gut zu, wenn etwas schiefgehen sollte, hol mich dort raus, wenn sie mich zur Prostitution zwingen oder sonst zu was, bring mich nach Hause, ich habe im Spital gearbeitet und ich weiß, dass es ein Mittel gibt, das macht willenlos, ungefähr drei bis vier Tage.»

Es wird alles so organisiert, wie Lea es will. Die Polizei ist informiert, Alä folgt der Frau mit Lea im Auto unauffällig. Bei Irinas Wohnung angekommen, sie wohnt im zweiten Stock, bestimmt die Frau: «Ich muss noch schnell was erledigen, dann komme ich nach.» Es ist 19 Uhr, als Lea Irina ganz allein in ihrem Zimmer antrifft. Sie umarmen sich und halten sich fest.

«Wie geht es?», will Lea wissen. «Es geht, jetzt haben wir bald genug Geld, dann gehen wir in die Heimat zurück, hat mir mein Freund versprochen, aber du musst mir helfen.»

«Wie soll ich dir helfen, ich habe ja selbst kein Geld.»

«Indem du die gleiche Arbeit machst wie ich, mein Freund ist auf diese Idee gekommen, nur ein Monat, dann haben wir genug Geld.»

«Als Hure soll ich arbeiten, wie stellst du dir das vor?»

«Du wirst sehen, das Geld kommt von selbst, manchmal macht es sogar Spaß, es ist gar nicht schlimm, zuerst braucht es Überwindung, dann geht es von selbst.»

«Ich soll auf den Strich? Das ist nicht dein Ernst, vergiss es.»

Dann geht die Türe auf, drei Herren betreten das Zimmer. Einen kennt sie, es ist der Zuhälter von Irina, die anderen sind Fremde, aber man sieht ihnen an, dass alle das gleiche Handwerk betreiben. Irina schicken sie nach draußen. «Geh anschaffen», schreit der Bekannte Irina an. «Jetzt werden wir uns unterhalten», droht er Lea. «Möchtest du was trinken?», fragt einer der Herren. Sie überlegt kurz. «Wenn du etwas Starkes hast, gerne.» Er holt eine bestimmte Flasche hervor, gibt allen ein Glas, füllt die Gläser, Leas Glas füllt er zuletzt, da muss vorher schon was drin gewesen sein, das Glas ist nicht sauber, jetzt weiß sie, dass darin K.O.-Tropfen sind. Lea tut so, als nehme sie einen Schluck. «Was, diesen Fusel willst du mir als stark und gut andrehen?», sagt sie und schmeißt das Zeug auf den Boden. «Ein anderes Glas, ein anderer Schnaps», schreit Lea die drei an.

Die ganze Zeit hat sie das Handy auf Empfang in der Tasche. Jetzt erhebt sich einer, man sieht ihm die Wut an, er geht langsam auf Lea zu, fängt sie an zu betatschen. «Was soll das?», fragt sie gehässig. «Bald kann ich mit dir machen, was ich will.» Lea nimmt das Handy hervor. Bevor sie es abstellen kann, sieht der Kerl das, er schlägt es ihr mit aller Kraft aus der Hand. Natürlich kann sie es nicht abstellen, jetzt wissen die draußen nicht, dass sie in Gefahr ist. Der Typ will ihr die Kleider vom Leibe reissen, da geht die Tür auf, die Frau mit dem Namen Helen und ihr Beschützer betreten das Zimmer. «Eine so schöne Frau schlägt man nicht. Lasst sie in Ruhe.» Er lässt sofort von ihr ab. «Übrigens, wo ist Irina? Ich möchte sie sprechen.» «Ist auf der Arbeit.»

«Holt sie, ich brauche sie hier.» Lea holt sofort ihr Handy unter dem Sofa hervor, ohne etwas zu sagen, stellt sie es ab. Zwei Minuten später kommen drei Polizisten und zugleich auch Irina zur Tür herein. «Wir haben einen Durchsuchungsbefehl, da Drogen vermutet werden. Wer ist Frau Irina?» Jemand zeigt auf sie. «Niemand verlässt die Wohnung, bis ich es erlaube. Alle geben Namen und Adresse an», befiehlt ein Polizist. Tatsächlich finden sie verschiedene Drogen und Bargeld im Wert von 50'000 Franken. «Wem gehört das Zeug?», fragt ein Polizist. Niemand will etwas wissen. Die drei Herren und Irina kommen mit auf den Posten, Irina weint, sie wisse nichts von Drogen, die anderen Herren leugnen auch alles, von Drogen hätten sie keine Ahnung. «Ihr seid verhaftet», sagt der Polizist und legt ihnen Handschellen an. «Was spielen Sie für eine Rolle?», fragt der Polizist Helen. «Ich bin eine Freundin von Irina, wollte sehen, wie es ihr geht, dabei habe ich Lea mitgenommen.»

«Wir müssen noch ein Protokoll machen, dann könnt ihr verfügen.»

«Du kannst bei mir übernachten, ich habe eine sehr schöne Wohnung im Uetliberg», macht Helen Lea ein Angebot. «Ich wurde aufgehalten, darum dauerte es etwas länger, es war höchste Zeit, dass ich gekommen bin, sonst weiß ich nicht, was dir noch alles widerfahren wäre.»

«Ich danke dir, dass du mir geholfen hast, auch für das Angebot, aber das ist nicht nötig, ich habe einen Kollegen hier, der mich nach Hause mitnimmt.»

«Du hast dich abgesichert?», staunt Helen mit einem Lächeln. «Ja, habe ich.»

«Schade, ich hätte dir gerne mein Zuhause gezeigt, aber vielleicht kommst du mich einmal besuchen, aber bitte ruf mich an, bevor du kommst, damit ich sicher zu Hause bin.»

«Was spielt eigentlich Helen für eine Rolle?», überlegt Lea. «Es sind sehr viele Zufälle in diesem Drama. Ich möchte Irina gerne, sehr gerne, aus dem Schlamassel helfen, darum gehe ich bald Helen besuchen.» Zehn Tage später hat Lea einen freien Tag. «Ich gehe heute Helen besuchen und komme erst in zwei Tagen wieder», klärt sie die Wirtin auf.

«Wow», staunt Lea, als sie vor Helens Haus steht, «so etwas Schönes sieht man selten, der große Rasenvorplatz, die Sträucher und Bäume dazwischen, alles sehr schön gepflegt.» Als sie klingelt, kommt sofort ein Mädchen. «Fahr mit deinem Auto hinter das Haus in die Garage, ich hole dich mit dem Lift in den Salon.» In der Wohnung ist alles vom Feinsten, die Küche modern eingerichtet, mit allen Schikanen.

Dann erscheint Helen. «Schön, dass du da bist», begrüßt Helen Lea mit einem Lächeln. «Ich zeige dir als Erstes die Zimmer, fünf an der Zahl, du hast Nummer drei, hier kannst du übernachten», sagt sie und zeigt ihr eines, das gegen Süden liegt, mit Aussicht auf den Park. Das ist einfach der Wahn, dieses Zimmer, großzügige Dusche, die Badewanne ist so groß, dass zwei Personen Platz darin finden, eine Bar, die mit Champagner und vielen anderen alkoholischen Getränken gefüllt ist, das Bett ist groß genug für zwei Personen.

«Komm, jetzt gehen wir zum Kaffee, dann erzähle ich dir von meiner Arbeit, ich mache etwas mit schönen Kleidern. Eine Modeschöpferin kommt jede Woche einmal, ändert fünf bis zehn Kleider, bis sie meinen Vorstellungen entsprechen. Auserlesene Mädchen führen die Kleider vor, es sind sehr teure Kleider, unter 1'000 Franken ist keines, die teuersten bis 20'000 Franken. Reiche, wohlhabende Damen und Herren kennen meine Adresse, erkundigen sich, was es zu sehen gibt. Nur acht bis zehn Leute dürfen der Präsentation zusehen. Es kommt auch vor, dass ein Herr, dessen Frau nicht hier ist, aus welchen Gründen auch immer, dass er die Dame mit dem ausgesuchten Kleid mit nach Hause mitnimmt, um der Frau das Kleid zu präsentieren. Die Damen, die diese Kleider vorführen, sind sehr gut bezahlt, je nach den Kleidern, die verkauft werden, bekommen sie 200–400 Franken pro Abend.

Eine Dame von deiner Statur und deinem Hauttyp fehlt uns noch.»

«Nein, nein, das kann ich nicht.»

«Petra», ruft Helen, «bitte zeige Lea, was es braucht, um unsere Kleider vorzuführen.» Etwas später kommt Lea mit einem wunderschönen Kleid daher, dann noch eins und noch eins, sie will gar nicht mehr aufhören anzuprobieren.

Als sie das gelbe mit den Brillanten Helen vorführt, klingelt die Hausglocke. Ohne das «Herein» abzuwarten, betritt ein Mann den Raum. «Hallo, Tante Helen, ich bin in der Gegend, wollte sehen, wie's dir geht.» Sie umarmen sich flüchtig. «Schön, dass du gekommen bist, schau dir unser neues Model an, als Anfängerin ist sie schon ganz gut.» Lea vergisst, den Mund zu schließen, ein so schöner und gut angezogener Mann verschlägt ihr den Atem. «Geh, zieh ein anderes Kleid an», fordert Helen sie auf. «Nein, nein, diese Frau sieht in diesem Kleid fantastisch aus.» Der Mann, Argo mit Namen, steht auf, gibt Lea die Hand, küsst sie zur Begrüßung. «Komm, setz dich zu mir, in dem schönen Kleid, darf ich dich noch ein wenig bewundern?»

Zu fortgeschrittener Stunde und mit ein wenig Alkohol im Blut fragt Helen: «Kommst du jetzt bei mir arbeiten?»

«Ich werde es mir überlegen, ich bin schon seit ein paar Jahren im Bären, möchte schon eine andere Aufgabe übernehmen, aber diesen Monat mache ich ganz sicher noch fertig.»

«Überleg es dir», drängt Helen. «Was gibt es noch zu überlegen, sag zu und fang morgen gleich an. Argo drückt sie ein wenig an sich. Als Lea die Runde verlässt, um schlafen zu gehen, weiß sie, dass sie zusagen wird. Argo ist schon ein netter Kerl, diese tolle Figur, der ist fast zum Verlieben. Schon wegen Argo will sie die Stelle annehmen. Keine Bemerkung, dass er bei ihr schlafen möchte, oder sonst aufdringlich, schön, athletisch und sehr anständig, das imponiert Lea. Freundin habe er keine, Frau auch nicht, hat ihr Helen geflüstert. «Der ideale Mann für mich», denkt Lea entspannt, am nächsten Tag tritt sie die Heimreise an.

***

«Ich könnte eigentlich meine Mutter suchen», überlegt Alä. «Ich muss zwei, drei Tage nach Zürich», erklärt er dem Großmattbauern, «mein Vater hat mich aufgeklärt, dass ich ein angenommenes Kind bin, mir ist das egal, ich hatte ein schönes Leben bis jetzt, aber wissen, wer meine richtige Mutter ist, das möchte ich schon.» Tags darauf macht er sich auf den Weg nach Zürich, er klappert alle zuständigen Behörden ab, um einen Hinweis zu erhalten. Überall heißt es: «Datenschutz, da sind wir nicht zuständig.» Das Einzige, was er vom Vater weiß: Ihr Name soll Luginbühl sein. Im Telefonbuch sucht Alä nach Luginbühl. 43 Namen, bei 38 findet er per Telefon heraus, dass keine seine Mutter sein kann. Sechs fährt er noch mit dem Taxi ab, die fünfte Adresse ist ein Altersheim, dort ist eine Frau, ein wenig behindert, die ein Kind zur Adoption freigegeben hat, aber den Namen des Vaters will sie nicht sagen. «Der hat mich gut behandelt, hat mir Geld gegeben, darum werde ich ihn nicht preisgeben, du bist nicht mein Sohn, der Jahrgang stimmt nicht. Aber im Block, wo ich wohnte, war noch eine Frau, die hat auch ein Kind zur Adoption freigegeben, aber die hieß nicht Luginbühl. Wir haben viel über unsere Probleme diskutiert, aber wo die ist und was sie macht, keine Ahnung, sie soll aber sehr reich geworden sein, und der Name war Reichenbühl.»

Enttäuscht fährt er nach Hause. Da fragt der Großmattbauer: «Hast du etwas herausgefunden?»

«Nein, nur eine Frau Luginbühl hat ein Kind zur Adoption freigegeben, die behauptete, der Jahrgang sei ein anderer, als sie das Kind gebar.»

«Die Frau ist im Altersheim.»

«Ja, warum?»

«Nächste Woche gehe ich mit Lea nach Zürich und werde schauen, ob die Frau Luginbühl dich nicht angelogen hat.»

Auf dem Weg im Zug nach Zürich vertraut er Lea das Geheimnis seiner ersten großen Liebe an. «Sie war Angestellte im Bären, wie du jetzt.

Sie hieß Vreni, eine sehr schöne junge Frau, lustig und für jeden Spaß zu haben. Alle wollten mit ihr Spaß haben, aber mir hat sie den Vorzug gegeben, es kam vor, dass wir eine ganze Nacht getanzt haben, Wein und Bier getrunken mit den Kollegen, Gassenhauer gesungen, dann angetrunken heimgefahren, fast alle Samstage gabs ein Fest, wir waren voll im Saft, immer war etwas los und Vreni machte überall mit.

Ab und zu hatten wir Sex, eines Nachts, wir wussten, dass es gefährlich war, sie nahm die Pille nicht, zu viel getrunken hatten wir auch, dann kam's, wie's kommen musste, wir schliefen miteinander, ich war sehr verliebt in sie, aber mit der Treue nahm ich's nicht so genau: Sie wurde schwanger, ich wollte sie heiraten. Leider war sie arm und keine reiche Bauerntochter, sie war nicht die Wunsch-Schwiegertochter meines Vaters. Er probierte alles, um uns zu trennen. Einmal, als ich wieder eine andere im Zimmer hatte, ging die Türe auf und Vreni stand da, mein Vater hatte sie verständigt und sogar mit dem Auto abgeholt. Vreni wurde zornig, schrie mich an, dass sie mich nie mehr sehen wolle, genau der Wunsch meines Vaters. Ich wollte sie um Verzeihung bitten und heiraten. An einem Samstagabend, etwa zwei Wochen später, wartete ich zur Versöhnung im Bären auf Vreni. Sie kam einfach nicht, bis ich besoffen den Heimweg antrat, vor dem Haus sah ich meinen Vater und Vreni in eindeutiger Situation, ich war besoffen, wurde jähzornig und war zu allem bereit, meinen Vater habe ich zusammengeschlagen, sodass er ins Spital musste, er hat sich nie mehr erholt und ist nach einem Jahr gestorben.

Vreni habe ich nie mehr gesehen, Vater gab ihr viel Geld, damit sie sofort verschwindet, extra 2'000, wenn sie nie mehr in den Bären kommt, 10'000, wenn sie das Kind wegmacht, das hat sie aber nicht gemacht. Vreni ist weggegangen und ich habe nie mehr etwas von ihr gehört. Später habe ich vernommen, dass mein Vater noch einmal viel Geld gegeben hat, wenn sie das Kind zur Adoption freigibt, was geklappt hat.»

«Jetzt hast du das Gefühl, es könnte deine ehemalige Geliebte sein?», fragt Lea. «Nicht nur deswegen fahren wir nach Zürich, ich habe dort noch ein Schwarzgeldkonto, wie viel da noch drauf ist, weiß ich nicht. Das möchte ich auflösen und das

Geld mit nach Hause nehmen, um die Scheune zu erneuern. Dann machen wir noch einen Abstecher ins Altersheim, man kann ja nie wissen.»

«Es war viel mehr Geld auf dem Konto, als ich gemeint habe», erzählt er Lea, die in einem Café wartet. «Jetzt können wir das Schlachthaus kaufen, wenn Alä den Hof übernehmen will. Ich habe keine Nachkommen und Alä hat Freude an der Landwirtschaft, ist ein lieber Kerl und sonst hat er fast nur Vorteile, ich war ja so froh, dass er mich nicht drängte, das Land an seinen Vater zu verkaufen. So, und jetzt gehen wir nach Hause.»

«Nein, ins Altersheim», erwidert Lea. «Komm, vergessen wir das, das bringt doch nichts, ich habe so große Freude an dem vielen Geld, dass ich den Hof kaufen kann, ohne Schulden zu machen.» Sie nimmt ihn einfach unter den Arm, bestellt ein Taxi zum Altersheim Seegarten. «Du hast einen sturen Grind», erwidert er liebevoll, aber lässt es geschehen.

Es ist eine rüstige alte Frau. «Ja, ein Mann war letzte Woche hier, ob ich einen Sohn zur Adoption freigegeben hätte, mein Sohn ist älter.»

«Ich wäre der Vater, und du bist auch nicht Vreni.»

«Nein, das bin ich nicht. Aber die Frau im gleichen Block, bei der würde der Jahrgang eher stimmen, was die gelitten hat, die hat einen Monat nur geweint und dann Rache geschworen, das Geld, das sie von dem Mann bekommen hatte, war schnell weg. Als sie fortging, habe ich ihr 2'000 Franken geliehen, ein Jahr später brachte sie mir das Geld mit einem teuren Sportwagen zurück, aber nicht 2'000, sondern 3'000, mir geht es blendend, möchte nichts anderes mehr machen, verdiene sehr viel Geld. Ich glaube, die ist anschaffen gegangen, bin froh, wenn es ihr gut geht, vielleicht hat sie auch reich geheiratet.»

***

Im Bären sind alle traurig und enttäuscht, die Wirtin weint, «wie soll das weitergehen ohne dich?» Und erst die Gäste, die wollen sie einfach nicht gehen lassen. «Wenn es mir nicht gefällt, komme ich wieder zurück», verspricht sie. Irgendwie können es alle verstehen, dass sie eine Veränderung braucht, «aber sicher nicht gerade jetzt», wollen sie sie umstimmen.

Sogar der Großmattbauer macht sich Sorgen. Er holt sie in sein Zimmer. «Mädchen, du weißt, dass ich nur dein Bestes will, aber bitte, bitte geh nicht, das ist keine gute Arbeitsstelle, das Ganze gefällt mir nicht. Diese Frau, wie sah sie aus?» Er will alles sehr genau wissen. Nach der Beschreibung von Lea ist sie braun, eher fest als schlank, das kann nicht seine frühere Freundin sein.

Niemand kann sie umstimmen. «Am Ersten im folgenden Monat werde ich bei ihr anfangen.» Lea freut sich sehr, fast alle Tage schickt Argo ein SMS oder sie telefonieren miteinander. «Er hat einfach eine sympathische Stimme, das Aussehen wie ein Gott», schwärmt sie einer Bekannten vor.

Der Tag kommt, als sie anfangen kann. Argo und Helen empfangen sie mit einem Blumenstrauss. Nach einer Flasche Sekt und einem intensiven Gespräch verschwinden die beiden im Zimmer von Lea. Sie küssen sich intensiv und innig, dann landen sie im Bett. Was dann geschieht, ist klar, Lea ist gar nicht abgeneigt, nein, im Gegenteil, sie drängt eher zum Sex. Beim Duschen denkt Lea: «Aussehen tut er wie ein Fotomodell, Manieren hat er, wie's im Buch steht. Aber als Liebhaber ist er kein Hirsch. Nanu, was nicht ist, kann ja noch werden.» Dann schleicht sie sich nackt von hinten an und hält Argo die Hände vor die Augen. «Bitte lass das», sagt er gereizt. «Helen hat sicher etwas zu essen parat gemacht, heute Abend haben wir noch Zeit genug.» Dann küssen sie sich wieder, Lea hätte noch einmal Lust, aber Argo will lieber etwas trinken.

«Gut, dass ihr kommt, ich habe etwas zum Essen und Trinken im Salon, für die Liebe ist noch die ganze Nacht da. Um 17 Uhr kommen Gäste, auch du musst Kleider vorführen, vier Ehepaare werden anwesend sein, alle mit sehr viel Geld», erklärt Helen. «Ein Architekt, frisch geschieden, will unbedingt auch kommen, ist zwar nicht mein Wunsch, Männer allein kaufen meistens nichts.» Dann klingelt das Handy bei Argo. «Nein,

nein, ich kann nicht kommen, ich bin heute Abend eingeladen. Was, 50 Stück?», tut er erstaunt. «Es könnte noch Nachfolgeaufträge geben. Ich muss heute Abend noch nach Ungarn, der Flug geht um sieben, sei mir nicht böse, ich bin in vier Tagen wieder hier.» Er küsst Helen und Lea auf die Wangen, sagt auf Wiedersehen und weg ist er.

Dann kommt der erste Auftritt von Lea, sie ist etwas aufgeregt. Als die Gäste eintreffen, mustert sie die verschiedenen Leute. «Die müssen alle stinkreich sein», denkt sie. Helen hat vier Mädchen zum Vorführen aufgeboten, dazu Lea, fast alle aus einem anderen Land, eine schöner als die andere, Blonde, Braun- und Schwarzhaarige, eine Dunkelhäutige. Sie müssen sich in einem Nebenraum umziehen, die Modeschöpferin hilft ihnen beim Umziehen, dann werden noch Edelsteine oder Diamanten angeheftet. Das Preisschild gut sichtbar angebracht. Alle dürfen verschiedene Kleider vorführen, vor dem Architekten muss Lea sich extra noch ein- oder zweimal drehen, nur Lea hat die Ehre, die anderen Mädchen können einfach durchstarten.

Etliche Kleider sind sehr begehrt, es wird Champagner getrunken, gelacht, geklatscht. Die Kleider, die verkauft werden, bekommen einen roten Punkt auf das Preisschild. 2'000, 3'000, ein Kleid, das Lea trägt, ist mit 50'000 Fr. angeschrieben. Um 23 Uhr verlassen die meisten Gäste das Lokal, zwei Frauen müssen einen Herrn und ein Ehepaar begleiten. Lea merkt nichts von alldem, der Architekt hat sie in Beschlag genommen. Willi heißt er, ist etwa 35 Jahre alt, ein wenig Bauchansatz, sehr gut gekleidet, mit Goldringen am Finger, eine Halskette aus Gold mit einem Diamanten. «Der muss reich sein», denkt Lea. Sie trinken auf Du, er will sie auf den Mund küssen, sie wehrt ab. «Ich habe einen Freund, bin nicht mehr zu haben.»

«Darf ich wissen, wie er heißt?»

«Argo.» Er wiederholt: «Argo! Der, der ab und zu auch hier ist?»

«Ja, warum? Der ist sehr nett», erklärt Lea. «Ja, der ist sehr nett, das glaube ich. Der ist aber schwul.»

«Was», tut Lea verwundert, «der ist schwul? Kann nicht sein.»

«Von dem wirst du nie mehr etwas hören, kannst wirklich ein wenig lieb zu mir sein.»

«Stimmt das?» Helen, die gerade bei den beiden Platz nimmt, bestätigt: «Ja, ich habe es auch erst vernommen, sonst hätte ich dich gewarnt.» Lea fängt an zu weinen und geht in ihr Zimmer. Der Architekt folgt ihr, probiert sie zu trösten. Aus Verzweiflung lässt sie sich trösten, aber als er zu aufdringlich wird, wehrt sie ihn nett, aber bestimmt ab, begleitet ihn zur Tür und schließt von innen zu.

Am nächsten Tag ist der Architekt schon wieder bei Helen. Sie gab Lea einen Tag frei, damit sie sich von der Enttäuschung von Argo erholen und mit Willi den Tag genießen kann. Am Abend, nach dem Essen, fragt Willi Lea: «Gehen wir aufs Zimmer?»

«Nein, jetzt nicht, vielleicht später, in ein, zwei Wochen.»

«So lange halte ich es nicht mehr aus», drängt Willi.

«Gut, dann such dir eine andere und vergiss mich.»

«Vergessen kann ich dich nicht so schnell, ich komme in ein, zwei oder drei Wochen wieder, wenn du deine Vergangenheit überwunden hast, dann weißt du, dass Argo nicht zurückkommt.»

Es ist eine schöne Zeit, die schönsten Kleider anzuziehen, dann den reichen Leuten zu präsentieren, anschließend Kaffee oder Champagner zu trinken. Später am Abend Einladungen, um Kleider bei der Kundschaft zu Hause vorzuführen, das alles mit sehr gutem Trinkgeld, aber was sie von den anderen Mädchen hört, was alles läuft, nicht nur Kleider vorführen, Liebe mit Ehemännern, die Angetraute schaut zu, fast immer Sex-Partys, die meisten Mädchen machen das gerne, das Geld, das sie bekommen, ist sehr viel, manchmal über tausend Franken an einem Abend. Da sich Lea nichts aus Geld macht, muss sie das nicht haben. Mehr oder weniger gut kann sie ihre Verehrer abweisen, aber der Erfolg beim Vorführen der Kleider ist für das Geschäft sehr gut. Willi ist seit der Abfuhr nie mehr bei einer Demonstration gewesen, Lea hat nie mehr etwas von ihm gehört, auch Argo hat sich nicht mehr gemeldet.

Zwei Monate ist sie schon beim Kleiderverkauf, aber Geld hat ihr die Chefin noch keines gegeben. Eines Tages stellt Lea

Helen zur Rede. «Du bist mir zwei Monatsgehälter schuldig, das Geld, 8'000 Franken, könntest du mir in den nächsten Tagen überweisen.» Lea macht sich nicht viel aus Geld, aber was ihr zusteht, das will sie.

«Weißt du, wie viel die anderen Mädchen in den zwei Monaten verdient haben? Eine hat nicht 8'000, sondern 18'000 verdient, das könntest du auch, oder noch mehr, wenn du nicht abweisend wärst. Ich wollte schon lange mit dir reden, du musst mit der Kundschaft netter sein und auch einmal mit ins Zimmer gehen, das spricht sich schnell herum, du mit deinem Aussehen und Charme hättest Fick und Mühle, könntest verlangen, was du willst.»

«Das will ich aber nicht, ich bin keine Hure, du bist mir 8'000 schuldig, die will ich von dir.» Die Worte werden lauter und gehässig, da klingelt es an der Haustür. Willi, der Architekt, steht draußen. «Komm rein und nimm zuerst einen Kaffee mit uns.»

«Ich möchte mit meiner Tochter eine zweimonatige Weltreise machen», fängt Willi nach der Begrüßung der beiden Damen an, «da brauchen wir exklusive Kleider, die zu den verschiedenen Anlässen passen. Vier bis fünf Röcke oder Hosen, sehr schöne Sachen. Da meine Tochter aber verhindert ist, möchte ich dich, Helen, bitten, dass Lea zu mir nach Hause kommt, um die Sachen vorzuführen.»

«Ohne mich», erwidert Lea aufgebracht. «Können wir unter vier Augen miteinander reden? Ich will nichts von dir, nur, dass du meiner Tochter die Kleider vorführst, ich bitte dich, mache mir die Freude, bekommst auch ein gutes Trinkgeld.» Zögernd willigt sie ein. «Ohne irgendwas sonst noch?»

«Ohne irgendwas», erwidert Willi.

Als sie zum Haus des Architekten kommen, sind etwa acht Mädchen und vier Jungs anwesend, die wollen alle die schönen Kleider sehen, die Rosemarie zur Auswahl hat. Es ist ein gelungener Abend. Wein fließt in Strömen zwischen der Präsentation der Kleider, es ist einfach eine tolle Stimmung. Als der Abend vorgerückt ist, meint Willi zu Lea: «Gehen wir in die Küche, einen Kaffee trinken? Da sind wir allein und können unsere Gespräche führen.» Willi setzt sich auf die andere Seite des Tisches, sodass sie einander in die Augen schauen können, sie haben eine gute Unterhaltung. Da sagt Lea aus heiterem Himmel: «Ich möchte noch etwas Hartes.» Sie trinken noch einen Whisky. Willi drängt nicht groß. «Komm, rauch' eine Zigarette.» Widerwillig zündet sie sich eine aus Willis Paket an. Willi fängt, ohne aufdringlich zu sein, an, Lea über die Hände zu streicheln. «Komm, gehen wir ins Zimmer.» Fünf Minuten später ist sie einverstanden. Sie will keinen Sex, aber der ist so raffiniert, der Widerstand ist auch nicht allzu groß, sie mag sich gar nicht wehren. Jetzt geht die Post ab, so etwas hat sie noch nie erlebt, immer und immer wieder, zehn Minuten nach dem Samenerguss fängt er schon wieder an, ihr ist das nur recht, sie hatte in der letzten Zeit sowieso zu wenig Sex. Ihr gefallen die Intensität und die Art, wie er zur Sache geht, eher grob als fein, mit feinen Schlägen auf den nackten Arsch oder einem Klaps ins Gesicht, es ist einfach fantastisch.

Als sie am Morgen bei Helen eintrifft, ist sie müde und will nur schlafen.

Eine Woche kommt er fast alle Tage, es ist immer schön, sie ist ihm total verfallen, kann nur noch an ihn denken. Nach einer Woche kommt er nicht, kein Anruf, keine SMS, nichts, bei der nächsten Präsentation ist er mit einer jungen, blonden Schwedin da. Jetzt will Lea eine Szene machen. «Komm, wir gehen in ein Nebenzimmer.» Dort schlägt Willi sie zweimal ins Gesicht. «Schweig, sonst schlage ich dich, dass du bewusstlos bist. Nach den Vorführungen setzt du dich neben mich, anschließend kommst du mit mir nach Hause.» Lea weiß nicht, wie ihr geschieht, sie macht, wie ihr befohlen wird, «aber mit ihm nach Hause gehe ich bestimmt nicht», denkt sie. Als die Vorführung zu Ende ist, sagt er: «Dieses Kleid nehme ich», zeigt auf das, das Lea anhat, «und Lea dazu».

«Ich komme nicht mit», protestiert sie. «Ich kann das verstehen», meint Willi, «bring noch eine Flasche Schampus, dann trinken wir noch einen Schluck vom dunklen.» Nur Lea und Willi bekommen ein Glas, das Helen einschenkt, sie machen Prost,

Willi stellt das Glas, nachdem er genippt hat, ab und geht aufs WC. Als er zurückkommt, hat Lea das Glas leer. «Komm jetzt zu mir, Schatz», er nimmt Lea in die Arme, sie wird anhänglich, «komm, gehen wir.» Ohne zu mucksen, gehen alle drei zum Auto und fahren zu Willi nach Hause, es brennt Licht, die feiern ein Fest, da machen sie auch mit, zwei Herren und eine junge Dame sind schon da. Jetzt wird richtig gefeiert, mit Sekt, Musik und Sex.

Am Morgen sind alle noch ein wenig beschwipst. Gegen zehn ruft Willi alle in die Küche, es gibt Kaffee, Gipfel, Orangensaft, Aufschnitt, ein richtiges Morgenessen hat er bereitgestellt. Dann wird noch über die Nacht gesprochen. «Mit dir hatte ich zweimal Sex, dafür mit der Schwedin nur einmal.»

«Ich konnte nur zweimal, hatte vorher zu viel gesoffen», meint ein Gast, so wird noch diskutiert. Gegen Mittag fährt Willi Lea zu Helen. «Übrigens, ich war sehr zufrieden mit dir, eine tolle Nacht war das.»

Nachmittags geht Lea schlafen. Als sie aufwacht, brummt ihr der Schädel. Sie hat ja eine Pille von Willi, die solle sie nehmen, wenn Kopfschmerzen oder sonstige Beschwerden auftauchen. Dann kommt ihr alles in den Sinn, was in dieser Nacht gelaufen ist. Sie schämt sich. «Das mache ich nicht mehr mit», schwört sie sich.

Zwei Tage später kommt Willi, nimmt sie in die Arme, türkt Lea und verschwindet mit ihr wieder im Bett. «Jetzt nehme ich dich mit zu mir, ist dir das recht, wenn du bei mir einziehst? Ein, zwei Monate, dann heiraten wir, ich bin so sehr in dich verliebt», heuchelt er. Lea freut sich über solche Worte, das ist ihr größter Wunsch, Willi heiraten. Sie schmiegt sich an ihn, streichelt ihm die Wangen und ist einfach glücklich. «Komm, ich muss dir was zeigen.» Er fährt in der Stadt herum, bei zwei, drei großen Baustellen hält er an, da steht auf den Plakaten: W. Guldimann. «Das sind meine Großbaustellen, unter meiner Führung als Architekt, das werden Wohnungen und Geschäftshäuser.» Lea bewundert ihn, wie sie immer ihren Vater bewundert hat.

Zu Hause angekommen, öffnet die Schwedin die Türe und fliegt ihm an den Hals. «Was soll das?», fragt Lea Willi. «Die bleibt auch da, jetzt mache keine Szene, heiraten werde ich dich, eine Geliebte brauche ich auch noch. Kinder habe ich, brauche keine mehr, aber zwei schöne Frauen, das war immer mein Wunsch.»

«Kinder will er keine», denkt Lea, «mein Traum waren fünf Kinder.» Eine Welt fällt in ihr zusammen, «aber warum liebe ich ihn so sehr, dass ich das mitmache?»

Drei Tage später, an einem Abend kommen zwei Herren. Willi begrüßt sie freundlich, aber duzt sie nicht, sie setzen sich in den Salon, die Schwedin und Lea müssen einen kleinen Imbiss servieren und natürlich Sekt. Als alles fertig auf dem Tisch steht, ruft Willi die beiden Mädchen zu sich in ein Nebenzimmer. «Das sind zwei Herren, die wollen mir für eine Million Aufträge geben, aber ihr müsst mit ihnen lieb sein, du gehst zum großen und du zum kleinen», befiehlt er Lea.

«Das mache ich nicht mit», protestiert Lea beleidigt, abweisend. «Komm mit, ich muss dir etwas zeigen», er führt sie in den Keller, damit niemand was hört, wenn er sie schlägt. «Das ist ein guter Kunde von mir, dem wirst du seine Wünsche erfüllen, und zwar alle.»

«Einen Dreck werde ich», sagt sie und wirft sich Willi an den Hals, «ich liebe doch nur dich, möchte mit niemand anderem Sex haben.» Willi stößt sie von sich, knallt ihr eine. «Ich habe sehr viel Geld bei Helen für dich bezahlt, das musst du mir wieder hereinbringen, in zwei Monaten werden wir heiraten, bis dahin wirst du mit vielen wohlhabenden Männern schlafen, bis ich das Geld, das ich für dich bezahlte, wieder zurückhabe. Für dich kann ich verlangen, was ich will, für dich wird jeder Preis bezahlt, später wirst du meine Frau, dann kann ich mit dir machen, was ich will, du wirst mein Vorzeigeobjekt sein, wirst aber nie meine Einzige sein, jetzt geh und mach, was er von dir verlangt.»

«Eine Edelnutte machst du aus mir.» Jetzt fällt ihr das Ganze wie Schuppen von den Augen. «Kannst es nennen, wie du willst», erwidert Willi. «Ich werde natürlich machen, was du verlangst.»

Sie weiß, Widerstand bringt nichts als Schläge. «Irina, war die auch unter deinen Fittichen?»

«Natürlich, die ganzen Drogen haben wir in ihrem Zimmer versteckt, die anderen waren nur Strohmänner, die haben es nicht einmal gemerkt.»

Sie tut, wie ihr befohlen, setzt sich sofort zu dem fremden Herrn auf den Schoß, streichelt ihn überall, wo er es liebt. Jetzt auf einmal hat sie sich wieder im Griff, küsst und streichelt ihn, bis er das Ganze erwidert. «Komm, wir gehen in mein Zimmer», sagt sie, dann zieht sie sich langsam bis auf den BH und den Slip aus, «gehen wir noch baden.» Als er nackt in der Wanne liegt, meint sie: «Ach, ich habe was vergessen», geht raus, nimmt die Brieftasche, au, ist da ein Haufen Geld drin. Sie sucht aber kein Geld, sondern einen Ausweis, den sie auch sofort findet. Ein Banker, ein großes Tier. Dann geht sie wieder ins Badezimmer und hält ihm den Ausweis vor die Nase. «Du hast zwei Möglichkeiten: Du tötest mich oder du machst, was ich verlange, sonst werde ich das Foto, das ich mit dem Handy gemacht habe, ins Internet stellen. Du nimmst mich mit in ein Hotelzimmer, erzählst Willi eine glaubhafte Geschichte, gibst ihm noch ein paar Hunderter, dass es glaubhaft erscheint. Das Geld gebe ich dir später zurück», verspricht Lea. «Später kläre ich dich auf, komm, zieh dich an, wir wollen gehen.» Willi willigt ein, dass er sie mitnimmt. Im Auto sagt sie: «Jetzt fährst du mich zum nächsten Bahnhof, dann vergiss mich, was du mit Willi machst, ist mir egal, ich bin nicht ganz freiwillig hier.»

Er geht sofort auf den Deal ein, auf der Fahrt zum Bahnhof sagt er: «Weißt du, ich bin geschieden, habe zwei Kinder, 18 und 20, du bist mir sehr sympathisch, sonst wäre ich nie darauf eingegangen, der Erpressungsversuch wäre also in die Hosen gegangen, übrigens, du hast nie ein Foto gemacht, das hätte ich gesehen. Aber jetzt erzähle mir deine Geschichte.» Sie erzählt ihm alles.

«Ich fahre dich nach Hause», bietet Andres ihr an, so heißt der Mann. «Nein, ich möchte mit dem Zug nach Hause, somit kann ich meinen Gedanken nachhängen, du weißt nicht, wo ich zu Hause bin, vergessen wir, was wir erlebt haben, vielleicht begegnen wir uns wieder einmal, dann ist es gut, sonst ist es auch so recht.»

«Du bist mir sehr, sehr sympathisch, ich glaube, ich habe mich ein wenig in dich verliebt», entgegnet Andres. «Ich habe genug von der Liebe, will nur nach Hause und das Ganze vergessen, nie mehr werde ich einen Mann lieben, ich bin geheilt.»

«Sage niemals nie, ich würde dich sogar heiraten, du würdest eine gute Partie machen, ich habe sehr viel Geld, bin auch ein lieber Kerl, könnte Frauen haben, an jedem Finger eine, aber die wollen mich nur wegen des Geldes, so eine möchte ich nicht, darum gönne ich mir ab und zu einen Bordellbesuch, am folgenden Morgen erwache ich allein in meinem Bett, hatte einen schönen Abend und habe keine weiteren Verpflichtungen.»

«Schön von dir, dass du so ehrlich bist, aber ich kann wirklich vorläufig keine neue Beziehung aufbauen, aus Geld mache ich mir sowieso nichts, ich will und muss lieben, wenn ich einmal heiraten werde.» Sie umarmt ihn innig, gibt ihm einen langen Kuss. «Hier», er gibt ihr eine Karte, «das ist meine Adresse, wenn du Hilfe brauchst, rufe mich an.» Sie gibt ihm noch einmal die Hand zum Abschied und will sich entfernen, dann aber merkt sie: «Ich brauche jetzt schon Hilfe, ich habe nicht einmal Geld für die Fahrkarte, kannst du mir fünfzig Franken borgen? Ich schicke sie dir in den nächsten Tagen zurück.»

«Hier hast du hundert, und zurückgeben musst du sie nicht.»

«Doch, doch, du bekommst sie zurück.» Sie gibt ihm noch einmal die Hand, die er gar nicht loslassen will, dann entzieht sie ihm die Hand mit einem Ruck und verschwindet in der Menge.

Lea geht zuerst zu den Eltern nach Hause, schließt sich im Zimmer ein, weint und weint, bleibt zwei Tage zu Hause, will niemanden sehen und sprechen, dann fängt sie an, ihrer Mutter alles zu erzählen.

«Jetzt gehe ich Lea besuchen, die soll zu Hause sein», erklärt die Bärenwirtin ihrem Mann. Lea hat ganz verweinte Augen, als sie die Tür öffnet. «Komm rein, ich mache dir einen Kaffee, Mutter ist beim Einkaufen und kommt bestimmt bald.»

«Ich will nicht zur Elisabeth, ich will zu dir, willst du nicht wieder zu uns in den Bären kommen, ich kann verstehen, wenn du etwas anderes suchst, aber vielleicht kommst du auf andere Gedanken?» Die Wirtin hat das Gefühl, dass Lea nahe an einer Depression ist. Sie unterhalten sich noch eine Weile, bis Elisabeth vom Posten zurückkommt, auch sie hat Angst, Lea hat sehr große Enttäuschungen erlebt. Der Job im Bären täte ihr richtig gut. Nach langem Für und Wider verspricht sie, für einen Tag auszuhelfen. «Nächsten Freitag ist meine Serviertochter abwesend, es würde mich freuen, wenn du kommen könntest.»

«Gut, ich komme für einen Tag. Dann gehe ich wieder auf die Pflege und mache meinen Abschluss. Ärztin ist noch eine Variante, wenn meine Eltern das Studium bezahlen.»

«Ich glaube schon», erwidert die Mutter. «Dumm bin ich nicht, etwa 40 bin ich, wenn ich fertig werde, sofern alles gut läuft.»

***

Der Tag im Bären ist ein voller Erfolg, die Gäste sind erfreut, als Lea wieder anwesend ist. Sie soll alles erzählen, wie's gewesen ist, was sie genau gemacht hat. «Kleider vorführen und verkaufen», mehr will sie nicht verraten. Als dann noch Björn mit der Kleinen hereinkommt, ist es fast wieder wie früher. Ein wunderbares Gefühl überkommt sie. «Was soll das, ich will doch keine Freunde mehr, habe genug von Männern.» Sie bleibt natürlich, nicht nur diesen Tag. «Ich werde bleiben, bis ich das Richtige gefunden habe, etwas Besseres zum Vergessen als den Bären gibt es nicht.»

Um 15 Uhr betritt der Großmattbauer den Bären. Lea ist allein im Restaurant. «Warum kommst du nicht mehr zu mir? Ich habe dich schon lange erwartet, ich vermisse dich.»

«Ich habe mich so geschämt, dass ich auf Helen reingefallen bin.»

«Lassen wir das. Ich habe einen Brief von Helen bekommen, du sollst das Geld, das sie dir schuldet, abholen, aber bitte vorher anrufen, stand im Brief. Ich werde dich begleiten. Vorher klären wir noch Alä auf.»

Sie schalten Roberts Freundin ein, Renate, die Ermittlerin aus Zürich, wie beim ersten Mal. Sofort kommt Renate in Fahrt, als sie das hört. Sie nimmt Kontakt mit Lea auf, die muss alles genau schildern, wie es organisiert war, wie viele Mädchen, Zuhälter und Bodyguards, Willi war die rechte Hand von Helen. Dann informiert sie die Polizei in Zürich, sofort wird die Villa von Helen unauffällig beobachtet, die ganze Organisation durchleuchtet und so viel Informationen wie möglich werden gesammelt. Vor allem über das Kleidergeschäft. Helen muss mit Drogen handeln, Mädchen zur Prostitution zwingen, sonst noch mit illegalen Sachen zu tun haben, sie muss auch an der Entführung der beiden Mädchen beteiligt gewesen sein. Man konnte ihr aber nie etwas beweisen. Der Großmattbauer soll Helen anrufen und sagen, dass Lea komme, aber nur, wenn Irina auch anwesend sei.

Es wird ein Termin vereinbart, nichts vom Großmattbauern erwähnt, dass dieser auch mitkommt. Der festgelegte Tag ist ein Montag, meistens sind da keine Präsentationen. Der Bauer und die Polizisten sind bereit zum Eingreifen, das ganze Gebäude ist umstellt.

Lea nimmt vom Bahnhof ein Taxi, so unauffällig wie möglich. Von einem muskulösen Herrn wird sie in das schöne Wohnzimmer geführt, wo Irina wartet. Bei der Begrüßung flüstert sie ihr ins Ohr: «Verschwinde, die haben etwas mit dir vor.»

«Nein, ich warte, habe keine Angst.» Fünf Minuten später kommen zwei Herren herein, die Lea schon kennt. Irinas Freund, der Zuhälter, und der Drogenkurier. «Ich erwarte eigentlich Helen, nicht zwei Hampelmänner, was habt ihr vor? Ein Whisky mit K.O.-Tropfen, oder wollt ihr mich gleich vergewaltigen?» Sie provoziert die beiden extra. Schon stürzt sich Irinas Freund auf Lea und schlägt ihr so ins Gesicht, dass sie torkelt. Als er wieder zuschlagen will, kommt Helen herein, wie beim ersten Mal. «Du falsche Schlange», fängt sie an zu toben, «wirst mich nicht mehr reinlegen», schimpft sie auf Lea ein, als der Mann wieder ausholt, um sie zu schlagen. «Lasst das, ihr könnt später mit ihr machen, was ihr wollt.

Du hast meinen Kollegen, den Freund und Gebieter von Irina, ins Gefängnis gebracht. Bei der Entführung, damals hast du uns überlistet, hätte man dir gar nicht zugetraut. Ich will vom Großmattbauern in den nächsten 14 Tagen 200'000 Franken, oder du gehst auf den Strich. Ich weiß, dass er dich über alles liebt, wie seine eigene Tochter, noch was, wenn du nicht tust, was ich sage, werde ich Mittel und Wege finden, um aus dir einen hässlichen Menschen zu machen. Irina, komm, ich werde Lea zeigen, was ich mit ihr machen werde, wenn das Geld nicht kommt.» Dann schüttet sie von der Flüssigkeit, die sie in der Hand hat, zwei Tropfen auf Irinas Finger. Die fängt an zu schreien, die Flüssigkeit hat alles verätzt. «Kannst du dir vorstellen, wie du aussiehst nach einer solchen Behandlung im Gesicht? Jetzt steht Lea zur freien Verfügung, aber beide müssen sie vergewaltigen, dann bestellt ein Taxi und schickt sie halb nackt nach Hause.»

«Gut, ich freue mich auf das Spiel», lacht Lea, «aber zuerst will ich euch noch ein wenig aufheitern, mit lahmen Schwänzen will ich mich nicht abgeben.» Sie springt auf den Tisch, fängt an, sich ganz langsam auszuziehen, als sie beim BH ankommt, klingelt es. Der Großmattbauer und zwei Polizisten stehen vor der Türe. Helen will gerade das Zimmer verlassen. «Was, das bist du? Ich habe noch fast vermutet, dass du hinter dieser Begegnung steckst.»

«Ja, ich.»

«Du bist doch Vreni?»

«Nein, jetzt heiße ich Helen, jetzt zahle ich dir heim, was ihr mit mir in jungen Jahren gemacht habt, du und dein Vater.»

«Du kommst zuerst ein paar Jahre ins Gefängnis, denn ich habe wieder alles mit dem Handy aufgenommen, dazu bin ich Zeugin von allem, was in deinem Bordell läuft, Mädchen, denen du Geld versprochen hast, um Kleider vorzuführen, gabst du kein Geld, wie bei mir. Du hast ihnen die Dokumente abgenommen, sodass du jederzeit über sie verfügen kannst. Das Trinkgeld, das sie bei den privaten Vorführungen gemacht haben, wurde ihnen wieder abgenommen, mit scheinheiligen Versprechen, dann wurden sie zur Prostitution mehr oder weniger gezwungen.»

«Ja, gute Frau, das schöne Leben ist vorläufig vorbei», meint der Polizist. Da klingelt die Hausglocke, es ist Renate, die Ermittlerin. «So, haben wir Sie endlich erwischt. Sie gaben uns lange Rätsel auf. Wir verfolgten ihre Tätigkeiten schon lange, haben aber nichts Konkretes festgestellt. Seit der Entführung sind Sie verdächtig, Helen, Sie sind uns mit einem anderen Auto entwischt. Dass Sie in Zürich das große Geschäft machen, haben wir von den Verhafteten damals erfahren, vor allem von Irinas Freund.»

Das ganze Haus wird von oben bis unten durchsucht, jedes Zimmer. Sämtliche Leute werden auf ihre Identität kontrolliert, ordnet Renate an, 100'000 Franken in bar können sichergestellt werden, Drogen, Tabletten, Medikamente in allen Varianten, das alles hat einen Wert von 300'000 Franken. Etwa 20 Pässe, aber nur 18 Leute können ausfindig gemacht werden, zwei fehlen, wo könnten die sein? Keine Antwort. Helen bittet den Großmattbauern zu sich, flüstert ihm etwas ins Ohr. «Zwei Mädchen sind im Keller eingeschlossen.» Die Beamten durchsuchen den Keller, in einem Raum ohne Fenster finden sie zwei Frauen, zwei Betten, Essen und Trinken haben sie genug, man sieht, dass sie noch nicht lange hier sind, sie haben auch keine Verletzungen. «Warum?», fragt Renate Helen. «Frag Irinas Freund.»

«Das war nicht meine Idee, das hat Willi befohlen», entgegnet er, «die kommen aus Rumänien und wollten nicht gehorchen, ein paar Tage Dunkelhaft und sie gehorchen ohne Brutalitäten und Vergewaltigungen, hat Willi mir erklärt.»

Auch Willi wird das Gefängnis nicht vermeiden können. Er hat angegeben, ein russisches Mädchen habe den Arm gebrochen, weil er sie so sehr geschlagen habe, der sei verheilt ohne Arzt, zwar schmerze er ab und zu noch ein wenig. Ich weiß, Helen, du bist die Organisatorin von allem.»

Renate freut sich. «Endlich haben wir Zeugen und Fakten, ein Mädchen, das auch Kleider verkaufte, ist an einer Überdosis gestorben, wollte die aussteigen? Jemand hat mit Drogen nachgeholfen, wir haben Fingerabdrücke auf der Spritze gefunden, die werden schon irgendwo passen.» Dann klicken die Handschellen und alle von der Bande werden verhaftet. Sämtliche Mädchen, sieben waren mit Irina im Haus, ein Bodyguard und eine Putzfrau, müssen mit auf den Posten, die, die nicht verdächtig sind, werden am nächsten Tag wieder frei gelassen. Bevor sie abgeführt werden, fragt der Großmattbauer noch schnell: «Wann hat dein Sohn Geburtstag?»

«15. Mai», antwortet Helen. «Alä hat auch am 15. Mai», bestätigt Lea, «schau, ob du etwas Persönliches von Helen findest, Haare oder Kleidungsstücke, sodass wir eine DNA-Analyse machen können.»

Der Großmattbauer besucht Helen öfters im Gefängnis. «Vielleicht kann ich etwas gutmachen, was ich ihr in jungen Jahren angetan habe.» Sie freut sich immer, wenn der Großmattbauer auftaucht. «Ich werde dir die ganze Geschichte erzählen, wenn du sie hören möchtest.»

«Nicht jetzt, vielleicht später.»

Die Mädchen werden ausgewiesen, auch Irina hat keinen gültigen Pass. Mit Björn müssen noch die Papiere in Ordnung gebracht werden, wegen des Kindes. Der Freund von Irina bekommt nur fünf Monate, zwei Jahre bedingt und Landesverweisung, sie konnten im nicht viel nachweisen. Die ganze Schuld bekommen Willi und Helen. Helen bekommt sechs Jahre, Willi vier Jahre.

Kaum ist der Zuhälter draußen, nimmt er einen anderen Namen an, lässt Pass und Papiere fälschen. Er holt sofort Irina, die bekommt auch einen neuen Namen, sie mieten in Basel eine Wohnung. «Ich gehe jetzt auf dem Bau arbeiten, du kannst zu Hause bleiben und Mutter spielen», verspricht er, «dann werden wir heiraten.»

Lea bekommt einen Brief von Irina. «Ich bin mit meinem Freund unter anderen Namen in Basel.» Sie klärt sie auf, dass sie eine Wohnung haben, bald heiraten werden. «So schnell wie möglich will ich meine Tochter bei Björn abholen, dann kann er in aller Ruhe sein Studium beenden, das Kind gehört zur Mutter, bitte verrate mich nicht bei den Behörden. Kläre Björn auf. Das Gesetz steht auf meiner Seite. Björn soll keinen Ärger machen.»

«Noch mehr solche Drohungen und ich werde die Basler Polizei benachrichtigen», droht Björn Irina.

Er hört nichts mehr, bis im November des folgenden Jahres. «Ich gehe zurück in meine Heimat und werde mein Kind mitnehmen. Ich werde mich bei den Behörden mit dem richtigen Namen anmelden und werde nach Weihnachten zurückgehen, da ich bis Februar das Land verlassen muss.» Irina darf aber ihr Kind mitnehmen. Björn setzt alle Hebel in Bewegung, aber es hilft nichts. Jetzt muss er das Kind Irina geben.

***

Der Herbst nähert sich langsam dem Winter, die Tage werden kürzer und dunkler. Der Nebel und die Kälte machen die Stimmung unfreundlich und depressiv. Überall werden Weihnachtsbeleuchtungen montiert, das bringt wieder ein wenig Licht in die trübe Stimmung.

Der Großmattbauer hat eine Haarprobe von Helen, auch eine von Alä. «Nur noch zum Arzt, dann weiß ich, ob ich der Vater von Alä bin, ich gehe morgen. Nein, das pressiert ja nicht, ich gehe nächste Woche.» So wird der Gentest hinausgeschoben. «Ich warte bis zum Frühling, pressiert ja nicht.» Alä weiß nichts von dem Vorhaben.

Am Dreikönigstag fängt es an zu schneien, es schneit und schneit. Seit einer Woche 1,5 Meter Neuschnee und kein Ende abzusehen. Die Lawine sei auch schon bis fast ins Dorf gekommen, wenn es noch lange weiter schneit, könnte es wieder gefährlich werden, so wird am runden Tisch im Restaurant diskutiert. Mindestens noch bis Donnerstag, sagt der Wetterbericht, dann gibt es eine Erwärmung. Die Lawine könnte die neuen Blöcke verschütten, auch die Badi wäre gefährdet. «Dann kommt zu mir ins Restaurant, hier sind wir sicher», macht Lea den Vorschlag. «Wer dürfte dann bei dir schlafen? Das gäbe noch Mord und Totschlag», meint ein anderer Gast. «Das glaube ich nicht, zum Schlafen brauche ich keinen und für etwas anderes seid ihr zu faul.» Sie lachen und machen noch ein paar Witze, «es wird schon nicht so schlimm sein», meint der Wirt. Dann gehen alle nach Hause.

Drei Tage später, es hat immer weiter geschneit, Lea arbeitet wie immer, es ist kurz nach dem Mittagessen, als Alä anruft. «Du musst sofort kommen, der Großmattbauer verlangt nach dir.»

«Nein, ich mache noch fertig.»

«Nein, du musst gleich kommen.»

«Ist er krank?»

«Ja, ja, komm sofort.» Lea lässt alles stehen und liegen und fährt zum Großmattbauern. Der Bauer ist gut drauf, als sie eintritt. Alä sitzt schon am Tisch und wartet auf Lea. Er ist neugierig, was es zu feiern gibt, eine Flasche Champagner und vier Gläser stehen schon bereit. Als dann noch Karin kommt, fängt der Bauer zu reden an: «Heute Morgen ist ein Brief gekommen. Darin steht, dass Alä mein Sohn ist, die DNA hat es bewiesen. Ein Schweigen, dann sagt Lea: «Alä, sag Papa.» Dann wird noch lange diskutiert, es werden Fragen gestellt, bis es heißt: «So, jetzt wird gefeiert.»

«Aber eine halbe Stunde später wäre auch noch gegangen», stellt Lea fest. «Natürlich», erwidert der Bauer, «aber etwas weiß ich nicht, heute kommt die Lawine, ich weiß nur nicht, wie groß und wie stark, wenn du zu mir kommst, ist ein Stück des Weges gefährdet.»

«Warum meinst du, dass sie heute kommt?»

«Kein Vogel ist in der Luft, nicht einmal beim Hühnerfuttergeschirr habe ich einen Vogel gesehen, keinen einzigen Spatzen sah ich, als ich den Hühnern das Fressen gab. Die Häuser, die Blöcke, die Straßen. Alles ist gefährdet bei so viel Schnee. Rufe Kollegen an, deine Eltern, sag ihnen, dass sie diese Gegend meiden sollen.» Björn wohnt mit seinem Kind in einer der Wohnungen, die gefährdet ist, Leas Eltern müssen versprechen, dass sie ihr Haus heute nicht verlassen. Die Polizei nimmt es zur Kenntnis, will einen Spezialisten hinzuziehen, um die Lage zu beurteilen, bis die etwas machen, ist der Spuk vorbei. Aläs Vater lachen sie nur aus. «Seit hundert Jahren ist keine Lawine mehr gekommen, warum ausgerechnet heute?» Alle Erklärungen helfen nichts. Björn ruft sie zuletzt an. «Bitte, komm mich mit der Kleinen jetzt besuchen.»

«Die Kleine schläft.»

«Wecke sie auf und komme bitte, bitte zu mir, zum Bauern, es könnte sonst zu spät sein.»

«Ich komme sofort.» Als Björn zur Tür reinkommt, schmeißt sie sich ihm an den Hals, küsst ihn auf den Mund. «Ich liebe dich über alles.» Björn weiß nicht, was das soll. «Du wirst es gleich wissen.»

«Zurückgeben gilt auch für mich», er legt die Kleine auf den Boden, küsst sie, dass ihr der Atem stockt. «Gut, das hätten wir, und jetzt die Erklärung.»

«Auf die musst du noch warten.»

Kaum hat sie das gesagt, geht ein Poltern und Donnern los, dann ein Luftdruck, der alles mitreisst, was nicht verankert ist. Die größte Lawine der Geschichte kommt in Bewegung.

«Das Postauto habe ich vergessen», meint Lea auf einmal, «wenn da Leute drinnen sind, die sind alle tot, genau um diese Zeit wäre es am kritischen Punkt, wenn es nicht Verspätung hat.» Fünf Minuten später ist der Spuk vorbei.

Nach einer halben Stunde ist alles auf den Beinen, was helfen kann, jeder fängt irgendwo an zu schaufeln, ohne Koordination. Der Feuerwehrkommandant ist am Arbeiten, niemand will oder kann das Kommando übernehmen. Der Einzige, der Verantwortung übernimmt, ist Alä. Als er den unkontrollierten Haufen sieht, fängt er an, eine Einheit zu bilden, sortiert Leute aus, um Lawinenstangen zu organisieren, Helikopter mit Lawinenhunden anzufordern, Rettungsmannschaften und Polizei zu organisieren.

Zwei Stunden später ist das ganze verschüttete Gebiet mit Leuten übersät, die nach Vermissten suchen und helfen wollen.

Als die Helikopter mit den Spezialisten am Unfallort eintreffen, geht alles viel professioneller und schneller, zehn Leute haben die Helfer schon vorher geborgen, die waren nicht besonders tief im Schnee, alle wurden in die nächsten Spitäler gebracht. Viele können aber nur noch tot geborgen werden.

Die Bilanz nach zwei Tagen, als die Suche abgebrochen wird: 21 Tote, 29 Verletzte, etliche schwer, zwei ringen noch mit dem Tod. Das Bad wurde völlig unter den Schneemassen begraben, ein Häuserblock wurde dem Erdboden gleichgemacht. Dem Block daneben wurden die Fenster eingedrückt und beschädigt. Das Postauto war an der kritischsten Stelle, es wurde zusammengedrückt wie eine Zündholzschachtel, niemand konnte lebend geborgen werden.

Als Björn am Tag nach dem Unglück die Kleine versorgt und Lea ihm dabei zuschaut, sagt sie: «Du machst dich gut als Vater.»

«Ja, ich liebe sie über alles, aber leider will Irina sie mir wegnehmen, sie will nicht mehr zu mir zurückkommen, sie will zurück in ihre Heimat.»

Lea vergisst fast, den Mund zu schließen. «Weißt du, was der Freund arbeitet? Der ist Zuhälter, sie muss anschaffen, die Kleine will sie nach Hause verfrachten und du musst zahlen. Ein Gast, der in diesen Kreisen verkehrt, hat es mir erzählt. Ich wollte dich warnen, du bist aber in der letzten Zeit wenig im Bären.»

«Ja, ja, ich weiß, ich hatte Stress mit meinen Eltern und sonst ist es mir moralisch nicht besonders gut gegangen.»

Der Stiefvater von Alä war im Block, der wegrasiert wurde, er wurde aber eingeklemmt, konnte lebend geborgen werden, wird aber wahrscheinlich nie mehr gehen können, seine neue Freundin ist tot. Leas Eltern haben den Ratschlag befolgt und sind zu Hause geblieben. Björns Vater war nicht zu Hause und kam mit dem Schrecken davon. Die Mutter war in der Klinik wegen ihres Alkoholproblems.

Der Bus war an der Stelle, wo die Lawine die größte Gewalt hatte, der wurde zerdrückt wie eine Zitrone, 12 Leute waren im Bus, alle tot, drei Kinder vom Dorf, vier ältere Leute, auch vom Dorf. Fünf Touristen konnten anhand der Karten im Geldbeutel den Familien zugeordnet werden. Von einer Person konnte man nicht feststellen, woher sie war und wo sie wohnte, sie hatte keine Papiere bei sich, ihr Kopf war total zertrümmert, es war unmöglich, sie zu erkennen. Hinter dem Postauto fuhr ein BMW. Zwei Herren saßen im Wagen, auch der wurde total zerdrückt, beide waren auf der Stelle tot.

Die Leichen werden in der Turnhalle aufgebahrt. Obwohl Björn keine direkten Angehörigen beim Lawinenunglück verloren hat, geht er Abschied nehmen von Freunden und Bekannten. Lea begleitet ihn, denn sie kannte praktisch alle, die meisten waren vom Dorf oder aus der näheren Umgebung. Die drei Unbekannten sind in einem separaten Zimmer, da sie niemand kennen will. Björn und Lea wollen die Turnhalle schon verlassen, als der Pfarrer kommt. «Komm, schau doch die Fremden an.»

«Warum, die kennen wir bestimmt nicht.»

«Kommt und schaut sie an, es ist zwar kein schöner Anblick, aber kommt bitte.

Die Männer sind gut angezogen, haben goldene Ketten, teure Armreifen, hochwertige Uhren. Zwei reiche Herren, hat man das Gefühl. Eine Pistole in der Lederjacke des einen, geladen, aber gesichert. Die fremde Frau ist etwas leicht für diese Jahreszeit angezogen, ohne Mantel, nur eine Jacke, und überhaupt nicht gepflegt. In der Tasche hat sie einen Brief, dass sie ein Kind abholen will, dass alles so weit geregelt ist», klärt sie der Pfarrer auf.

Als er das Leichentuch zurückschlägt, sagt der Pfarrer: «Das war ein Mann, zwischen 30 und 40 Jahre alt.» Auf einmal sagt Lea: «Den habe ich auch schon gesehen, der kommt mir bekannt vor.»

«Noch nie gesehen», erwidert Björn. «Das ist die unbekannte Frau.»

«Das ist Irina», sagt Björn entsetzt, als er das Leichentuch hebt, «das war meine Freundin. Obwohl sie fast nicht zu erkennen ist, unter der linken Brust hat sie eine Narbe.»

«Ja, das ist die, die bei uns gearbeitet hat, jetzt erkenne ich sie auch.»

«Und der zweite Mann neben ihr, ist das der Freund?», will der Pfarrer wissen. «Ich glaube schon.» Das ist der Zuhälter, den erkennt Lea sofort.

Später werden die Personalien der beiden Männer festgestellt, sie kamen aus Usbekistan, waren Zuhälter und Menschenhändler. Einer hatte in der Schweiz zehn Frauen, die für ihn auf den Strich gingen. Die Frau ist Irina, die Mutter von Björns Tochter und ehemalige Freundin von Lea, dieselbe Person, die mit Lea entführt worden war.

Als die Kolleginnen von Irina wissen, dass ihr Boss und Irina tot sind, geht eine Freundin zur Polizei und übergibt einen Brief. Mit dem vollen Namen von Irina. Sie hatte ihren Lebenslauf ab dem 15. Lebensjahr aufgeschrieben.

«Ich bin von der Ukraine abgehauen, wurde dann auf dem Bahnhof von einem Mann angesprochen, der hat mir Hilfe angeboten, da ich alleine war, nahm ich sie gerne an. Im Auto wurde ich gefesselt, dann in die Schweiz entführt, durch ein Mädchen namens Lea wieder befreit. Später wurde ich von der Familie des Mädchens eingeladen, habe mich dann in Björn verliebt, wir bekamen zusammen ein Kind, das wir sehr liebten, und wollten heiraten. Bis auf einmal beim Servieren der Entführer im Restaurant stand. Er war am Anfang sehr nett, versprach mir den Himmel auf Erden, er sei reich, werde meinen Eltern ein schönes Haus bauen und ihnen Geld für den Rest ihres Lebens geben.

Später, als ich mich von Björn losgesagt hatte, schickte er mich auf den Strich, weil er in einer momentanen finanziellen Notlage war. Nach einer gewissen Zeit fing er mich an zu schlagen. Dann verkaufte er mich einer Frau namens Helen, er war aber immer noch der Chef über mich, auch die zwang mich, mit anderen Kolleginnen Geld auf dem Straßenstrich zu verdienen, ließ uns nur so viel Geld übrig, wie wir zum Essen und für Kleider brauchten. Als sie dann drohte, meiner Familie das Haus zu verbrennen, wenn ich nicht machte, was sie sagte, beschloss ich, mich zu fügen.

Später wurden wir von der Polizei bei Helen befreit, dann ausgewiesen. Nach einem Jahr stand der ehemalige Freund auf einmal vor der Türe, gab meinen Eltern 5'000 Franken und sagte: «Wir gehen wieder in die Schweiz, ich habe Arbeit auf dem Bau, ich werde arbeiten, du kannst zu Hause Mutter und Hausfrau spielen.» Wir bekamen einen anderen Namen, einen anderen Pass, so kamen wir wieder in die Schweiz, diesmal nach Basel, nach einem Monat musste ich wieder anschaffen gehen. Auf einmal kam ihm der Gedanke: «Wenn ich zum Kind schaue, müsste Björn Alimente zahlen.» Er zwang mich, den Behörden zu sagen, dass das Kind zu seiner Mutter gehöre, und es bei Björn abzuholen. Anfang des neuen Jahres wollten wir die Kleine mit dem Auto holen, dann wusste ich, der wird sich nie ändern. Die Kleine ist bei Björn gut aufgehoben, ich gehe mit dem Zug, nehme dann den Bus, sage Björn, dass er sie behalten kann.

Dann werde ich dem Peiniger bei Gelegenheit Salzsäure an den Kopf werfen, anschließend nehme ich mir das Leben.

Björn: Schau bitte, bitte gut auf unser Kind, wenn es irgendwie geht, besuche einmal meine Eltern, zeige ihnen ihr Enkelkind, sie haben es nicht leicht. Vielen Dank für alles.»

Björn kommen die Tränen, als er das liest, Lea nimmt ihn in die Arme, das Schicksal hat wieder einmal einen anderen Weg gewählt.

***

Die Tage werden immer länger, der Frühling ist im Anzug. Lea und Björn möchten, sobald sie eine passende Wohnung gefunden haben, heiraten.

Als sie mit dem Großmattbauern über die Zukunft diskutiert, meint er: «Was, du willst noch einmal ins Spital, fertig studieren? Mach doch etwas mit Natur, Försterin, Naturwissenschaft, irgendetwas in die Richtung.»

«Goldige Idee, ich werde mich sofort erkundigen, was es braucht, wie lange es geht und ob ich die Fähigkeiten hätte.»

Aläs Stiefvater liegt immer noch im Spital, wird nie mehr laufen können, ist auf den Rollstuhl angewiesen, mit dieser Situation hat er große Mühe. Alä geht ihn immer besuchen, oft ist er gehässig und kaum zu ertragen, Alä macht gute Miene zum bösen Spiel, einmal fragt er: «Warum kommst du noch, du hast doch jetzt einen Vater?»

«Ja, aber du hast mich aufgezogen, hast mir, als ich klein war, viel Liebe gegeben, oft mit mir gespielt, mehr als andere Väter mit ihren Kindern, das werde ich nicht vergessen. Wenn ich dich enttäuscht habe, tut es mir leid, aber ich bin ein glücklicher Bauer. Wenn du mich enterbst, weil ich nicht deinen Wünschen entspreche, kann ich nichts machen. Du warst und bleibst mein Vater, auf dein Geld bin ich nicht angewiesen, aber nehmen würde ich es schon.»

«Verdammtes Geld, was nützt mir das, ich werde die Welt nur noch mit dem Rollstuhl ansehen, warum bin ich nicht auch gestorben unter dem Schnee. Meine Freundin wurde vom Schnee zerdrückt, zehn Minuten vor der Lawine saß ich noch auf ihrem Platz.»

«Das Schicksal wollte es anders», meint Alä. «Mir ist aufgefallen, dass Roberts Schwester dich oft besuchen kommt.»

«Eine liebe Frau, aber sie will sicher keinen Krüppel, warten wir's ab.» Als Alä gehen will, meint der Vater: «Du darfst schon wiederkommen, wenn du willst.»

«Mache ich bestimmt», erwidert Alä.

Es ist Sommer, als Lea eine Einladung vom Vater zu einem großen Fest bekommt. Merkwürdig ist nur, dass Lea und Swen zwei Stunden vor allen anderen eingeladen sind. Ein großes Fest will Beat Käser zum 60. Geburtstag machen. Am meisten freut sich Lea darauf, dass sie ihren Bruder wieder einmal sieht. Für das Fest wird die Mehrzweckhalle gemietet, 80 Personen werden erwartet.

Lea und ihr Bruder sind schon gespannt, was für Geheimnisse ihre Eltern haben.

Der Tag des Festes kommt, eine Kapelle mit drei Männern sorgt für Unterhaltung, verschiedene Darbietungen sind vorgesehen, ein Zauberer, eine Guggenmusik, der Jodlerklub vom Dorf darf nicht fehlen.

Zwei Stunden vor dem Fest sind die beiden Geschwister zu Hause. Das Kinderzimmer ist dekoriert mit Hintergrundlandschaften, das Sofa mit rotem Plüschstoff überzogen. «Was soll das?», wollen Lea und ihr Bruder wissen. «Ich habe gesagt, eine

Überraschung für euch vor dem Fest.» Dann kommt der Fotograf, macht Fotos von beiden Geschwistern mit den Eltern. Dann muss der Fotograf gehen. Die Eltern setzen sich vor den Kindern auf einen Stuhl, nehmen zwei Briefe aus der Tasche heraus. «Das ist ein Geschenk an euch.» Als sie die Briefe öffnen, sind dort ein Scheck von 500'000 Franken und eine Karte drin, worauf geschrieben steht: «Wir lieben euch sehr, was auch geschehen mag.» Sie sitzen da wie angewurzelt, dann fragt Swen: «Was machen wir mit so viel Geld?» Sie nehmen die Eltern in die Arme, bedanken sich mit einem Kuss. «Können wir jetzt gehen?»

«Nein», sagt der Vater, «wir wissen, dass ihr dankbar und jetzt sehr glücklich seid.» Elisabeth will gerade anfangen, das Geheimnis von Lea zu lüften.

In dem Moment geht die Türe auf und Alä stürzt in die Wohnung. «Lea, du musst kommen, der Großmattbauer ist umgefallen, er verlangt nach dir, du musst kommen.» Bis zur Mehrzweckhalle sind es nur fünf Minuten, aber Lea dünkt es eine Ewigkeit. Er atmet ganz schwer, Lea bückt sich zu ihm nieder, er spricht ganz leise. «Ich habe jetzt einen Sohn, habe aber noch niemanden so geliebt wie dich, einen Wunsch hätte ich noch, wenn ich hier sterben muss, nimm Helen zu euch ins Stöckli, lass sie dort wohnen, wenn sie will, bis sie stirbt, sie hat es im Leben nicht leicht gehabt. Jetzt spiel mir noch eine schöne Melodie mit dem Alphorn.» Das macht Lea auch sofort, bis die die Ambulanz kommt. «Ist er tot?»

«Nein, noch nicht.» Sofort wird er verkabelt ins Auto geladen, dann ins Spital gefahren, Lea fährt mit, Alä fährt selbst. «Wird er sterben?», fragt Lea den Arzt. «Solange er lebt, ist er nicht tot.» Die beiden müssen im Gang warten. Nach einer halben Stunde kommt eine Schwester. «Ich glaube, er ist über den Berg, ihr könnt nach Hause.»

Lea steigt bei den Eltern aus, ihr Bruder ist immer noch dort und wartet. «Meine Frau und ich hatten bis heute ein Geheimnis, ich hatte einen Bruder, der in Amerika lebt, wir hatten uns in jungen Jahren zerstritten, dann ist er ausgewandert, er hat nie geschrieben, auch war er nie verheiratet. Auch keine Nachkommen. Jetzt hat er uns zu einem Besuch eingeladen, sein Wunsch wäre, dass wir wieder miteinander auskommen und für den Rest des Lebens in Frieden miteinander leben, was meint ihr, wollen wir alle miteinander nach Amerika gehen und ihn besuchen? Soll ich etwas organisieren?»

«Mach das, wir freuen uns, deinen Bruder kennenzulernen.» Als Lea zum Bauern muss, sagt Elisabeth zu Beat: «Das ist ein Wink von oben, dass wir das Geheimnis noch nicht preisgeben.»

«Hier haben wir noch einen Brief. Meine Frau hat eine Geschichte geschrieben, die euer Lebenslauf ist, aber niemand weiß, um wen es sich handelt. Den Brief behalten wir bei uns, dass niemand in Versuchung kommt, ihn zu lesen, bis wir tot sind oder wir euch erlauben, den Brief zu lesen, und jetzt gehen wir ans Fest.»

Alle kommen, sogar Scheol mit einem auf seine Behinderung angepassten Porsche, sein Lieblingsauto, auch eine Freundin begleitet ihn, er hat einen Umschulungskurs zum Autodesigner gemacht. «Mir geht es gut, habe mich mit meinem Schicksal abgefunden, fast besser als vorher.»

Als dann noch der Anruf kommt, der Bauer sei über den Berg, geht das Fest erst richtig los.

***

Schon sind fünf Jahre vergangen, seit die große Lawine kam und Helen ins Gefängnis musste.

Lea studiert wirklich Forstwissenschaft, nebenbei arbeitet sie als Wildhüter, ist oft im Wald, der Förster hat in ihr die Faszination für die Schönheit der Natur, die Pflanzen und das Verhalten der Tiere geweckt. In der Freizeit gibt sie Kurse für Kinder, über den Wald und Tiere, die in unserer einheimischen Natur vorkommen. Lea ist bald 32 Jahre alt, Björn möchte noch ein, zwei Kinder, auch Lea will Kinder, «aber zuerst muss ich mit dem Studium fertig werden und dann noch in dem Beruf zwei Jahre arbeiten», sagt sie. Beim Studieren hat sie keine Mühe, nur das Schießen hat zuerst Probleme gegeben, ein verletztes Reh oder einen Hasen von den Schmerzen zu befreien macht

Lea Mühe, auch Wilddiebe sind wieder im Revier, die zu erwischen ist erstens gefährlich, zweitens schwierig.

Karin ist mit Alä verheiratet, hat schon zwei Kinder, ein Mädchen und einen Knaben. Der Großmattbauer ist richtig in seinem Element mit den Enkelkindern. Er wohnt jetzt im Stöckli.

Für Paul ist extra eine Wohnung gebaut worden, der Großmattbauer geht Helen regelmäßig im Gefängnis besuchen, wenn sie entlassen wird, kann sie bei ihm im Stöckli einziehen. «Das ist die Mutter meines Sohnes, jetzt geht es mir gut, warum nicht auch Helen», pflegt er oft zu sagen.

Der Stiefvater von Alä ist bei Irene eingezogen. Eine rollstuhlgängige Wohnung ist gemacht worden. Die beiden kommen mehr oder weniger miteinander aus. Beide haben ihre eigene Meinung, er ist natürlich auf Irene angewiesen, sie gibt sich Mühe, ihn nicht zu dominieren.

So geht es recht gut, er hadert viel mit dem Schicksal. Die Wohnblöcke und das Hallenbad dürfen erst repariert werden, wenn die Lawinenverbauungen fertiggestellt sind. Beat kommt langsam in den Ruhestand, Sven wird das Geschäft vom Vater übernehmen.

Schon im Winter haben Björn und Lea beschlossen, im Sommer mit der Kleinen die Großeltern zu besuchen. «Auto, Zug oder Flugzeug?», war die Frage. Die sind sehr abgelegen, das Auto ist am einfachsten. 14 bis 16 Stunden, hat Björn ausgerechnet, da beide fahren können, sollte das in zwei Tagen zu schaffen sein.

Am 14. Juli fahren sie los. Am Zoll gibt es keine Probleme, da die Papiere in Ordnung sind, so kommen sie gut voran, beim Fahren wird abgewechselt, alle vier bis fünf Stunden halten sie an, gehen etwas trinken und vertreten sich die Beine. Die Straßen werden immer schlechter, die Gegend sieht immer ärmer aus, viele Häuser sind ungepflegt und renovierungsbedürftig. Am nächsten Tag um die Mittagszeit sind sie bei Irinas Eltern zu Hause. Lea hat geschrieben, dass sie kommen. Die Freude ist groß, als sie ihr Enkelkind in die Arme schließen können. Fünf Jahre alt ist die Kleine, ein schönes Mädchen, blond, mit Zöpfen, manchmal ist sie unausstehlich, dann wieder sehr lieb und anhänglich, wie die meisten Kinder in diesem Alter sind.

Als die erste Begrüßung zu Ende ist, werden sie mit Händen und Füßen zum Essen eingeladen. Da niemand eine Sprache spricht, die beide verstehen, geht es nur mit Händen und Füßen, mühsam, aber es geht.

Alles ist alt, vier Kühe, etwas Schafe, ein Hund, Hühner und zwei Ziegen, Selbstversorger halt. Eine Woche sind sie dort, das Essen ist immer gut und genug, sie sind sehr gastfreundlich, auch die Zimmer sind alt, aber sauber. Kein Bad, waschen muss man sich mit kaltem Wasser, das in einer Schüssel zur Verfügung steht.

Björn hat viele Geschenke mitgebracht, die sie dankend annehmen. Beim Abschiednehmen gibt Björn noch einen rechten Batzen in bar. Die Mutter von Irina gibt Lea einen handgeschriebenen Brief mit. Darin beschreibt sie Charakter und Lebenslauf von Irina, sie weiß, dass Lea zu Hause jemanden hat, der beide Sprachen in Wort und Schrift beherrscht. Der Abschied ist kurz, aber weinerlich. Zu Hause nehmen sie sich vor, sie alle zwei bis drei Jahre zu besuchen.

Endlich kann Helen das Gefängnis verlassen. Es kommt eine ganz andere Person heraus als die, die damals hinein musste. Ein anderer Blick, lieblich, entspannt, ruhig, aber immer noch selbstbewusst. Der Großmattbauer holt sie im Gefängnis ab und lässt sie bei sich im Stöckli wohnen, bis die richtige Lösung gefunden wird. Sie bekommt ein Zimmer, das mit dem Nötigsten möbliert ist. Nur die Küche müssen sie teilen, die Wohnstube nach Absprache. Er meint: «Probieren können wir es, geht es, ist es gut, wenn nicht, suchen wir etwas anderes, ich werde mir Mühe geben.»

«Ich auch», erwidert Helen.

Alä weiß nicht, was er von seiner neuen Mutter halten soll, auch Lea macht keinen Freudensprung, als sie die Absicht vom Großmattbauern erfahren. Aber das Vorhaben infrage stellen wollen sie nicht. «Vater weiß schon, was er macht. Alles gehört immer noch ihm, er kann machen, was er will.»

Eine Woche, nachdem Helen eingezogen ist, lässt der Bauer Lea und Alä zu sich ins Stöckli kommen. Helen hat Alä und Lea in dieser Woche noch nicht gesprochen.

Der Bauer lässt beide neben sich Platz nehmen, Helen gegenüber, dann fängt er an zu reden. «Ich habe mir das Ganze gut überlegt. Die Zwei sind meine Lieblinge, die möchte ich nicht verlieren, die haben mir so viel Freude gemacht, dass sie aus meinem Leben nicht mehr wegzudenken sind. Helen, an deinem unglücklichen Leben bin ich nicht ganz unschuldig, darum möchte ich etwas gutmachen, du warst ein liebes Mädchen, als wir noch jung waren, vielleicht bist du es geblieben, darum habe ich dich gebeten, zu mir zu ziehen. Wenn du die Schande und die Ungerechtigkeiten, die dir im Leben angetan wurden, vergeben könntest, werde ich dich unterstützen.

Einen Monat gebe ich euch Zeit, euch miteinander zu versöhnen und ins Gespräch zu kommen. Geht es einem von euch nicht, werden wir eine andere Lösung suchen, jetzt könnt ihr beide gehen.»

Eines Tages geht Lea beim Großmattbauern klingeln, als sie weiß, dass er nicht zu Hause ist, denn sie will allein mit Helen reden. «Gut, dass du kommst», fängt Helen an, «ich möchte mich als Erstes entschuldigen für das, was ich dir angetan habe.»

«Angenommen», erwidert Lea. «Du warst ein so schönes, sympathisches Kind, ich wollte dich vernichten, ich gönnte es dem Großvater nicht, dass es ihm so gut ging, wollte dein Gesicht verunstalten, dich mit Drogen vollpumpen, dich dann auf den Strich schicken, um den Großvater zum Leiden zu zwingen. Wenn du mir eines Tags vergeben könntest, wäre ich sehr froh.»

«Das werde ich, schon dem Großvater zuliebe.» Sie diskutieren noch fast eine Stunde zusammen und kommen sich sehr nah.

Auch Alä freut sich, dass seine Mutter da ist. «Wie soll ich mich verhalten, wie kann ich meine Liebe zu ihr wecken? Mutterliebe hatte ich zu meiner Stiefmutter, die war wirklich sehr lieb zu mir, die liebte ich wirklich und sie mich auch. Eine fremde Frau soll ich Mutter nennen, irgendwie werden wir zusammen eine Lösung finden. Später haben wir uns auf die Vornamen geeinigt, ich sage ihr Helen und sie mir Alä. Mit der Zeit finde ich vielleicht einen Zugang zu ihrem Herzen, vielleicht über die Kinder.»

***

An einem Sonntag, das Wetter ist trüb und regnerisch, offeriert Helen allen ein Mittagessen, das sie selbst kocht. Es kommen alle, die eingeladen sind.

Nach dem Essen ergreift Helen das Wort. «Im Gefängnis habe ich meine Strafe abgesessen. Was ich den Mädchen und den Leuten angetan habe, das kann ich nicht im Gefängnis büßen. Die Leute, denen ich etwas schuldig bin, das man mit Geld gutmachen kann, bei denen werde ich das tun.

Nebenbei habe ich im Gefängnis meinen Lebenslauf aufgeschrieben. Den werde ich jetzt vorlesen.

Die Jahre mit dem Großmattbauern waren glücklich, schön und lustig, bis auf die verhängnisvolle Nacht, als ich schwanger wurde, den Rest kennt ihr vom Großmattbauern, darum werde ich mit dem beginnen, was ihr nicht wissen könnt.

Die Schwangerschaft verlief gut, ich freute mich auf das Kind, wenn ich schon nicht wusste, wie es dann weitergehen sollte nach der Geburt meines Kindes, das ich unbedingt behalten wollte. Doch es kam anders, ohne dass ich's gesehen hatte, wurde es mir einfach weggenommen. «Dein Bub bekommt ein sehr schönes Zuhause bei sehr reichen Eltern», wurde mir erklärt. Ich bekam 10'000 Franken von der Pflegefamilie, später nochmals 10'000, wenn ich die Adoption unterschreibe, was ich dann auch gemacht habe. Die ersten 20'000 vom Vater des Großmattbauern hätte ich nie annehmen sollen, und bei Nacht und Nebel verschwinden, das war auch ein Fehler. Ich war jung, wurde einfach geblendet von dem vielen Geld. Als sie mir das Kind genommen hatten, war ich traurig und depressiv, weinte und weinte, dann beschloss ich, mir das Leben zu nehmen, ich wollte unter den Zug. Als ich so am Bahndamm saß, den nächsten Zug abwartete, kam ein sehr netter Herr mit einem Hund, probierte mich zu trösten, schließlich nahm er mich mit zu sich nach Hause. Ich erzählte ihm meine Geschichte. Er versprach mir den Himmel auf Erden, wenn ich bei ihm bliebe. Er hatte ein gutgehendes Geschäft, in dem er sehr teure Kleider verkaufte. Nach fünf Jahren mehr oder weniger glücklicher Tage verließ er mich wegen einer Jüngeren. Jetzt war ich wieder allein.

«Fertig mit Beziehungen, ich werde eine Hure, da ich Sex gerne habe und damit viel Geld zu verdienen ist», dachte ich. Es war wirklich eine gute Entscheidung, ich verdiente viel Geld.

Bis eines Tages ein Mann zu mir kam, vorgab, dass er Sex wolle. Als wir alleine waren, packte er mich am Hals, drückte zusammen, bis ich keine Luft mehr hatte, dann drohte er mir: «Von jetzt an bin ich dein Beschützer, und die Hälfte von deinem Verdienst gibst du mir, als Aufpasser. Es sind brutale Zuhälter aus Bulgarien hier, die alle Huren zu ihren Untertanen machen. Von jetzt an bin ich dein Gebieter.» Als ich das meinem Exfreund erzählte, wurde er gehässig. «Das geht natürlich nicht, ich habe eine ganz andere Aufgabe für dich. Du wirst ab sofort für mich Kleider einkaufen und verkaufen. Ich werde dir eine schöne Wohnung einrichten, dort wirst du Verkäuferin in einem besonderen Geschäft, sehr schöne Mädchen stehen dir zur Verfügung, die werden die Kleider auf dem Laufsteg präsentieren, die Mädchen müssen anschließend den Damen und den Herren zur Verfügung stehen, und zwar für alle Wünsche.» Das hat sich sehr gut entwickelt, ich musste die Kleider im Ausland bestellen, mit den Kleidern kamen Drogen und Mädchen illegal in die Schweiz. Nach einem halben Jahr habe ich mich selbständig gemacht, eine größere Wohnung an einem schönen Platz gemietet.

Zum Sortieren kam ich in dein Dorf, gute Zugverbindungen, auch mit dem Auto war es kein Problem, abgelegen und doch mittendrin, vor allem die Mädchen durften nicht wissen, wo sie waren. Die schönsten Mädchen kamen zu uns als Models, die anderen weiter in die Prostitution, mit großen Versprechen oder Drohungen wurden sie in die Schweiz gebracht. Ab und zu kamen Mädchen von den Familien, die die Kleider nähten, denen hatte man eine Stelle als Verkäuferin oder Näherin versprochen.

Ich hatte mich erkundigt, was du machst, wie es dir geht», sagt sie und schaut den Großmattbauern an, «als ich deine Geschichte kannte, dachte ich, die Tränen habe ich nicht vergebens vergossen, der muss mir büßen. Als dann noch Lea bei mir ins Auto steigen musste, die beiden Herren waren meine Angestellten. Willi, der muss die Mädchen gefügig machen, wie, war mir egal. Als Lea und Irina aus dem sicheren Versteck abgehauen waren, war ich wütend, ich hatte die beiden schon in den Nahen Osten verkauft, zu einem sehr hohen Preis. Den Rest habt ihr mitbekommen.»

«Du hast viel Leid erfahren und viel Leid zugefügt, ich werde probieren, etwas an dir gutzumachen», meint der Großmattbauer nach der Erzählung.

***

Schon bald kommt wieder der Winter, hoffentlich nicht so streng wie der Lawinenwinter. Alle haben ein mulmiges Gefühl, wenn es anfängt zu schneien. Vor dem Samichlaus hat es noch 40 Zentimeter Neuschnee gegeben, darauf folgt ein stabiles Hoch, ein Tag schöner als der andere. Bis am 23. Dezember ein Tiefdruck, kalt, mit Schnee über die Schweiz zieht. Herrlich, die weiße Pracht, nicht viel Schnee, aber genug, um die Landschaft zu verzaubern.

«Am 24. am Abend feiern wir zu Hause, Björn, ich und die Kleine, anschließend werden wir noch in die Kirche gehen», sagt Lea zum Vater bei einem Kaffee im Restaurant. «Das machen wir auch», bestätigt Beat. «Sonntags, am 25., laden wir euch, dazu den Großmattbauern, mit Helen zum Mittagessen ein.»

«Wir kommen gerne.»

«Ich habe einen kleinen Weihnachtsbaum geschmückt, weißt du, so wie früher», schwärmt Elisabeth. «Die Süßigkeiten und das Dessert könntest du machen», sagt sie und schaut Lea an. «Mache ich.»

Nach dem Gottesdienst besuchen sie noch das Grab von Leas Mutter, zünden eine Kerze an und sprechen ein Gebet. Die Kirche ist bis auf den letzten Platz besetzt. Der Friedhof ist romantisch, bei verschiedenen Gräbern sind Kerzen am Brennen, es ist eine feierliche Stimmung, dazu leichter Schneefall. Beat kniet nieder, spricht ein Gebet und dankt der Mutter von Lea, dass sie ihnen ein so liebes Mädchen geschenkt hat. Auf einmal klopft ihm, ohne dass er oder seine Frau etwas gemerkt haben, etwas auf den Rücken. Es ist Björns Tochter, die sich angeschlichen hat. «Wem hast du gedankt, beim Beten hast du Lea gesagt? Mein Papi, ich und Lea waren in der Kirche, waren dann noch zu meiner Mutter aufs Grab.»

«Hallo, Papa», sagt Lea. Björn gibt Beat die Hand. «Was macht ihr hier, bei diesem fremden Grab einer Frau, die sicher schon lange tot ist?»

«Ja, seit 32 Jahren ist sie tot.»

«Beat hat etwas von Lea gesagt, habe ich noch gehört», plappert das Mädchen.

«Papi, wer war diese Frau? Bitte sag mir, wer ist diese Frau?» Beat schaut Elisabeth an, die nickt. «Das war deine Mutter.»

Lea sagt zuerst nichts. «32 Jahre lang habt ihr mich angelogen.» Sie fängt an zu weinen, dann läuft sie fort. Beat bittet Björn, mit ihm nach Hause zu kommen. «Ich werde dir einen Brief geben, dort ist alles aufgeschrieben, übrigens, der Großmattbauer weiß es auch, den haben wir um Rat gefragt.»

«Wann sollen wir Lea aufklären?»

«Die richtige Gelegenheit wird kommen, dann kläre sie auf.»

Lea sucht Trost beim Großmattbauern, weint sich bei ihm aus. «Ich wusste es noch nicht lange. Morgen komme ich nicht zur Weihnachtsfeier», schluchzt Lea, «ich kann nicht so tun, als wäre alles in Ordnung.» Björn ruft den Großmattbauern an, er vermutet, dass sie sich bei ihm ausweint. «Lea, du sollst nach Hause kommen, Beat hat mir einen Brief für dich mitgegeben.»

«Da ist noch was», schluchzt Lea, «ich sage es dir als Erstes», sagt sie und schaut dem Bauern in die Augen, «ich erwarte im Juli ein Kind.»

«Also, komm morgen zur Weihnachtsfeier, auch ich habe eine Neuigkeit für dich, wenn du kommst, wirst du es wissen.» Er nimmt Lea in den Arm. «Komm morgen zum Mittagessen, bitte komm.»

Alle sind schon am Tisch und trinken Apéro. «Mami kommt etwas später», meint die Kleine, «sie hat eine Überraschung.» Als später Lea zur Tür hereinkommt, hat sie Swen mit Freundin dabei. «Das wird schon gehen, Mami kocht sowieso immer viel zu viel.» Als alle sitzen, steht Lea auf. «Mama und Papa, kommt zu mir.» Sie nimmt sie in die Arme. «Ich danke euch für alles, was ihr mir zuliebe getan habt, Swen, dir muss ich sagen, meine richtige Mama liegt seit über 30 Jahren auf dem Friedhof, sie haben mich im Zug gefunden und noch was, manchmal mache auch ich Fehler, einmal etwas vergessen und schon ist man in guter Hoffnung», strahlt Lea. Der Großmattbauer steht auf. «Ich werde Helen im schönen Monat Mai heiraten.»

Swen meint trocken in die gute Stimmung: «Eigentlich könnte ich auch dich heiraten.»

«Ja, das könnten wir, aber ich glaube, Björn war immer mein Liebling, hat mir überall gefehlt, immer habe ich an Björn gedacht.»

«Auch ich habe eine Neuigkeit, wir erwarten auch ein Kind, ungefähr dann, wenn Lea ihres bekommt.»

Was es am 25. Dezember für Überraschungen gibt, was heute für Wunder passieren, ist fast nicht zu glauben. Die Gesellschaft löst sich spät am Abend auf, die Kerzen müssen zweimal am Tannenbaum erneuert werden. Am Schluss sind alle sehr zufrieden und gehen im Schneegestöber nach Hause.

***

Das Kind von Swen kommt am 10. Juni zur Welt, das von Lea am 15. Juni.

Lea stellt als Stellvertreter einen erfahrenen Jäger an, überträgt ihm die Kontrolle und Aufsicht bei angefahrenem Wild oder allgemeinen Fragen für ein Jahr. Da auch noch Wilddiebe ihr Unwesen treiben, kann man den Wald nicht sich selbst überlassen. «Jetzt will ich dem oder den Wilddieben in den nächsten Tagen das Handwerk legen», denkt er. Er legt sich auf die Lauer, um den Wilddieb endlich zu stellen. Eine Stunde später eilt ein Mann mit schwarz angestrichenem Gesicht etwa 20 Meter neben dem Jäger vorbei, hat ein zerlegtes Reh auf dem Rücken. Der Jäger fordert ihn auf, anzuhalten und sich zu ergeben. Als der nicht hören will, schießt er ihm ins Bein. Der Wilddieb fällt auf den Boden, nimmt das Gewehr und gibt einen Schuss auf den Jäger ab, der wird an der Schulter verletzt, kann sich noch bis zum Auto schleppen und fährt zum nächsten Arzt. Der Wilddieb wird mit der Polizei und einem Arzt abgeholt, beide werden wieder gesund, der Wilddieb bekommt eine saftige Strafe und kommt wegen Gefährdung eines Menschenlebens ins Gefängnis.

Als Alä einen Spitalbesuch bei Lea macht und zum Kind gratuliert, unterhalten sie sich über dies und das. «Ich werde meinem Vater weiterhin beim Immobilienverkauf helfen, so als Hobby, ich werde noch einen Ausländer auf dem Hof anstellen.»

«Ganz gute Idee», unterstützt Lea das Vorhaben.

«Weißt du, Alä, ob ich die Situation, die der Jäger hatte, auch so gut gemeistert hätte, weiß ich nicht, aber wenn das Kind ein Jahr alt ist, gehe ich wieder in den Wald. Ich brauche den Wald, ohne den bin ich nur ein halber Mensch. Björn und ich werden die Arbeit beim Kind-Versorgen teilen, dann haben wir noch die Großmutter, die uns hilft.»

***

Als sie einmal bei heißem Sommerwetter mit dem Kind einen Spaziergang zum Großmattbauern unternimmt und er ihr Kind über alles rühmt und es dann im Arm hält, sagt sie: «Ich bin ja so glücklich.»

«Weißt du, was noch fehlt? Dein richtiger Vater, geh ihn suchen, er soll ein guter Mensch gewesen sein, ich habe meinen Buben auch gefunden, es könnte ja sein, dass du deinen Vater auch findest und etwas mehr über deine richtige Mutter erfahren kannst. Du bist in Basel geboren, das wissen wir, in einem Spital, wo deine Mutter als Putzfrau gearbeitet hat.»

Der Termin wird auf den nächsten Mittwoch festgelegt. Sie fahren mit dem Auto, vielleicht weiß noch jemand etwas von der Frau, die mit dem Kind abgehauen ist. «Bei SMS oder Anrufen werden wir nur abgewimmelt. Am Mittwochmorgen um acht Uhr fahren wir. Zuerst ins Kantonsspital, dann sehen wir weiter.»

«Ja, gute Frau, von vor 30 Jahren ist nichts mehr vorhanden, da haben wir keine Unterlagen mehr», wird Lea von der Empfangsdame vertröstet. Jetzt meldet sich der Großmattbauer. «Sie haben bestimmt noch Dokumente von den Mitarbeitern.»

«Ich rufe den Professor, der soll's Ihnen erklären, dass nichts mehr vorhanden ist. Bitte nehmen Sie Platz, ich rufe Sie, wenn der Professor Zeit hat, aber das wird schwierig sein.» Es dauert keine fünf Minuten, da können sie zu ihm ins Büro. Lea erklärt ihm, warum sie hier sind. Sie sagt aber nicht, dass sie die Tochter ist, es sei eine Türkin gewesen, die mit dem Kind bei Nacht abgehauen ist.

Der Professor sagt zuerst nichts. «Ich muss nicht einmal ins Archiv, ich kenne den Fall, als wäre es erst gestern gewesen. Es war an einem ersten Mai, als eine junge, sehr schöne Arbeitskraft zur Reinigung für die Büros erschien. Nach etwa 14 Tagen fragte ich sie beim Pausenkaffee: «Möchten Sie nicht eine Ausbildung machen anstatt zu putzen bis zur Pensionierung?» Sie lachte nur, «bin zu dumm.» Sie war ein sehr guter, fröhlicher Mensch.

Später sprach ich sie an, um mit ihr in den Ausgang zu gehen. Zu meiner Verwunderung nahm sie die Einladung mit Freuden an. Mit der Zeit merkte ich, dass sie sehr liebesbedürftig war und den Sex sehr gerne hatte. Aber fast so, wie es angefangen hatte, war das Ende. Sie sagte zwischen Tür und Angel, bevor sie sich verabschiedete: «Ich bin schwanger, nicht von dir, wir werden uns trennen, bitte belästige mich nicht, sonst werde ich das Spital verlassen. Ich bleibe hier bis zur Geburt des Kindes, vielleicht länger.» Ich versprach ihr, sie zu heiraten, das Kind als meines zu nehmen, wir haben uns nie mehr gesprochen, dann gebar sie das Kind und verschwand, ohne sich zu verabschieden.»

Jetzt meint der Bauer: «Sie haben sicher Schweigepflicht.»

«Ich bin das Kind, das hier geboren wurde», erklärt Lea, «jetzt suche ich den Vater, nicht wegen Geld, meine Mutter wurde ermordet, zuvor hatte sie mich ausgesetzt, ich wurde von sehr guten Eltern aufgezogen.»

«Sie wurde von einer Bäckerei mit Tearoom in Liestal vermittelt.» Sie danken für die Aufklärung und verabschieden sich, fahren sofort nach Liestal, finden schnell, was sie suchen.

Sie setzen sich an einen Tisch, vom Tearoom ein wenig abseits, und verlangen den Chef. Als er näherkommt, bleibt er für einen kurzen Moment stehen und schaut Lea intensiv an. Als sie sich begrüßt haben, sagt er: «Jetzt habe ich fast gemeint, hier sitzt eine ehemalige Freundin von mir, was wünschen Sie von mir?»

«Nur etwas abklären. Die Freundin vor 32 Jahren, warum haben Sie sie fortgejagt?» Jetzt läuft er rot an. «Ich hatte ihr eine Stelle im Spital vermittelt, weil sie unbedingt in ein Spital wollte, um später eine Lehre als Arzthelferin anzufangen, alles Zureden, sie solle hier bleiben, ich versprach ihr sogar die Heirat, half nichts, sie hatte auf mein Schreiben nie geantwortet, drohte mir sogar mit der Polizei, wenn ich sie nicht in Ruhe lasse, dabei habe ich sie aus der Gasse geholt, dann so was, ich habe sehr lange diesem Mädchen nachgeweint, es war eine arbeitswillige Person, hat alles gemacht, meine Kundschaft liebte sie wie ich, sie war gut überall, wahrscheinlich hat sie den Arzt geheiratet und ist eine reiche Arztfrau.»

«Als sie Sie verlassen hatte, war sie schwanger, im Spital hat sie gearbeitet, bis das Kind da war, dann ist sie abgehauen. Sie hat das Kind ausgesetzt und wurde später ermordet, das Kind bin ich. Ich wollte einfach meinen Vater kennenlernen, mir geht es gut, ich will kein Geld, möchte wissen, wie meine Mutter so war. Sie hat Sie nicht verlassen, sie liebte Sie über alles, aber die Eltern von ihr hätten das Kind umgebracht, auch Sie hätten sie nicht in Ruhe gelassen, sie liebte Sie so sehr, dass sie Sie abservierte, sie sollte zwangsverheiratet werden. Die Geschichte von deiner ehemaligen Geliebten und meiner Mutter werde ich Ihnen, wenn Sie mich einmal besuchen kommen, erzählen.»

Es dauert nicht lange, es ist Samstagabend, da taucht der richtige Vater beim Großmattbauern auf. Er kommt alleine, ohne Familie, er will zuerst ungestört mit Lea sprechen. Der Bauer ruft Lea an und sagt ihr, dass der Vater auf sie wartet. Sie überlässt die Kinder Björn und bittet ihn, später nachzukommen. Eine Stunde unterhalten sie sich im Zimmer von Helen. Der Bauer sitzt mit Helen auf der Bank vor dem Stöckli, später erscheint Björn mit den zwei Kindern und sie setzen sich dazu, Helen holt für alle Bier und Mineralwasser.

Beat und Elisabeth sind an dem schönen Abend spazieren gegangen, nahmen den Weg beim Bauern vorbei. «Setzt euch auch zu uns», fordert der Bauer die beiden auf. Lea und ihr Erzeuger haben das Gespräch beendet. «Hallo, jetzt sind noch meine Eltern gekommen.» Sie setzt sich zwischen die beiden, legt die Arme über ihre Schultern. «Das sind meine Erzieher und das ist mein Erzeuger», klärt sie die Anwesenden auf. Helen reicht noch ein Bier für Beat, Elisabeth will nichts. «Lea hat eine große Ähnlichkeit mit der Mutter, wenn die auch so lieb ist, wie sie es war, ist sie ein Goldschatz, die Frau hätte ich nie weggehen lassen, wenn ich gewusst hätte, dass sie ein Kind erwartet.» Beat meint nur: «Gut, dass du es nicht gewusst hast.

Vor 32 Jahren saß ich mit der Frau vom Bauern hier, die hatte geweint, dann erzählte sie mir ihr Schicksal und ich musste unbedingt für eine Familie eine Wohnung finden. Als ich ging, sagte sie: ‹Du bekommst dieses Haus für deine Familie.› Ich traute der Sache nicht recht, wenn man den Bauern kennt.» Alle sind still, der Bauer weint still vor sich hin, Helen nimmt ihn in die Arme, niemand sagt ein Wort. In die Stille kommt eine Amsel, setzt sich auf einen Ast und zwitschert ein Lied. «Ist das jetzt die Bäuerin oder die Mutter von Lea?», fragt Björn. «Ganz egal, beide haben etwas zu unserem Glück beigetragen.»

Bewerten
Sie dieses Buch
auf unserer
Homepage!

www.novumverlag.com

EIN HERZ FÜR AUTOREN A HEART FOR AUTHORS À L'ÉCOUTE DES AUTEURS MIA ΚΑΡΔΙΑ ΓΙΑ ΣΥ
ΕΝ ΗJÄRTA FÖR FÖRFATTARE UN CORAZÓN POR LOS AUTORES YAZARLARIMIZA GÖNÜL VERELIM
UN CUORE PER AUTORI ET HJERTE FOR FORFATTERE EEN HART VOOR SCHRIJVERS TEMOS OS A
SERZOINKÉRT SERCE DLA AUTORÓW EIN HERZ FÜR AUTOREN A HEART FOR AUTHORS À L'ÉC
RAÇÃO ВСЕЙ ДУШОЙ К АВТОРАМ ETT HJÄRTA FÖR FÖRFATTARE Á LA ESCUCHA DE LOS AU
TEURS MIA ΚΑΡΔΙΑ ΓΙΑ ΣΥΓΓΡΑΦΕΙΣ UN CUORE PER AUTORI ET HJERTE FOR FORFATTERE E
ARLARIMIZA GÖNÜL VERELIM SERZŐINKÉRT SERCE DLA AUTORÓW EIN HERZ
FÜR SCHRIJVERS TEMOS OS A CORAÇÃO ВСЕЙ ДУШОЙ К АВТОРАМ ETT HJÄRTA

Der Autor

Der Autor Werner Arn ist von Beruf Zimmermeister. Er ist Witwer, Vater von zwei Kindern und verbringt seine Freizeit am liebsten mit seinen Schafen, die er züchtet. Das Buch „Das Kind aus dem ICE-Zug" ist sein Erstlingswerk.

novum VERLAG FÜR NEUAUTOREN

Der Verlag

*Wer aufhört
besser zu werden,
hat aufgehört
gut zu sein!*

Basierend auf diesem Motto ist es dem novum Verlag
ein Anliegen, neue Manuskripte aufzuspüren, zu ver-
öffentlichen und deren Autoren langfristig zu fördern.
Mittlerweile gilt der 1997 gegründete und mehrfach
prämierte Verlag als Spezialist für Neuautoren in
Deutschland, Österreich und der Schweiz.

**Für jedes neue Manuskript wird innerhalb we-
niger Wochen eine kostenfreie, unverbindliche
Lektorats-Prüfung erstellt.**

Weitere Informationen zum Verlag und
seinen Büchern finden Sie im Internet unter:

w w w . n o v u m v e r l a g . c o m